Jella sammelt Affären, Lennard Versicherungen. Sie findet Festanstellungen spießig, er ist Bausparer. Sie ist impulsiv, er nachdenklich. Als sich die beiden auf einer Party im Februar 2020 über den Weg laufen, treffen sich zwei wie Tag und Nacht. Doch nach dem WhatsApp-Alarm des Gastgebers sitzen alle im selben Boot: Lennard erst in Quarantäne und Home-Office, dann bei seinen anstrengenden Hippie-Eltern auf dem Land, Jella zwischen Geldsorgen und Tinder-Flaute. Aus Lockdown-Langeweile schreibt sie ihm. Bei Skype-Dinner und virtuellen Reisen erkennen sie schnell, dass sie mehr verbindet als zunächst gedacht. Aber wie kann man sich näherkommen, wenn Social Distancing angesagt ist und überall das Chaos ausbricht?

Juli Rothmund: Hinter dem Namen verbergen sich Julia Becker und Roland Rödermund. Die zwei lernten sich vor über 15 Jahren in einem Schreibseminar an der Uni kennen. Es funkte nicht sofort, dafür später umso heftiger – rein freundschaftlich, wohlgemerkt! Während des ersten Lockdowns skypten beide viel und sprachen, natürlich, auch über die Liebe. Sie fragten sich, welche Auswirkungen die extremen Veränderungen auf das Sich-Verlieben haben –, und bald war die Idee zu dieser Geschichte geboren. Wie auch immer es weitergehen wird, Julia und Roland sind sich einig: Liebe ist systemrelevant!

Weitere Informationen finden Sie auf www.fischerverlage.de

JULI
ROTHMUND

Mit Abstand verliebt

Roman

FISCHER Taschenbuch

Aus Verantwortung für die Umwelt hat sich der S. Fischer Verlag zu einer nachhaltigen Buchproduktion verpflichtet. Der bewusste Umgang mit unseren Ressourcen, der Schutz unseres Klimas und der Natur gehören zu unseren obersten Unternehmenszielen.

Gemeinsam mit unseren Partnern und Lieferanten setzen wir uns für eine klimaneutrale Buchproduktion ein, die den Erwerb von Klimazertifikaten zur Kompensation des CO_2-Ausstoßes einschließt.

Weitere Informationen finden Sie unter:
www.klimaneutralerverlag.de

MIX
Papier aus verantwortungsvollen Quellen
FSC® C083411
FSC
www.fsc.org

Originalausgabe
Erschienen bei FISCHER Taschenbuch
Frankfurt am Main, Februar 2021

Redaktion: Lisa Bitzer

Satz: Dörlemann Satz, Lemförde
Druck und Bindung: CPI books GmbH, Leck
Printed in Germany
ISBN 978-3-596-70631-0

You can't spell virus without U and I.

22 Februar 2020

+++ Die Weltgesundheitsorganisation sieht angesichts der sich ausbreitenden Corona-Infektion noch keine »internationale Notlage« +++ Das Robert Koch-Institut schätzt die Gefahr für die Bevölkerung in Deutschland aktuell weiterhin als gering ein +++ Jella gibt ihre vierte Stunde Acro-Yoga, bei der jeweils zwei Teilnehmer in akrobatischen Yoga-Positionen Vertrauen und Balance üben – drei der Paarungen haben auch außeryogisch zueinandergefunden +++

1

Wenn Jella gewusst hätte, dass sie an diesem Abend für eine sehr lange Zeit die letzte Party feiern würde, hätte sie sich entschieden mehr ins Zeug gelegt.

Von den Entwicklungen der kommenden Monate ahnte sie allerdings nichts, als sie an diesem Samstagabend gegen einundzwanzig Uhr mit ihrer sehr schwangeren, sehr müden Freundin Gitta in einer dieser pastellfarbenen Lounge-Bars in Hamburg-Eimsbüttel über einer Rhabarberschorle einzuschlafen drohte. Mick Hucknall von Simply Red säuselte im Hintergrund »Holding Back The Years«, und um sie herum saßen ausschließlich Frauen in Zweier- oder Dreiergruppen um Tische, auf denen Cocktails in allen möglichen Farben standen. Jella wollte nur noch ins Bett. Aber sie hatte David versprochen, zu seiner Party zu kommen. Als David vor Jahren in einem Yoga-Kurs aufgetaucht war, den Jella geleitet hatte, war sie gleich hin und weg gewesen und hatte sich schlagartig in den großen schönen Mann verliebt – allerdings nur platonisch. Seitdem hatten sie unzählige Partynächte zusammen verbracht. David an seinem vierzigsten Geburtstag zu versetzen war keine Option. Das würde er ihr nicht verzeihen. Obwohl ihr in diesem Moment sehr danach zumute war, auf direktem Wege nach Hause zu gehen. Die Partys bei David wurden zwar zu später Stunde oft ziemlich wild, aber die rasend attraktiven, männlichen Gäste waren in der Regel alle schwul – oder hatten Jura studiert und passten allein deswegen nicht in Jellas Beuteschema.

Ihr Handy piepte. Es war eine Nachricht von Fee: *Wann kommst du?!*

»Und du bist sicher, dass du nicht mehr mitwillst? Wird bestimmt lustig«, versuchte Jella ein weiteres Mal, Gitta zu überzeugen – genauso wie sich selbst.

Aber die winkte ab. »Guck mal, wie ich aussehe! Wie eine Wassermelone im Turnbeutel.«

Jella sah erst Gitta an und dann an sich selbst herunter. »Ich hab doch auch nichts Besonderes an.«

Obwohl Jella bewusst war, dass ein Single, der einigermaßen bei Verstand war, nicht mit ausgeleierter Skinny-Jeans und Reißverschlusssweater auf einer Party erscheinen konnte, war sie nach ihrer letzten Stunde im Studio nicht mehr nach Hause gegangen, um ihr Tagesoutfit gegen etwas Partytaugliches zu tauschen.

»Du siehst sogar in den Klamotten toll aus«, sagte Gitta mit dieser fast weinerlichen Stimme, die Schwangere manchmal hatten, wenn sie bis in die Grundfesten ihrer Seele neidisch waren und glaubten, die besten Jahre wären für immer und ewig vorbei, während ihre kinderlosen Freundinnen wie von hundsgemeiner Zauberhand täglich schlanker und schöner wurden. Bei Jella schien das im Augenblick ausnahmsweise tatsächlich der Fall zu sein. Was daran lag, dass sie gerade von einer Woche Surfen an der Atlantikküste kam und Ende Februar im Gegensatz zu allen anderen in Hamburg zumindest ein wenig Farbe im Gesicht hatte. Selbst ihre dunkelblonden Haare hatten helle Strähnen vom Salzwasser und der Sonne.

Alle – inklusive Gitta – glaubten, dass Jella höchstwahrscheinlich eine reiche Tante hatte, die sie finanzierte, weil sie alle paar Wochen für eine »Auszeit« die Stadt verließ. Das entsprach aber leider nicht den Tatsachen. Jella musste jeden Euro sparen, um sich diese Freiheit zu ermöglichen, und lebte deshalb auch auf nur zwölf Quadratmetern in einer Zweck-WG in Wilhelmsburg. Ihr »Hauptberuf« als Yoga-Lehrerin brachte nicht besonders viel ein, deshalb stand sie am Wochenende auf dem Hamburger Berg hinter der Bar und servierte Astra.

Sie erinnerte sich noch genau an die Worte ihrer Eltern vor über zehn Jahren, als sie ihnen am Tag nach ihrer Abschlussprüfung verkündet hatte, den Job als Krankenschwester direkt an den Nagel zu hängen und erst einmal auf Reisen zu gehen. Die beiden waren natürlich entsetzt und taten es als Hirngespinst ab. Sie appellierten an Jellas gesunden Menschenverstand, faselten etwas vom Einzahlen in die Rentenkasse und Rücklagen für später. Doch Jella ließ sich nicht beirren, kündigte das damalige Zimmer in der WG in Hannover, kratzte ihre Ersparnisse zusammen und zog hinaus in die Welt. Ein halbes Jahr hütete sie Schafe in Neuseeland, danach jobbte sie in einem Surfhostel auf Bali, schließlich verschlug es sie über eine Backpacker-Bekannte nach Indien, wo sie in einem Aschram die Ausbildung zur Yoga-Lehrerin machte.

Als sie zurückkam und ihren Eltern mitteilte, dass sie nicht beabsichtige, in naher Zukunft wieder Urinbeutel und Nierenschalen zu entleeren, sondern als freiberufliche Yoga-Lehrerin in Hamburg Fuß fassen wolle, waren diese, milde gesagt, ratlos. Was zum einen daran lag, dass sie sich unter Yoga Lehrerin als Beruf herzlich wenig vorstellen konnten, zum anderen daran, dass Jella ihnen nie von Erika Sander erzählt hatte. Am Ende hatten sie eingelenkt, auch weil sie wussten, dass man Jella nichts ausreden konnte. Seitdem brachte sie Menschen bei, wie man den Sonnengruß und den Herabschauenden Hund ausführte, ohne sich dabei einen Bandscheibenvorfall zuzuziehen.

Wenn sie nicht auf der Matte vorturnte, war sie unterwegs: Surf-Yoga-Camp auf Formentera, Erleuchtungsseminar in Costa Rica, Meditationstraining in Chiang Mai, dazwischen mehrere Monate in Hamburg, wo sie ihr Wissen an den Mann, na ja, häufiger an die Frau brachte und möglichst viel arbeitete, um die Reisekasse wieder aufzufüllen. Manchmal kam es auch vor, dass sie zum Arbeitsamt musste, um ihr Einkommen aufzustocken –, aber das erzählte sie ihren Eltern natürlich nicht.

Für die waren Jellas Beschäftigung als Yoga-Lehrerin und der Job hinter der Theke selbstredend keine richtige Arbeit. Außerdem fragten sie sich, wann ihre Tochter endlich damit anfing, sich ihrem Alter entsprechend zu verhalten – was auch immer das in ihren Augen zu bedeuten hatte.

Vermutlich hätte Jella für ihre Eltern einfach ein bisschen mehr wie der Rest ihres Hamburger Freundeskreises sein sollen, der es sich offenbar zur Aufgabe gemacht hatte, ein Kind nach dem anderen zu produzieren. Parallel zu jedem neuen Nachkommen wurden weitere überteuerte Möbelstücke sowie Hunderte von Lämpchen, Schlüsselbrettchen und Duftkerzchen für die immer kostspieligere Wohnung im noch schickeren Stadtteil angeschafft, um dort neu erkannte Lebensmittelintoleranzen mit Hilfe kulinarischer Kompetenzen wettzumachen. Jella hatte die meiste Zeit Mühe, sich ihre Verwunderung über diese Art von Lebensentwurf nicht anmerken zu lassen. Dabei war Zurückhaltung angesagt, denn zumindest der weibliche Teil dieser Menschen stellte ihre Kernzielgruppe dar. Sie buchten Yoga-Kurse in allen möglichen Varianten: von Luna-Yoga, das den Kinderwunsch unterstützte, bis Bikram bei vierzig Grad, um nach der Entbindung die Fettverbrennung zu befeuern (sechshundertfünfzig Kalorien pro Stunde!).

In sechs Wochen ging Jellas nächster Flug nach Sri Lanka. Drei Wochen Ayurveda-Yoga-Surf-Farm und zwei Wochen Rundtour über die Insel. Jellas persönliche Glücksformel. Währenddessen würde sie eine weitere Reportage für *Take Off & Tadasana* schreiben, so wie auf ihren letzten beiden Trips. Jessy, die Chefredakteurin des Surf-und-Yoga-Magazins, hatte irgendwann Jellas Reise-Blog entdeckt, der mittlerweile etwas mehr als dreitausend Besucher im Monat hatte, und beauftragte sie seitdem immer mal wieder mit einem Text. Reisen und Bloggen waren nun aber nicht gerade Themen, über die sie mit Freundinnen wie Gitta reden konnte.

Jellas Erleichterung war grenzenlos, als Gitta endlich aufbrechen wollte. Auch wenn sie diese Frau wirklich liebte, es gab tatsächlich kaum mehr etwas, für das sie sich gerade *beide* interessierten. Letztlich blieb als einziges Thema nur noch Schwangerschafts-Yoga. Ein Abend mit Gitta in den letzten Wochen vor der Entbindung war für Jella maximal zwei Stunden auszuhalten, spätestens dann musste sie gehen oder einen Schnaps bestellen.

»Denk dran, Gitta: Das ist nur eine Phase!«, hörte sich Jella zum Abschied sagen, und ihr fiel auf, dass sie sich nicht besonders überzeugend anhörte. Ihre Freundin war zum Glück zu müde, um das zu bemerken, und hievte sich mit einem »Jaja« auf ihr Hollandrad. Jella winkte ihr hinterher und lief dann in die entgegengesetzte Richtung. Davids Party fand nur ein paar Straßen weiter statt. Dort würde sie den jetzt dringend benötigten Alkohol bekommen.

2

Schon im Treppenhaus schallte ihr »Dangerous« von Roxette entgegen. Die Vorstellung, dass der Gastgeber bereits ordentlich angetüddelt mit einer Federboa um den Hals über die Tanzfläche mäanderte, ließ Jella zufrieden lächeln. Gut, dass sie sich noch aufgerafft hatte.

Im Flur hing goldenes Lametta von der Decke, und die Gäste standen dicht gedrängt. Einige von Davids Freunden in glitzernden Fummeln tanzten – skeptisch beäugt von einem guten Dutzend Partygästen in Anzügen und Etuikleidern. Davids Kollegen aus der Kanzlei wirkten genauso deplatziert an diesem Ort, wie sie sich vermutlich fühlten. Der Gastgeber selbst war schillernder Mittelpunkt der Feier und hielt beide Welten auf eine bemerkenswerte Weise zusammen. Im Alltag sah er zwar überdurchschnittlich gut, aber ansonsten nicht weiter auffällig aus in seinen auf den Leib geschneiderten Dreiteilern. Doch am Wochenende schmiss er sich in eine ganz andere Art von Outfit. Heute trug er zur Feier des Tages ein pfirsichfarbenes Kleid mit Rüschen, während seine Lippen im leicht funkelnden graublonden Barthaar roséfarben glänzten. Er quiekte bei Jellas Anblick und zog sie sofort zur »Bar«. Ein großes Wort für den einfachen Küchentisch, hinter dem sich Raúl postiert hatte und Longdrinks mixte. Der Kubaner hatte die schwarze Mähne zu einem Dutt auf dem Oberkopf gebunden und trug ein offen stehendes Hawaiihemd, das seine dichte Brustbehaarung in Szene setzte. Immer, wenn Jella und Raúl sich sahen, flirteten sie ausgiebig. Auch wenn nie etwas passiert war, weil natürlich auch er kein ausgeprägtes sexuelles Interesse am weiblichen Geschlecht hatte.

»¡Hola, guapa!«, raunte er ihr zu und zwinkerte.

Sie begrüßte ihn mit Küsschen auf die Wangen und sah dabei zu, wie er ein kleines Cocktailglas aus Davids antiker Sammlung zu drei Vierteln mit Club-Mate befüllte und es anschließend bis zum Rand mit Helbing-Kümmelschnaps aufgoss.

»Was zur Hölle ist das?«, fragte Jella entgeistert.

»Gutes Stichwort«, antwortete Raúl und klimperte mit den Wimpern. »Meine neueste Kreation: Hellmate. ¡Salud!«

Jella stieß mit ihm an und prostete David von weitem zu, der schon wieder weitergeflattert war und am anderen Ende des Raumes an irgendeinem Typen herumbaggerte.

In diesem Moment spürte sie zwei warme Hände, die sich von hinten um ihre Hüften legten. Das konnte nur Fee sein. Jella drehte sich lächelnd um und umarmte ihre Freundin.

»Pass bloß auf, das Zeug macht blind«, stellte Fee mit Blick auf das Glas in Jellas Hand fest. »Deswegen hol ich mir auch noch einen.« Sie grinste, als Raúl ihr den Höllencocktail in die Hand drückte, prostete Jella zu und kippte die Hälfte des Getränks in einem Zug in sich hinein. Danach schüttelte sie sich. »Lecker. Wo warst du so lange?«

»Ich hab mich mit Gitta getroffen. Sie kriegt bald ihr Kind, aber mit den Nerven runter ist sie jetzt schon.«

Fee schüttelte den Kopf. »Wärst du mal besser gleich hergekommen. Dann hätten wir denselben Pegel.« Sie strich sich grinsend eine rote Strähne aus dem Gesicht. Ihre vollen Wangen glühten. Fee war mit ihrem Norwegerpulli noch unpassender angezogen als Jella. Aber Jella kannte keinen Menschen, dem es so absolut gleichgültig war, was andere über ihn dachten. Fee machte aus nichts ein Geheimnis und nie viel Getue. Ihr war ihre Kleidergröße egal. Mode war für sie Zeitverschwendung. Sie war handfest, praktisch und geradeheraus. Eine Frau, die anpackte. Wenn sie einen Mann gut fand, verlor sie keine Zeit, sagte es ihm auf den Kopf zu und fragte anschließend, ob er mit ihr ein Bier trinken wolle. So machte sich Fee das Leben leicht, denn für sie musste mehr stimmen als die Chemie. Sie hatte zwei lange Beziehungen gehabt und wartete nun auf den Mann, mit dem sie ihre vier bis fünf Kinder bekommen konnte. Dieser wollte ordentlich ausgesucht sein – aber nicht auf dieser Party.

»Tanzen?« Fee stellte das mittlerweile geleerte Glas auf der Bar ab und machte eine Kopfbewegung Richtung Wohnzimmer. Dann zog sie sich den Pullover über den Kopf. Ihr Daisy-Duck-T-Shirt war ein bisschen knapp, so dass der Bauchspeck und die kräftigen Oberarme zu sehen waren.

»Später. Ich brauche noch ein paar Hellmates, um dich einzuholen«, erwiderte Jella und prostete Fee zu.

Sie beobachtete ihre Freundin, die sich zwischen die Tanzenden drückte und die Arme begeistert in die Höhe riss. Fee war wirklich einmalig. Und schön. Auf eine so natürliche, unverstellte Art.

Jella lehnte sich in den Türrahmen und scannte die anwesenden Männer. Der schöne Markus mit den sinnlichen Lippen (der sie, nach ein paar Himbeergeist zu viel, mal versehentlich geküsst hatte), der heiße Till aus Davids Trashpopband und Lionel, der irre hübsche Franzose – alle nicht die Bohne an Frauen interessiert. Zumindest nicht sexuell. Daneben stand dieser lustige Typ mit dem Bart und den zotteligen, sehr dunklen Haaren, den Jella von einer anderen Feier bei David kannte –

wahrscheinlich hetero, aber, wie sie sich zu erinnern meinte, schon sehr vergeben.

Dann blieben ihre Augen an einem schwarzen Basecap direkt neben dem Bärtigen hängen. Der Typ schaute zu Boden, so dass sein Gesicht nicht zu sehen war. Jellas Blick wanderte automatisch an ihm herunter. Er hatte eine schmale schwarze Hose mit hochgekrempeltem Saum und etwas zu weiße Turnschuhe an. Derart weiße Turnschuhe trugen nur Menschen, die etwa vierundzwanzig Paar im Schrank hatten und jedes höchstens einmal im Quartal zum Spaziergang ausführten. Oder Spießer aus Eppendorf, die jeden Sonntag ihre Schuhe putzten. Sie sah diese aalglatten Typen geradezu vor sich, die ihre Luxustreter mit vier verschiedenen Rosshaarbürstchen, zweistufigen Cremeschwämmchen und dreierlei Schuhcremes im Glastiegel aus dem siebzehnteiligen 499-Euro-Schuhputzset in der Rosenholzoptikbox behandelten. Sie verstand den Sinn einfach nicht. Weiße Turnschuhe schrien danach, vom Leben gezeichnet zu werden. Jella grinste bei der Vorstellung, wie Mister Käppi die Schuhe am nächsten Tag auf Getränkereste und Glitzerpartikel untersuchen würde.

Sie stieß sich vom Türrahmen ab und ließ sich durch die Räume treiben, bis sie beim Tischkicker ankam, den David in seinem »Spielzimmer« aufgestellt hatte. Als Anwalt verdiente er so viel Geld, dass er offenbar nicht wusste, wie er es schnell genug wieder ausgeben sollte. Deswegen wohnte er allein in einer Fünfzimmeraltbauwohnung und verfügte über einen begehbaren Kleiderschrank (bei der Auswahl an schrillen Fetzen und maßgeschneiderten Anzügen nicht nur verständlich, sondern auch schlichtweg notwendig) und einen Raum, in dem er alles unterbrachte, was Spaß und Zerstreuung bot: einen Flipperautomaten in der Ecke, eine riesige Couch mit noch größerem Fernseher an der Wand gegenüber und besagten Tischkicker.

Jella beobachtete das laufende Match bis zum Ende und fand sich kurz darauf selbst an den Stangen wieder. Während ihrer Ausbildung war sie einige Monate nach Feierabend fast täglich in die Kneipe neben der Klinik gegangen und hatte dort bei einem Pflegerkollegen eine erstklassige Kickerlehre absolviert. Bis der Kollege durchgehend verloren und schließlich aufgegeben hatte.

Auch heute Abend zog sie einen Gegner nach dem anderen ab, am Ende sogar zwei der Anzugträger, die es tatsächlich gemeinsam mit ihr hatten aufnehmen wollen. Aber selbst mit doppeltem Einsatz waren sie chancenlos, und Jella freute sich wie ein Kind über ihren Lauf. Als sie schließlich den letzten Ball im Tor der beiden Anwälte versenkte, richtete sie sich auf, stemmte die Hände in die Hüften und fragte über die laute Musik hinweg: »Und? Noch jemand Lust?«

Sie drehte den Kopf – und sah direkt in das Gesicht des Bärtigen von eben.

»Bist du dir sicher, dass du die Niederlage verkraftest?«, fragte er mit einem breiten Grinsen.

Jella legte den Kopf schief. »Ich suche eigentlich Gegner, keine Opfer.«

Der Typ lachte laut und stellte sich auf die gegenüberliegende Seite des Kickers. Er sah ein bisschen aus wie ein südländischer Bjarne Mädel und hatte genauso freche Augen wie der Schauspieler. »Ich bin übrigens Mehmet. Aber mich nennen alle Memo«, sagte er und zeigte dann neben sich auf den Basecap-Träger, der offenbar immer in seiner Nähe blieb. »Das ist Lennard.«

»Jella. Freut mich«, antwortete sie, die Hände bereits fest um die beiden Griffe des Tischkickers gelegt, und nickte dem Schuhfetischisten zu. Interessant, er trug zu den weißen Turnschuhen auch noch eine Hornbrille. Da lebte jemand das Klischee.

Er stellte sich an die Seite des Zählwerks und hielt den Blick starr auf seinen Kumpel gerichtet. Okay, es handelte sich allem Anschein nach um einen Mann der Gattung »Shy Guy«. Er konnte ihr nicht mal in die Augen blicken. Jella warf den Ball aufs Spielfeld.

»Was denkst du eigentlich über das Corona-Virus?«, fragte der Schüchterne seinen Begleiter. Offenbar hatte er beschlossen, Jella einfach zu ignorieren. »Angeblich hat es sich ja von einem Tiermarkt in Wuhan verbreitet. Ich hoffe, das schwappt nicht zu uns rüber.«

»Dafür haben die doch diese Mauer«, mischte sich Jella ungefragt ein und biss sich gleich darauf auf die Lippe. Der Witz war ziemlich flach. O Mann, warum fing sie auch immer an zu reden, bevor sie zu Ende gedacht hatte?

»Was hast du gesagt?« Memo schaute sie fragend an.

Jella winkte ab und guckte in Lennards Richtung, der sie mit einer hochgezogenen Augenbraue skeptisch musterte. Sie lächelte ihm zu. Aber er schaute bereits wieder weg und schüttelte abschätzig den Kopf. Der Typ dachte sicher, sie wäre geistig nicht ganz auf der Höhe.

»Mist!«, rief Memo in diesem Moment laut und drehte, allerdings viel zu spät, an seiner Abwehrriege. Schon hatte Jella den ersten Ball eingelocht.

Lennard streckte die Hand nach Jellas erstem Punkt aus, aber sie kam ihm zuvor und schnippte die Ziffer nach links.

Jetzt schaute er nach oben. Aber als sie sich zu ihm drehte, wandte er den Blick sofort wieder ab. *Foap!* Memo hatte ein Tor geschossen und ballte die Hand zur Becker-Faust. Das hatte sie davon, wenn sie sich ablenken ließ.

Lennard schob Memos Eins zur Seite und räusperte sich. »Will noch jemand was trinken?«, wollte er wissen und sah dabei immerhin auch in Jellas Richtung.

Sie nickte. »Klar. Einen Hellmate, bitte.«

»Ich passe«, antwortete Memo. »Ich will nicht wie Ole enden.«

»Was ist mit Ole passiert?«, fragte Jella und machte ein weiteres Tor, was Memo mit einem genervten Gesichtsausdruck kommentierte.

»Der hat sich im Suff auf der Reeperbahn tätowieren lassen«, erklärte er und fluchte gleich darauf laut, weil Jella einen Schuss aufs Tor präzise abgewehrt hatte. Fallrückzieher, gleich danach schoss sie ihr nächstes Tor. Memo hatte keine Chance.

»Ach ja, was denn?«, fragte Lennard und machte keine Anstalten, sich zur Bar zu bewegen – oder seinen Kumpel dabei zu unterstützen, die kommende Niederlage abzuwenden.

»Einen Anker«, erwiderte Memo.

Lennard schüttelte wieder den Kopf. »O Gott! Diese ganze Seefahrerromantik. Ich versteh's einfach nicht. Woher kommt eigentlich diese Affinität zu maritimen Motiven bei Menschen, die noch nie in ihrem Leben ein Schiff betreten haben? Doch nicht nur, weil sie in Hamburg wohnen.«

Jella lochte ein weiteres Tor ein und holte sich bereits das vier zu eins.

»Nee«, erwiderte Memo stöhnend und dehnte die Armmuskeln. »Dann hättest du auch 'ne Barkasse auf dem Oberarm.«

»Das wird niemals passieren«, rief Lennard sofort. »Dann bin ich ja auch so eine Ahoi-Marie.«

»Was ist denn eine Ahoi-Marie?«, wollte sie wissen.

Lennard sah sie kurz an. »So nennen wir immer Leute mit Anker-Tatoos.«

Jella unterdrückte ein Lachen. Ob der Typ am Ende sogar witzig war? Womöglich versteckte er den lockeren Kern hinter einer dicken Mauer aus Spießertum.

»Halt dich ran«, nickte sie Memo zu. »Ich will dich besiegen, nicht demütigen.«

Er beugte sich über die Griffe und konzentrierte sich wieder, während Jella den Ball erneut aufs Spielfeld warf.

Lennard hingegen machte einfach weiter im Text. Er redete sich richtiggehend in Rage, soweit das bei dieser Art von Mann überhaupt möglich war.

»Mal im Ernst. Hast du schon mal einen Menschen mit achtzig gesehen, der ein schönes Tattoo hat? Und einen anständigen Job kriegt doch auch keiner mit vollbemalten Ankerarmen.«

»Vielleicht will ja auch nicht jeder so einen anständigen Job«, mischte sich Jella ein weiteres Mal ein und ließ mit einem kräftigen Stoß eine Spielerreihe einmal um die eigene Achse drehen. Dieser Lennard klang genau wie ihre Eltern. Vielleicht sollte sie ihn mal mit nach Hause bringen, dann konnten sie sich mit jemandem auf Augenhöhe über die Relevanz von Bausparverträgen austauschen.

Lennard wandte sich tatsächlich ein winziges Stück in ihre Richtung. »Ach ja?«, fragte er, die Augen auf das Spielfeld gerichtet, auf dem der Ball hin und her schoss.

»Tattoos sind Geschmackssache«, fügte Memo diplomatisch an.

»Genau wie weiße Turnschuhe.« Jella grinste frech.

Lennard wirkte entrüstet und blickte ihr für eine Sekunde ins Gesicht. Sie sah seine Augen, die blitzten. Waren sie grün?

»Das ist ja wohl nicht dasselbe«, ätzte er. »Mir kämen Tätowierungen auf jeden Fall nicht auf die Haut. Vor allem keine Schiffe, Anker oder sonstiger Quatsch.«

Jella schnaufte. Sie schoss ein weiteres Tor, dann hielt sie inne, hob die Hand und bedeutete Memo, dass sie eine kurze Pause brauchte.

Beide sahen sie an.

Sie zog langsam ihre Sweatjacke aus, darunter trug sie nur ein Trägertop. Die unzähligen Tattoos auf ihren Armen wurden sichtbar. Sie griff zum Zähler und schob die nächste Ziffer zur Seite. Dabei drehte sie den linken Unterarm so zu Lennard, dass er das großflächige Bild einer Meerjungfrau sehen musste, die einen Hai umarmte. Eines ihrer neusten Kunstwerke.

»Einen Anker habe ich mir noch nicht stechen lassen«, sagte sie und grinste Lennard an. Insgeheim freute sie sich, dass ihr Kommentar über die Chinesische Mauer damit definitiv vom Tisch war. »Aber ein schöner Neunmaster über der Brust ist 'ne super Idee. Danke für die Inspiration!«

3

In diesem Moment sah der Kappentyp Jella das erste Mal in die Augen. Er stand unter einer der wenigen Leuchtfadenglühbirnen, die im Raum von der Decke hingen. In diesem Licht erkannte sie, dass seine Augen tatsächlich strahlend grün waren. Und die rechte Iris hatte einen winzigen hellbraunen Fleck.

Dann schaute er sofort wieder weg. War er gerade rot geworden?

Memo lachte schallend. »Treffer, versenkt, Alter! Genieß dein Bad im Fettnapf.«

»Ich glaube, da muss einer endlich 'ne Runde ausgeben.« Jella lachte.

Lennard drehte sich um und verschwand ohne ein weiteres Wort.

Triumphierend holte sich Jella die letzten Tore, gab Memo die Hand und schlenderte durch die Wohnung. Sie dachte an diese grünen Augen. Aber wie verklemmt der Typ war, unglaublich!

Im Esszimmer spielten einige der Anwälte »Prosecco-Pong«, die Edelvariante von Bier-Pong mit Plastikcocktailgläsern und einem pinkfarbenen glitzernden Ball. Sie hatten die Sakkos ausgezogen und ordentlich über die Stuhllehnen gehängt. Im Hintergrund tanzte David, der einen Outfitwechsel vollzogen hatte, im lilafarbenen Negligé auf perlenbesetzten High Heels, und der heiße Till sang Cindy Lauper mit der Karaoke-Maschine. Fee war nirgends zu sehen.

Raúl stellte sich neben Jella. »Siehst du den Typen dahinten? Mit dem Streifenshirt?« Er nickte in Richtung der Tanzfläche.

Sie machte einen langen Hals.

»Hat mich letzte Woche sitzen lassen. Nach drei Wochen wie im Himmel! *Caramba*, diese Typen wissen einfach nicht, was sie wollen.« Er legte den Arm um sie. »Warum stehe ich nicht auf Frauen? Du wärst genau meine … wie sagt man? Hosenweite?«

Jella brach in Lachen aus, und Raúl ging zurück in die Küche, um noch ein paar Höllencocktails zu mixen. Sie sah den Anwälten im Nebenraum durch die offene Schiebetür dabei zu, wie sie den Tischtennisball konsequent am Glas vorbeiwarfen und sich darüber vor Lachen ausschütteten.

Dann stand Fee plötzlich neben ihr. »Hast du auch so einen Hunger?«, fragte sie und lief auf das Buffet an der gegenüberliegenden Wand zu. »A richtige Brotzait. Wia dahoam.«

Jella schmunzelte. Manchmal, vor allem dann, wenn ihre Freundin einen über den Durst getrunken hatte, kam Fees Bayrisch durch. Das verstand in Hamburg natürlich kaum jemand, aber Jella kannte Fee seit der dritten Klasse und hatte es inzwischen gelernt.

Jella ließ den Blick über das Buffet schweifen, schmierte sich dann Leberwurst auf einen dicken Kanten Roggenbrot und schob ihn sich zusammen mit einer Gewürzgurke in den Mund.

»Und? Schon jemanden getroffen, der an Frauen interessiert und kein Anwalt ist?«, fragte sie mit vollem Mund.

Fee, die gerade von einem Stück Brie abbiss, schüttelte den Kopf. »Vergiss es. Hier lernen wir den Mann unseres Lebens net kennen. Vorhin hab ich mich mit einem unterhalten, der mir eine Rechtsschutzversicherung schmackhaft machen wollte.« Sie kicherte. »Als ob ich im Kuschel-Institut jemanden verletzen könnte.«

Jella musste an Lennard denken. Der war doch bestimmt versichert bis zum Sankt-Nimmerleins-Tag. »Trug er zufällig eine schwarze Kappe?«, fragte sie.

Fees Augen funkelten. »Nee. Wieso?«

»Ach. Nicht so wichtig.« Jella schmierte sich einen Löffel Dip auf eine Scheibe Baguette und steckte sie sich in den Mund. Es schmeckte extrem salzig (vielleicht Gorgonzola?), weshalb sie großzügig mit Hellmate nachspülte und sich die Finger an einer Serviette abputzte.

Fee stupste sie an. »Sag schon!«

Anstatt zu antworten, biss Jella in eine Tomate. Der Saft spritzte gerade in hohem Bogen über das Buffet, als Lennard unter dem Tisch hervorkroch. Sie hielt im Kauen inne. Was machte er auf dem Boden? Hatte er mitbekommen, dass sie über ihn gesprochen hatte?

Fee blinzelte. »Oh. *Diese* schwarze Kappe meinst du.«

Jella zerfiel die Tomate in der Hand, und sie stopfte sich den Rest der Frucht in den Mund. Ein bisschen Tomatensaft tropfte auf Lennard. »'tschuldige«, sagte sie kaum hörbar und verstärkte dabei das Tropfen, was Lennard dazu brachte, sich zu erheben und entnervt über die Schulter zu wischen.

Jella nahm ihre Serviette und wischte nach. Dabei verteilte sie zu allem Überfluss Gorgonzoladip auf dem schwarzen Herrenhemd.

»Lass gut sein«, sagte Lennard und drehte ruckartig die Schulter weg. Er begutachtete die weißlich zähe Schmiere.

»Immerhin, die schönen weißen Turnschuhe sind sauber

geblieben«, sagte Jella und lächelte mit aufeinandergebissenen Zähnen, in dem Versuch, zu retten, was zu retten war.

Wenn er auch nur ein bisschen Humor hätte, würde er jetzt lachen, dachte sie. Doch Lennard lachte nicht. Er stapfte mitsamt einer Lautsprecherbox und hinterherwehendem Kabelwirrwarr davon. Seltsamer Typ. Und trotzdem irgendwie niedlich.

Fee gluckste. »Das lief ja hervorragend. Gehen wir noch mal tanzen und schnappen uns einen neuen Rechtsbeistand, oder ziehen wir weiter?«

Einige der mittlerweile angeheiterten Anzugträger standen herum und zuckten arhythmisch. Wie Jella die aktuelle Lage einschätzte, gab es für sie auf dieser Party nicht viel Absturzpotenzial. Sie erwischte sich bei einem plötzlichen Bedauern, diesen Lennard offenbar in die Flucht geschlagen zu haben. Oder gab es noch eine Chance? Er war zweifelsohne sonderbar, aber auch ein bisschen spannend. Vor allem der Blick aus diesen unfassbar grünen Augen ...

»Wir bleiben hier. Und ich hol mir noch was zu trinken.«

Jella ging in die Küche, ließ sich einen weiteren Hellmate mixen und schob sich durch den Flur zurück ins Wohnzimmer. Dort entdeckte sie Fee erneut auf der Tanzfläche, umringt von Davids Freunden, die um sie herumsprangen und laut den gerade laufenden Dancefloor-Klassiker mitjohlten: *»Shut up and sleep with me ...! Shut up ...!«*

Plötzlich hörte sie hinter sich einen spitzen Schrei. Sie drehte sich um und sah, dass sich im Flur eine Traube gebildet hatte. Als sie näher kam, entdeckte sie in der Mitte zwei der Anzugträger. Einer stand leicht nach vorn gekrümmt da und hielt sich eine Hand auf das rechte Auge. Sein Gesicht und das rosafarbene Hemd waren voller Blut. Hatten die zwei sich geprügelt? Nein, der andere stand wie gelähmt daneben und wirkte, als hätte er gar nichts mitbekommen. Auch die Umstehenden starrten nur reglos auf das blutverschmierte Gesicht des Anwalts. Eine Frau im hellgrauen Etuikleid wandte sich ab und rief hysterisch: »O Gott, ist das eklig!«

Jella schob sich zwischen den tatenlosen Schaulustigen hindurch. Sie packte den Verletzten an der Schulter. »Kannst du mich hören?«

Er brummte.

»Okay. Ich bin Jella. Wie heißt du?«

Es kam nur ein kurzer Laut aus seinem Mund, den Jella als »Tim« identifizierte.

»Also, ich schaue mir das jetzt an, Tim. Bitte mal Kopf leicht nach hinten legen.«

Der Anwalt nahm ganz langsam die Hand vom Auge. Es blutete offensichtlich heftig aus seiner Braue, und er drückte die Hand sofort wieder auf die Stelle. Einige Leute stöhnten auf und drehten sich ebenfalls weg.

»Ja, Augenbraue ist fies«, sagte Jella, die in diesem Moment gefühlt wieder vollkommen nüchtern war. »Das blutet sehr. Sieht aber aus, als müsste es nicht genäht werden.« Sie zog eine Packung Taschentücher aus der hinteren Hosentasche, nahm eines heraus und drückte es dem jungen Mann in die freie Hand. »Bitte damit fest auf die Wunde drücken!«

Er tat, was sie ihm sagte.

»Du hast Glück, ich hab Steristripes dabei. Für alle Fälle.« Sie öffnete den Reißverschluss ihrer Bauchtasche, zog ein kleines rotes Plastiketui hervor und entnahm diesem ein Alutütchen und drei winzige weiße Streifen. »So, jetzt bitte die Hand wegnehmen.« Jella öffnete das Tütchen mit den Zähnen, zog ein Desinfektionstuch heraus und wischte damit vorsichtig, aber ohne Zögern über die Haut an den Wundrändern. Dann klebte sie einen Pflasterstreifen nach dem anderen über die klaffende Wunde, die sich dadurch schloss.

Jella drehte sich um und erblickte Fee. »Liebes, ruf ein Taxi. Das sollte sich trotzdem ein Arzt ansehen.«

Tim winkte ab. »Nein, ich will nicht in die Klinik.«

Jella fasste ihn wieder an der Schulter. »Muss aber leider sein. Sonst riskierst du, dass das eine richtig unschöne Narbe wird. Oder willst du wie Jack Sparrow aussehen?«

Tim wimmerte leise.

»Keine Angst. Ich fahre mit.« Jella sah sich um und schaute in viele große Augen. »Kann mir mal jemand meine Jacke bringen?«

Niemand regte sich. Außer Fee natürlich, die sofort losmarschierte, um Jellas Jacke zu holen.

In diesem Moment schien der andere Anzugträger aus der Starre zu erwachen. »*Ich* fahre mit. Ich bin schließlich schuld, beziehungsweise meine Bierflasche. Die hab ich ihm aus Versehen ans Auge gehauen.«

Jella nickte und ging zur Toilette, um sich die Hände zu waschen. Kurz darauf klingelte es an der Tür, und als sie das Badezimmer wieder verließ, gingen Tim und sein Freund gerade zur Tür raus. Jella sah den Flur entlang und erblickte das schwarze Cap zwischen den Köpfen der Partygäste, die sich allmählich wieder zerstreuten. Er lehnte neben Memo an der Wand.

Fee sprang auf sie zu. »Meine Lieblingskrankenschwester! Du bist die Heldin des Abends.« Sie riss Jellas rechten Arm nach oben. »Die Frau ohne Furcht, aber mit sterilen Pflastern. Jella

MacGyver!« Sie sprach mit tiefer Stimme und voller Inbrunst. »Sie rettet jeden verletzten Mann und tötet zur Not auch den Drachen.«

Jella lachte. Dann blickte sie kurz wieder zu Lennard. Der sah sie in diesem Moment direkt an und lächelte. Wow! Ihr kleiner Rettungseinsatz hatte ihn wohl beeindruckt. Mann, war der hübsch, wenn er nicht so griesgrämig schaute. Den schnappte sie sich jetzt.

Sie zwinkerte Fee zu, die sofort verstand. Dann schlenderte Jella langsam auf die beiden Jungs zu. »Na, ihr zwei? Und wie geht's? Geht ihr heute zusammen nach Hause, oder wie sieht's aus?«

Memo lachte laut. »Nein, wir kennen uns einfach schon zu lange, das ist nicht mehr spannend«, antwortete er. »Ich geh gleich heim, muss mich morgen früh um die Kinder kümmern.«

Jella schaute erwartungsvoll zu Lennard. »Und du?«

Er wollte gerade antworten, hielt aber plötzlich inne und zog sein Handy aus der Tasche. Nach einem kurzen Blick aufs Display murmelte er: »Bin noch verabredet.«

Jella traute ihren Ohren nicht. »Waaas?«, rief sie etwas zu laut. Das konnte doch nur irgendeine Tinder-Schnecke sein, die sich in der langen, kalten Februarnacht Gesellschaft unter der Bettdecke wünschte. Das hätte sie diesem Lennard niemals zugetraut.

Die Jungs zogen sich die Jacken an. »Bis bald«, rief Memo. Einen Wimpernschlag später waren sie weg.

»Unfassbar«, beschwerte sich Jella bei der geschlossenen Eingangstür.

3 März 2020

+++ Hygiene-Expertin Prof. Dr. Petra Gastmeier empfiehlt, in die Armbeuge zu niesen, sich gründlich die Hände zu waschen und keine Hände zu schütteln +++ Der Corona-Podcast von NDR Info mit Christian Drosten, Leiter der Virologie in der Berliner Charité, startet +++ Lennard hat zwölf wetterbeständige Reflektorspeichensticks an seinem Rennrad installiert +++

4

Vier Stunden. Oder waren es schon fünf? Nicht schlecht, dachte Lennard und lächelte in sich hinein. Gerade war ihm eingefallen, dass er den ganzen Vormittag nicht ein einziges Mal auf sein Smartphone geschaut hatte. Er versuchte neuerdings, sich weniger davon ablenken zu lassen. Gut, es hatte ihn ein bisschen in den Fingern gekribbelt, seine Schrittzähler-App zu checken. Und er wollte Memo noch schreiben, wann sie laufen gingen. Aber erst später. Gerade genoss er die Mittagspause als handyfreie Zone.

Statt sie dienstags wie so oft bei einer Fitnessbowl in seiner Lieblingssalatbar zu verbringen, hatte er sich heute für eine Erledigung entschieden. Obwohl die ersten zaghaften Sonnenstrahlen Anfang März durchaus auch dazu eingeladen hätten, sich mit einem Lunch-to-go auf eine Bank in die Grünanlagen von Planten un Blomen zu setzen. Hol ich mir halt später ein Brötchen, dachte er – und fand sich für seinen Einfall ein kleines bisschen verwegen. Von wegen, er konnte nicht spontan sein. Er brauchte nur genug Zeit, um sich darauf vorzubereiten.

Außerdem freute er sich, gleich seine Hemden aus der Reinigung zu holen. Das gehörte für Lennard zu den Dingen, die ihm ein heimliches Vergnügen bereiteten. Und der Arbeitstag bis hierher war, charmant gesagt, äußerst bescheiden gewesen. Also auf zu Runge + May. Das war ein seit 1952 familiengeführter, mehrfach ausgezeichneter und längst auf umweltfreundliche Verfahren der Textilreinigung setzender Meisterbetrieb, wie Lennard damals auf der Suche nach seiner zukünftigen Stammreinigung recherchiert hatte. Es war jedes Mal wie ein kleines Wunder: Man brachte etwas Verdrecktes, und bekam es kurz darauf sehr sauber und aufgebügelt zurück. Toll, oder? Und so effizient! Im Gegensatz zu Ämtern oder Supermärkten musste man sich in der Reinigung nie unnötig lange aufhalten. Und selbst wenn, es hätte Lennard vermutlich nur ein bisschen gestört. Ein kleiner, sauberer Raum, in dem die Welt noch in Ordnung war.

Frau Runge war einer von den Menschen, die er zumindest geringfügig vermissen würde, sollte er jemals aus Hamburg wegziehen. Spätestens, wenn sie ihr langgezogenes »Hallooo, Herr Vogel!« über die Ladentheke und durch den feuchtwarmen Laden flötete, pegelte Lennards Laune unwillkürlich ein paar Grad nach oben. So auch heute. Nachdem er sein mattgoldenes Retrorennrad an die Laterne vor dem Geschäft gelehnt und abgeschlossen hatte, kam er sofort dran.

»Ach, Herr Vogel. Wie schön, Sie mal wieder zu sehen«, zwitscherte sie. Er schätzte sie auf Ende fünfzig.

Lennard begrüßte Frau Runge. »Wie war es denn auf Lanzarote? Konnten Sie ein bisschen abschalten?«

Sie winkte ab. »Sie sind immer so aufmerksam. Also, wenn meine Chrissie nicht schon vergeben wäre, ich würde Sie einfach einpacken und mit nach Hause nehmen.« Sie beugte sich nach vorn. »Und wenn ich selbst etwas jünger wäre …«

Lennard lächelte etwas beschämt. »Frau Runge«, entgegnete er verlegen. »Lassen Sie das bloß nicht Ihren Mann hören.«

Sie lachte laut. Er überreichte ihr den Abholschein, und sie marschierte nach hinten. Kurz darauf kam sie mit drei knisternden Folien in der Hand zurück.

»So, bitte sehr, die Hemden«, sagte Frau Runge und drückte Lennard die Drahtbügel in die Hand.

Es durchzuckte Lennard kurz, als er daran dachte, wie der Fleck entstanden war. Gorgonzoladip. Bäh. Dann fiel ihm die Nachricht von Claire ein, die den bis dahin gelungenen Abend schlagartig beendet hatte: *Kannst du schnell zu mir kommen? Otis erbricht sich seit Stunden.*

Bis in die frühen Morgenstunden hatten Lennard und Claire mit Otis auf dem Sofa gesessen und ihm den Kopf gestreichelt. Der Sonntag danach war dementsprechend tödlich gewesen, denn selbst wenn Lennard nicht allzu viel getrunken hatte: Sein siebenunddreißigjähriger Körper verzieh immer seltener den Schlafentzug.

Frau Runge lachte schelmisch. »Alles gut gegangen. Wir waren wie immer vorsichtig, das ist ja ein ganz sensibles Stöffchen.«

Das Hemd sah sicher aus wie neu, und natürlich wusste Lennard, dass sich die Mitarbeiter seiner Lieblingsreinigung nicht weiter fragten, was genau den weißen Fleck auf dem Baumwollhemd verursacht haben könnte. Wenn man in zweiter oder dritter Generation meisterlich eine Textilreinigung führte, konnte man sicher unterscheiden, um was für eine Soße es sich bei einem milchig weißen Fleck handelte. Oder? Die Vorstellung, dass Frau Runge ihre diskrete, Service orientierte Art hinter den Kulissen ablegte und sich ausmalte, wie ihr Stammkunde Lennard Vogel in seiner Freizeit womöglich Geht-sofort-los-Orgien besuchte, machte ihn aber auch ein bisschen stolz. Er wusste ja, dass er im Grunde der totale Klosterschüler war.

»Manchmal ist dieser Taubendreck wirklich hartnäckig«,

sagte sie kopfschüttelnd. »Aber das bringt Glück, Herr Vogel!«

Er musste an die Party denken. Wie er erfolglos versucht hatte, einen der Lautsprecher zu reparieren. Wie besoffen die meisten der Anwesenden gewesen waren, und wie gnadenlos sein eigener Kopf am nächsten Morgen von diesem einen Drink geschmerzt hatte. Was war das gleich gewesen? Kümmerling mit Ginger Ale?

Immerhin war die Party besser gewesen, als den Abend zu Hause auf der Couch zu verbringen. Lennard kannte David über Memo und nicht wirklich gut. Und auch, wenn der Anwalt ihm zwei, drei Nuancen zu laut war: Feiern konnte man mit ihm. Sofern Lennard danach zumute war. Zuletzt waren sie vor einem Jahr mit einem Rudel Kreuzfahrtanimateurinnen auf Landgang (und in voller Fahrt) in der Korallbar und später irgendwo auf dem Kiez abgestürzt, aber die genauen Zusammenhänge wusste Lennard nicht mehr. Er hatte damals Liebeskummer wegen Claire gehabt – oder das, was er dafür gehalten hatte.

Lennard schüttelte leicht den Kopf. Wie hieß noch mal die Tätowierte, vor der er sich so blamiert hatte? Julia? Nein, es war außergewöhnlicher gewesen. Jill? Wie Memo auf Partys immer zielsicher solche Frauen auftat. Unattraktiv war sie ja nicht gewesen, aber wirklich nicht nach seinem Geschmack, so angemalt von oben bis unten.

Janina? Vielleicht hieß sie Janina …

War er zu harsch zu ihr gewesen, als sie ihm den Dip auf das Hemd geschmiert hatte? Lennard konnte sich selbst nicht leiden, wenn er sich nicht unter Kontrolle hatte und unfreundlich wurde. Er mochte zwar Menschen nicht besonders gern (oder besser gesagt: nicht viele und erst recht nicht in Partysituationen), aber er verzieh es sich selten, wenn er das offen zeigte. Lieber verbarg er seine misanthropischen Gedanken und hielt es wie die Queen: *lächeln und winken*. Der Fleck auf dem Hemd hatte diese Haltung allerdings auf eine harte Probe gestellt. Von ihren Witzen in seine Richtung mal ganz abgesehen.

Jessica? Jesta? Irgendwas mit J jedenfalls. Oder Milla? Hm.

Er schaute auf seine Sneaker runter. Schade, dass man die nicht auch in der Reinigung abgeben konnte. Er hatte sie am Sonntagabend geputzt, als das Dröhnen in seinem Kopf endlich leiser geworden war, aber ganz rein sah das Weiß der nachhaltig produzierten Teile mit Kautschuksohle nicht mehr aus. Weiße Schuhe hatten für Lennard etwas so Beruhigendes wie die weiße Wand für einen Zen-Meister. Umso mehr hatte er sich über den Kommentar dieser Frau geärgert. »Genau wie weiße Turnschuhe …« Pf! Obwohl es ihn beeindruckte, dass sie offenbar in jeder Situation schlagfertig war. Es hatte ihn ein wenig irritiert, sie im Arm dieses Spaniers (oder Kubaners? Mexikaners?) im Hawaiihemd zu entdecken, wo sie doch vorher offensichtlich *ihn* angeflirtet hatte. Auf der anderen Seite auch nicht weiter verwunderlich. Sie war ja bestimmt keine Frau, die irgendetwas anbrennen ließ. Aber warum störte ihn das überhaupt?

Lennards Gedanken wanderten zu David und seiner Federboa. Irgendwie bewunderte er ihn dafür, sich so zu zeigen. Obwohl Kostüme im Allgemeinen und Glitzer-Make-up im Speziellen nicht wirklich Lennards Ding waren. Das letzte Mal verkleidet hatte er sich beim Kinderkarneval vor bald dreißig Jahren. Das heißt, er war verkleidet *worden*: Seine Mutter Sanne hatte ihm ein glänzendes Rochenkostüm genäht, in dem er sich unglaublich geschämt hatte.

Frau Runge riss ihn aus den Gedanken. »Das macht dann genau neun Euro bitte, Herr Vogel.«

Lennard zahlte und wandte sich Richtung Tür.

»Und bleiben Sie gesund!«, rief sie ihm hinterher. »Das ist schon alles beängstigend gerade, nicht? Erst die brennenden Koalabären in Australien ...« Sie seufzte und blickte über seine Schulter aus dem Fenster. »Und jetzt das hier. Ja, die Natur rächt sich, ich hab's immer gesagt.«

Lennard brauchte eine Sekunde, bevor er verstand. »Ach, Sie meinen Corona? Machen Sie sich keine Sorgen«, antwortete er betont gelassen. »Ist alles halb so wild. Und ich glaube auch nicht, dass das Virus wirklich etwas mit einer Fledermaus zu tun hat. Ihnen auch alles Gute. Bis zum nächsten Mal!« Er schulterte seine Hemden in Folie und verabschiedete sich.

Während er sein Fahrrad aufschloss und sich einhändig auf den Sattel schwang, schüttelte er über sich den Kopf. Das war eine glatte Lüge gewesen. Was dieses Virus anging, war er schon die ganze Zeit beunruhigt. Seitdem er sich etwas genauer mit exponentiellem Wachstum beschäftigt hatte, sorgte er sich sogar. Gestern erst hatte er einen Artikel aus der *Süddeutschen* in seiner Facebook-Timeline geteilt, der seiner Meinung nach sehr anschaulich die enorme Wucht veranschaulichte, die das Virus entfalten konnte. In dem Text wurde die Legende vom indischen Erfinder des Schachspiels zitiert, die Lennard gekannt, aber nicht mehr im Kopf gehabt hatte: Der erbat sich vom König, in Weizenkörnern entlohnt zu werden. Ein Korn für das erste Feld des Schachbretts, zwei für das zweite Feld, vier für das dritte, acht für das vierte, also immer wieder die doppelt so große Menge. Am Ende hätte der König eine zwanzigstellige Zahl an Weizenkörnern auftreiben müssen: 18,45 Trillionen, um genau zu sein. Eine gewaltige Masse, die der globalen Ernte mehrerer Jahrhunderte entspräche!

Übertragen auf Infektionszahlen hieße das ...

Bei den ganzen Zahlen fielen ihm unweigerlich sein Chef Kai und der äußerst nervtötende Kostenvoranschlag wieder ein, der immer noch auf seinem Schreibtisch in der Agentur auf ihn wartete. Er würde den restlichen Nachmittag damit verbringen, sich von Kai Vorhaltungen machen zu lassen, nicht eher etwas gesagt zu haben. Wieso erledigten sich ausgerechnet solche Sachen nie von selbst? Vielleicht hatte Kai auch schon angerufen? Es wurde doch mal Zeit, das Handy zu checken.

Lennard hielt an, hängte die Hemden an den Lenker und zog sein Telefon aus der Hosentasche. Memo hatte dreimal angerufen, und es gab dreiunddreißig Benachrichtigungen in der Party-WhatsApp-Gruppe (mit dem klingenden Namen *For you – For me – FOURTY!*), aus der er vergessen hatte auszutreten. Sicher hatte jemand einen weiteren Schwung peinlicher Bilder nachzuschießen. Wie nervig. Hätte er die Gruppe doch längst verlassen. Bei Memo war besetzt, also tippte er auf den Partychat bei WhatsApp, wo er zur ersten Nachricht von heute Morgen geleitet wurde. Sie war von David, lief über die gesamte Länge seines Displays – und ließ Lennards Herz in die Hose rutschen.

DRINGEND! MAYDAY! Hallo, ihr lieben Partymäuse. Bitte zu Ende lesen! Ich fand es super, mit euch so abzufeiern neulich. Danke für alles und jeden! Leider gibt es ungute Nachrichten: Nach ein paar Tagen mit Husten bin ich eben positiv auf Corona getestet worden. Es geht mir den Umständen entsprechend gut, aber ich soll alle Kontakte der letzten Wochen informieren. Bitte!! Lasst euch testen und bleibt zu Hause. Ich hoffe, ich hab niemanden angesteckt, wir feiern sicher bald wieder zusammen. Es tut mir wahnsinnig leid. Keep you posted!

Love & Light 🛸✨
xx D.

5

Lennards Augen wanderten dreimal wie in Trance über die Zeilen, bis er verstand, dass es keine normale »War-toll-mit-euch-bis-zum-nächsten-Mal«-Nachricht war. Dann hörte er sein eigenes Blut rauschen und wählte mit weichen Knien in den Kontakten »Sanne & Bodo« aus. Bevor es jedoch zum ersten Mal tutete, drückte er den Anruf schnell wieder weg. Seine Eltern konnten ihm nicht helfen.

Wer dann? Memo, bei dem gerade noch besetzt gewesen war, ging beim nächsten Versuch nicht mehr ran. So was liebte Lennard ja.

RUF MICH AN ALTER 🤯!!!, tippte er und schickte die Nachricht ab.

Lennard konnte sich nicht erinnern, jemals etwas komplett in Großbuchstaben und mit drei Ausrufezeichen geschrieben zu haben. Sein Kopf juckte unter der Kappe, auf der Stirn bildeten sich Schweißperlen. Immerhin hatte er David nicht umarmt. Oder? Nein …

Ah doch, Mist! Zu »When Love Takes Over« von Kelly Rowland und David Guetta hatte sich der Gastgeber alle Anwesenden mit einem lauten »Kommt zu Papa!« nacheinander auf der Tanzfläche zur Brust genommen und an sich gedrückt. Stimmt, auch Lennard hatte mit der Stirn an seinem verschwitzten Hals gehangen und deshalb am nächsten Mittag über die Glitzerreste auf seinem Kissen den Kopf geschüttelt. Nun schauderte es ihn, auf Tuchfühlung gegangen zu sein. Er hatte sich ganz bestimmt angesteckt. Und hatte David nicht etwas von einem Besuch bei der Familie im Pott erzählt? O Gott, am Ende kam er noch aus Heinsberg …

Ganz ruhig, Junge, mahnte er sich. Wenn du jetzt durchdrehst, hilft das niemandem.

Lennard scrollte im Telefonbuch nach P wie Purpose². Den Kostenvoranschlag, der auf dem Schreibtisch wartete, hätte er plötzlich gar nicht so ungern weiterbearbeitet.

»Pörpeshochzwei, hier spricht die Fritzi?«

Er fand es schrecklich, wie Fritzi vom Empfang den Namen der Agentur aussprach und sich dann auch noch mit »die Fritzi« meldete. Und wie sie ihren Namen am Ende so doll zur Frage hochzog, als wüsste sie selbst nicht, ob sie so hieß. Er musste sich sortieren.

»Hallooo?«

»Fritzi, hi. Ich bin's, Lennard.«

»Ach du. Was geht?«

»Du, ich …« Er stockte. Sollte er wirklich sagen, dass er sich eventuell vielleicht, nein, *ganz bestimmt!*, mit dem Corona-Virus infiziert hatte? Die ganze Agentur verrückt machen, zwei Tage vorm Pitch mit Veggani? Wenn alle starben, brauchte sowieso kein Mensch mehr vegane Pizza und Lasagne. »Also, ich …« Wieder verstummte er.

»Jaaa, Lennard?«

»Ich muss dringend nach Hause. Zu meinen Eltern.«

»O nein, ist was passiert?«

»Nee, ich glaube nicht. Du, ich meld mich.«

»Denkst du noch an den Ko…«

Er hatte aufgelegt und das letzte Wort nicht mehr verstanden, aber ihm war klar, was die Fritzi hatte sagen wollen. Sein Blick blieb auf seinen Turnschuhen hängen, und er fühlte sich plötzlich hundeelend, als ob alle Energie durch die Sohlen direkt in den Boden unter ihm floss. Er googelte »Testen Hamburg Corona wo?«, wischte das Fenster aber schnell nach oben und googelte in einem neuen »Corona Symptome«. Doch auch dieses Fenster wischte er wieder weg. Sein Herz raste, er schluckte mehrmals. Da, er fühlte es, das Kratzen im Hals hatte er vor ein paar Tagen schon gehabt! Und es war eindeutig ein trockenes Kratzen gewesen. Lennard brauchte die Symptome nicht zu recherchieren, er kannte sie längst auswendig. Obwohl es höchstens zehn Grad waren, brach ihm der Schweiß aus. Er brauchte etwas zu trinken.

Oberhalb des giftgrünen WhatsApp-Kreises tauchte eine rote Siebzehn auf, dann eine Fünfundzwanzig, Einunddreißig ... Die Antworten in der Gruppe kamen im Sekundentakt, aber er wollte jetzt nicht mit den anderen Partygästen kommunizieren –, als würde allein das die Ansteckungsgefahr erhöhen. Ob er aus der Gruppe austreten sollte? Hatte er ja sowieso machen wollen. Aber wenn noch eine wichtige Info kam ... Nein. Das musste warten.

Das Gesundheitsamt. Er musste das Gesundheitsamt anrufen! Aber wäre er dann registriert? Würden die nicht gleich seinen Arbeitgeber kontaktieren? O Gott. Lennard konnte keinen klaren Gedanken fassen.

Ein Auto hupte ihn an, weil er sich direkt vor einer Parklücke befand. Er schwang sich aufs Rad und fuhr, so schnell er einarmig konnte, mit wehenden Oberhemden über der Schulter Richtung Hauptbahnhof. Am liebsten wäre er wieder bei Runge + May rein, da war die Welt sauber, rein und geordnet.

Im Krankenhaus St. Georg könnte er einen Test machen. Dann hätte er Gewissheit, dass er sicher Glück gehabt hatte und negativ war. Dort gab es, hatte ihm zumindest ein Kollege erzählt, ein Fenster, vor dem man sich anstellen und sofort testen lassen konnte. »Wie der Drive-in bei McDoof, nur ohne Auto«, hatte er gesagt, und Lennard hatte daraufhin nachts geträumt, wie er dort wartete und jemand vom Krankenhaus ein meterlanges XXL-Stäbchen durchs Fenster direkt in seinen Rachen schob. Beim Aufwachen hatte er reflexartig gewürgt und nach Luft gerungen.

Hatte er aber nicht gelesen, dass man nur unter bestimmten Umständen getestet wurde? Wenn man in einem der Risikogebiete gewesen war? Symptome hatte? Und jemanden kannte, der positiv getestet worden war? Musste man alle Bedingungen erfüllen, oder genügte eine? Und wurde so ein Test überhaupt von der Krankenkasse bezahlt? Vielleicht sollte er lieber doch nach Hause ...

Neinneinnein, bloß nicht, sagte er sich. Einfach fahren, er musste es versuchen.

6

Vor dem halb geöffneten Fenster am Hauptgebäude des Krankenhauses in St. Georg standen die Leute bis fast auf die Straße. Drinnen konnte man eine Frau mit Mundschutz sehen, die aber nicht ganz bis ans Fenster kam, sondern zu der älteren Dame, die gerade davorstand, Abstand hielt.

Lennard hatte sich auf der Fahrt hierher in eine stattliche Todesangst reingesteigert. Nicht nur wegen Corona, auch weil er vorhin in der Agentur seinen Helm vergessen hatte und jetzt auch noch einhändig gefahren war. Er malte sich jedes Mal beim Radfahren aus, wie ein LKW ihn streifte und er mit dem Kopf auf die Bordsteinkante knallte, oder wie er selbst jemanden anfuhr und über den Lenker ging. Aber diesmal hatte er auch an die Zombie-Apokalypse aus *World War Z* gedacht. Das war zumindest eine Abwechslung in seinem inneren Katastrophenfilmrepertoire.

Mit zittrigen Fingern schloss er sein Rad an. Kalter Schweiß stand ihm im Nacken, das Shirt unter dem Sweater und der Jacke war durchgeschwitzt. Sollte er sich irgendwo anmelden? Oder eine Nummer ziehen? Erst mal unauffällig hinten anstellen und abwarten.

»Huhu! Was machst du denn hier?«

Er erschrak über die Frauenstimme. Bestimmt war nicht er gemeint. Sein Blick ging in Richtung Sneaker.

»Hey, Lennard! Hier vorne!«

Dann sah er sie. Etwa zehn, zwölf Leute vor ihm, von denen

sich einige zu ihm umgedreht hatten. Ausgerechnet die Oberforsche von der Party. Die mit den vielen Tattoos. Von allen Anlaufstellen in Hamburg und von allen Minuten, die der Tag hatte – und nicht zuletzt von allen Gästen, die auf Davids Party gewesen waren –, traf er ausgerechnet auf sie?

Sie winkte und schien sich zu freuen, ihn zu sehen. Lennard hatte aber wirklich keine Lust auf eine anstrengende Person wie sie. Und dass das Gespräch anstrengend werden würde, war so klar wie die Tatsache, dass er von jetzt auf gleich mit allen, die er kannte, und ja, vielleicht mit allen Menschen auf der Welt, in etwas total Beschissenes hineingeraten war.

»Da bist du ja endlich. Ich habe auf dich gewartet. Na komm!« Sie winkte ihn zu sich.

In diesem Augenblick drehten sich auch die Letzten vor ihm in der Schlange um und glotzten ihn an. Bitte nicht! Lennard verstand nicht, was sie von ihm wollte, ging aber die paar Meter an den Wartenden vor ihm vorbei zu ihr. Wie hieß sie noch mal?

Lennard hob leicht die Hand zum Gruß, um zu signalisieren, dass er auf Abstand bleiben wollte. Und dass sie bitte keinesfalls näher kommen sollte. Sie sah aus wie eine Umarmerin, klarer Fall.

Er räusperte sich. »Wie, du hast auf mich gewartet?«

Sie lachte immer noch und wirkte irgendwie nicht so, als fände sie das alles besonders schlimm. Zugegeben, sie sah bei Tageslicht und ohne Alkoholeinfluss wirklich nicht schlecht aus, da hatte Lennard sie weniger hübsch in Erinnerung gehabt. Wahrscheinlich, weil er mit lauten Menschen eher ein Problem hatte.

Sie lächelte. »Du hast so verloren ausgesehen, wie du da standest. Da dachte ich, du kannst vielleicht etwas Gesellschaft vertragen. Na ja, kennen tun wir uns ja auch. Ich meinte: richtig kennen. Du weißt schon.«

Wusste er nicht.

»Erinnerst du dich nicht an mich?« Sie zog die Augenbrauen zusammen, ohne mit dem Lächeln aufzuhören. »Jella. Also falls du es vergessen hast. Und jetzt treffen wir uns hier wieder. Lustig, oder?«

»Lustig?«

»Irgendwie schon. Das Gute ist, ich muss nicht allein in der Schlange stehen.« Sie stupste ihn mit der Schulter an.

Lennard zuckte zusammen. Er wollte nicht, dass ihm jemand zu nahe kam. Nicht normalerweise, und vor dem Krankenhaus erst recht nicht. Gott, er war so durch den Wind ...

»Was ist mit deinen Hemden? Trägst du die immer mit dir herum?«

Mann, war die neugierig!

»Die kommen aus der Reinigung«, erwiderte er matt. »Wohnst du in St. Georg?«

Lennard schwirrte bereits der Kopf. Wie konnte sie so entspannt sein? Und so viel reden? Aber peinliche Stille in Gesprächen war fast noch schlimmer. Also lieber etwas sagen, bevor sie zur Gegenfrage ausholte.

»Nein, in Wilhelmsburg. Ich war eben in der Stadt und hab meine Freundin Ezra beraten, die sich tätowieren lassen will.«

Ach ja, die Tattoos. Als Lennard an seinen Fauxpas dachte, wurde er prompt wieder rot. Hastig fragte er: »Eine Meerjungfrau? Oder was mit Anker?«

Okay, immerhin hatte Jella Humor. Sie lachte nämlich über

seinen Witz. »Stell dir vor, eine Medusa. Sie will das Tattoo einmal quer über den ganzen Rücken laufen haben. Vielleicht auch erst mal nur den Kopf. Ist ja auch teuer so was.«

»Oh. Wow.« Lennard war kurz beeindruckt und froh, dass Jella ihm den dummen Spruch von neulich Abend offensichtlich nicht übelnahm – oder wenn doch, es zumindest charmant verbarg. Ihre Körperbemalung konnte man in diesem Moment nicht sehen, sie trug eine Bomberjacke und irgendwas Kleidartiges in Senf, darunter eine Leggins und Boots. Passte zu ihr. Auch wenn Lennard Frauen in eleganteren Klamotten lieber mochte.

»Hast du Angst, es zu haben?« Lennard verspürte den Drang, den Smalltalk hinter sich zu lassen und darüber zu sprechen, warum sie eigentlich hier waren.

»Nee!« Jella erzählte ihm, dass ihr Mitbewohner – denn klar, natürlich wohnte jemand wie sie in einer WG – sie heute Morgen gezwungen hatte, sich unverzüglich testen zu lassen, wenn sie weiterhin mit ihm unter einem Dach leben wolle. »Das wird doch viel heißer gekocht, als es gegessen wird«, meinte sie vergnügt.

»Ich würde schon gern auf Nummer sicher gehen«, gab Lennard zu. Dabei sah er ihr zum ersten Mal richtig ins Gesicht. Sie hatte ein ziemlich hübsches Lächeln. Und tolle Zähne. Sah man ja auch nicht alle Tage. Bestimmt hatte sie so eine elektrische Zahnbürste mit Ultraschall. Kurz stellte er sich vor, er würde in einer Wohnung mit dieser Frau leben. Wahrscheinlich würden sie sich jeden Tag fetzen – und natürlich wäre immer sie schuld: zu laut, zu unordentlich, zu viel Besuch …

»Was ist denn heutzutage bitte noch sicher?« Jella zuckte mit den Schultern. »Das Leben per se ist voller Risiken, würde ich sagen.«

Das sah Lennard auch so. Weshalb er sich gegen sämtliche Eventualitäten abgesichert hatte. Erstaunlich. Sie hatten tatsächlich etwas gemeinsam.

Bevor er antworten konnte, trat ein Mitarbeiter der Klinik aus der Tür neben dem Fenster vor die Menge. Er trug einen mintgrünen Mundschutz, Plastikhandschuhe, einen weißen Kittel und schwitzte stark. Es war ein unwirkliches Szenario.

»Hast du *Contagion* mit Gwyneth Paltrow gesehen?«, fragte Jella unbeeindruckt. »Der kommt jetzt bestimmt wieder in die Kinos. Eine Fledermaus infiziert mit einem Stück Banane ein Schwein, das Schwein den Koch, der wiederum Gwyneth Paltrow, die stirbt und …«

»Pscht!«, machte eine Frau vor ihnen laut und blickte sich äußerst streng um, was Lennard erleichterte, weil auch er hören wollte, was der Mann zu sagen hatte.

»Guten Tag. Leider müssen wir Sie alle bitten, nach Hause zu gehen. Wir können Sie nicht testen, das übersteigt unsere Kapazitäten. Bitte bleiben Sie zu Hause und melden Sie sich beim Gesundheitsamt, wenn Sie den Verdacht haben, dass Sie sich mit dem Corona-Virus infiziert haben könnten.«

»Beim Gesundheitsamt geht aber keiner ran!«, rief ein älterer Herr aus der Schlange. »Seit zwei Tagen besetzt.«

»Genau!«, schloss sich ein junger Typ an.

»So war es bei mir auch«, meinte eine Stimme von weiter hinten.

»Versuchen Sie es weiter. Es tut mir leid, wir müssen Sie wirklich bitten, nach Hause zu gehen.«

»Okay, das nervt«, sagte Jella. »Vielleicht sage ich Ralf einfach, dass ich mich habe testen lassen. Ich bin sowieso gesund, ansonsten hätte ich ja wohl längst Fieber gekriegt. Aber wie ich diesen Spinner kenne, will der sicher das Ergebnis sehen, als Beweis.« Sie stöhnte genervt. Dann blickte sie Lennard an. Beinahe so, als hätte sie ihn gerade erst entdeckt. »Was machst du jetzt? Gehen wir einen Kaffee trinken?«

Lennard kniff die Augen zusammen. Reflexhaft schob er sich die Brille zurecht. Tja, was sollte er nur machen? Er hatte keine Ahnung. Ein Kaffee mit Jella wäre bestimmt eine Eins-a-Ablenkung, zumindest würde sie für genügend Gesprächsthemen sorgen, die nichts mit Corona zu tun hatten. Doch dafür fehlten ihm die Nerven. Er wollte wissen, was Sache war.

»Ich fahre erst mal nach Hause. Schreibst du was in die Gruppe?«

»Nö. Ich muss zur Haltestelle Lohmühlenstraße. Begleitest du mich ein Stück?«

Die war aber hartnäckig. Oder einsam?

»Andere Richtung«, wich Lennard aus. »Ich bin mit dem Rad da und fahr die Lange Reihe hoch. Pass auf dich auf.« Er zögerte. Dann sagte er: »Und schreib mir bitte, wenn du krank wirst oder so. Okay?«

»Mal sehen.« Sie lächelte unbestimmt.

Was war nur los mit dieser Frau? Wollte sie ihn ärgern? Oder wirklich nicht schreiben? Oder ... O nein! Nicht, dass sie dachte, er würde sie anbaggern!

»Das war jetzt keine Anmache, ne?«, schob er hastig hinterher.

»Schon klar. Ich schreib dir nur, wenn ich grün anlaufe und blaue Pusteln kriege.« Jella grinste.

Mann, ihr Lächeln war echt der Hammer.

Lennard drehte sich um und lief zu seinem Rad. Mit etwas Glück war der ganze Tag einfach ein schlechter Scherz, und wenn er morgen aufwachte, wäre alles wieder gut.

12 März 2020

+++ Zur Vorbeugung von depressiven Verstimmungen rät Stefan Koelsch, Professor für Bio- und Musikpsychologie, in guter Verfassung eine Playlist zusammenzustellen, die mit trauriger Musik anfängt und mit Musik in der Stimmung endet, in die man kommen will +++ Sachsen-Anhalts Wirtschaftsministerium schaltet ab morgen eine Hotline. Dort sollen Unternehmen über Unterstützungsangebote informiert werden +++ In seinem neuen Buch »Im Grunde gut« betont der Historiker und Journalist Rutger Bregman, das Wesen des Menschen führe uns gerade bei Naturkatastrophen oder in Kriegen zur Zusammenarbeit: »Es kommt dann geradezu zu einer Explosion des Altruismus und des Einanderhelfens« +++

7

»Jella? Bist du da drin?«

Sie betrachtete gerade die Tiefe der Falten in ihren Fingerkuppen und überlegte, wie lange sie bereits in der Wanne lag. Ob ihre Haut danach nach Lavendel und Hopfen riechen würde? Was passierte eigentlich, wenn man die Zwei-Stunden-Grenze überschritt? Ihre Sound-Box stand neben dem Smartphone auf dem Toilettendeckel, und Patrice sang zum siebten Mal »Everyday Good«.

»Ja, ich bin hier drin. Was gibt's?«, fragte sie zurück und versuchte, nicht genervt zu klingen. In einer Wohngemeinschaft, in der nur zwei Menschen lebten, war es überflüssig zu fragen, wer sich im Bad befand, wenn abgeschlossen war.

»Ach, nichts Wichtiges«, erwiderte Ralf. »Ich wollte nur wissen, ob dein Yoga-Studio geschlossen wurde.«

Ralf erkundigte sich ausgesprochen selten nach Dingen aus Jellas Leben, die seines nicht tangierten. Es war fast schon verwunderlich, dass er sich erinnerte, dass sie Yoga-Lehrerin war. Ralf und sie hatten nicht sehr viel gemeinsam. Außer vielleicht, dass sie beide Weißwürste mochten und *Ozark* auf Netflix schauten. Natürlich in getrennten Zimmern.

»Nein. Wurde es nicht. Warum?«, entgegnete sie.

»Na, wegen Corona!« Ralf klang barsch, soweit Jella das durch die geschlossene Tür und an der Musik vorbei hören konnte. »In Italien gibt es Ausgangssperren. Es ist alles geschlossen, was nicht systemrelevant ist. Das kommt hier auch bald!«

»Aha«, sagte Jella gelangweilt. »Können wir das gleich besprechen, wenn ich aus der Wanne raus bin?« Und was sollte das überhaupt heißen: systemrelevant?

»Nein! Nein!« Seine Antwort klang beinahe hysterisch. »Bleib bitte da drin.«

Dass Ralf etwas eigensinnig war, war Jella schon bei der Zimmerbesichtigung aufgefallen. Damals hatte er sie gebeten, einen ausgedruckten Fragebogen auszufüllen, in dem es um Ernährungsgewohnheiten und Besuchsintervalle ging. Anschließend hatte er erzählt, er programmiere Apps für die Berechnung von Lastwagenmaßen und zur Insektenbestimmung. Alles etwas bizarr. Aber das Zimmer war unschlagbar günstig und perfekt gelegen im Reiherstieg-Viertel. Die grüne Gegend auf der anderen Elbseite war gerade mehr als angesagt, und gefühlte neunzig Prozent aller Hamburger zwischen fünfundzwanzig und vierzig Jahren bewarben sich dort für WG-Zimmer in Altbauten. Deshalb hatte sie zugesagt, als Ralf bekannt gab, dass sie die Auserwählte sei. Vielleicht aus Mangel an anderen Interessenten, weil er den meisten doch zu sonderbar war. Vielleicht, weil sie tatsächlich die beste Wahl gewesen war. Wie auch immer. Bisher war alles gut gegangen. Von den nervigen Besprechungen zum Hygienestandard der Wohnung mal abgesehen. Dass Ralf jetzt wegen eines Virus in Hysterie ausbrechen würde, damit hätte niemand rechnen können.

»Das ist mir lieber so«, fügte er an.

Aha. Es war ihrem Mitbewohner lieber, dass sie durch die geschlossene Tür kommunizierten? Das konnte nicht sein Ernst sein.

»Bist du endlich getestet worden?«

Doch, das *war* sein Ernst: Er bevorzugte den Austausch durch eine Tür. Und kam nun zum eigentlichen Punkt. Jella hatte erwartet, dass Ralf ihren Teststatus erneut überprüfen würde, nachdem sie die Nachfrage in der vergangenen Woche bereits zweimal verneint hatte. Trotzdem hatte sie insgeheim gehofft, er hätte das Thema »Partyfolgen und Infektionsrisiken« wieder vergessen. Hatte er natürlich nicht. Mit der Frage nach dem Yoga-Studio und dem Hinweis, dass es um »nichts Wichtiges« gehe, hatte er offenbar Entspanntheit vortäuschen wollen. Was ihm nicht gelungen war. Warum war sie nur so dermaßen unbedacht gewesen und hatte ihm von Davids Nachricht erzählt?

»Das mit dem Test geht immer noch nicht. Die Krankenhäuser sind weiterhin überlastet«, antwortete Jella wahrheitsgemäß.

»Wie bitte?!« Ralfs Stimme wurde dünner.

Jella sah ihn vor ihrem geistigen Auge bleich werden und sich am Türrahmen festhalten. »Ich muss warten, bis das Testen beim Gesundheitsamt wieder geht«, fuhr sie fort, wohl wissend, dass das zur Beruhigung dieses Paranoikers nicht ausreichen würde.

»Jella, dir ist aber klar, wie ernst die Lage ist, oder?«

Klang er wütend?

»Ja«, log sie. »Nur, wir sterben ja nicht gleich alle morgen. Ich lass mich schon testen.«

»Ich hoffe, du weißt, was auf dem Spiel steht. Du gefährdest Menschenleben, wenn du die Wohnung verlässt. Übrigens auch jeden in der Wohnung.«

Sieh an, Ralf kam offenbar wieder zu Kräften.

»Wir alle müssen persönliche Kontakte ab sofort auf ein absolut notwendiges Minimum begrenzen. Wer infiziert ist, muss in Quarantäne bleiben.«

Jella überlegte, was ein »notwendiges Minimum menschlicher Kontakte« sein sollte. Und ob mit »Kontakte« die Anzahl der Personen, die man traf, gemeint war oder jede einzelne Begegnung. Sie versuchte, Ersteres zu zählen. In ihrem Leben gab es aktuell etwa siebzehn notwendige persönliche Kontakte. In Deutschland. Die anderen konnten für den Moment sicher außer Acht gelassen werden.

»Ich habe siebzehn«, antwortete sie.

»Wie bitte?« Ralf wirkte wieder verstört. Oder lag das daran, dass Patrice' Stimme gerade so emotional wurde? Jella erinnerte sich, dass der Sänger damals, bevor er erfolgreich wurde, Demokassetten im Schanzenpark verteilt hatte. So muss man es machen, wenn man einen Traum hatte, dachte sie, einfach an sich glauben und loslegen! Unweigerlich kehrte ihr Traum von einem Yoga-Retreat auf Bali zurück, ein ganz einfaches Bambus-Ressort am Strand, das sie mit ihrer australischen Freundin Kate eröffnen wollte, die vegane Köchin war. Allerdings hatte sie Kate drei Jahre nicht gesehen, eventuell war sie auch gar keine vegane Köchin mehr, sondern wieder Modedesignerin in Melbourne.

»Siebzehn«, wiederholte Jella etwas lauter.

»Könntest du vielleicht die Musik kurz ...?«

»Jaja!« Jella setzte sich auf und streckte den Arm zur anderen Seite der Wanne. Sie wischte die Finger am Handtuch trocken, das auf dem Wannenrand lag, griff nach dem Handy und stoppte die Widergabe auf Spotify. Dann rief sie laut: »Siebzehn habe ich gesagt!«

Stille.

»Hast du gehört?«, erkundigte sie sich. Eventuell war Ralf ohnmächtig geworden.

»Ich verstehe nicht, wovon du redest«, sagte er ungeduldig. »Ich allerdings rede davon, dass man ab jetzt nur noch aus dem Haus geht, wenn es unbedingt nötig ist. Zum Beispiel weil man zum Corona-Test muss. Ansonsten keine persönlichen Treffen! Das haben sie doch auch gestern wieder im Radio gesagt.«

Man sollte niemanden mehr persönlich treffen? Nein, das hatte Jella niemand gesagt. Was sollte das alles?

»Ralf, ich komm gleich raus, und dann können wir das in Ruhe besprechen.« Sie erhob sich seufzend aus der Wanne.

»Nein, nein! Wir können das auch gut so besprechen!«, antwortete Ralf hastig. »Ich habe schon alles geplant. Und für uns ein Kundenkonto bei Frischeland angelegt, da können wir Lebensmittel bestellen. Dann muss keiner mehr in den Supermarkt.« Er redete immer schneller. »Ich lege dir einen Zettel mit den Zugangsdaten auf den Küchentisch. Meine Sachen sind bereits im Warenkorb, du musst deine nur hinzufügen oder mir sagen, was du brauchst, dann bestelle ich für uns. Geht erst mal von meinem Konto ab, ich stelle dir dann eine Rechnung.«

Jella ließ sich zurück ins Wasser sinken und starrte die hellblauen Kacheln an der Wand gegenüber an. Auch den darauf klebenden grünen Fisch, der an den Rändern schon abgerubbelt war – sicherlich von den sehr intensiven Putzprozeduren, die Ralf hier seit Jahren mit Scheuermilch veranstaltete. Erst seit sie in der WG wohnte, wusste sie, was eine Fugenbürste war. Und in welchen Zeitabständen und mit wie viel Druck auf die Fugen man sie zu benutzen hatte. Sie stöhnte innerlich. Ja, es gab ein Virus, aber mussten deswegen alle verrücktspielen? Sie wollte mit Fee sprechen.

»Ich komm jetzt raus, Ralf. Das ist doch albern.«

»Nein! Warte!«

Ein schabendes Geräusch war zu hören. Es klang, als hätte Ralf seinen Fuß vor die Tür geklemmt. Hielt er sie tatsächlich gerade im Badezimmer fest? Jella wusste nicht, ob sie lachen oder die Polizei rufen sollte. Aber höchstwahrscheinlich käme die gar nicht, schließlich waren Jellas Überlebenschancen im Bad trotz allem recht hoch, was nach einer Infektion mit diesem Virus offenbar nicht der Fall war. Warum hatte sie das als Einzige noch nicht mitbekommen?

Sie stieg aus der Wanne und zog sich den Bademantel über. »Würdest du bitte die Tür frei machen?«, fragte Jella mit fester Stimme.

Ralf löste hörbar den Fuß von der Tür und schien sich wegzubewegen. »Ist ja alles gesagt!«, rief er durch den Flur.

Als sie die Badezimmertür öffnete, ging die seines Zimmers gerade hinter ihm zu. Hatte er den Schlüssel herumgedreht?

Jella tappte in ihr Zimmer und klappte den Laptop auf. Sie googelte »Corona« und überflog die Überschriften der ersten Treffer: »Großveranstaltungen in Bayern bis Karfreitag abgesagt«, »Champions-League-Spiel ohne Zuschauer« und »In Ägypten gestorbener Deutscher war Feuerwehrmann!«.

Tatsächlich gab es einige Tote. Vor allem in Italien. Aber in Deutschland waren es gerade mal zwei. Und zwar Senioren mit Vorerkrankungen. Keine Rede von Geschäftsschließungen, geschweige denn von Ausgangssperren. Ralf malte doch mal wieder den Teufel an die Wand! Oder handelte es sich tatsächlich um ein sehr gefährliches Virus?

Sie scrollte weiter und klickte sich auf einige News-Seiten durch. In einem Artikel hieß es, es würde empfohlen, Abstand zu anderen Menschen zu halten und das Händewaschen auf mindestens zwanzig Sekunden auszudehnen.

Jella fiel die Kellerschleuse in ihrem Elternhaus ein. Sie zog den Bademantel enger zusammen. Wenn sie als Kind vom Spielen draußen nach Hause gekommen war, hatte sie immer über den Garten und durch den Keller ins Haus gehen und eine feste Abfolge einhalten müssen: Alle Dreckklamotten ausziehen und direkt in die Waschmaschine werfen, in der alten Dusche neben der Sauna duschen und frische »Drinnen-Klamotten« anziehen – erst dann durfte sie nach oben kommen, damit sie kein Risiko für ihre kleine Schwester darstellte. Ida hatte so ziemlich alle Allergien, die man sich vorstellen konnte, von Ambrosiapollenallergie über Arzneimittelexanthem und Hausstaubmilbenüberempfindlichkeit bis hin zu Zöliakie. Ihre Reaktion auf die Allergene war nicht etwa nur Juckreiz oder Augentränen. Ida bekam Asthmaanfälle. Und es war schon mehrmals knapp gewesen. Wenn ihre Schwester wieder einmal keine Luft mehr bekam und blau anlief, musste ganz schnell jemand das Beatmungsgerät holen. Deshalb konnte Ida natürlich auch nicht allein bleiben – und sie konnte nicht raus. Denn bereits in der Luft ihrer Kleinstadt waren genügend Stoffe unterwegs, auf die sie reagierte. Nicht mal zur Schule durfte Ida gehen. Die Mutter unterrichtete sie bis zur siebten Klasse zu Hause, dann sprang Idas Körper auf die gefühlt achtzehnte Desensibilisierung endlich an, und alles wurde ein bisschen entspannter. Bis dahin bestand der Alltag der Familie zu einem großen Prozentsatz aus Angst und Sorge. Denn es kamen immer wieder neue Unverträglichkeiten hinzu. Zum Beispiel gegen Nahrungsmittel. Außerdem hielten sich Kinder nun mal nicht immer an Regeln. Einmal aß Ida eine Haselnuss und wäre anschließend beinahe an einem Hustenanfall erstickt. Die Schleimhäute schwollen derart an, dass nicht mehr genügend Sauerstoff durch die Luftröhre kam.

Jella hatte als Kind einen kleinen weißen Koffer mit einem roten Kreuz darauf, den sie dann immer holte. Wenn das Schlimmste überstanden war, wickelte sie ganz vorsichtig eine Mullbinde um den schmalen Hals ihrer Schwester und klebte eines der Pflaster mit den pinkfarbenen Giraffen auf Idas Handgelenk – dort, wo die Eltern immer den Puls nahmen. Später brachte sie Ida heimlich »Sachen von draußen« mit: Tannenzapfen, Beeren oder einen kleinen Stein mit einem Muster darauf, das aussah wie ein Baum. Diese Dinge wusch sie natürlich in der Schleuse vorher heiß ab. Aber gefährlich waren sie trotzdem für Ida, das war klar – auch wenn es für Jella wichtiger war, der Schwester eine Freude zu machen. Sie sehnte sich immer schon den ganzen Tag lang nach dem Moment am Abend, wenn sie zu Ida ins Bett kroch und ihr den Fund des Tages präsentierte. Idas Augen leuchteten dann, und sie zitterte vor Aufregung. Wenn Jella fertig war mit der dazugehörigen Geschichte zu ihrem kleinen Mitbringsel aus der Draußenwelt, packte Ida das Geschenk mit klopfendem Herzen in eine blaue Kiste, die sie unter dem Bett versteckte und die die Eltern niemals sehen durften. Sie war das Geheimnis der Schwestern.

Jella schlief mit Ida im Zimmer, bis sie auszog. Auch wenn das viele Menschen merkwürdig fanden, war es das für Jella nie.

Sie nahm das Smartphone und öffnete eine der Dating-Apps. Tim aus Eimsbüttel wollte wissen, ob sie Electro-Punk mochte, und Gernot aus Buchholz versuchte es mal wieder mit einem neuen Video. Aber nachdem er bereits drei geschickt hatte, in denen er und seine »halbprofessionelle Ragga-Rock-Band« bei einem überaus mittelmäßigen Auftritt in einer Kleinstadtkneipe von einem ungeschickten Zeitgenossen völlig verwackelt gefilmt worden war, hatte Jella beschlossen, keines mehr anzusehen.

Sie wischte sich durch die Matches. Mick aus Uhlenhorst sah auf dem Segelfoto wirklich heiß aus. Aber das andere, auf dem er eine quietschgrüne Brille aufhatte und das Buch »Intervallfasten für Dummies« in die Kamera hielt, war indiskutabel.

Jella atmete tief durch. Sie musste hier raus, aus dem Zimmer, etwas frische Luft schnappen. Am besten, sie fuhr zu Fee, um auf andere Gedanken zu kommen. Sie zog sich schnell an und schnappte sich die Bauchtasche (in der sie von Tampons über Ersatzslip und Mascara immer alles mit sich herumtrug, was man so brauchte, wenn man spontan mal irgendwo länger blieb). Im Flur stieg ihr ein seltsamer Geruch in die Nase. Wie Nagellack. Kam es bei Ralf nun zu Übersprungshandlungen, und er lackierte sich zur Ablenkung die Zehennägel? Nein, der Geruch hatte einen anderen Ursprung.

Als sich Jella die Boots anzog, sah sie die hellblaue Flasche auf der Kommode stehen, daneben einen Karton. Desinfektionsmittel und Einmalhandschuhe. Dahinter an der Wand hing ein Ausdruck, der allem Anschein nach gerade frisch aus Ralfs Tintenstrahldrucker gekommen war. Es war jetzt amtlich: Ihr Mitbewohner hatte einen an der Waffel.

REGELN

FÜR AB SOFORT UND FÜR JEDE* N!!!

1. Wer die Wohnung betritt, muss sich umgehend und gründlich die Hände desinfizieren! Bei einem dringend notwendigen Verlassen des Hauses sind ausnahmslos immer Einmalhandschuhe zu tragen!
2. In geschlossenen Räumen muss der Mindestabstand von zwei Metern eingehalten werden!
3. Getrenntes Benutzen von Hygieneartikeln und Handtüchern versteht sich von selbst!
4. Haut- und Handkontaktflächen sind regelmäßig zu reinigen (alle Devices, Türklinken, Armaturen, Kühlschrankgriff, Kaffeemaschine etc. pp.)!!! Tücher danach umgehend entsorgen!
5. Innenräume müssen regelmäßig gelüftet werden (auch die Privatzimmer)!
6. Gesicht, Mund und Nasenpartie nicht berühren! Hände möglichst vom Gesicht fernhalten!
7. Für alle Räume gilt: maximal nur *eine Person*!
8. Besuch ist bis auf weiteres <u>nicht</u> erlaubt!
9. Papiertaschentücher sind nach Gebrauch im geschlossenen Abfalleimer zu entsorgen!
10. Bei Symptomen unverzüglich **040 428 284 000** anrufen!

Sollte eine der Regeln nicht eingehalten werden, ist dies ein Grund zur sofortigen Kündigung des Untermietverhältnisses.

8

»Mach dich locker, Lennard. Du *hast* nichts.« Claire war keine zwei Minuten in seiner Wohnung, doch Lennard verspürte schon jetzt das dringende Bedürfnis, seine Exfreundin mitsamt ihrem karierten Regenschirm, dem hellgrauen Trenchcoat und dem vollgepackten Jutebeutel, vor allem aber mit diesem spitzen Unterton in der Stimme, wieder nach draußen zu schieben. Dann könnte er endlich mit Otis auf der Couch abhängen und den Tag hinter sich lassen. Otis haarte kaum und war einer der wenigen Hunde, auf die Lennard nicht mit Niesanfällen reagierte, weshalb er auch aufs Sofa durfte. Na ja, und weil Lennard ihn einfach ziemlich mochte.

Er fand es blöd, dass ausgerechnet seine mittelmäßig gelaunte Exfreundin der erste Mensch sein sollte, den er nach der selbstauferlegten Quarantäne sah. Nach der Horrornachricht von David hatte sich Lennard zehn Tage lang in seiner Wohnung einkasernieren wollen. Abgesehen davon, dass er meinte, alle Symptome gleichzeitig zu haben – er hatte sogar mit seinem Kaffee beim Frühstück gegurgelt, um sicherzugehen, dass er alles korrekt schmeckte –, waren die ersten Tage ziemlich in Ordnung gewesen. Nachdem Lennard Fritzi im Büro informiert hatte, entschied sein Chef, dass eigentlich keine Ansteckungsgefahr von Lennard ausgehen konnte, weil er erstens ein Einzelbüro hatte und zweitens nach der Party schon genug Zeit vergangen war. Er stellte Lennard frei, wieder ins Büro zu kommen, doch der wollte niemanden gefährden.

Nach vier Tagen in Jogginghose mit den ersten drei Staffeln »Big Bang Theory« und Tiefkühlpizza war in der »For you – For me – FOURTY!«-WhatsApp-Gruppe dann plötzlich eine neue Nachricht von David aufgeploppt.

Mäuse! Puh!!! ENTWARNUNG!!! Ich kann euch heute verkünden, dass ich mich nicht angesteckt habe. Meinem Dad kam das spanisch vor, er hat in seiner Praxis zwei weitere Tests gemacht. Beide negativ. Geil, oder? So laut vor Freude habt ihr mich nicht mal kreischen gehört, als »Shut Up and Sleep with Me« lief und wir alle ausgerastet sind. Dazu tanzen wir bald wieder, ich schwöre! Tut mir leid, wenn ich euch beunruhigt habe. Aber besser so als umgekehrt, oder? Ich hätte mir nie verziehen, wenn ich einen von euch angesteckt hätte!

Hugs & Kisses
D.

Dazu hatte er den YouTube-Link des Musikvideos angehängt, und Lennard war eingefallen, dass er noch drei Tage nach der Party einen Ohrwurm von dem brutal eingängigen Trashsong gehabt hatte.

Trotz der Entwarnung war er ein paar Tage allein in seiner Wohnung geblieben. Man sollte sowieso niemanden treffen, und Lennard brauchte selten jemanden um sich herum. Otis war natürlich eine Ausnahme.

Deshalb war Claire jetzt hier. Der Hund trabte bei seiner Inspektion gerade für eine Ehrenrunde ins Schlafzimmer. »Aber nicht auf Lennards Bett! Otis ... das ist Sperrgebiet!«, rief sein Frauchen ihm in gespielt strengem Singsang hinterher und konnte sich tatsächlich den Nachsatz »Für mich ja auch« nicht verkneifen. Sie grinste verkniffen und sah Lennard dabei kurz an. Bevor er reagieren konnte, schaltete sie um und sagte mit sorgenvoller Stimme: »Siehst du? Ich hab dir doch gesagt, dass er was hat.«

Typisch Claire. Sie sorgte sich halb so viel um ihn wie um Otis. Aber da war noch etwas anderes. Seine Ex schien ernsthaft überfordert, nach zehn Tagen Urlaub zu Hause wieder loszumüssen. Der nächste Umlauf stand an: Frankfurt, Bangkok, Singapur und zurück. In dieser Zeit würde Otis wie immer bei Lennard bleiben.

Prüfend sah sich Claire in seinem Wohnzimmer um. »Hast du umgeräumt?«

»Nö, wieso?« Lennard hasste Veränderungen, das war kein Geheimnis. »Ich hab nur den Oktopus neu rahmen lassen.«

Die Bleistiftzeichnung des Pazifischen Riesentintenfischs war eines der wenigen Werke aus seiner Hand, mit denen er *wirklich* zufrieden war. Ah, das Bild hing schon wieder schief! Lennard rückte es mit seinem Zeigefinger zurück in Position. Enes und Matteo, die elfjährigen Zwillinge von Memo und Tanja, hatten beim letzten Mal in seiner Wohnung mit dem Fußball erst zwei Bilderrahmen von der Wand geschossen – deshalb der neue Rahmen für den Oktopus –, dann Kirschsaftflecken auf dem Sofa hinterlassen und waren schließlich wie die Raubtiere über die Keksvorräte hergefallen. Ein Wunder, dass das Hundefutter verschont geblieben war. Lieber fünf Whippets gleichzeitig beaufsichtigen, als die beiden noch mal zu sitten!

»Du und deine Meeresfrüchte.« Claire lächelte spöttisch, verdrehte leicht die Augen und sah sich weiter um.

Sie hatte heute wohl Haare auf den Zähnen. Am besten, Lennard regelte die Übergabe des Hundes kurz und schmerzlos und komplementierte seine Ex dann nach draußen. Aber ein bisschen tat ihm Claire auch leid, sie wirkte so gehetzt. Er gab sich einen Ruck.

»Ehrlich gesagt, auf mich wirkt der Hund völlig normal. Ihm geht's super. Oder, Kumpel?«

Otis kam zurück ins Wohnzimmer getapert, setzte sich vor Lennard und Claire hin und spitzte die Ohren.

»Sag nicht immer ›der Hund‹. Das klingt, als wäre Otis ein Beistelltisch«, sagte Claire. »Jetzt guck mal richtig hin! Der hat doch was.«

Was war bloß los mit ihr? Normalerweise war sie nicht so anstrengend. »Ich weiß wirklich nicht, was du meinst ...« Otis sah so putzmunter aus, dass Lennard nach den halbstündigen Ballwurfeinheiten im Park in den kommenden Tagen wieder völlig k. o. sein würde. Der Hund hatte eher zu viel als zu wenig Energie.

Lennard hatte es mehr als daneben gefunden, als ihm Claire damals, keine vier Wochen nach ihrer Trennung, eröffnet hatte, dass sie sich nun eben allein einen Whippet-Welpen zulegen werde. Schließlich hatten sie gemeinsam einen Hund anschaffen wollen, als Paar. Lennard mochte eigentlich keine Windhunde, aber er hatte es aus tiefster Überzeugung und vollem Herzen gemeint, als er zu Claire damals sagte: »Ich nehme ihn gern mal.« Auch wenn er da bereits gewusst hatte, dass Whippets eigensinnige und schwer erziehbare Hunde waren – und seine Exfreundin manchmal unberechenbar. Ehe er sich's versah, war aus seinem freundlichen Angebot eine Art 60:40-Dogsharing-Modell geworden, gegen das er sich aber nur halbherzig wehrte. Denn obwohl die Trennung einvernehmlich gewesen war, hatte er ein schlechtes Gewissen gegenüber Claire. Und wer konnte schon einem tapsigen, gestromten Hundebaby mit einer unbehaarten rosafarbenen Welpenwampe widerstehen?

»Es soll ja Paare geben, die legen sich den Trennungshund *vor* der Trennung zu«, hatte Memo nur gemeint und sich halb totgelacht, als Lennard ihm von seinen Pflichten als Dogdaddy erzählte. »Diggi, ihr macht mehr Stress mit dem Köter als wir mit unseren Lütten!«

Otis war mittlerweile zwei, also aus dem Gröbsten raus. Er kam meistens für drei bis vier Tage, je nach Claires Flugplan auch mal länger. Lennard plante das möglichst im Voraus. Wenn sie unterwegs war, blieb Otis entweder hier oder bei Claires verrückter Freundin Miri, die nie zu arbeiten schien und mit drei Straßenhunden aus Rumänien mitten auf St. Pauli in einer Zweizimmerwohnung lebte, aber jeden Morgen das ganze Rudel in ihren Smart hievte, um es zum Auslaufen an die Elbe zu chauffieren. »Klar, bringt ihn gern. Vier is' 'ne Party!«, sagte Miri, die die Hundeliebe in Person war, immer restlos begeistert – und ein bisschen mehr vierbeinige Gesellschaft tat Otis auch gut. Manchmal kam er auch in die Hunde-Kita »Das Revier« – was mit zwanzig Euro pro Tag okay war, sich aber halt auch läpperte, wenn Claire als Flugbegleiterin mal länger unterwegs war.

Sie schaute jetzt strenger, hatte aber Lennard ins Visier genommen. »Ich weiß ehrlich gesagt nicht, ob ausgerechnet *du* beurteilen kannst, wie es ihm geht. Ihr habt euch ja schon wieder zwei Wochen nicht gesehen.« Während sie sprach, marschierte sie so resolut in die Küche, als wäre es ihre Wohnung und Lennard nur zu Gast, und stellte den Jutebeutel mit einem Scheppern auf den Boden. »Ich habe sein Futter und Nahrungsergänzungsmittel mitgebracht. Und bitte gib ihm nicht wieder diese blöden Kaustangen, davon kriegt er Schluckauf. Hast du noch Kacktüten?«

»Du meinst Kotbeutel? Ja, sind im dritten Küchenschrank links oben.« Lennard war ihr hinterhergelaufen und blieb nun mit verschränkten Armen vor ihr stehen. »Sag mal, war das gerade ein Vorwurf mit den zwei Wochen?«

Mist. So gereizt hatte er nicht klingen wollen. Und wenn er eines ganz bestimmt nicht mehr wollte, dann mit Claire in alte Pärchendynamiken zu verfallen.

»Na ja, ich finde, dass du dich ein bisschen mehr für Otis interessieren könntest. Er ist ja auch irgendwie *dein* Hund«, erwiderte sie schnippisch.

Autsch. Claire war schnell auf hundertachtzig. Auch in der Beziehung war sie immer aufbrausend geworden, wenn etwas nicht nach ihren Vorstellungen gegangen war. Aber dieser Tonfall war selbst für ihre Verhältnisse übertrieben. Normalerweise erzählten sie sich bei der Übergabe über einem Kaffee oder Wein kurz, wie es ihnen ging. Sie trug vor, wie Otis drauf war, dann umarmten sie sich anschließend mehr oder weniger freundschaftlich zum Abschied – freundschaftlich war es zumindest für Lennard. Er war sich nicht sicher, ob das auch für Claire galt. Dass sie aktuell, wie sie erzählte, eine Affäre mit einem verheirateten Piloten aus Mailand hatte und gleichzeitig für irgendeinen semiprominenten Hamburger Musiker schwärmte, nahm Lennard nicht so ganz ernst. Er schloss außerdem nicht aus, dass sie das nur erzählte, um ihn eifersüchtig zu machen.

Claires Nase kräuselte sich – kein gutes Zeichen. Irgendwas stimmte ganz und gar nicht. Und es ging sicher nicht nur um den Hund. »Claire, habe ich irgendwas falsch gemacht? Hast du Angst, dass das Fliegen komplizierter wird wegen Corona, oder …?«

Sie tat so, als würde sie sich eine Haarsträhne aus dem Gesicht streichen. Hatte sie sich gerade eine Träne weggewischt? Dann sah Lennard tatsächlich, wie eine ihre Wange runterlief.

»Hey, was hast du? Was ist los?«

»Ach nichts.« Sie wandte sich ab, ging zurück ins Wohnzimmer und setzte sich. Otis lief aufgeregt von links nach rechts, platzierte dann seine Schnauze auf dem Oberschenkel seines Frauchens und schaute sie mit großen Augen an.

Lennard reichte ihr eine Kleenex-Box und setzte sich neben sie. Er legte vorsichtig seinen Arm um Claires Schulter und streichelte ihr mit der anderen Hand etwas umständlich den Kopf. Wenn sie weinte, brach es ihm das Herz. Immer noch.

»Möchtest du mir sagen, was passiert ist?«

»Tut mir leid. Ich … boah, diese Typen, Lennard! Also. Ich wollte mir eben im Kiosk am Großneumarkt Kaugummis kaufen, und als ich reinkomme, unterhalten sich zwei Kerle am Tresen über, na, was schon, Corona natürlich.« Claire wischte sich eine weitere Träne weg und schien jetzt eher wütend zu werden. »Der eine erzählte irgendwas von Asiaten und dass man die nicht mehr reinlassen sollte.«

»In den Kiosk? Wieso?«

»Nein, Lennard, nach Deutschland! Und du hast kein Corona. Es ist okay, mich richtig zu umarmen.«

Er legte die Stirn in Falten und rückte näher. »Moment, Moment. Ich komm nicht mit. Warum sollte man Menschen aus Asien nicht mehr nach Deutschland lassen?«

Claire sah ihn aus großen Augen an. »Na, wegen dem Virus!«

9

Lennard meinte, sich verhört zu haben. »Wie bitte? Erzähl bitte der Reihe nach.«

Claire seufzte. »Ich geh in den Kiosk. Der eine Typ sagt: ›Scheiß-Asiaten! Die bringen nur Krankheiten. Vogelgrippe, SARS und jetzt dieses Corona!‹ Und der andere antwortet: ›Die Schlitzaugen sollen sich verpissen!‹ Da stand ich genau vorm Tresen. Er guckt mir ins Gesicht und schnalzt dann so eklig mit der Zunge. Ich weiß nicht, ob er kapiert hat, dass ich es gehört habe, aber es war trotzdem richtig schlimm. Ich bin sofort aus dem Laden raus.«

»Welcher von denen war das? Ich geh da hin!«

Claire sah ihn dankbar an. »Mach das nicht. Es ist schon okay. Nein, es ist natürlich null okay. Es ist vollkommen daneben. Und das Schlimmste ist, ich war total sprachlos. Mir ist nichts eingefallen, was ich ihnen hätte sagen können.«

Lennard glühte vor Wut. »Was für Arschlöcher! Die sollte man anzeigen. Oder noch besser, verprügeln. Ich ruf Memo an, und dann gehen wir in dem Saftladen vorbei.«

»Um dich mit denen auf eine Stufe zu stellen? Bitte, Lennard, das bringt doch nichts!«

Sie hatte, wie so oft, recht. »Aber ich werde diese Penner auf jeden Fall zur Rede stellen. Komm mal her.«

Er nahm sie fester in den Arm. Weinte sie wieder? Was für ein Mist. Und das alles wegen einer Fledermaus?! Er hatte noch nie mitbekommen, dass Claire wegen ihres Aussehens und ihrer

Herkunft Probleme bekommen hatte, obwohl er wusste, dass sie früher in der Schule gemobbt und »Gelbsucht« genannt worden war. Ihre Mutter kam aus Hanoi, ihr Vater aus Montreal. Dass sie in der Öffentlichkeit manchmal angestarrt wurde, war ihm zwar aufgefallen, als sie noch zusammen waren. Er hatte es aber meistens darauf zurückgeführt, dass sie einfach rasend hübsch war. Eigentlich konnte sie mit solchen Situationen und erst recht mit aufdringlichen oder unverschämten Menschen umgehen, allein wegen ihres Jobs. Aber rassistisch angepöbelt zu werden, war das Letzte! Das steckte man natürlich nicht mit einem professionellen Lächeln weg.

Lennard überlegte fieberhaft, wie er Claire aufheitern könnte, aber ihm fiel vor Wut nichts ein. Sie saßen ein paar Minuten still auf dem Sofa. Es war vertraut, Lennard mochte Claire. Also *als Mensch*.

»Wie war eigentlich die Party von David neulich? Hattet ihr Spaß?«, fragte sie plötzlich.

Perfekt, sie fand selbst ein Thema, um sich abzulenken.

»Das ist ja fast schon wieder verjährt. Aber es war echt besser, als ich dachte. Es waren vielleicht so vierzig Leute da, und David hat wie immer voll aufgefahren: DJ, Kickertisch, kleine Bar in der Küche, voll das coole Buffet ... Es gab sogar einen eigenen Partydrink: Hellmate. Mate mit Kümmelschnaps.«

»Igitt.« Claire schüttelte sich. »Und das schmeckt?«

»Ja, voll. Konnte natürlich keiner ahnen, dass es erst mal die letzte Party sein würde. Aber ich glaube, wir haben sie gebührend gefeiert.«

»Mit wem warst du da?«

Mist, warum wurde er so nervös?

»Och ... mit Memo. Es waren vor allem Anwälte da. Ach, und

da war so eine Volltätowierte, die alle im Kicker abgezogen hat. Die war vielleicht anstrengend ...«

»Äh. Aha.« Claire setzte sich sehr aufrecht hin und lächelte etwas angestrengt.

Warum erzählte er ihr das bloß alles? Aber bevor er nachdenken konnte, quasselte er weiter.

»Also, ich glaube, die brauchte Bestätigung oder so. Die war wirklich schräg drauf, hat alle vollgetextet ... und ich dachte erst, sie wollte Memo anbaggern. Wir haben uns fast gestritten wegen ihrer Tattoos. Aber dann hat sie mit so einem Latino-Model geflirtet. Vielleicht ist sie später mit dem nach Hause. Könnte ich mir zumindest vorstellen. Memo und ich haben ein bisschen getanzt, es gab Prosecco-Pong – statt Bier-Pong, das war superlustig ...«

Puh, gerade noch mal die Kurve gekriegt. So viel und schnell redete Lennard nur, wenn er nervös war. Er hatte Claire gerade von dem Vorfall abgelenkt, da wollte er ihr nicht gleich von einer Frau erzählen.

»Klingt lustig. Bei David sind ja sonst immer nur Typen da, die auf Männer stehen. Wie hieß denn die Frau?«

»Jella. Ja, vermutlich war der Latin-Lover der einzige Hetero außer Memo und mir. Es gab übrigens ein bayrisches Buffet, und David war total aufgerüscht.«

»Und fandest du die gut?«

Irgendwie klar, dass sich Claire aus allen Informationen, die er ihr bereitwillig zur Verfügung stellte, die herauspickte, die eine andere Frau betraf.

»Jella? Nee. Also, die war schon witzig. Aber gar nicht mein Typ. Und am ganzen Körper tätowiert. Am Unterarm hat sie so eine Meerjungfrau mit einem Hai. Also echt!«

»Hmm-hmm.« Claire lächelte jetzt wirklich. Immerhin.

»Es war wirklich eine super Party. Nächstes Mal musst du mitkommen.«

»Okay, ich glaub's dir. Aber Partys können wir uns erst mal abschminken. Du, ich muss langsam los.« Sie knuddelte Otis und kraulte ihn hinterm Ohr. »Tschüss, mein Großer!« Dann nahm sie ihren Knirps und ging zur Tür.

Lennard kratzte sich am Hinterkopf, als er ihr die Wohnungstür aufhielt. »Tut mir echt leid, was diese Scheißtypen zu dir gesagt haben. Wenn du etwas brauchst oder so was wieder passiert, sag Bescheid.«

»Das mache ich. Dank dir. Mir geht es schon besser. Ich bin vermutlich erst in drei Tagen zurück. Ich hoffe, dass keine Flüge wegen dem Virus ausfallen. Kannst Otis ja zu Miri bringen, wenn es zu lang wird. Aber schau bitte noch mal, ob er wirklich nichts hat, ja? Und sonst ruf mich an.«

»Versprochen.« Sie umarmten sich kurz und fast förmlich. Beinahe als wollten sie die eben entstandene intime Situation neutralisieren. »Wir zwei kommen klar, oder Otis?« Der Hund bellte kurz und drückte sich erneut an Claires Bein. »Bis überübermorgen dann, und gute Flüge! Ich ruf dich später an.«

Lennard ging in die Küche und dachte über das nach, was Claire ihm erzählt hatte. Sie tat ihm wirklich leid, und er hätte gern ein Bier getrunken, für die Nerven. Stattdessen räumte er auf, das beruhigte ihn auch. Er packte den Jutebeutel aus, den seine Ex mitgebracht hatte. Wieder dieses Gourmetzeug! Claire hatte vor kurzem bei Petsdeli, einem Online-Versand, ein Futtermonatsabo abgeschlossen, weil sie fest davon überzeugt war, dass Otis einen Reizmagen hatte. Lennard las »Sensitiv Nassfutter Ente mit Brokkoli, Chia und Fenchel«, »Mineralmix zur Futterergänzung«, »Denta Mund- und Gebisspulver gegen Mundgeruch und Zahnstein«. Das Produktdesign war ganz stimmig: gedeckte Farben und nicht zu aufgeregt. Die Fotos auf den Dosen hätten auch die Zutaten für ein Gericht in einer Tim-Mälzer-Kochshow sein können.

Vielleicht würde er sich eine Dose aufmachen und für Otis einfach ein Käsebrot …? Er musste grinsen.

Das Handy auf dem Küchentisch vibrierte. Sanne. Seine Mutter hatte ihm ein Foto geschickt. Sie saß mit ihrer weißgrauen Mähne und mit zum Peace-Zeichen geformten Händen im Schneidersitz auf einem Teppich, der nur aus Fransen zu bestehen schien, neben ihr stand eine wuchtige Buddha-Statue. Die Wände waren in einer orangegelben Wischtechnik gestrichen, und überall hingen durchsichtige Tücher.

Hallo, Lenny. Gefällt's dir? Habe endlich meinen Reiki- und Meditationsraum. Wer weiß, ob die uns bald nicht mehr vor die Tür lassen! Wir hören uns Sonntag. Sanne

Wow! Sie hatte ihn neulich noch gefragt, ob er damit einverstanden sei, wenn sie sein altes Kinderzimmer »etwas umgestalten« würde. Aber gleich komplett? Wo waren seine Sachen? Und sein Bett? Lennard war verwirrt. Damit war ungute Stimmung für das sonntägliche Familientelefonat vorprogrammiert.

Er mochte die Gespräche nicht sonderlich. Wenn der Hund da war, würde Sanne sicher ihre Psychofragen stellen, um herauszufinden, ob Otis eine Art Kinder- oder Partnerersatz für ihren Sohn war und Lennard möglicherweise daran hinderte,

»jemand Neuen« zu finden. Sie sagte immer bewusst »jemand« und nicht »eine Frau«, weil seine Mutter fest davon überzeugt war, dass Lennard tief in seinem Herzen schwul war. Das nervte total, nicht nur, weil er zu 99,2 Prozent sicher war, auf Frauen zu stehen. Sondern vor allem, weil sein Liebesleben eines von den vielen Dingen in Lennards Leben war, das in den Augen seiner Mutter entschieden zu öde war – und sie selten eine Möglichkeit ausließ, ihm das auf die Nase zu binden.

Otis stand neben ihm in der Küche und wedelte mit dem Schwanz. Er blickte ihn aus so treuen, dankbaren Augen an – vermutlich, weil er dachte, es gäbe Abendessen. Lennard lächelte. Auch wenn er wusste, dass es mehr als ungewöhnlich war, sich mit seiner Exfreundin einen Hund zu teilen, freute er sich sehr über die Gesellschaft.

Ob diese Jella eigentlich Hunde mochte? Nein, sie war sicher ein Katzentyp, weil ihr Hunde zu devot und langweilig waren. Wenn doch, dann bestimmt Meerkatzen, höhö! Er überlegte kurz, ob er ihr eine WhatsApp schreiben und ein Meerkatzen-Tattoo vorschlagen sollte. Oder einfach nur ein Katzen- und ein Wellen-Emoji schicken?

Dann schüttelte er den Kopf. Jella würde das sicher als Anmache verstehen. Vielleicht hatte sie ja doch was mit diesem Latino? Er wischte den Gedanken beiseite und tippte stattdessen eine Nachricht an Claire: *Lass dich von solchen erbärmlichen und rassistischen Typen nicht runterziehen. Ich bin immer für dich da. Das weißt du hoffentlich. L.*

14 März 2020

+++ Rückkehrer aus Österreich, der Schweiz und Italien werden vom deutschen Gesundheitsministerium aufgefordert, sich für zwei Wochen freiwillig in häusliche Quarantäne zu begeben +++ In einem Krankenhaus im norditalienischen Brescia gingen die Ventile für ein lebensnotwendiges Gerät zur intensivmedizinischen Versorgung von Covid-19-Patienten aus. Mit einem kurzfristig eingesetzten 3D-Drucker konnten die Ersatzteile schnell nachproduziert werden und bereits zahlreiche Menschenleben retten +++ Aus Freude, negativ auf das Virus getestet worden zu sein, schließt sich David einer eBay-Kleinanzeigen-Gruppe an, die Älteren und für das Corona-Virus anfälligeren Menschen beim Einkaufen und Gassi-Gehen hilft +++

10

»Stifte, Jella. Keine Zaunpfosten!« Fee lachte mit Blick auf die Karottenstücke auf Jellas Schneidebrettchen. »Die sind ja sonst bis Weihnachten nicht durch!«

Jellas Freundin drehte sich wieder zur Arbeitsplatte herum, wischte sich die Hände an der weiß-blauen Schürze ab und schnitt mit einem spitzen Messer vorsichtig dünne Linien in das große Stück rohen Fleischs, das vor ihr auf dem Holzbrett lag. Wie üblich gab es am Samstagabend bei Fee ein zünftiges Essen aus der Heimat. Sie hatte individuelle Versionen bayrischer Klassiker entwickelt und in einem bereits von Soßenspritzern, Rotweinglasabdrücken und Puddingflecken übersäten Kochbuch festgehalten, das wie immer neben dem Herd lag. Dabei hatte Fee die Gerichte längst alle im Kopf.

Dass Jella nicht die leiseste Ahnung vom Kochen hatte, war in ihrem Freundeskreis bekannt und des Öfteren belächelt worden. Deshalb durfte sie bei sogenannten Kochabenden, bei denen man mit zwei bis zwölf Personen über gefühlte zehn Stunden hinweg in der Küche eines Auserwählten Vier-Gänge-Menüs zubereitete, in der Regel ausschließlich den Aperitif nachschenken und ihr Gegenüber oder die Gruppe mit Reisegeschichten unterhalten. Das war Jella auch sehr recht. Denn diesen Part erfüllte sie zum Amüsement aller mit Bravour. Den Gargrad von Kartoffelgratins zu kontrollieren oder Senfsahnesoßen abzuschmecken, war für sie dagegen weit schlimmer, als auf einer Eintagesradtour viermal einen Platten zu flicken. Jella hatte sich schon als Kind nur dann in der Küche aufgehalten, wenn jemand die Teigschüssel ausschlecken sollte. Wenn sie ehrlich war, konnte sie nicht mal einen Stabmixer von einem Thermomix unterscheiden.

Von allen Freunden war Fee die Einzige, die nicht bereit war, Jellas Bildungsniveau in Sachen Kulinarik zu akzeptieren. Sie spannte sie daher regelmäßig ein, wenn sie kochte – zumindest für einfache Hilfsarbeiten. Denn Fee war der festen Überzeugung, dass jeder Mensch in der Lage sein musste, sich eine warme, bekömmliche und nahrhafte Mahlzeit zuzubereiten. Sie hatte es sich also zur Aufgabe gemacht, Jella wenigstens in der Zubereitung von Schweinebraten mit Semmelknödeln zu schulen – nur eines von vielen Gerichten aus Fees Heimat, die Jella abgöttisch liebte. Andere Yoga-Lehrerinnen ernährten sich vielleicht nur von Ingwertee und Apfelspalten, aber das war nicht ihr Ding. Sie versuchte, selten Fleisch zu essen, bei Fees Kochkünsten war sie jedoch willenlos. Ein Menü ihrer Freundin war wie eine Umarmung von innen.

Fee gab sich redlich Mühe, die Unterrichtseinheiten beiläufig wirken zu lassen. Für Jella sollte das Ganze wie ein ganz normaler Abend unter Freundinnen wirken – Austragungsort war nur zufällig die Küche, in der Fee während der Unterhaltung über andere Themen ganz nebenbei jeden ihrer Handgriffe am Herd kommentierte. Jella hatte die Sache natürlich längst durchschaut, ließ sich aber nichts anmerken.

»Das Wurzelgemüse kommt auch in den Bräter, das macht die Soße nachher würzig«, sagte Fee vor sich hin, schüttete die von Jella noch mal halbierten Gemüsestückchen in den Schmortopf, in dem bereits der Fleischberg wartete, und schob ihn in den Ofen. Ein Schwall heißer Luft wehte zu Jella an den Tisch.

»Der gart jetzt zwei, drei Stunden. In der Zeit mach ich die Knödel und normalerweise auch den Nachtisch«, ergänzte Fee, ohne Jella anzusehen, und stellte kommentarlos eine Schale mit Cashewkernen vor ihr ab. Die warf ihr einen Luftkuss zu, denn sie wusste zu schätzen, dass Fee ihre Ungeduld im Blick behielt.

»Sind deine Kurse denn noch voll?«, wollte Fee wissen. »Oder haben die Leute auch schon Angst vor Yoga?«

Jella seufzte. »Von voll kann keine Rede sein.« Sie nahm ein paar Nüsse, schob sie sich in den Mund und ergriff das vor ihr auf dem Tisch liegende Baguette. Sie machte sich daran, es mit einem Buttermesser zu zerschneiden. Das Brot erwies sich als steinhart und von Jellas Bemühungen gänzlich unbeeindruckt. »Gestern hatte ich nie mehr als fünf Leute im Kurs, einen musste ich ganz ausfallen lassen. Das ist so ätzend. Ich meine, ich zahle ja trotzdem Studiomiete.«

Fee reichte Jella grinsend ein Brotmesser. Dann zückte sie ein weiteres mit einer glatten, fast dreißig Zentimeter langen Stahlklinge und zerkleinerte mit blitzschnellen Bewegungen innerhalb von Sekunden die vor ihr liegende Zwiebel in winzige Würfelchen. Jella schaute mit großen Augen zu.

»Schrecklich ist das«, nahm Fee den Faden wieder auf und schüttelte den Kopf. »Wir können jetzt doch nicht alle eine Banklehre machen oder uns von reichen Fuzzis schwängern lassen.« Sie rollte mit den Augen.

»So weit kommt's noch! Es wird ja hoffentlich bald Entwarnung geben, und wir können zu unserem normalen Leben zurück.« Jella schaute ihre Freundin an, die die winzigen Zwiebelstücke in eine dampfende Pfanne schob. »Wie läuft's bei dir?«

Fee schnaubte. »Momentan hab ich den Kalender voll, aber

ob die wirklich kommen? Neuanmeldungen gibt es seit letzter Woche kaum welche.«

Fee hatte sich erst vor einigen Monaten selbständig gemacht und in einer Altbauetage im Grindelviertel das erste »Kuschel-Institut« Deutschlands eröffnet. Es hatte fast zwei Jahre gedauert, bis sie den Businessplan und die Finanzierung so auf Vordermann gebracht hatte, dass eine angesehene Hamburger Bank ihr endlich einen Kredit bewilligte. Durch die perfekte Lage des Instituts und ein absolutes Alleinstellungsmerkmal im Viertel war eine schnelle Rückzahlung mehr als wahrscheinlich gewesen. Denn im Grindel lebten viele Bildungsbürger, die an neuen Arten von Wellnessprogrammen und Körperarbeitskursen ausgesprochen interessiert waren und außerdem liquide genug, ein paar Scheine mehr dafür auf den Tresen zu legen. Fee hatte mit viel Liebe und dank ihres Händchens für atmosphärische Gestaltung einen außergewöhnlichen Ort geschaffen. In mehreren farblich unterschiedlich eingerichteten Räumen, gefüllt mit Unmengen von Kissen, Plüschtieren und Kerzen, bot sie seit letztem Herbst ihre Kuschelseminare und Umarmtreffs für Singles, Senioren oder Sinnsuchende an. Verzweifelte Paare und zerstrittene Kollegen lösten hier, umschlungen unter rosafarbenen Traumfängern, ihre Konflikte auf, Phobiker befreiten sich beim Streicheln weißer Schafsfelle von ihren Ängsten, und Narzissten vergaßen in der Umarmung mit den hellblauen Kuschelkatzen ihre Selbstsucht. Eine Art Hippiekommune 2.0, die gerade in der Januarausgabe des Stadtmagazins *Szene Hamburg* Trendtipp Nummer eins gewesen war.

Doch nun schienen dem Institut die Kunden abzuspringen. Blieben die aus, würden Fee buchstäblich die Felle davonschwimmen.

»Um meine Finanzen mache ich mir keine Sorgen«, sagte sie. »Am schlimmsten wäre es für mich, wenn die Menschen da draußen vereinsamen. Wir brauchen doch gerade alle ganz viel Wärme.«

Jella lächelte. Dann stand sie auf und umarmte ihre Freundin von hinten. »Auf jeden Fall«, murmelte sie in Fees weichen Rücken hinein.

Fee schob Jella sanft von sich weg. »Vorsicht heiß!« Sie öffnete die Backofentür und goss eine Flüssigkeit in den Schmortopf. »Bratenfond. Kommt aber erst dazu, wenn die Kruste goldig ist.«

»Wenn's hart auf hart kommt, könntest du die Räume übergangsweise vermieten. Zum Beispiel ans Gesundheitsamt. Dann haben die noch eine Filiale mehr mit gleich drei Wartezimmern.«

»Geh, bitte! Die werden sich da viel zu wohl fühlen und nie mehr ausziehen.« Fee lachte, nahm die Baguettescheiben von Jellas Brett, legte sie in eine Schale und goss heiße Milch darüber. »Das zieht jetzt ein paar Minuten«, sagte sie halblaut. »Dann kommen Petersilie und Zwiebel aus der Pfanne dazu. Für den Knödelteig.«

Jella stopfte sich eine weitere Hand Nüsse in den Mund. »Vielleicht hat sich das alles auch ganz schnell wieder erledigt«, sagte sie mampfend. »Wenn die merken, dass dieses Virus überhaupt nicht so bedrohlich ist.«

Jella dachte an Ralf, an die Schlange vor dem Krankenhaus und die Talkshows, in denen außer Politikern neuerdings nur noch Virologen eingeladen waren, und war sich plötzlich nicht mehr sicher, ob sie ihren eigenen Worten glauben sollte.

»Hm. Sieht aber gerade nicht danach aus, dass es bald Entwarnung gibt«, entgegnete Fee. »Die haben Corona offiziell zur Pandemie deklariert. In Bayern haben sie schon alle Volksfeste abgesagt, Schulen und Kitas sind zu, und man darf nicht mal mehr ins Seniorenheim. Ausgerechnet nicht zu denen, die Nähe am dringendsten brauchen!«

Jella erschrak. Das hatte sie nicht gewusst. Würde das in Hamburg auch bevorstehen? Oje, bisher hatte sie noch hoffen können, dass ihr Mitbewohner lediglich zu viele Verschwörungstheorien gelesen hatte und seine Panik in keiner Relation zu den realen Entwicklungen stand. Aber was, wenn er recht hatte, und hier auch bald neue Regeln gelten würden? Jella wusste sehr gut, was es bedeutete, wenn es tatsächlich hochinfektiöse Viren waren und die Krankheit lebensbedrohlich wurde. Sie hatte gehofft, über das Thema Infektion nach der Kündigung im Krankenhaus nie wieder nachdenken zu müssen. Vielleicht hatte sie es deshalb in den letzten Tagen vermieden, Nachrichten zu schauen. Immerhin war David doch nicht krank, und sie musste keine Angst haben, infiziert zu sein.

Fee wiegte das Riesenmesser mit beiden Händen über einen Bund Petersilie und verwandelte ihn blitzschnell in winzige Blättchen. Jella beobachtete ihre Freundin genau. Wie geschickt sie in der Küche war. Mit den wieder einmal zu allen Seiten abstehenden roten Haaren, der karierten Schürze über dem sonnengelben Rolli und der orangefarbenen Cordhose sah sie herrlich un-trendy aus.

»Die Theater in Bayern sind auch schon geschlossen.« Fee ging zum Kühlschrank und holte zwei Flaschen Augustiner heraus. Auch wenn sie Hamburg wirklich mochte, was Essen und Trinken anging, blieb sie beim Vertrauten. Sie stellte beide

Flaschen vor Jella auf den Tisch und legte ein Feuerzeug daneben.

Jella öffnete das erste Bier mit einem Plopp.

»Und in Berlin sind alle Clubs zu«, fuhr Fee fort.

Jella fiel das zweite Bier fast aus der Hand. »Was? Alle Clubs?!« Was war dann mit den Bars? Die Gastro war sicher als Nächstes an der Reihe. Dann wäre ihr Zweiteinkommen auch bald gegessen.

»Ein Glück haben wir bei David noch mal ordentlich gefeiert.« Fee nahm ihre Flasche vom Tisch, stieß mit Jella an und drehte sich wieder zum Herd um.

Jella dachte an Davids Party und an Lennards Abfuhr. Ordentlich gefeiert? »Na ja, geht so. Es hätte besser laufen können.«

»Du meinst mit dem Kappenmann?«, fragte Fee sofort und nahm einen kräftigen Schluck aus der Flasche, während sie die Petersilie in die Pfanne rieseln ließ. »Da ist doch noch nicht aller Tage Abend. Wie geht's mit dem weiter?«

»Ach, der.« Jella winkte ab. »Er meinte, ich soll mich melden, wenn ich ernsthaft krank bin. Erstens bin ich das nicht. Zweitens: Welcher Kerl will bitte darüber informiert werden, ob ich trockenen oder feuchten Husten habe und wie oft ich nachts mein verschwitztes T-Shirt wechseln muss?«

Fee rührte grinsend in der Pfanne. Jella wusste genau, dass die Freundin ihre Gedanken lesen konnte und vermutlich längst darauf gekommen war, dass ihr der Typ nicht ganz egal war. Jella fand es ja selbst ein bisschen komisch, dass sie sich über die zufällige Begegnung vor dem Krankenhaus so gefreut hatte. Mehr als es sonst ihre Art war.

»Ich gebe zu, der Typ hat was. Aber es ist jetzt schon elf Tage her, dass wir uns am Krankenhaus St. Georg getroffen haben.

Er hat meine Einladung zum Kaffee ausgeschlagen. Und: Er meldet sich nicht. Obwohl er meine Nummer problemlos im Gruppen-Chat der Party finden könnte.«

Fee schlug ein Ei am Rand einer Schüssel auf und griff, während das eine hineinglitt, nach dem nächsten. Wahnsinn.

»Und so weit kommt es ja wohl noch, dass *ich* auf einen Mann warte oder ihm als Erste schreibe. Das hab ich nicht nötig«, fuhr Jella vehement fort. »Corona-Abstinenz hin oder her. So interessant war er dann auch wieder nicht.«

»Aha.« Fee öffnete ein drittes Ei.

»Ich glaub, der ist eh total verklemmt. So steif, wie der dagestanden hat! Zum Glück bin ich an dem Abend nicht mit ihm abgestürzt. Der kann bestimmt nur, wenn das Licht aus ist.«

Fee zerschlug lachend das nächste Ei.

»Nein, Fee, dem schreib' ich auf gar keinen Fall, das kannst du vergessen!« Jella trank einen großen Schluck Bier – und musste plötzlich auch lachen. Aber sie versuchte, es zu verbergen. Sie wollte unbedingt vom Thema ablenken, sonst würde Fee bestimmt darauf bestehen, dass Jella den ersten Schritt machte. Und das kam nicht in Frage. Nicht bei dem.

Sie stand auf, lief zum alten Küchenradio, schaltete es ein und suchte einen Sender. »Kommt nur Mist«, murmelte sie nach einigen Momenten.

Dann sagte die Stimme einer Nachrichtensprecherin: *»... Bars, Clubs, Diskotheken, Kneipen. Ebenso Theater, Opern, Konzerthäuser und Museen.«*

Jella hielt den Atem an. Fee sah unvermittelt auf.

»Das gilt auch für Messen, Ausstellungen, Kinos, Freizeit- und Tierparks, Spielhallen, Spielbanken und Bordelle. Restaurants und Speisegaststät-

ten sollen frühestens ab sechs Uhr öffnen dürfen und müssen spätestens um achtzehn Uhr schließen. Alle Einrichtungen des Gesundheitswesens bleiben unter Beachtung höherer Hygieneanforderungen geöffnet. Der Betrieb in allen öffentlichen und privaten Sportanlagen, Schwimm- und Freizeitbädern, Fitnessstudios und ähnlichen Einrichtungen wird eingestellt.«

Jella und Fee starrten einander an.

»Das gibt's nicht!« Fee wirkte tatsächlich fassungslos. »Jella, jetzt wird's ernst. Wir brauchen starke Nerven.« Sie reckte sich zum Spirituosenregal und nahm den Marillenschnaps herunter. Mit der anderen Hand angelte sie zwei winzige Gläschen in Form von Bierkrügen von einem Brett, drückte Jella eines in die Hand und schüttete beide randvoll. Sie stießen an und kippten den Obstbrand in einem Zug herunter.

»Gute Ideen brauchen wir auch«, sagte Jella keuchend.

Sie ließen sich nebeneinander auf die Küchenstühle fallen.

Fee aber war schon wieder auf dem Boden der Tatsachen angekommen. »Googele das noch mal, sei so lieb. Ich muss das noch mal hören.«

Fee besaß ein altes Nokia, »zum Telefonieren«, wie sie gern sagte. Virtuelle Recherchen waren daher Jellas Aufgabe.

Sie hatte bereits das Smartphone in der Hand und las vor: *»Alle Einrichtungen des Gesundheitswesens bleiben unter Beachtung höherer Hygieneanforderungen geöffnet. Der Betrieb in allen öffentlichen und privaten Sportanlagen, Schwimm- und Spaßbädern, Fitnessstudios und ähnlichen Einrichtungen wird eingestellt.«*

Fee nickte traurig und zuckte gleichzeitig mit den Schultern. »Das heißt im Klartext, du bist ab heute arbeitslos, und ich bestimmt spätestens in zwei Wochen.«

»Aber du kannst doch die Hygieneregeln einhalten«, versuchte Jella, ihre Freundin aufzumuntern.

»Mal abgesehen vom verbotenen Körperkontakt«, antwortete die ernüchtert, »es kommt keiner mit Maske zum Kuscheln, um sich dann in Desinfektionsmittel getränkten Laken zu wälzen. Nach jedem Gast sechsundvierzig Kissen waschen, ist auch keine Option.« Fee stand auf, ergriff die Pfanne und gab deren Inhalt zu den eingeweichten Brotscheiben.

Jella fühlte sich plötzlich elend. Das war offenbar doch eine ernstzunehmende Seuche. Sie wollte nicht darüber nachdenken, was das zur Folge haben könnte, und versuchte angestrengt, sich auf Fees Business und mögliche Lösungen zu konzentrieren. »Vielleicht musst du auf Latexlaken umstellen?«

Fee drehte sich um. Als ihre Blicke sich trafen, mussten sie lachen.

»Wie schön! Achtziger-Jahre-Sexkino-Style, das wird gemütlich«, gackerte Fee. »Und ich trage einen Ganzkörperschutzanzug. Megasympathisch!« Sie schüttete die Eimischung zum Brot und würzte alles mit Salz und Pfeffer.

»Damit kannst du sogar Hausbesuche machen. Du sagst einfach, du bist vom Gesundheitsamt.«

Fee griff in die Schale und begann, die glitschige Masse zu kneten. »Entschuldigen Sie die Störung, ich habe behördliche Anordnung, Sie zu knuddeln.«

Jella spann die Idee weiter. »Ich bin deine Fahrerin und verdien' meine Kohle mit Lach-Yoga-DVDs, die wir deinen Kunden verticken.«

Sie lachten beide, bis sie kaum mehr Luft bekamen, während Fee ausdauernd den Knödelteig walkte.

»Mmmm, das riecht phantastisch«, sagte Jella mit Blick zum Ofen und erstarrte plötzlich. »Aber sag mal, dürfen wir demnächst überhaupt noch zusammen kochen? Wenn nicht, verhungere ich ja!«

»Ach, du verhungerst schon nicht.« Fee formte den ersten Kloß. »Zur Not schick ich dir Knödel per DHL.«

Jella stand auf und legte den Arm um Fee. »O Gott. Anfassen geht dann bestimmt auch nicht mehr.« Sie zog den Arm zurück. Ihr wurde flau im Magen.

»Jetzt mal halblang.« Fee legte den Kloß ab und umarmte Jella fest. »Selbst wenn die ganz Hamburg unter Quarantäne stellen: Wir schaffen das!« Dann schaute sie Jella ernst in die Augen. »Bevor die Welt untergeht, solltest du aber so schnell wie möglich den letzten brauchbaren Mann kontakten, der dir begegnet ist.«

Jella grinste. »Du bist unverbesserlich.«

»Ich hab's doch gesagt vorhin. Wenn's wirklich um Leben und Tod geht, gehört noch viel mehr geschmust.«

Jella dachte einen Moment darüber nach. Dann gab sie sich einen Ruck, öffnete WhatsApp, suchte Lennards Nummer in der Partygruppe und schickte ihm das lachende Emoji mit der seitlich heraushängenden Zunge.

Als sie ein paar Stunden später pappsatt und glücklich im Bett lag, öffnete sie noch einmal den WhatsApp-Chat. Noch keine blauen Häkchen bei Lennard. Er hatte die Nachricht empfangen, aber bislang nicht gelesen.

O Gott, dachte sie mit einem Mal. Warum schicke ich ausgerechnet den bescheuertsten Smiley, der je erfunden wurde?! Sie löschte ihn.

Im nächsten Moment wurde ihr klar, was die bescheuertste

Nachricht aller Zeiten war: *Diese Nachricht wurde gelöscht.* Und dazu dieses »Einfahrt-verboten«-Schild! Sie fluchte leise.

Kurzerhand gab sie zwei Worte in die Zeile ein und schickte sie ab: *Sorry, vertippt.* Sie löschte das Licht und schlief zum Glück sofort ein.

15 März 2020

+++ Donald Trump versucht, einen möglichen Corona-Impfstoff exklusiv für die USA zu sichern +++ Dass Toilettenpapier vielerorts ausverkauft ist, kommt den Gründern des Start-ups HappyPo zugute. Der Umsatz aus dem Verkauf ihrer Po-Duschen sei um das Siebenfache gestiegen +++ Der Livestream der »Carmen«-Vorstellung aus der Berliner Staatsoper am Donnerstagabend hat weltweit mehr als 160.000 Zuschauer erreicht +++

11

Alles okay bei dir?

Hm. Nee.

Hallo, Jella. Alles klar?

Nein, auch nicht.

Heeeey, what's up?

Boah, vergiss es!

Moin, Jella, hatte mich auch schon gefragt, wie es dir …

O Mann. Lennard fielen nur die dümmsten Sätze ein! Nacheinander tippte er sie in sein Telefon – in die Notizen-App, um sie nicht aus Versehen abzuschicken – und löschte sie wieder. Doch es wurde nicht besser, Spontanität war einfach nicht seine Stärke. Er kaute auf seiner Unterlippe herum, schob die Brille hoch und starrte angestrengt aufs Display. *Diese Nachricht wurde gelöscht.* Wieso hatte ihm Jella geschrieben? Und dann, wie frech!, die Nachricht sofort zurückgerufen? Und ihm schließlich mitgeteilt: *Sorry, vertippt*?!

Die Idee mit dem Digital Detox in Form einer selbstauferlegten Einschränkung der Handynutzung vor ein paar Tagen hatte Lennard schnell wieder verworfen. Dafür war im Moment nämlich nicht die richtige Zeit. Es trudelten nonstop Newsticker, SMS und Sprachnachrichten ein – und wie alle anderen wollte Lennard umfassend informiert und immer auf dem neusten Stand sein. Was, wenn man Gasmasken bräuchte? Oder in Luftschutzkeller müsste? »Ganz ruhig. Durchatmen!«, sagte er zu sich selbst. Aber die Zombie-Apokalypse war aus seinem Kopf nicht mehr wegzukriegen. Das Ganze wurde langsam ernst. Und es half nicht gerade, dass er so ein Hypochonder war.

Jetzt machten sie die Schulen dicht. In Hamburg gab es bereits 156 Covid-19-Fälle. Heute Morgen hatte er eine weitere Nachricht geschickt bekommen: Die Uniklinik Wien hätte herausgefunden – aber das sei alles noch geheim! –, dass das Schmerzmittel Ibuprofen die Wirkung des Corona-Virus verstärke. Schwachsinn, natürlich. Verschwörungstheorien und Fake News hatten offensichtlich Konjunktur. Kein Wunder, waren doch alle bis in die Grundfesten verunsichert. Die absurde Nachricht der Uniklinik Wien hatte ausgerechnet die Fritzi im Agentur-Chat gepostet. Bei der waren auch echt Hopfen und Malz verloren. Lennard hatte trotzdem mit sanftem Nachdruck geantwortet, dass solche Nachrichten sicher von Leuten fabriziert würden, für die die Kondensstreifen am Himmel der Beweis waren, dass die Regierung die Bevölkerung unfruchtbar machen wolle.

Lennard überlegte, ob er Fritzi in Zukunft einfach Fake-News-Fritzi nennen sollte. Aber dann kam ihm in den Sinn, dass sie wahrscheinlich genauso hilflos und gestresst war wie er selbst. Gut, dass Sonntag war. Arbeiten würde ihn heute komplett überfordern.

Er hatte keine Lust aufzustehen, das kannte er gar nicht von sich. Normalerweise ging er sonntags mit Memo laufen, ins Fitnessstudio oder fuhr Rad. In diesen Tagen alles undenkbar. Er brauchte neuerdings jeden Morgen einen Moment, bis er auf Betriebstemperatur war. Und es dauerte noch einen Augenblick länger, bis diese »neue Realität« zu ihm durchgesickert war: Da war jetzt dieses Virus. Wie ein kleiner Schlag traf ihn die Erkenntnis beim Aufwachen jedes Mal in die Magengrube.

Der heutige Tag würde wieder voll von schrägem Kram und Panikanfällen sein. Die Welt befand sich im Ausnahmezustand. Auch seine. Das machte Lennard zunehmend nervös. So gesehen war das Gedankenspiel um die Nachricht von Jella (samt seiner adäquaten Reaktion darauf) eine willkommene Ablenkung. War Ignorieren möglicherweise die beste Antwort? Was wollte diese Jella überhaupt von ihm? Vielleicht war sie gestern Abend wieder feiern gewesen und hatte sich wirklich vertippt. Es wäre ihr sogar zuzutrauen, dass sie vorgehabt hatte, den gutaussehenden Latino anzumorsen. Weil sie aber grundsätzlich keine Nummern speicherte, war dic Nachricht an Lennard ein Versehen gewesen. Es nervte ihn, dass er so viel darüber nachdachte. Sollte sie sich halt melden, wenn sie etwas wollte!

Dass er gestern Abend aber auch ausgerechnet auf dem Sofa eingeschlafen war. Vielleicht hätte er die Nachricht ja noch schnell lesen können, bevor Jella sie gelöscht hätte? Gestern hatte er endlich mal wieder seine Zeichenstifte in die Hand genommen. Scribbeln beruhigte ihn immer. Aber er war etwas eingerostet. Mehr als ein paar kindisch anmutende Kritzeleien vom Corona-Virus als Comicfigur war nicht aus ihm herausgekommen. Ein komischer grüner Ball mit Spikes, Händen, Füßen und Gesicht. Daneben Otis, der die grüne Kugel ankläffte ... Lennard war mit der Brille auf der Nase und der Kladde auf der Brust eingenickt und um zwei Uhr nachts auf dem Sofa hochgeschreckt, weil er einen katastrophalen Traum gehabt hatte. Irgendwie war er in der Luft gewesen, vielleicht in einem Flugzeug? Mit Claire? Plötzlich hatte es einen Ruck gegeben, und er war ins Bodenlose gefallen. So lange, bis er wach wurde. Danach war er aufgestanden, hatte eine ganze Flasche Wasser getrunken und sich ins Bett geschleppt.

Die Nachricht von Jella, na ja, eher ihre *Nicht-Nachricht*, hatte er erst heute Morgen gesehen. Hatte sie sich etwa mit Corona angesteckt? Und wollte ihn warnen? Sich aber dann dagegen entschieden, weil es ihr unangenehm war? Das wäre unverschämt. Nein, das wäre grob fahrlässig! So krass schätzte er sie nun auch wieder nicht ein. Oder war sie einsam und schrieb ihm deshalb? »Träum weiter«, dachte er. Er stand auf jeden Fall nicht auf sie. Auch wenn sie irgendwie cool war. Aber wahrscheinlich auch zu cool für ihn. Und zu unabhängig, da machte er sich nichts vor. Und: viel zu anstrengend. Also alles gut.

Es klingelte an der Wohnungstür. Lennard hatte Anfang der Woche einen ganzen Schwung Desinfektionsmittel und zwei Dutzend Schutzmasken aus China bestellt. Wurden die etwa schon geliefert? Nee, Lieferzeitraum ab 10. April, hatte es geheißen, dreieinhalb Wochen noch. Außerdem war Sonntag. Wer klingelte denn so früh am Morgen? Er hatte keine Lust auf Besuch. Deshalb wartete er eine halbe Minute und starrte apathisch an die Decke. Dann stand er doch auf, zog sich Jogginghose und Sweatshirt über und warf das Handy im Gehen auf Otis' Decke, die auf dem Sofa lag.

Er linste durch den Türspion, aber es war niemand zu sehen. Als Lennard sich gerade umgedreht hatte, klingelte es jedoch zum zweiten Mal. Er öffnete widerwillig – und bereute es sogleich. Auf halber Augenhöhe stand Fanny, die Tochter von Katja, und ging nun zwei Meter zurück, um Abstand zu halten. Die beiden lebten auf derselben Etage. Katja war Graphikdesignerin und alleinerziehend. Man traf sich ab und zu im Hausflur oder im Sommer beim Hoffest, für das Katja echt coole Einladungen gestaltete. Sie war freundlich, wirkte aber auch immer ein bisschen abgekämpft und niedergeschlagen.

Laut der alten und sehr nervigen Frau Sinkelburg im ersten Stock, mit der Lennard sich einmal über die Nachbarin unterhalten hatte, liefen Katja andauernd die Männer weg. Lennard hatte sie seinerzeit verteidigt und gesagt, dass Katja als alleinerziehende Mutter mit Vollzeitjob genug andere Baustellen habe. Im Anschluss hatte er der Sinkelburg einen schönen Tag gewünscht und sich verdünnisiert. Alter Drachen. Sie wusste offenbar als Einzige im Haus nicht, dass sich Fannys Vater, der bei so einer Boulevardzeitung in München Klatschreporter war, vehement weigerte, Unterhalt zu zahlen. Er sah die Kleine nur selten. Manchmal rauschte er mit einem neuen Roadster und einer sehr viel jüngeren Blondine an, deren Parfüm man noch nach Tagen im Hausflur riechen konnte, um Fanny für ein paar Stunden abzuholen. Mit vielen Einkaufstüten überhäuft, lud er das Kind dann wieder hier in der Neustadt ab. Lennard zwang sich, nett zur fünfjährigen Fanny zu sein, obwohl er mit Kindern im Allgemeinen und ihr im Speziellen eigentlich nicht warmwurde.

»Hallo, Lennard. Wir wollen dich was fragen!«, rief Fanny, wie immer sehr forsch, und stemmte die Hände in die Hüften. In der einen hielt sie einen Plüschfuchs.

»Dann schieß mal los.«

»Eddy will was wissen.«

»Wer ist Eddy?«

Sie sah vorwurfsvoll auf das Plüschtier und dann zu Lennard, als hätte sie ihm das schon einhundert Mal erklärt.

»Du sollst uns einen Gefallen tun.«

Dass Fanny nicht besonders zurückhaltend war, fand Lennard eigentlich super. Aber manchmal war sie ziemlich altklug.

»Weißt du, es gibt ja jetzt dieses Corona, und wir dürfen nicht raus. Weil wenn meine Mama das kriegt, dann geht es ihr ganz schlecht.« Fanny machte eine bedeutungsvolle Pause und große Augen. »Dann geht sie nämlich tot.«

Lennard wollte wieder in die Wohnung, unterdrückte zum Glück aber den Impuls, die Kleine abzuwimmeln. »Das glaube ich eigentlich nicht. Oder ist sie krank? Und um was für einen Gefallen möchtest du mich bitten?«

»Meine Mama hat doch Dibaditis ...«

»Diabetes, meinst du? Das wusste ich gar nicht.« Dann ergab es natürlich Sinn, dass er Katja aktuell häufiger als sonst durch die Wände telefonieren hörte. Sie durfte nicht raus.

»Deswegen sollst du für uns Sachen einkaufen.«

»Fanny? Hey, was machst du da bei Lennard?« Katja hatte den Kopf durch die Tür gesteckt. »Sorry, ich wusste nicht, dass sie bei dir klingelt.«

»Schon gut, wir halten Abstand«, erwiderte er viel lässiger, als er sich fühlte. »Alles gut bei euch? Wie geht's dir?«

Sie stöhnte. »Alles total stressig. Gestern kam die Info, dass die Kitas dichtgemacht werden. Jetzt muss ich eine Betreuung für Fanny organisieren. Kannst du zwei Minuten auf sie aufpassen? Ich warte auf einen wichtigen Anruf. Drück mir die Daumen, dass das klappt!«

»Klar, kein Problem.« Er wandte sich wieder Fanny zu. Ooookay. Dann mimte er also für zwei Minuten den Kindergarten-Cop. »Du musst dir keine Sorgen um deine Mama machen. Ich gehe einkaufen und bringe euch was mit.«

Fanny schaute nicht mehr so streng wie gerade eben, sondern wirkte mit einem Mal verunsichert. Sie schlenkerte den Fuchs. »Eddy braucht Difisifonstücher für Füchse.«

»Die schreibe ich auf die Liste. Sonst noch was?«

Fanny nickte entschlossen. »Einen Zaubertrank. Für Mama. Damit sie nicht krank wird.«

»Verstanden. Warte, ich glaube, ich hab da was für dich. Bin sofort wieder da!« Lennard ging in die Küche und wusch sich kurz, aber mit sehr heißem Wasser und Spüli die Hände. Dann lief er ins Wohnzimmer und griff nach der Kladde. Die Zeichnungen erinnerten wirklich an Kindercomics. Und die grünen Corona-Kugeln waren irgendwie ganz drollig. Kein Meisterwerk, aber immerhin. Tatsächlich zeichnete Lennard am liebsten Meerestiere und keine Bakterien und so Zeug, auch keine Hunde. Aber vielleicht ja was für Fanny. Er ging wieder in den Hausflur.

»Schau mal, die hab ich gestern gemalt.« Er setzte sich in den Türrahmen und schlug die Kladde auf. »Weißt du denn, was ein Virus ist?«

»Da wird man krank von.« Fanny hielt Abstand, schaute aber neugierig auf die Bilder.

»Genau. Aber man kann sich vor ihnen schützen, damit man nicht krank wird. Viren sind winzig kleine Dinger. So.« Mit dem grünen Stift malte er viele Punkte auf eine leere Seite. »Weißt du, wie groß ein Stecknadelkopf ist?«

Sie nickte wieder.

»Auf so einen passen sehr viele Viren, so klein sind die.«

Fanny rückte noch ein Stück näher und riss die Augen auf. Sie lauschte gebannt Lennards Erklärung.

»Man kann sie nicht sehen. Aber wenn man hustet oder niest, dann fliegen die Viren durch die Luft.« Er malte eine etwas größere grüne Kugel, von der zahlreiche Pfeile in alle Richtungen davonstoben. »Und wenn man sie einatmet oder etwas anfasst, wo Viren draufsitzen, kann man sich erkälten.«

»Ist das dein Hund?« Sie hatte Otis auf der Zeichnung mit dem Virus entdeckt und zeigte darauf.

»Genau. Also genaugenommen nur zur Hälfte.«

»Nur der halbe Hund?«

»Nein. Eine Freundin und ich kümmern uns zusammen um ihn.«

Es war komisch, Claire als »eine Freundin« zu bezeichnen. Er hoffte, dass Fanny nicht weiter nachfragen würde.

»Der Hund findet die Virusse bestimmt auch doof«, sagte Fanny und lachte ein bisschen. »Kann der die auch kriegen?«

Lennard dachte an die Fledermäuse, die das Virus in China angeblich auf den Menschen übertragen hatten. »Weiß ich nicht. Wir können uns aber anstecken. Deswegen müssen wir aufpassen und uns richtig gut die Hände waschen.«

Fanny stöhnte theatralisch und schlug sich vor den Kopf. »Das hat Mama mir doch schon gesa-hagt! So lange wie einmal *Happy Birthday* singen ...«

»Oke-hee!«, machte Lennard und zeichnete noch einen Virus. Dieses war aber keine Kugel, sondern dünn wie eine Erbsenschote. Eigentlich war Fanny ja süß. Und sie tat ihm leid. Wie beängstigend musste dieses Schlamassel für Kinder sein, wenn er bereits mit den Nerven am Ende war?

Als Lennard fertig mit Zeichnen war, zeigte er das Bild seiner kleinen Nachbarin. »Wenn wir aufpassen und uns nicht anstecken, wird das dicke Virus immer dünner. Und schwächer. Pffffff ... und dann löst es sich auf.«

»Jaaaaa!«, jubelte Fanny, klatschte und sprang in die Luft. »Dann kann Mama wieder mit mir raus auf den Spieli!«

Katja steckte erneut den Kopf aus der Tür. »Süße, es gibt Essen.«

»Ich will aber Kuchen! Du hast gesagt, wir backen meinen Einhornkuchen.«

Katja seufzte. »Das machen wir auch noch. Du weißt doch, dass ich gerade so viel zu tun hab.«

Fanny zog eine Schnute und fing an, mit ihrem Fuchs in Phantasiesprache zu reden.

Ihre Mutter wandte sich an Lennard. »Danke, Lennard, ich hoffe, sie hat dich nicht zu sehr belagert. Ich muss gerade so viel arbeiten ... Total absurd, der Verlag hat null Ahnung, wie es weitergeht. Trotzdem habe ich mehr zu tun als je zuvor.«

»Ehrensache. Du, ich geh gleich zum Markt. Was braucht ihr?«

Katja lächelte. Es sah ein bisschen gequält aus.

»Ich helfe euch gern«, sagte Lennard. »Und für dich, Fanny ...«, er riss die Seiten mit den Zeichnungen aus der Kladde und drückte sie dem Mädchen in die Hand, »hab ich diese Bilder hier.«

Fanny strahlte übers ganze Gesicht. »Danke, Lennard. Malst du mir noch mehr?«

Er zögerte. Im Grunde mochte er es nicht, wenn andere Erwartungen an ihn hatten. Die musste er ja erfüllen. Aber es war ein schönes Gefühl, dass Fanny seine Kritzeleien gefielen. Und sollten jetzt nicht alle zusammenhalten und sich umeinander kümmern, um diese Mistsituation zumindest ein bisschen erträglicher zu machen?

Lennard nickte. »Klar. Wir malen einen ganzen Comic.«

Fanny drehte sich zu ihrer Mutter um. »Schau mal, Mama!« Dann tapste sie in die Wohnung gegenüber.

Er winkte ihr etwas unbeholfen hinterher und ging in seine Wohnung. Das Handy piepte. Sicher Memo. Vielleicht sollten sie doch Laufen gehen. Mit genügend Abstand. Ganz ohne Sport war ja auch nix. Möglicherweise wüsste Memo, was Lennard Jella antworten könnte. Unter Umständen hatte ihm die ja gerade geschrieben?

18 März 2020

+++ Die für den Sommer 2020 geplante Fußball-Europameisterschaft wird um ein Jahr verschoben +++ Angela Merkel wendet sich in einer TV-Ansprache an die Deutschen und fordert Disziplin und Solidarität +++ Die Fabriken des Luxuskonzerns LVMH stellen statt Parfüms für Christian Dior oder Givenchy ab sofort Desinfektionsmittel her, die anschließend kostenlos abgegeben werden +++

12

Jella hatte ihn beim Gemüse entdeckt, als er mit seinen starken Händen gerade die Festigkeit der Pfirsiche überprüft hatte. Er war ziemlich groß und schmal, aber hatte breite Schultern, halblange blonde Haare, trug Jeanshemd und Vans. Genau ihr Typ! Offensichtlich selbstbewusst und lässig, einer, der auf sein Äußeres achtete, obwohl er sich auch von Natur aus ziemlich gut fand. Einer, bei dem mit Sicherheit ein Surfboard zu Hause am Schrank lehnte und der auch bei Dreimeterwellen ins Wasser ging, aber nie raushängen ließ, wie gut er surfen konnte.

Sie folgte ihm unauffällig bis zum Tiefkühlregal. Gerade prüfte er die Nährwertangaben verschiedener TK-Spinate. Ernährungsbewusst war er also auch. Konnte bestimmt gut kochen. Jella näherte sich langsam und inspizierte ausgiebig das Sortiment an gefrorenen Beeren im Regal daneben.

Dann drehte er sich in ihre Richtung.

Jella lächelte. »Ich weiß wieder mal nicht, was ich heute Abend kochen soll«, behauptete sie und hielt wie zur Erklärung die Beeren hoch.

Der Blonde lächelte ebenfalls und entschied sich für eine Sorte Spinat. Davon legte er drei Packungen in den Einkaufswagen. »Spinat und Fischstäbchen?«, fragte er. Seine Haut war glatt, und er hatte stahlblaue Augen.

Jellas Herz klopfte. Sie stellte sich vor, wie sie in wenigen Minuten bei ihm im Hausflur Spinat und Beeren fallen ließen und sich die Kleider vom Leib rissen. Dann würde er sie, während sich ihre Lippen in wilden Küssen vereinten, in die Wohnung hineinschieben. »Meine Küche ist sehr groß«, würde er hauchen, »da kann man eine Menge machen.« Bis sie am Küchentisch angekommen wären ...

Jella ließ die fünf Äpfel, die sie über der Flasche O-Saft und den Müsliriegeln im Arm balanciert hatte, fallen. Sie kullerten in alle Richtungen über den Supermarktboden. Männer mochten es ja, in der Heldenrolle glänzen zu können.

Wie von ihr beabsichtigt, ging der Blonde sofort in die Hocke und versuchte, die davonrollenden Früchte aufzuhalten. Sie mussten beide lachen.

»Was für eine absurde Situation.« Jella hockte sich ebenfalls, um einen Apfel aufzuheben.

Er überreichte ihr seinen, und sie berührte fast zufällig seine Hand.

»Hast du schon mal jemanden bei Edeka kennengelernt?«

»Äh. Nein.«

Stammelte er? Wie süß, er war offenbar doch von der schüchternen Sorte.

Dann drehte er sich zur Seite in den Gang mit den Cornflakes. »Leon, hier bin ich!«

Ein etwa vierjähriger Junge mit Topfschnitt rannte auf den Mann zu und blieb erst kurz vor seinem Knie stehen. »Wo sind Mama und Lilly?«, fragte der Junge.

Jella spürte einen kleinen Stich in der Magengegend und stand schnell auf. Sie bemerkte, dass ihr Gesicht zu einem falschen Lächeln verzogen war. »Danke, wirklich aufmerksam«, sagte sie und klang dabei auch noch schnippisch. O Gott, es wurde immer schlimmer.

Sie drehte sich um und hechtete zur Kasse. Mannomann, aktuell hatte sie echt keinen Lauf mit Typen! Was war nur los?

Als sie bezahlt hatte, stopfte sie ihren Kram in den Jutebeutel und beeilte sich, aus dem Laden zu kommen. Auf eine weitere Begegnung mit dem Blonden und seiner hinreißenden Familie konnte sie getrost verzichten.

Auf dem Weg nach Hause dachte sie an Lennard. Der hatte seit vier Tagen nicht auf ihre Nachricht reagiert. Auch wenn es am Ende gar keine richtige Nachricht gewesen war. Eine Kontaktaufnahme war es allemal! Wahrscheinlich war er auch noch eingebildet. Seine Bemerkungen über Tattoos am Kickertisch und der abfällige Blick dabei fielen ihr ein. Und die extra lässig, halbschief hochgekrempelten Hosenbeine, als hätte er vor der Party einen Fluss durchquert oder käme direkt vom Angeln. Himmel! So jemand ging wahrscheinlich tatsächlich Angeln, vermutlich sogar Sportangeln, und postete danach gigantische tote Flussbarsche auf Facebook. Wieso suchte sie sich dauernd solche Freaks aus?

Während Jella die Haustür aufschloss, zählte sie die Tage bis zum Abflug nach Sri Lanka. Sie musste dringend raus aus Deutschland. Zum Glück ging es in knapp drei Wochen los. Bis dahin hatte die Welt sich hoffentlich wieder beruhigt. Oder würden die am Ende ihren Flug …? Nein, dieses Szenario wollte sie sich nicht ausmalen. Lieber sah sie sich mit dem Board im Arm über den Strand von Arugam Bay laufen. Sobald sie ein paar Sonnenstrahlen getankt hatte und einen Tag gesurft war, wäre alles wie immer und sie würde abends an der Bar genau den Typen klarmachen, den sie haben wollte. Zumindest für die nächste Nacht.

Jella warf den Jutebeutel auf den kleinen Sessel in ihrem Zimmer, setzte sich aufs Bett und klappte den Laptop auf. Erst mal gab es Wichtigeres zu tun. Ihr paranoider Mitbewohner kam zwar seit Tagen nicht mehr aus seinem Zimmer und sprach weiterhin nur durch die Tür mit ihr. Aber immerhin hatte Ralf ihr einen Zettel mit der Webadresse für die Soforthilfe für Soloselbständige unter der Tür durchgeschoben. Sie musste unbedingt ihr Konto aufbessern. Gerade jetzt, da sie ein paar Wochen Urlaub vor sich hatte.

Da kam die Beihilfe vom Staat wie gerufen!

Sie öffnete das Antragsformular und das PDF mit den »Hilfestellungen zum Ausfüllen« und begann zu lesen.

Haupterwerb bedeutet, dass die selbständige Tätigkeit mit einer regelmäßigen Wochenarbeitszeit von mehr als 20 Stunden ausgeübt wird und mehr als die Hälfte des gesamten Einkommens ausmacht.

Jella überlegte. In den letzten Monaten hatte sie ziemlich wenige Yoga-Kurse gegeben und viel mehr auf dem Kiez gearbeitet, weil die Korallbar im Winter nun mal brummte und Trinkgeld der schnellste Weg war, die Reisekasse aufzufüllen. Sie hatte nur noch sechs feste Kurse im Studio gehabt, also höchstens zwölf Stunden die Woche in ihrem »Hauptberuf« gearbeitet. Aber es war doch trotzdem ihr Beruf, oder? Und es war Frühjahr. Sie hätte auch ohne Corona ab März weniger in der Bar gearbeitet und wieder mehr Yoga unterrichtet. Wie viele Kurse hatte sie im letzten Jahr um diese Zeit gegeben? Das mussten zwölf gewesen sein, also vierundzwanzig Stunden. Das wäre dann wohl die Referenz, oder? Jella war unsicher. Sie las weiter.

Tag der Aufnahme der selbständigen Tätigkeit?

Was diese Behörden auch immer alles wissen wollten. Sie nahm einen Stapel Papier und einen Ordner aus dem Regal, kniete sich mit ihnen auf den Teppich und begann, die Blätter durchzusehen. Wo hatte sie nur die Gewerbeanmeldung abgelegt, die sie als Nachweis vorlegen sollte? Hatte sie überhaupt irgendetwas »abgelegt«? Ihr genetischer Code hatte das korrekte Ablegen von Dingen wahrscheinlich gar nicht vorgesehen.

Dieser Lennard hatte seine Unterlagen sicher in einem dafür eigens angefertigten Schrank mit zweiundfünfzig Schubladen untergebracht und jedes auch nur im entferntesten Sinn relevante Dokument vom Spendennachweis für die Caritas aus dem Jahr 1999 bis zur Seepferdchen-Urkunde aus der dritten Klasse binnen Sekunden parat. Wahrscheinlich war er nicht nur Sportangler, sondern im Hauptberuf Steuerprüfer und sortierte seine Bücher nach Farben.

Wobei er ihr dann sicher helfen könnte, diesen bescheuerten Antrag für die Soforthilfe auszufüllen. Das war im Grunde höhere Mathematik und für sie ein Buch mit sieben Siegeln. Ob sie ihn fragen sollte? Lieber nicht. Wenn sie sich vorstellte, wie überheblich er dann bestimmt tat …

Nein, es würde einen anderen Weg geben. Vielleicht musste sie die Soforthilfe doch knicken und schnell einen weiteren Nebenjob auftreiben, in dem sie in kürzester Zeit viel Geld verdiente. Jella ließ von den Papieren ab und ging wieder zum Laptop. Sie googelte »Spargelstecher«. Eine Minute später sah sie sich mit Kopftuch und wehendem Kleid zwischen Dutzenden von Muskelmännern im Feld stehen und am Abend mit dreckigen Händen und einem Lächeln im braungebrannten Gesicht glücklich ins Campingbett fallen. Sie erinnerte sich, dass sie irgendwo gelesen hatte, dass Arbeitslose aus der Gastronomie in der aktuellen Situation bei der Spargelernte eingesetzt werden sollten.

Sie fand direkt einen Artikel zum Thema. *»Kellner können beim Spargelstechen eher nicht zum Einsatz kommen«*, sagte da ein Landwirt.

Aha. Spargelstechen erforderte Spezialkenntnisse. Wer hätte das ahnen können?

»Helfer für Erdbeerfarm an der Saar gesucht« klang jedoch nach einer verdammt guten Ausschreibung. Jellas Traum vom bekopftuchten Sommer auf dem Land lebte sofort wieder auf. Erdbeerernte wäre natürlich *noch* romantischer. Zum Saisonende gäbe es sicher ein ausschweifendes Fest, an dem alle in Rot kämen, wie beim Erdbeerkarneval in diesem finnischen Dorf, und Jella würde zur Erdbeerprinzessin gekürt werden und bis zum Morgen Erdbeerwein mit dem Dorfschönsten trinken, bis er sie schließlich in seinen Armen auf den Heuboden trug.

Unglücklicherweise suchte auch Familie Hussmann in Dillingen nur Menschen mit Erfahrungen in der landwirtschaftlichen Arbeit.

Jella schob den Laptop frustriert zur Seite und nahm das Smartphone in die Hand. Sie checkte Instagram und Facebook und OkCupid und noch mal Insta. Diese Sara O. auf Bali hatte schon wieder einen anderen Surfer im Arm, oder war das der Kerl von letzter Woche? Nein, das war doch Phil! Phil aus Neuseeland, mit dem Jella damals ein paar Wochen ... aber das war verjährt. Und auf Surfer stand sie ohnehin nicht mehr. Irgendwann war man da einfach rausgewachsen. Surfer waren auf den ersten Blick oft interessant und manchmal auch tolle Menschen, wenn man Buddys zum entspannten Abhängen suchte, aber für ernsthafte Konversationen oder gar Beziehungen eigneten sich die meisten dieser Spezies leider gar nicht.

Dieser Lennard war sicher ein Büchertyp. Menschen, die so ordnungsliebend wie er waren, hatten ja oftmals ein bisschen was auf dem Kasten. Schlau hatte er gewirkt. Ja, vielleicht stand ihm sein Intellekt im Weg? Und deshalb antwortete er ihr nicht.

Aber was sollte das überhaupt? Sie suchte doch gar nichts Festes. Und überhaupt. Je länger sie darüber nachdachte, desto sicherer war sie: Lennard war überhaupt nicht interessant. Genaugenommen sogar ziemlich langweilig. Und höchstwahrscheinlich genauso spießig, wie sie auf den ersten Blick gedacht hatte. Noch gefährlicher als normal spießig: neospießig. Also ein Spießer im Hipster-Tarnlook. Ha, darauf waren sicher schon einige Flat-White-Latte-Lindas reingefallen und hatten geglaubt, hinter der Coolness stecke ein irre komplexer Charakter, den man nur gesundlieben müsse. Als wäre er tiefgründig, nur weil er eine Hornbrille trug. O Gott, das war sicher genau seine Masche!

Oder er hatte tatsächlich ein richtig übertriebenes Faible für Fischfang. Sie hatte Glück, dass er ihr nicht schrieb. Was hätte sie um alles in der Welt geantwortet, wenn er gefragt hätte, ob sie mit ihm eine Dokumentation über kanadische Tauwürmer und andere Lebendköder ansehen wolle?

Aber verdammt schöne grüne Augen hatte er gehabt. Und eben möglicherweise einen versteckten Humor. Dass er ein bisschen schüchtern war, fand sie im Grunde auch ziemlich anziehend.

Egal, das brachte sie nicht weiter.

Fürs Erste würde es ihr genügen, nur mal wieder mit jemandem zu chatten. Aber Tinder, OkCupid und Lovoo schienen momentan allesamt übervölkert mit schwer einsamen Quarantäne-Opfern. Wie Wolfgang, 49, aus Barmbek, der sie zur Begrüßung gefragt hatte, ob sie auch dieses Apokalypsegefühl habe und wie sie für den Ernstfall vorsorge. Nein, danke! Jella hatte weder Interesse noch Zeit oder Nerven für Depressive und Paranoiker. Einen von letzterer Sorte hatte sie schließlich in der Wohnung. Es ging ihr nur um ein bisschen Unterhaltung. Und natürlich sehnte sie sich nach neuem Input und Inspiration. Ob sie Lennard vielleicht doch ...

Nein. Sie musste wirklich die Jobfrage lösen! Jella beschloss, gleich noch mal in den Supermarkt zu flitzen und das gute alte Schwarze Brett zu konsultieren. Bei Edeka inserierte bestimmt gerade eine Reihe alter Damen, weil sie einen Hundesitter suchten. Dafür brachte Jella mit überbordender Tierliebe und ausgeprägter Abenteuerlust ja nun beste Voraussetzungen mit.

Sie schnappte sich die Jacke. Im Moment war wirklich nicht die Zeit für deprimierende Männergeschichten.

22 März 2020

+++ Bund und Länder einigen sich auf strenge Ausgangs- und Kontaktbeschränkungen ab 23. März +++ In einem Informationsschreiben gibt das Bezirksamt Neukölln seinen Angestellten den Tipp, das Ablecken von Oberflächen wie Türklinken nach Möglichkeit auf das absolut erforderliche Maß zu reduzieren +++ Das Referat für Gesundheit und Umwelt in München hat eine Absenkung der Eisbachwelle veranlasst. Zum Schutz vor Infektionen kann ab sofort nicht mehr im Englischen Garten gesurft werden +++

13

»Also *wir* gehen schon davon aus, dass wir fahren können.«

Lennard versuchte, durchs Telefon zu ergründen, ob seine Mutter noch trotzig oder schon völlig realitätsfremd klang. Normalerweise plätscherten die sonntäglichen Pflichtanrufe bei seiner Familie vor sich hin. Nicht heute. Gar nix plätscherte, es toste! Lennard fand die Einstellung seiner Eltern einfach nur daneben. Als Althippies gehörten sie zu der Gattung »Unbesorgte«. Als Widder waren die beiden darüber hinaus die größten Sturköpfe unter der Sonne.

Sanne traf sich offensichtlich weiter mit ihren Freundinnen im Lesezirkel, Bodo war heute Morgen sogar beim Frühschoppen gewesen. Angeblich »nur« in einer Dreierrunde. Trotzdem. Lennard war aufgebracht wie selten.

»Was an der dringenden Empfehlung, nur die Kontakte zu treffen, die ihr wirklich braucht, habt ihr nicht verstanden?«

Sanne seufzte. »Ich *brauche* meine Mädels. Außerdem kennen wir uns doch, die haben nichts.«

Lennard wollte fast ein Auge zudrücken. Er hoffte, dass seine Eltern, die mit Anfang siebzig zur Risikogruppe zählten, auf dem Land sicherer waren als in der Großstadt. Außerdem war er die Diskussionen leid. Aber dass seine Eltern das Ganze so gar nicht ernst nahmen, konnte er nicht hinnehmen. Die Sorge bereitete ihm Sodbrennen.

»Du und die Mädels seid aber nicht ein Haushalt! Frau Merkel hat am Mittwoch gesagt, dass die aktuelle Situation die größte

Herausforderung seit dem Zweiten Weltkrieg ist. Und dass es auf unser gemeinsames solidarisches Handeln ank…«

»Frau Merkel, Frau Merkel!«, unterbrach ihn Sanne. »Die weiß auch nicht alles. Niemand weiß das. Vielleicht ziehen wir mit unseren Freunden in eine Alten-WG, wenn das mit den Kontaktbeschränkungen so weitergeht. Die Jungen wollen uns doch eh alle abschieben, da mache ich nicht mit. Im April fahren wir nach Italien, basta. Das soll uns mal einer verbieten.«

»Wie stellst du dir das vor? Es ist eine Pan-de-mie! Die Grenzen sind dicht. Ich wette, dass die Merkel bald eine Ausgangssperre verkündet.«

Lennard kritzelte nebenbei mit dem Kuli sehr finster aussehende Corona-Viren auf ein Papier. Die waren nichts für Fanny, da würde sie sich bestimmt fürchten. Dabei musste er sich eigentlich gar nicht so aufregen. Ihm war nach der Ansprache der Kanzlerin vor ein paar Tagen klargeworden, dass *niemand* in nächster Zeit Urlaub machen würde. Und erst recht nicht in Italien – nicht mal seine freigeistigen Eltern. Dass Sanne und Bodo an der mit den Schillers von nebenan geplanten Wohnwagenreise in die Toskana festhielten, machte ihn doppelt wütend. Sie waren unvernünftig wie Teenager. Das Gefühl, auf sie aufpassen zu müssen, war gewaltig – und nicht erst seitdem dieses elende Virus im Umlauf war.

»Habt ihr auf dem Land noch nicht gecheckt, was gerade abgeht in der Welt, Mutter?« Er hatte eine Spur zu gereizt geklungen und spürte förmlich durch den Hörer, dass Sanne auf Durchzug schaltete.

»Bodo, jetzt nennt der mich schon Mutter!«, rief sie in den Hintergrund, wo sein Vater irgendwas zu basteln schien.

»Warum nicht gleich ›Frau Vogel‹?«, scherzte Lennards Vater.

Lennard nannte die beiden, bis auf wenige Ausnahmefälle, seit er klein war bei ihren Vornamen. Seine Eltern hatten das so gewollt, angeblich, um von Anfang an auf Augenhöhe mit ihrem Sohn kommunizieren zu können. »Hierarchien muss man immer in Frage stellen, Lenny«, war einer von Bodos Ratschlägen, egal, ob sie im Wald tobten oder Nachrichten im Fernsehen schauten.

Lennard war mit der größtmöglichen Freiheit aufgewachsen – und der größtmöglichen Sehnsucht nach Sicherheit.

»Frag ihn mal, ob er nicht mitwill, Sanne«, rief sein Vater und betätigte weiter irgendein Elektrogerät, »einen Platz haben wir ja noch. Das wird kuschlig!«

Dass seine Eltern etwas gegen Vorschriften hatten und sich im Dorf damit brüsteten, unkonventionell und ein bisschen verrückt zu sein, war Lennard gewohnt. Als Kind hatte er manchmal gedacht, bei der Geburt vertauscht worden zu sein. In Wahrheit waren seine Eltern nämlich Heinz und Helga Müller, mit einer Reihenhaushälfte und Geranien vor dem Fenster und Hasso, dem Schäferhund. Heinz und Helga indes wunderten sich, warum sie so einen verrückten Sohn hatten, der ständig ausbüxte, auf jede Art von Regel allergisch reagierte und dauernd zerrissene Hosen und blaue Flecken nach Hause brachte.

Seine Eltern waren alles andere als durchschnittlich, und Lennard war anders, als sie es sich gewünscht hatten. Sie wohnten zwischen lauter Bungalows mit Jägerzaun in einer riesigen baufälligen Villa Kunterbunt, mit so viel Krempel drin, dass Lennard jedes Mal, wenn er zu Besuch war, mit dem Gedanken spielte, einen Container zu bestellen. Sie verachteten alles, was sie spießig wirken ließ.

Lennard seinerseits hatte sie im zarten Alter von sieben mit der Aussage überrascht, nicht Stuntman oder Pilot, sondern Informatiker werden zu wollen. Sein Agenturjob war für seine Eltern indiskutabel, auch wenn sie versuchten, sich das nicht anmerken zu lassen. Wenn es nach seiner Mutter gegangen wäre, säße Lennard als Maler in einem Atelier oder noch besser: in einer Künstlerkommune. Früher hatte ihn das alles extrem genervt, aber mit den Jahren war er milder geworden und fand die beiden sogar manchmal auf angenehme Weise schrullig. Doch in manchen Situationen ging ihm ihr Getue gehörig auf den Keks. So wie jetzt.

»Sag mal, wollt ihr mich ärgern?«

»Lenny, versetz dich bitte mal in meine Lage.«

Oha. So leitete seine Mutter gern Sätze ein, in denen sie dann ankündigte, in die nahegelegene Legebatterie einzubrechen oder vorm Dorfsupermarkt für die Verbannung von Duschgels mit Mikroplastik zu demonstrieren. Dass sich Sanne gegen Tierversuche, für die Emanzipation der Frau und meistens für die richtige Sache starkmachte, fand Lennard im Grunde gut. Aber ihr Verhalten gerade war einfach nur daneben.

Sanne machte eine Pause. Vielleicht spürte sie, dass er recht haben könnte.

»Was macht Bodo da eigentlich?«, holte Lennard seine Mutter ins Gespräch zurück.

»Er näht«, sagte sie.

»Wie bitte?«

»Dein Vater sitzt an der Nähmaschine und näht Masken.«

»Was will er denn mit Masken?«

»Wir sollen doch bald Masken tragen. Bei Etsy findet man schon keine mehr. Und Bodo hat früher immer so gern genäht.«

Lennard erinnerte sich an die scheußliche ockerfarbene Latzhose, in die seine Eltern ihn gesteckt hatten. Und an ihre berüchtigten Kostümpartys, für die sie sich immer aufwendige Ensembles und Masken anfertigten. Zu diesen Anlässen gab es so viel Bowle, dass spätestens nach zwei Stunden alle Gäste völlig von Sinnen waren und als knallvolle, grölende Polonaise durch den Gartenteich zogen, Eheringe und Manieren verloren und im weiteren Verlauf des Abends fremdknutschten. Was neben Früchten und Alkohol in der Bowle war, blieb bis heute Sannes Geheimnis.

Dann fiel Lennard ein, dass sein Vater und er einmal Teddyklinik gespielt und Bodo dem Plüschbären das verlorene Knopfauge ersetzt hatte. Im Gegensatz zu vielen anderen Eltern fand Bodo das Spielen nie lästig, im Gegenteil. Früher hatte man mit ihm stundenlang Buden bauen, Holz für ein Lagerfeuer sammeln oder Verstecken spielen können. Lennard erinnerte sich daran, wie Bodo in der Teddyklinik mit brummender Stimme den Arzt gemimt hatte, während er das Auge des Bären »in einer sehr komplizierten, aber machbaren OP« wieder annähte. Sein Vater war auch heute noch wie ein großes Kind. Dass der aber jetzt an der ratternden Maschine saß, um anderen zu helfen, rührte Lennard.

»Wir haben uns gedacht, dass man die Menschen im Seniorenheim schützen muss. Und die alten Leute, die allein leben. Wir wollten später durchs Dorf gehen und ein paar von den Dingern verteilen.«

»Das ist toll von euch.« Lennard war erleichtert, dass die zwei anscheinend doch ein Stück weit verstanden hatten, um was es gerade ging. »Aber ihr solltet trotzdem auf euch aufpassen. Wascht euch die Hände und bleibt auf Abstand. Frau Merkel …«

»Ich weiß, Schatz! Du, sag mal.« Dass Sanne das Thema wechseln wollte, weckte in Lennard den dringenden Wunsch, das Gespräch zu beenden. Er ahnte, was als Nächstes kam, seine Mutter hatte ewig nicht mehr danach gefragt. Und tatsächlich, eine Sekunde später kam: »Was macht eigentlich dein Liebesleben?«

Bäm. Die Superfrage. Sanne wusste, wie sehr sie ihren Sohn damit nervte, aber nun gab es anscheinend eine neue Dringlichkeit.

»Gibt es jemanden, mit dem du dich verschanzen kannst, wenn wir eingesperrt werden? Ich mache mir ja Gedanken als Mutter.«

»Ich hab Otis. Keine Sorge, ich vereinsame schon nicht.« Wie kam er da bloß wieder raus? »Und Memo ist auch noch da.«

»Ich finde, du solltest dich mal wieder verlieben.«

»Ja, aber nicht in Memo.« Lennard musste bei der Vorstellung lachen. Aber Moment mal ... Vielleicht sollte er genau das behaupten! Dann würde Sanne endlich Ruhe geben, vermutlich wäre sie sogar froh, dass er sich endlich outete. Er dachte nach. Jella fiel ihm wieder ein. »Außerdem hab ich neulich auf einer Party eine Frau kennengelernt.«

Ihm schwirrte immer noch ihre gelöschte Nachricht durch den Kopf. Inzwischen kritzelte er am siebten Virusmännchen. Dieses hier hatte eine Denkblase über dem Kopf und darin war – ein Herz?! Lennard strich es durch und skizzierte eine Nähmaschine.

»Ach! Wieso lässt du dir das denn so aus der Nase ziehen? Wie heißt sie? Bodo, er hat wen kennengelernt!«

Lennard wurde stutzig. War Sanne am Ende doch wie alle

Mütter? Konventionell und sich insgeheim Enkelkinder wünschend?

»Hab ich vergessen«, beeilte er sich zu sagen und fügte hinzu: »Aber sie hat meine Nummer.«

Jella
Hey! Keine Sorge, bin nicht beleidigt, weil du noch nicht geschrieben hast. Aber du kannst gern trotzdem bald antworten. 😉

Lennard
Wer ist da?
Ah. Jella. Moin!
Wolltest du mir neulich schreiben? Ich dachte schon, du bist krank 😷

Jella
Du meinst, im Delirium falsche Nachrichten senden? Nee, mir geht's super 😊 Und dir?

Lennard
OK. Geht so. Den Umständen entsprechend gut so weit.

Jella
Also noch kein Fieber?

Lennard
Nein, kein Fieber.

Jella
Und auch nicht selbständig und demnächst pleite? ☹ Was machst du eigentlich? So beruflich?

Lennard
Ich arbeite bei Purpose. Kennst du die? Ist eine Werbeagentur. Eigentlich Purpose hoch 2. Wir sind gerade im Home-Office. Mal sehen, wie sich die Auftragslage entwickelt.

Jella
Hey, interessant! Nein, die kenn ich nicht. Was machst du da genau?

Lennard
Ich bin da Client Service Director. So ähnlich wie ein Chief Client Officer. Beratung und so.

Jella
Oha, Chief Officer – alles klaro! 👮🚨🚓 Heißt das, du weist die Kunden zurecht, wenn sie sich nicht an die Regeln halten? 😉

Lennard
Nee, ich betreue unsere Topkunden, habe aber auch mit den Budgets zu tun. Und was ist dein Job?

Jella
Ich unterrichte Yoga. Und arbeite in der Koralle.

Lennard
Ah, die Korallbar kenne ich, Memo liebt den Laden. Ist mir immer bisschen zu voll.

Jella
Na ja, das mache ich normalerweise. Im Moment natürlich beides nicht 😕
Gerade befasse ich mich hauptberuflich mit diesem verrückten Soforthilfeantrag. Ehrlich gesagt eine ganz schöne Challenge 🙄

Lennard
Muss man da nicht einfach einen Bogen ausfüllen ...?

Jella
Ja, ist tatsächlich nur so ein Bogen, aber eben ein sehr bürokratischer. Das ist nicht so meins ... 📝🔍🙈

Lennard
Was musst du denn da alles angeben?

Jella
Mehr, als mir lieb ist!

Lennard
Spielst du eigentlich Quizduell?

Jella
Quizduell kenn ich nicht, aber vielleicht kann ich mir da ja einen Notgroschen verdienen?! Den brauche ich nämlich tatsächlich bald.

Lennard
So schlimm?

Jella
Ach, wird schon. 💪🐶
Ups! Keine Ahnung wie das Hunde-Emoji hier reinrutschen konnte! 😆

Lennard
Hunde gehen immer. Hab auch einen.
Bzw. meine Ex. Ich hab ihn oft bei mir.

Jella
Du hast einen Hund?! Wie cool! Und was für eine Rasse?

Lennard
Otis ist ein Whippet.
Du bist bestimmt eher ein Katzenmensch, oder?

Jella
Ich mag eigentlich alle Tiere. Hunde finde ich super. Ich hätte bei meinem letzten Mal auf Bali fast einen Straßenhund adoptiert, der mir tagelang gefolgt ist. Das war ein Kintamani. Kennst du die?

Lennard
Kintamani kannte ich nicht, hab ich mal gegoogelt: anhänglich, agil, eigenständig, konzentriert, freundlich, territorial. Wie weit bist du denn mit dem Antrag?

Jella
Mein Antrag liegt auf Eis. Ich steig da echt nicht durch. Egal, werd dann mal jemand fragen, der sich mit so was auskennt.

Lennard
Ich meinte übrigens den Kintamani mit den Eigenschaften. Nicht mich! Wobei, freundlich und agil bin ich natürlich auch.

Jella
🙃😊 sehr schön, das klingt ja sympathisch. Kann man dich denn auch googeln? Und was erfährt man da? 😏

Lennard
Glaub, da stehen nur so Jobsachen. Kannst du ja mal versuchen ;)

Jella
Googeln ohne Nachnamen ist ja nicht gerade vielversprechend – wenn jemand nicht zufällig Xaver-Salomon heißt 😉

Lennard
Haha. Meinen Zweitnamen behalte ich erst mal für mich, okay?
Vogel ist mein Nachname. Ich fürchte, man findet nicht so viel über mich, aber das ist mir auch ganz recht so.
Hast du dir schon Masken gekauft? Meine schippern irgendwo am Bosporus umher, kommen aber hoffentlich bald.

Jella
Du hast mehrere Masken gekauft?!? Ich noch keine. Mir erscheint das alles eh etwas panisch.

Lennard
Ja, ich habe mehrere Masken bestellt. Bei so einem chinesischen Lieferanten, angeblich Schutzklasse FFP3.

Jella
Hoffe, da kommt nicht noch mehr an Freiheitsberaubung.

Lennard
Findest du das freiheitsberaubend? Es geht doch um unsere Gesundheit und die unserer Mitmenschen.

Jella
🙃

Lennard
Hast du denn jemanden, der dir helfen kann bei dem Antrag? Sonst kann ich ja vielleicht draufschauen …

Jella
Danke für das Angebot! Das ist supernett! Wollen wir einfach mal skypen dazu? Wann hättest du Zeit?

Lennard
Hmm, magst du mir vielleicht erst mal schreiben, worum es in deinem Antrag geht?

25 März 2020

+++ Die Bundesregierung kündigt ein Hilfspaket für die Wirtschaft im Umfang von 156 Milliarden Euro an +++ Für Rentner, Rollstuhlfahrer und andere Menschen mit Handicap legen die Mitarbeiter eines Edekas im Stuttgarter Fasanenhof eine Extraschicht ein: Von Montag an öffnet die Filiale ausschließlich für diese Menschen eine Stunde früher um sieben Uhr morgens ihre Türen +++ In Deutschland entstehen viele Gabenzäune für Bedürftige mit Pflegeprodukten, Lebensmitteln oder Kleiderspenden. Auf der Straße lebende oder arme Menschen können sich dort versorgen +++

14

»Entschuldigen Sie, die Dame?« Die Stimme klang dunkel und warm.

Als Jella sich umdrehte, sah sie in zwei tiefblaue Augen. Sie gehörten einem sehr hübschen, aber ziemlich runtergerockten Typ mit blonder Strähne im schwarzen Haar. Er trug ein ausgewaschenes Patti-Smith-Shirt und schwarze Schuhe mit spitzen Nieten.

Jella war wieder auf Streifzug durch die Supermärkte Hamburgs, in der Hoffnung, wenigstens eine einzige weitere Ausschreibung für einen Nebenjob zu finden. An den bisher gesichteten Schwarzen Brettern wurden lediglich Umzugshelfer, Gärtnerinnen oder Kfz-Mechaniker gesucht. Und IT-Profis, zur Einrichtung der nun notwendig gewordenen Home-Office-Technik. Aus lauter Verzweiflung versuchte sie es mittlerweile in anderen Vierteln und war gerade in der Schanze unterwegs, als der Fremde sie vor der Roten Flora ansprach.

»Haben Sie ein Herz, schöne Frau?«

Jella musste lachen. Was sollte die Frage? Sie schaute ihn skeptisch von der Seite an.

»Ich meine ein Herz für einen Mann mit Talent und ohne Sicherheiten.« Er zwinkerte.

»Möglicherweise«, antwortete Jella abwartend.

»Ich hab's sofort gewusst, als ich dich gesehen habe!« Der Punk grinste. Seine blauen Augen glänzten. »Es muss nicht viel sein. Nur für was Kleines zu essen.«

Jella schaute auf die Tüte in ihrer Hand, in der sich ein frisches Franzbrötchen befand, das sie gerade gekauft hatte.

»Geld hab ich auch keins. Aber was Süßes.« Sie hielt ihm spontan die Tüte hin.

Er nahm sie lächelnd entgegen und öffnete sie behutsam. »Mmmmh. Wow, das ist ja noch warm und duftet echt geil.«

Jella lächelte.

Der Punk verbeugte sich. »Darf ich mich dann bald mal revanchieren?« Er schaute verschmitzt. »Dazu bräuchte ich nur deine Telefonnummer.«

Jella musste wieder lachen. Der hatte ja Nerven. Oder Selbstbewusstsein. »Wozu das?«, fragte sie.

»Damit ich dir Bescheid sagen kann, wenn ich wieder Kohle für ein Candle-Light-Dinner habe.«

Jella war plötzlich total gerührt. Aber dann besann sie sich. »Ach, du, ich glaube ja an Fügung. Und die bringt uns schon wieder zusammen, wenn es sein soll.«

Der Punk lächelte wieder zuckersüß. »Darf ich dir zumindest meine geben?«

Jella willigte ein. Er kritzelte die Ziffernfolge auf einen verknitterten Zettel und überreichte ihr das Papier. Sie entfernte sich rückwärts und winkte ihm lächelnd zu. Dann hielt sie konsterniert inne. Freute sie sich nicht ein bisschen zu wild über die Schauspielerei eines Bettelnden? Was war denn los mit ihr?

Sie wandte sich ab, lief zügig zum Schanzen-Rewe und besorgte sich das Nötigste zum Abendessen. Beim Rausgehen checkte sie das Schwarze Brett und machte sich ohne neue Aussichten auf den Rückweg.

Zu Hause angekommen, nahm sie den Fertigsalat und den

Pinot Grigio mit in ihr Zimmer. Ralf hatte sich natürlich in seinem Raum verbarrikadiert.

Jella schenkte sich ein Glas ein, nahm die Plastikschale auf den Schoß und klemmte das Smartphone zwischen die Knie. Sie ging auf *Boho Berlin* und sah die Midi-Kleider durch.

Warum war Lennard nicht auf ihren Vorschlag zum Skypen eingegangen? Immerhin hatte er sie doch gefragt, wie es mit ihrem Antrag auf Soforthilfe lief. Und ihr eindeutig seine Hilfe angeboten. War er wirklich so schüchtern? Oder doch eingebildet?

Sie trank einen Schluck Wein und setzte ein knallrotes Kleid auf ihre Wunschliste. Dabei hatte sie gerade sicher keine achtzig Euro übrig.

Sie versuchte, sich an Lennards Mund zu erinnern. Er hatte ziemlich volle Lippen für einen Mann, das war ihr aufgefallen. Dann dachte sie an den kleinen braunen Fleck in der strahlend grünen Iris. Den wollte sie sich sehr gern noch mal aus nächster Nähe ansehen.

Aber apropos Nähe: Was war eigentlich mit ihren sonst so verlässlichen Langzeitaffären? Warum meldete sich keine von denen? Zum Beispiel Dominik, der zwar unglaublich langweilige Geschichten aus seinem Bankangestelltenalltag in Neugraben-Fischbek erzählte, aber dafür wirklich einfallsreich im Bett war. Oder Tommy, der auch ab und zu in der Korallbar arbeitete und ein super Partner für einen Abend mit Pizza, Rotwein, Netflix & Chill war. Die waren sicher mit der aktuellen Lage der Nation befasst. Kein Grund zur Beunruhigung! Die Zwangsabstinenz lag einzig und allein an den neuen Kontaktbeschränkungen, die seit ein paar Tagen galten, nicht an ihr. Es war davon auszugehen, dass die Typen, mit denen sie sich normalerweise traf, in Wahrheit doch allesamt angepasste Muttersöhnchen waren, die sich brav an die Regeln hielten und sich selbst eine freiwillige Dating-Sperre auferlegt hatten.

Trotzdem war das noch lange kein Grund, Lennard hinterherzurennen. Zumal die Chance auf eine baldige körperliche Annäherung mit ihm äußerst begrenzt schien. Da war es wohl vielversprechender, auf Godot zu warten. Oder darauf, dass der Punk zu Geld kam und sie in einen Nobelschuppen einlud.

Jella sah die Ketten auf *Boho Berlin* durch. Und musste zugeben, dass es gerade der absolut falsche Zeitpunkt zum Shoppen war. Vielleicht war das sowieso nur ein Kompensationsversuch?

Ihr letzter Sex war mindestens vier Wochen her, schon vor dem Lockdown hatte Flaute geherrscht. Sie hatte sich bereits wie weggesperrt gefühlt, bevor das Virus ihren Bewegungsradius auf den einer Gefängnisinsassin eingeschränkt hatte, um genau zu sein auf die fünfunddreißig Quadratmeter in ihrer Wohngemeinschaft, die für sie aus ihrem Zimmer, dem Bad und der Küche bestanden. Davon abgesehen, blieb per staatlicher Anordnung nur die tägliche Hofrunde. Aber sie konnte schließlich nicht mehr als einmal pro Tag joggen gehen. Und noch ein bisschen Yoga machen. Obwohl sie das auch immer öfter sausen ließ. Irgendwie war sie zu Hause, sobald sie ihren Kopf in Bodennähe brachte, durch die Entdeckung immer neuer Wollmäuse zu abgelenkt, um in eine innere Einkehr zu kommen. Seit das Studio geschlossen war und sie keine Kurse mehr gab, bewegte sie sich also deutlich weniger. Blöderweise hatte sie außerdem, seitdem sie gezwungen war, sich ständig drinnen und in Kühlschranknähe aufzuhalten, mehr Appetit als sonst. Der Einkauf im Supermarkt mutierte durch dieses Virus deshalb zum heiß ersehnten Freigang. Genau wie das dauernde Essen ein Gefühl von Freiheit schenkte, auch wenn man gar keinen Hunger hatte. Ihr passte keine einzige Jeans mehr. Auch das nervte.

Wann hatte sie eigentlich das letzte Mal Kontakt mit Dominik oder Tommy gehabt? Jella öffnete WhatsApp. Hm, bei Dominik war es fünf Wochen her, bei Tommy vier. Beide hatten ihr zuletzt geschrieben. Aber sie hatte nicht reagiert. Sie scrollte nach oben. Sowohl Dominik als auch Tommy hatten jedes Mal ja gesagt, wenn Jella ein Treffen vorgeschlagen hatte. Sie dagegen hatte deren Anfragen immer wieder mal ignoriert oder abgelehnt. War sie am Ende unbewusst zum Ghost geworden? Und lag das Schweigen der beiden doch nicht nur am Lockdown? Jella beschlich das Gefühl, ohne Corona hätte sie die zwei Typen längst vergessen und säße jetzt in einer Bar – mit einem neuen Kandidaten.

Sie trank noch einen Schluck Wein und öffnete nochmals *Boho Berlin*. Vielleicht eine von den günstigen Ketten? Die mit der Feder für 14,99 Euro, die wäre doch vertretbar.

Jella schaute zu ihrem Kleiderschrank. Ob sie mal wieder ausmisten sollte? Eigentlich hasste sie Ausmisten. Aber was sollte sie anderes tun? Wenn sie nicht rauskonnte aus der Bude und ihre Lieblingskleider nicht mehr saßen? Irgendwo in den Tiefen ihres Schranks waren ein paar Klamotten, die einfach immer passten. Eine Hose, die mal einer ihrer Exfreunde dagelassen hatte, zwei Nummern zu groß, normalerweise trug sie die lässig auf der Hüfte. Vielleicht ging die? Oder die Stretchröcke, die sie vor Jahren in London gekauft hatte. Die waren doch Corona-kompatibel. Genauso wie die bunten Maxikleider, unter denen man drei bis vier zusätzliche Kilos auf der Hüfte hervorragend verstecken konnte. Die Kleider, die sie definitiv nicht mehr anzog, könnte sie an Obdachlose spenden. Möglicherweise könnte sie auch ein paar Sachen verkaufen, um den Kassenstand aufzubessern ...

Jella stand auf und stellte Salat und Weinglas auf dem kleinen Beistelltisch neben dem Sessel ab. Dann öffnete sie die Türen des Pax-Schrankes. T-Shirts in verschiedenen Farben, Pullover, Hosen, Kleider, einzelne Socken, Schals und Mützen sämtlicher Couleur quollen ihr entgegen. Sie seufzte. Wenn sie es richtig machen wollte, wie diese japanische Superaufräumerin auf Netflix, holte sie alles aus dem Schrank und sortierte es auf verschiedene Stapel: *geht, bleibt, entscheide ich später.* Klang machbar. Also krempelte sie die Ärmel hoch, trank in einem Zug das Glas leer und machte sich an die Arbeit.

Fünf Minuten später lagen fast alle Klamotten, die Jella besaß, als riesiger Berg auf ihrem Bett. Die Kleiderstange hatte sie sich für später aufgehoben. Etwas erschlagen ob der gewaltigen Masse ihres textilen Besitztums ließ sie sich in den Sessel fallen und goss sich ein weiteres Glas Weißwein ein.

Ihre Gedanken wanderten zu Lennard. Jella stellte sich ihn nackt vor und überlegte, ob er wohl eher schmalbrüstig oder vielleicht doch kräftig gebaut war.

Sie stand schnell wieder auf und machte sich über den Kleiderberg her. Aber gleich das erste Shirt ließ sie zögern. Sie hatte das weiße Top mit den winzigen gestickten Kakteen auf Menorca gekauft, wo sie damals diesen süßen Franzosen kennengelernt hatte. Meine Güte, wie lange war das eigentlich her? In jedem Fall hatte sie es danach nie wieder angehabt. Passte es überhaupt noch? Sie quetschte sich hinein. Joah. Vielleicht nach dem Lockdown wieder. Zum Aussortieren war es definitiv zu schade. Also legte Jella es ordentlich zusammen und in den Schrank.

Dann wühlte sie sich tiefer in den Kleiderberg und zog das senfgelbe Kleid heraus, das sie neulich erst getragen hatte. Das passte *immer*, das blieb. Außerdem erinnerte es sie an die drei Wochen in Vietnam, wo sie es sich in Hoi An, der Schneiderstadt, hatte anfertigen lassen. So was warf man nicht weg! Das war ein Unikat.

Womöglich hatte dieser Lennard das schwarze Hemd von der Party in zehnfacher Ausführung, vier Paar exakt gleiche anthrazitfarbene Hosen und einen Saugroboter mit einprogrammierter Reinigungsroute. Das wiederum wäre ganz lustig. Und sehr praktisch. In ihrer gemeinsamen Wohnung würden sie dann …

O Mann, was waren denn das für abstruse Gedanken? Jella schüttelte über sich selbst den Kopf. Dabei stellte sie fest, dass ihr Kleiderschrank inzwischen schon wieder ganz gut gefüllt war, der Berg auf dem Boden mit den Klamotten, die aussortiert werden sollten, jedoch bislang nur aus einem Unterhemd bestand. War sie nicht streng genug? Immerhin hatte sie die Kategorien um einen »Vielleicht«-, einen »Pass-ich-irgendwann-wieder-rein«- und einen »Zu-teuer-um-es-wegzugeben«-Stapel erweitert. Sie gönnte sich eine kleine Pause im Sessel und nahm ihr Handy zur Hand. Nachdem sie noch einmal die Ketten gecheckt hatte, setzte sie die mit dem Mondanhänger auf die Wunschliste.

Jella lehnte sich zufrieden zurück und nippte genüsslich an ihrem nächsten Glas Wein. Nachdenklich betrachtete sie das Chaos in ihrem Zimmer. Vielleicht sollte sie das mitternachtsblaue Kleid bestellen? Das war heruntergesetzt. Die Ketten waren ohnehin ein bisschen kitschig. Aber wenn sie ein, zwei Handtaschen auf Kleiderkreisel verkloppte, wäre beides drin. Jella sah zu ihrer Kleiderstange rüber und durchsuchte mit den Augen die Handtaschenriege. Die mit den Fransen aus La Gomera? Die war einfach zu besonders. Die rote aus Paris? Ein Geschenk von Niels. Ach, nein, die Handtaschen waren mit viel zu vielen Erinnerungen verknüpft. Das konnte sie nicht machen. Vielleicht musste sie die Cowboyboots mit dem Adler verticken? Die würden wenigstens richtig Geld bringen ... Sie biss sich auf die Unterlippe. Leider ganz und gar ausgeschlossen. Es ging nicht, und war auch nicht nötig. Sie hatte noch Geld. Wenn sie endlich diesen Antrag für die Soforthilfe ausfüllte, sogar mehr als genug. Sie trank das Glas aus.

Aber dazu brauchte sie nun mal Unterstützung von einem Profi. Wieso ging Lennard nicht auf ihre Idee ein? Wozu war er schließlich Chief Officer oder wie das hieß? Oder war das ein Scherz gewesen? Jella nahm ihr Handy wieder in die Hand, öffnete Google und gab »Lennard Vogel« ein. Als dritter Treffer kam »Lennard Vogel – Client Service Director – XING«. Sie klickte darauf und sah direkt ein kleines Porträt von ihm. Ein Schwarz-Weiß-Bild, auf dem er sehr ernst schaute, aber unfassbar gut aussah. Jella wurde etwas aufgeregt. Sie scrollte nach unten. Und erfuhr, dass er schon seit sage und schreibe zwölf Jahren bei dieser Werbeagentur war. Mit einem Praktikum hatte er dort begonnen, noch während des Studiums. Universität Hamburg, Informatik und BWL. Das war ja klar! Jella klickte auf »ganzes Profil ansehen«. Aber die Seite öffnete sich nicht. Stattdessen erschien ein Formular, über dem stand: »Registriere dich jetzt!« Jella konnte die weiteren Infos nicht sehen, weil sie kein Mitglied war. Sie hatte auch nicht vor, eines zu werden. Was wollte sie als Yoga-Lehrerin in so einem spießigen Karrierenetzwerk?

Sie ging auf Instagram und gab seinen Namen ein. Da waren mehr »Lennard-Vogel«-Profile, als gedacht. Aber der eine Lennard war nicht dabei. Er hatte wohl kein Instagram … das passte zu ihm. Sie wechselte wieder in die Google-App. Die weiteren Treffer schienen von anderen Lennard Vogels zu handeln. Unter den Bildern fand Jella nur eines, auf dem »ihr« Lennard war. Er beugte sich offenbar über ein Blatt Papier und wirkte sehr konzentriert, bestimmt beim Lernen für eine Prüfung. Ja, der ist sicher ein Streber, dachte Jella. Aber wenn er so fit war mit Zahlen, warum half er ihr dann nicht? Dieses Angebot, sie erst mal nur per WhatsApp zu beraten, wirkte jedenfalls ziemlich abweisend.

Jella wischte das Browser-Fenster nach oben. Sie hatte Lust, Fee anzurufen und das zu besprechen. Aber ihre Freundin hatte gerade andere Sorgen. Und Gitta? Nein, die hatte vor einigen Tagen entbunden und bestimmt keinen Nerv für Jellas Belange.

Sie suchte in den Kontakten nach Ida. Ihre Schwester war in solchen Momenten immer die richtige Ansprechpartnerin. Seit sie in Island lebte, mit Kjell, diesem Bären von Mann, verheiratet und vor den Allergenen der Großstadt gerettet war, ruhte sie förmlich in sich.

»Wie bitte??? Du fühlst dich ein-ge-sperrt?« Zugegeben in diesem Augenblick klang Ida weniger stoisch, sondern aufgebracht. »Ich kann wirklich nicht nachvollziehen, dass sich Menschen beschweren, weil sie mal ein paar Wochen lang etwas weniger unterwegs sein können. Ich habe praktisch meine gesamte Kindheit im Zimmer verbracht und bin nicht Amok gelaufen!«

Jella dachte daran, wie Ida, als sie klein gewesen waren, stundenlang auf dem Holzboden ihres gemeinsamen Zimmers gelesen, Tiere gezeichnet oder über Wochen hinweg ganze Dörfer für ihre Barbie-Puppen gebaut hatte. Sie hatte halbe Ewigkeiten auf den Knien gesessen und gebastelt, bis ihr die Beine weh taten. Dann war sie aufgestanden, hatte eine Madonna-CD in den Ghettoblaster geschoben und getanzt. Ida hatte sich die Welt auch gemacht, wie sie ihr gefiel – nur eben drinnen.

»Ich glaube, viele haben Angst vor Langeweile«, sagte Jella. Sie meinte damit auch ein bisschen sich selbst und schämte sich direkt.

»*Ich* glaube, die meisten Leute haben Angst vor sich selbst.« Ida nahm kein Blatt vor den Mund, wenn es um aus ihrer Sicht psychologisch bedenkliche Muster ging. Nun fühlte sich Jella erst recht ertappt.

»Da muss man sich nämlich mit den eigenen Gedanken und Gefühlen befassen. Das kann schon unheimlich werden.«

Ihre Schwester war offenbar in einer anderen Stimmung als erhofft. Jella schaute auf die bereits zur Hälfte geleerte Weinflasche. Ida trank keinen Alkohol. Obwohl sie darauf nicht mal allergisch reagierte. Und Jella fühlte sich mal wieder wie die Jüngere.

»Na ja, Ida, wenn man es gewohnt ist, sich sehr viel zu bewegen und unter Leuten zu sein, ist der Lockdown echt eine Herausforderung.«

»Stimmt. Sorry, ich bin vielleicht zu hart.«

»Nein, du hast ja recht. Man muss eben etwas draus machen.« Jella stand auf, schnappte sich die Weinflasche und brachte sie in die Küche, wo sie sie gegen den Kirschsaft aus dem Kühlschrank eintauschte.

Als sie das Gespräch beendet hatten, stopfte Jella die restlichen Klamotten wahllos zurück in den Schrank und setzte sich vor den Laptop. Sie öffnete die Datei mit dem Soforthilfeantrag erneut. Dann musste sie sich eben noch ein bisschen mehr reinhängen.

27 März 2020

+++ Die Sprachlern-App »Babbel« schenkt Schülern und Studierenden einen Monat lang gratis Zugang zu allen Sprachkursen. Jella startet unabhängig davon ihren vierten Anlauf, Isländisch zu lernen, gibt aber nach eineinhalb Probestunden wieder auf +++ Der Hamburger Senat hat das nur bis Ende März angedachte Winternotprogramm mit seinen 780 zusätzlichen Schlafplätzen wegen der Corona-Krise bis Ende Mai verlängert +++ Zwei Krankenhäuser in Hamburg wollen in den kommenden Tagen bis zu zwölf schwerkranke Corona-Patienten aus Italien und Frankreich aufnehmen, die auf Beatmung angewiesen sind +++

15

»Also, eines ist sicher, Diggi.« Memo drehte sich zu Lennard um, der etwa sechs Meter hinter ihm schnaufend joggte. »So schaffen wir den Halbmarathon nich'. Da kann ich gleich meine Omma fragen, ob die mit mir trainiert. Was is'n los mit dir?«

»Marathon wird eh abgesagt.« Lennard band das Halstuch, das er über Mund und Nase gezogen hatte, im Nacken noch etwas fester – nicht, dass die Viren von Memo zu ihm rüberflogen. »Ich laufe übrigens wegen der Ansteckungsgefahr hinter dir. Nicht, weil ich langsamer bin!«

Lennard musste gegen den Wind fast rufen. Aber das mit dem Abstand war eben nötig. So hatte er es gelesen: Eineinhalb Meter reichten nicht. Nicht beim Joggen. Eher fünf, besser zehn.

Sein bester Kumpel schüttelte lachend den Kopf, schaute wieder nach vorn und legte einen Zahn zu. Seit wann war Memo so flott unterwegs? Er wirkte außerdem schmaler und fitter. Und weniger bärig als sonst.

Eigentlich hatte Lennard an seinem Plan festhalten und niemanden treffen wollen. Erst recht nicht zum Sport. Er hatte in einem YouTube-Video und in einer Studie im *New England Journal of Medicine* erfahren, wie weit sich Tröpfchen beim Atmen wirklich verbreiten. Wenn man joggte, kamen die Dinger über den Atem aus einem heraus wie ein unsichtbarer, wild gewordener Hornissenschwarm, der in alle Richtungen schwirrte, bereit zur Attacke. Theoretisch wäre also denkbar, dass jemand – zum

Beispiel Memo – den Erreger ausatmete und er, Lennard, ihn in sich aufnahm. Nach dem Joggen war das Immunsystem sowieso ein paar Stunden lang anfälliger für eine Infektion. Und diesiges Wetter? Ganz schlecht. Bei höherer UV-Strahlung fielen die kontaminierten Partikel schneller zu Boden und wurden unschädlich, hatte er gelesen. Bei Regen oder hoher Luftfeuchtigkeit jedoch blieben sie nicht nur länger in der Luft, sie hafteten auch hervorragend an der feuchten Kleidung.

Er ließ sich noch etwas zurückfallen und tastete in seiner Tasche nach der Flasche mit dem Desinfektionsmittel. Vorsicht war die Mutter der Porzellankiste. Memo hatte schließlich Kinder! Und in Hagenbecks Tierpark nicht nur Kontakt zu den Flachlandtapiren und Brillenbären, für die er zuständig war. Was, wenn Memo sich schon angesteckt hatte?

»Trefft ihr eigentlich andere Familien?« Lennard drehte den Kopf vorsorglich Richtung Alster, um Memos Antwort aus dem Weg zu gehen.

»Nein. Und ich glaube«, Memo hatte die Stimme ebenfalls erhoben, »bei dem Wetter heute haben diese Viren eh keine Chance. Du darfst also gern in meine Richtung atmen.«

Lennard grinste. Er hatte Memo die letzten Wochen vermisst, seit der Party von David hatten sie sich nur kurz über FaceTime gesehen. Trotz seiner Sorge tat es sehr gut, mal wieder in Gesellschaft zu sein. Gut, dass Memo nicht lockergelassen hatte. Wie immer. »Wenn du mich nicht hättest, wärst du längst im Altersheim«, war so ein typischer Memo-Satz. Mit dem Joggen um die Alster hatten sie letztes Jahr angefangen, zweimal die Woche, dienstags und donnerstags, und sie hatten es sogar den gesamten Winter durchgezogen. War natürlich auch Memos Idee gewesen.

»Tanja meinte, ich hätte einen Dad Bod!«, hatte er sich damals empört. »Weißt du, was das ist? Wenn Typen eine Wampe kriegen und sich gehenlassen. Also ›Bod‹ für Body. Das kann und werde ich nicht auf mir sitzen lassen!«

Memo war tatsächlich eher ein gemütlicher Typ. Also von außen, von innen war er quirlig wie ein Rudel Radrennfahrer. Die Feststellung seiner Frau hatte ihn wohl erschüttert. Deswegen hatte er sich auch in den Kopf gesetzt, dass die beiden im April 2020 beim Hamburg Marathon die Halbstrecke mitlaufen würden. Daraus wurde jetzt nichts.

»Boah!« Lennard wich zum gefühlt dreiundvierzigsten Mal in großem Bogen einem entgegenkommenden Läufer aus. War er der Einzige, der Platz machte? Eine Runde um die Alster war doch kein Riesenslalom auf Laufschuhen! Neuerdings schien die halbe Stadt das Joggen für sich entdeckt zu haben. Und dazu auch das Selbstbewusstsein, einfach geradeaus weiterzulaufen, komme entgegen, wer wolle.

Es war trotzdem schön, mal wieder draußen zu sein. In seiner Wohnung hatte Lennard immer öfter das Gefühl, die Decke würde ihm mit einem lauten Rums auf den Kopf fallen. Jeder Gedanke, den er dachte, führte am Ende zu Corona. Sogar die Gedanken über Jella und den WhatsApp-Chat. Sie hätten skypen können, klar. Aber irgendwie fühlte er sich nicht wohl bei dem Gedanken. Immerhin nicht wegen der Ansteckungsgefahr. Aber sie war bestimmt hundertmal schlagfertiger als er. Und neugierig. Beides behagte ihm nicht.

Ein weiteres Mal fiel Lennard auf, wie gut in Form Memo war. Während er selbst leichte Seitenstiche bekam, trabte sein Freund wie ein junges Fohlen voran. Der hatte doch heimlich geübt!

»Sag mal, warst du ohne mich laufen?«, rief er Memo zu.

»Ja, ich war ein paarmal allein hier.« Memo drehte sich kurz zu Lennard um und gleich wieder nach vorn, als wäre ihm das unangenehm. »Du wolltest ja nicht. Und mit Tanja und den Zwillingen ständig in der Wohnung, das ist gerade echt hart. Die beiden nehmen uns die Bude auseinander, seit sie nicht mehr zum Training können. Sei froh, dass du keine Kinder hast.«

Memo wurde langsamer, und Lennard musste sich bemühen, nicht aufzuholen.

»Wir sind seit dieser Woche in Kurzarbeit«, erklärte er Lennard weiter. »Tanja telefoniert den ganzen Tag mit ihrem nervigen Projektleiter aus Dubai. Enes und Matteo kloppen sich ohne Pause und wollen beschäftigt werden. Ich weiß echt nicht, wie das weitergehen soll.«

»Und im Zoo?« Lennard hoffte, dass Memo länger redete, damit er sich wieder auf das Atmen konzentrieren konnte.

»Wir sind in Teams eingeteilt. Das geht schon, hätte ich mir schlimmer vorgestellt. Aber weißt du, was krass ist? Die Tiere werden komisch.«

»Wie jetzt?«

»Manche kriegen Depris, den fehlen die Besucher. Die langweilen sich! Das hätten wir auch nicht gedacht. Eher, dass wir paradiesische Zustände bekommen. Dass die alle mal so richtig chillen. Aber für die Tiger zum Beispiel ist es, als sei der Fernseher kaputt, wenn da keine Leute mehr am Gehege vorbeilaufen.«

»Echt?« Lennard war wirklich erstaunt – aber auch froh, nur einsilbige Fragen einstreuen zu können. Er ließ sich noch ein Stück zurückfallen und atmete tief ein, wobei er den Kopf wieder zur Alster drehte. Memo hatte nach *wirklich* vielen Jobs, seine (Stand jetzt) Erfüllung als Tierpfleger gefunden. Davor hatte er sich unter anderem als Türsteher, Rapper, Restehofmitarbeiter, Altenpfleger, Barmann, Blutspender, Samenspender, Boxlehrer und Nachtportier verdingt. Tanja war als sehr erfolgreiche Architektin die Hauptverdienerin der Familie. Lennard hatte sich nicht nur einmal an langen Abenden in ihrer Stammbar anhören müssen, dass Memo nicht immer so cool damit war, weniger als seine Frau zu verdienen. Obwohl er vor anderen meist so tat, als wäre er total zufrieden. Lennard hätte sich Memos Job eindeutig stressfreier vorgestellt in diesen Tagen. Allein mit den Tieren, ohne die nervigen Besucher ...

»Ich schwöre. Wir müssen spezielle Trainings mit den Tieren machen. Damit die uns nicht an Deprivation sterben. Das Krasseste ist, dass der Tierpark ohne die Eintrittsgelder gerade eine betriebswirtschaftliche Katastrophe erlebt. Ich weiß nicht, ob wir nicht dichtmachen oder vielleicht sogar Tiere töten müssen, wenn das so weitergeht. Die Viecher verfuttern ja zwei durchschnittliche Jahresgehälter in einem Monat! ... Okay, halt mal an!«

Memo blieb so abrupt stehen, dass Lennard fast in ihn hineinrauschte.

»Ey, was machst du?!«

»Was ich mache? Junge, du bist total angespannt! Das kann ich mir nicht mehr ansehen. Wir machen jetzt mal ein paar Übungen, damit du lockerer wirst. Und dann erzählst du mir in Ruhe, wie es dir geht.«

Memo stellte sich auf den Grünstreifen am Ufer und streckte die Arme in die Höhe. Dazu schloss er die Augen und atmete tief ein und aus. »Hab ich von Tanja. Die macht das immer zwischen ihren Calls. Pilates, glaub ich. Oder war's Yoga? Egal. Hilft aber. Los!«

Lennard fand die Turnübung mehr als albern, aber er hatte keine Kraft zu protestieren, also stand er, ehe er sich versah, fünf Meter neben seinem dampfenden Kumpel und machte kopfschüttelnd die Bewegungen nach. Sie sahen aus wie Räuber mit erhobenen Armen, denen niemand gesagt hat, dass die Polizisten nicht mehr hinter ihnen waren.

»Hast du es endlich mal mit Tinder probiert?«, fragte Memo unvermittelt und atmete wie ein schnaubendes Pferd aus.

Lennard schüttelte den Kopf und machte heimlich einen Ausfallschritt zur Seite.

»Vielleicht probierst du es mal mit Parship oder Elite Partner? Bei deinem Gehalt. Höchstwahrscheinlich haben die jetzt Corona-Specials. Find ich nicht gut, dass du allein bist. Ich könnte mal Tanjas Cousine fragen, ob sie immer noch Single ist.«

»Die Rothaarige, die auf deinem letzten Geburtstag von ihren Nacktkatzen erzählt hat? Danke, ich verzichte. Hab gerade eh kein Bock aufs Daten. Corona schlägt mir auf die Libido. Und echte Treffen gehen auch nicht.« Aber er hatte noch etwas auf dem Herzen. »Kannst du dich an die Frau mit den Tattoos erinnern, die dich beim Kickern auf Davids Party neulich abgezogen hat?«

Memo beendete seinen Schnaufvorgang und riss die Augen auf. »Die den Anwalt verarztet hat? Logo! Geht etwa was mit der?«

»Quatsch! Gar nicht mein Typ.« Lennard räusperte sich. »Sie hat mir geschrieben, weil sie Unterstützung beim Antrag zur Soforthilfe braucht. Ich glaube, sie ist ein bisschen verzweifelt ... auch in Bezug auf zwischenmenschliche Kontakte. Aber ich weiß nicht. Es ist ja Kontaktverbot. Die ist mir auch zu anstrengend, glaub ich. Und ... na ja ... Sie wollte sogar skypen und ...«

Memo grinste übers ganze Gesicht. »Diggi, du stammelst. Lass uns mal eine Bank suchen. Und dann erzählst du mir in Ruhe, was los ist. Ich will alles wissen!«

16

Mist. Er hatte sich gerade das Handtuch um die Hüften gewickelt und die Glastür der Dusche mit dem Abzieher von Wassertropfen befreit, da fiel sein Blick auf die leere Papprolle an der Halterung neben der Kloschüssel: Lennard hatte eben beim Einkaufen das Toilettenpapier vergessen.

»Verdammt!«

Der ganze Stress von vorn ... Einkaufen war ja seit neuestem eine Geduldsprobe. Und ausgerechnet Toilettenpapier! Das war Lennard per se unangenehm. Aber zu Zeiten von Hamsterkäufen war es einfach nur anstrengend. Andererseits könnte er sich bevorraten, wenn er eine Bezugsquelle fände. Dann hätte er für die nächsten Wochen ausgesorgt.

Von der Idee, erst kurz vor Ladenschluss beim Frischemarkt Frähmcke gegenüber von Runge + May aufzulaufen, hatte sich Lennard nach ein paar Versuchen schnell wieder verabschiedet. Den Trick hatten inzwischen auch andere drauf, und spätabends war es fast genauso voll wie tagsüber – einer der Nachteile, in einer Großstadt zu leben. Außerdem war es für ihn mittlerweile zur Angewohnheit geworden, abends zu zeichnen, sich Listen mit Büchern und Filmen zu machen, mit denen er sich von der Situation ablenken könnte – und darüber schließlich einzunicken.

Also war er direkt nach dem Joggen in den Supermarkt gegangen. Es war Rushhour gewesen, aber er war ja geübt im Spießrutenlauf. Hatte er das nicht früher schon immer gemacht? Dass ihm fremde Menschen im öffentlichen Raum zu nahe kamen, gehörte zu den Umständen, die bei Lennard einen oberen Platz auf der Großstadt-Hass-Liste einnahmen. Immerhin musste man jetzt einen Einkaufswagen als Abstandshalter benutzen, was die größten Corona-Ignoranten einigermaßen von ihm fernhielt.

Aber wollte er wirklich noch mal raus? Er hatte wieder dieses Kratzen im Hals.

Lennard stellte sich vor den Badezimmerspiegel, streckte die Zunge raus und versuchte, sich so unter dem Lichtkegel zu positionieren, dass er auf seine Mandeln gucken konnte. »Aaaaaaah!« Als er sich an das Gefühl des rauen Spatels erinnerte, den sein Kinderarzt ihm früher auf die Zunge gepresst hatte, musste er würgen und schloss den Mund schnell wieder. Sah so weit alles gut aus, oder? Er schluckte und tastete die Lymphknoten am Hals ab. Glück gehabt, nichts geschwollen. Er schien auch nicht den Geschmacksinn verloren zu haben, denn er schmeckte immer noch die scharfe Minze-Fluorid-Mischung der Zahncreme.

Lennard zog sich an und überflog auf dem Handy die News: *»Unter den Infizierten sind aktuell 104 in stationärer Behandlung, 31 befinden sich auf einer Intensivstation. Das sagte Hamburgs Zweite Bürgermeisterin Katharina Fegebank (Grüne) auf einer Pressekonferenz im Universitätsklinikum Hamburg-Eppendorf.«* Solche Nachrichten konnten einen nur ermatten. 1759 Menschen hatten laut der NDR-Meldung in Hamburg inzwischen offiziell Corona, Tendenz steigend. Die meisten zum Glück nur mit grippeähnlichen Symptomen. Dass *er* es irgendwann kriegen würde, dessen war Lennard sich sicher. Die Frage war: wann? Wer würde ihn anstecken? Und welchen Verlauf würde die Krankheit bei ihm nehmen? Vielleicht trug er das Virus auch schon in sich. Hauptsache, er steckte seine Eltern nicht an, die eindeutig zur Risikogruppe gehörten. Wobei die es sich garantiert sowieso bei einer heimlichen Gartenparty mit ihren Nachbarn einfingen. Gut, dass er Memo vorhin gerade noch rechtzeitig ausgewichen war, als der ihn zum Abschied und vor lauter Euphorie wegen Jella hatte umarmen wollen.

Lennard schnappte sich einen Jutebeutel. Er würde ein paar andere Dinge kaufen – es sollte bloß keiner denken, dass er nur wegen des Klopapiers einen Supermarkt betrat. Dann nahm er die neuesten Zeichnungen für Fanny. Gestern hatte er sich einen Virenstaubsauger ausgedacht, der alle grünen gestachelten Bälle schluckte. Es war eine Bilderserie mit einer riesigen, raketenartigen Maschine, die wie ein hungriger Wal durch einen Krillschwarm fegte und alle grünen Viren in ihr Maul sog.

»Das kann ja wohl nicht dein Ernst sein, du Idiot!« Als Lennard in den Hausflur trat, hörte er durch die Tür der Nachbarwohnung, dass Katja sich lauthals am Telefon stritt, vermutlich mit Fannys Vater. Sie und Fanny taten ihm leid. Er beschloss, besser nicht reinzuplatzen, und legte die Comiczeichnungen auf die Fußmatte. Er würde den beiden irgendwas vom Einkaufen mitbringen, und marschierte los.

Im Supermarkt zog er sich die Ärmel seines Sweatshirts über die Hände, um nichts mit den Fingern zu berühren, und passierte mit dem Einkaufswagen die Gemüsetheke. Sofort stachen ihm die gigantischen Stapel Klopapier ins Auge, eine sicher zwei mal zwei Meter hoch aufgetürmte Trutzburg auf Paletten, nur ein paar Schritte vor ihm. Daran ein Schild: *Wir bitten unsere Kunden, nur zwei Packungen pro Haushalt mitzunehmen!*

Lennard hielt inne. Er war nicht nur *ein* Haushalt, wenn er für Katja und Fanny einkaufen ging. Er würde einfach sagen, dass er auch für die Agentur Klopapier bräuchte, wenn er an der Kasse gefragt würde. Beinahe kam er sich vor wie ein Schmuggler: »Dealing with toilet paper«. Das war keine gute Zeile für sein Tinder-Profil, das er noch nicht hatte, sich aber hin und wieder vorstellte. Doch spätestens beim Gedanken, Fotos von sich hochzuladen, flachte seine Lust auf Online-Dating meist so schnell wieder ab, wie sie aufgeflammt war. Dabei wäre es nicht schlecht, langsam mal jemanden kennenzulernen. Aber wäre es nicht cooler und auch irgendwie romantischer, sie im echten Leben zu treffen? Was Jella wohl sagen würde, wenn sie ihm im Supermarkt beim Klopapier begegnete?

Stimmt, Jella. Die meldete sich komischerweise gar nicht mehr. Nur, weil er nicht hatte skypen wollen? Und wenn schon ...

Lennard konnte sich nicht erinnern, jemals so einen Großeinkauf Klopapier gemacht zu haben. Mit zwei Stapeln aus jeweils drei Packungen im Wagen und auf der Ablage darunter schob er sich zu den Teigwaren vor. Die Blicke der anderen Kunden bohrten sich erst in den Inhalt seines Wagens, um anschließend ihn selbst von oben bis unten zu mustern. Lennard musste fast lachen. Er, der Regelfanatiker, tätigte illegale Hamsterkäufe mit Klopapier!

Eine sehr alte Dame, die sich auf ihren Rollator gestützt hatte und vor dem Nudelregal auszuruhen schien, schüttelte den Kopf und murmelte: »Im Krieg hatten sie auch kein Toilettenpapier.«

»Ich kaufe für meine Nachbarn ein, der Rest ist für die Arbeit«, rief Lennard, als er je vier Packungen Linguine und Hörnli in seinen Wagen legte. Er fühlte sich augenblicklich schäbig, weil er so dreist log.

In der Agentur herrschte noch immer Schockstarre. Kai, sein Chef, war abgetaucht und entwarf einen Masterplan für die kommenden Monate. Lennard hatte sich inzwischen im Wohnzimmer ein Home-Office eingerichtet und vermisste jeden Tag die Struktur des normalen Arbeitstages. Er schüttelte den Gedanken ab und lief weiter. Was fehlte außerdem? Eigentlich hatte er bei seinem ersten Einkauf vorhin alles besorgt. Aber es sollte doch so aussehen, als sei das Klopapier einer von vielen Artikeln in seinem Einkaufswagen ...

Lennard blickte sich um. Die alte Dame setzte sich langsam in Bewegung. Sie hatte etwas von einer gütigen Schildkröte. Ob sie jemanden hatte, der sich um sie kümmerte? Diese ganze Corona-Sache war für alte Menschen noch hundertmal schlimmer als für ihn. In einem Anflug von Melancholie fiel sein Blick auf eine Palette mit Weizenmehl, Typ 405. Auch sanktioniert, zwei Packungen pro Haushalt. Doch ihm war, als hätte er in diesem Moment eine göttliche Eingebung. Beinahe meinte er, die mit quadratischen Gipsplatten beklebte Decke des Supermarkts öffnete sich für einen Spalt, und ein goldenes Licht strahlte vom Himmel auf das Mehl hin.

Na klar. Warum war er da nicht früher drauf gekommen? Sanne und Bodo hatten ihm früher nie einen Geburtstagskuchen gebacken. Es hatte generell wenig Süßes zu Hause gegeben, meist nur so gesundes Dinkelzeug. Ihm fiel ein, wie er als etwa Achtjähriger stoisch damit angefangen hatte, bei jedem Geburtstag zu backen – weil er sich eben eine normale Familie mit normalen Familienritualen wünschte.

»Kuchen!«, sagte er laut und schob seinen Wagen an den Rand der Palette.

Fanny hatte sich beschwert, dass ihre Mutter keine Zeit habe, um mit ihr zu backen. Aber *er* könnte einen Einhornkuchen …? Na ja, oder was anderes. Wenn er backte, würde er etwas Sinnvolles mit seiner Zeit anstellen *und* den Nachbarn im Haus eine Freude bereiten. Für die Kleine würde er einen Kuchen in Fuchsform machen, wo sie doch so verrückt nach diesem Kuscheltier war. Eddy? Edgar? Egal! In Zeiten wie diesen musste man zusammenhalten. Und sich was gönnen. Lennard war von sich selbst überrascht und musste grinsen.

Ein Fuchs muss tun, was ein Fuchs tun muss. Vielleicht würde er auch Jella etwas backen? Die war Sahne und Kohlehydraten bestimmt nicht abgeneigt, im Gegensatz zu vielen Frauen, die er kannte. Apple Crumble oder Double Choc Cookies? Oder etwas Extravaganteres wie Stachelbeerbaiser? Lennard legte vier Mehlpackungen in den Wagen und griff nach der fünften. Er würde auch Hefe brauchen und Vanillezucker und …

»Was soll das werden, wenn's fertig ist, junger Mann?«

Lennard erschrak. Hinter ihm stand ein grauhaariger, kleingewachsener Mann, der seinen Einkaufswagen betrachtete wie ein *Tatort*-Kommissar den Leichenfund. »Der Kauf von so viel Toilettenpapier ist nicht gestattet.«

»Ach, äh, hallo, Herr, äh …« Lennards Herz begann unkontrolliert zu klopfen, und er fixierte mit den Augen das Schild am Kittel des Herrn. »… Herr Filialleiter. Das weiß ich natürlich. Die sind für meine Firma.«

»Krankenhaus? Pflegeheim? Hospiz? Oder wo arbeiten Sie?«

Damit hatte Lennard nicht gerechnet. »Sind Sie vom Ordnungsamt?«, fragte er mit trockenem Mund.

»Nein, aber wir haben Auflagen. Jeder Haushalt nur zwei Packungen Klopapier. Ich muss Sie bitten, auch das Mehl wieder ins Regal zu räumen.«

»Aber …« Lennard fragte sich, ob sich ein Protest lohnte. Womöglich würde der zu einer lautstarken Diskussion und schließlich zum Hausverbot führen. Allein die Vorstellung überforderte ihn. Hastig räumte Lennard das Mehl zurück. »Okay, ich pack's wieder weg. Entschuldigung. Ich wollte nicht …«

Aber da war der Mann schon weitermarschiert.

02 April 2020

+++ Das Corona-Virus hält Menschenmengen fern, die normalerweise das Schlüpfen von Karettschildkröten in Brasilien verhindern. 97 vom Aussterben bedrohte Meeresschildkröten sind jetzt an einem einsamen Strand geschlüpft +++ In Ligurien wird die 102-jährige Italica Grondona als von Corona genesen aus dem Krankenhaus entlassen +++ Ein britischer Online-Händler für Fetischbedarf spendet seinen gesamten Bestand an (echten) Einmal-OP-Kitteln an ein Krankenhaus des National Health Service +++

17

RKI rät nun doch zu Masken. Jella klickte auf die Tickermeldung. Das Robert Koch-Institut, so hieß es, empfehle nun jedem das »vorsorgliche Tragen« eines Mund-Nasen-Schutzes in der Öffentlichkeit. Auch dann, wenn derjenige keinerlei Symptome habe.

Jellas Stimmung erreichte einen neuen Tiefpunkt. Ihr Flug nach Sri Lanka war heute Morgen gestrichen worden. In der Hotline der Fluggesellschaft dudelte seit gefühlten Stunden der Jingle im Loop. Zwischendurch hatte sie gelesen, dass der Lockdown verlängert worden war. Mindestens bis Ostern würde Deutschland im unfreiwilligen Winterschlaf bleiben. Während sie gerade versucht hatte, das Online-Formular zur Kostenerstattung ihres Fluges auszufüllen, hatten die News zum Maskenthema ihrer Laune den Rest gegeben.

Sie war wütend, dass man ihre Freiheit immer weiter einschränkte. Welche Gefahr in Sachen Corona drohte denn bitte durch Surfen? Und jetzt wollte man ihr buchstäblich die Luft zum Atmen nehmen. Gleichzeitig spürte sie den leisen Anflug eines schlechten Gewissens. Ihr war bewusst, dass sie sich in den Wochen nach der Party nicht ganz korrekt verhalten hatte. Sie hätte Babs und David nicht treffen und sich längst eine Maske besorgen sollen. Lennard hatte ja schon lange eine. Sogar mehrere. Irgendwie fühlte sie sich schlecht, weil sie sich immer noch nicht darum gekümmert hatte.

Andererseits konnte bislang keiner dieser Virenspezialisten

belegen, dass das Fetzchen Stoff vor dem Mund eine Infektion wirklich verhinderte. Wahrscheinlich lachten sich diese Viren derweil über die wahnwitzigen Schutzmaßnahmen kaputt. Wie wild gewordene Junggesellenabschiede schwirrten sie kichernd durch die Stadt und schnappten sich einen nach dem anderen – so stellte Jella es sich jedenfalls vor. Weil man sich nämlich auch über die Augenschleimhaut infizierte, wie es einige Videos zeigten, die gerade im Umlauf waren. Und wenn schon: Es war doch gar nicht so dramatisch, wenn man sich ansteckte! Deutschland drehte doch auch nicht jeden Winter kollektiv am Rad, weil wieder Grippezeit war.

An das medizinische Fachwissen zum Thema Pandemien, das sie in der Krankenpflegeschule gelernt hatte, erinnerte sie sich nur noch fragmentarisch. Jella war nie der Lerntyp gewesen. Außerdem war das auch mindestens zehn, elf Jahre her – also auf jeden Fall zu lange. An die Ausbildungszeit wollte sie ohnehin möglichst wenig und aktuell erst recht nicht denken. Die Vorstellung, dieser Tage in einer Klinik zu arbeiten und tagtäglich mit all den Paranoiden konfrontiert zu sein, die jedes Hüsteln als Hinweis auf ihren nahenden Tod wahrnahmen, ließ sie schaudern. Noch schlimmer wäre allerdings, wenn es tatsächlich eine hohe Zahl an Schwerstkranken gäbe. Ihr schossen Bilder von Intensivstationen in den Kopf. Täglich um das Leben von Unzähligen von Menschen zu kämpfen, war für Jella der blanke Horror.

Sie tippte ein drittes Mal die Flugnummer in das Online-Formular ein, und wieder erschien die Fehlermeldung. Was war jetzt schon wieder falsch? Jella wünschte, es gäbe ausnahmsweise auch in ihrem Leben einen mathematisch begabten hochpragmatischen Jörg-Dieter, der in so einem Augenblick durch

Wände hindurch spürte, dass das Weibchen in der Klemme saß. So ein großgewachsener Fels in der Brandung der Bürokratischen Republik Deutschlands, der genau in diesem Moment die Tür öffnen und mit fester Stimme sagen würde: »Schatz! Was immer dich quält, lass mich das für dich erledigen.«

Als es an der Zimmertür klopfte, bekam Jella fast einen Herzinfarkt.

»Was ist mit deinem Testergebnis?«

Es war natürlich kein Jörg-Dieter, sondern Ralf mit der üblichen Kontrollfrage.

»Hab' nächste Woche einen Termin«, log Jella. »Aber der Gastgeber von der Party hatte gar kein Corona. Das war falscher Alarm.« Sie wartete auf seine Reaktion. »Hast du gehört?«

Ralf grummelte irgendwas.

»Also wird bei mir auch alles gut sein«, schob sie hinterher.

Er entfernte sich offenbar wieder. Ihre Gespräche waren auf ein Minimum geschrumpft. Nicht, dass Jella annahm, dass sie beide im Grunde ihres Herzens gern nächtelang bei Kerzenschein über die Liebe und das Leben gequatscht hätten. Aber diese Kommunikation durch geschlossene Türen war befremdlich.

Sie suchte noch mal die Mail mit der Flugnummer heraus und prüfte die Buchstaben und Zahlen, die sie auf den Zettel geschrieben hatte. Okay. Da war eine Fünf zu viel. Immerhin: Jetzt funktionierte es.

Ihr Handy surrte: *Ich hab's: Free Hugs in der Fußi!!!*

Fee schrieb mal wieder in Rätseln.

Jella antwortete: *Ich habe keinen Schimmer, was du meinst.*

Die Antwort kam prompt: *Ich verteile kostenfreie Umarmungen in der Innenstadt! Vorm Europa-Center! Komm vorbei!*

Jella musste lachen. Fee war wirklich nicht zu beirren. Das RKI riet jedem Bürger, sich zu maskieren, und Fee wollte Fremde in der Fußgängerzone herzen. Aber es beeindruckte Jella, dass ihre Freundin sich durch die Schließung ihres Kuschel-Instituts nicht runterziehen ließ, sondern eine neue Idee auf Lager hatte und Nägel mit Köpfen machte.

Jella hatte den Bogen zur Flugkostenerstattung endlich fertig ausgefüllt und sah auf die Uhr. Irgendwie hatte sie immer noch nicht kapiert, dass Uhrzeiten keine Rolle mehr spielten, weil sie momentan gar keine Termine hatte.

Sie dachte an ihre Eltern. Seit Tagen drückte sie sich mal wieder darum, sie anzurufen. Wahrscheinlich waren sie heillos überfordert mit der neuen Situation, in der ihr altes System von lauter fremden Regeln kontrolliert wurde. Obwohl ... Änderte sich für die beiden denn so viel? Jellas Eltern waren seit ein paar Jahren pensioniert, lebten auf dem Land in der Nähe von Buchholz, eine ganze Ecke weg von Hamburgs Innenstadt, waren wenig unterwegs, außer mal beim Bowlen oder auf dem Kirchenbasar. Merkten die den Lockdown überhaupt? Vielleicht hatten sie in diesen schweren Zeiten Mitleid mit Jella und würden ihr möglicherweise mit einem kleinen finanziellen Zuschuss aushelfen ...

Als es tutete, bereute Jella den Anruf schon und legte wieder auf. Nein, ihre Eltern konnte sie auf keinen Fall fragen. Die würden ihre Schwäche sofort gegen sie verwenden und ihr endlose Vorhaltungen machen, weil sie nicht Sonderschullehrerin oder Polizistin geworden war. Oder wenigstens Krankenschwester geblieben. Die wurden derzeit schließlich mehr gebraucht denn je! Gott im Himmel, womöglich würden sie verlangen, dass sie in ihren alten Beruf zurückginge. Wahrscheinlich würden sie Jella sogar erpressen, ihr mit unwiderruflicher Enterbung drohen, wenn sie nicht bereit wäre, sich jetzt, da die Welt in Not war, endlich einmal *nützlich* zu machen.

Ihr Handy klingelte. Jella zuckte zusammen. Offensichtlich hatten ihre Eltern den Anruf gesehen und meldeten sich nun zurück. Was sollte sie sagen?

»Hallo, Mama! Nein, alles bestens. Du, ich bin gerade auf dem Sprung. Fee braucht Hilfe bei der Abrechnung. Nein, ich hab einen Kurs gemacht, Buchhaltung ... Jaja, genau, ich war selbst überrascht. Aber läuft ganz toll, erzähl ich dir später!«

Sie legte auf. Das, was in ihrem Inneren die blassgraue Ahnung eines schlechten Gewissens gewesen war, färbte sich in diesem Moment tiefschwarz.

18

»Eine gute Nachricht, Freunde des Kapitalismus! Die Welt ist aus den Fugen. Aber …« Kai kratzte sich an den silberweißen Haaren und blickte staatstragend in die Kamera, als würde er nicht das Morgenmeeting einer Werbeagentur via Zoom führen, sondern einen Krisengipfel, der weltweit übertragen wurde. »Aber mit veganem Büffelmozzarella kann uns nichts passieren! Willkommen beim Veggani-Call. Wer ist noch ohne Onboarding?«

Lennard hatte sich zu Hause einen perfekten Arbeitsplatz eingerichtet. Er wusste nach intensiver Recherche: Für Calls waren einzelne Lichtspots gut. Er hatte sich deswegen sogar zwei Lampen bestellt, die den Hintergrund perfekt in Szene setzten. Sein Rechner stand exakt auf der empfohlenen Augenhöhe. Nicht, dass er eitel war. Es wollte es eben richtig machen. Das gab ihm ein gutes Gefühl.

Lennard hatte kurz überlegt, sein Shirt gegen ein Hemd zu tauschen, aber er wollte es nicht übertreiben. Otis war gerade bei ihm und schlummerte auf dem Sofa vor sich hin. Lennard hätte gern mit ihm getauscht.

Ob es Augentropfen gab, die einen weniger blinzeln ließen? Kai blinzelte nie. War er am Ende ein Android? Das Kaugummikauen mit offenem Mund hätte er seinem Chef am liebsten verboten. Kais Brachialhumor war zudem anstrengend und im Videocall fast noch schwerer zu ertragen als montagmorgens von Angesicht zu Angesicht im Büro. Im Moment war einfach *alles* anstrengend.

Lennard schlief schlecht in diesen Tagen. Corona und die latente Gefahr, die vom Virus ausging, waren allgegenwärtig. Auch in Bezug auf seinen Job wurde Lennard zusehends nervöser. Bereits jetzt drohten massive Einbrüche im gesamten Werbegeschäft. Erstmals in zehn Jahren Berufsleben stellte er sich vor, dass sein Traum platzen könnte: die Neunzig-Quadratmeter-Eigentumswohnung in Hamburg-Eimsbüttel. Mit Blick auf den kleinen Weiher dort, gern im vierten Stock und mit kleiner Dachterrasse. Ab Januar 2021 hatte er vorgehabt, sich dahinterzuklemmen. Den Bausparvertrag hatte er schon, seit er sechzehn war – auch wenn seine Hippieeltern notorisch die Augen verdrehten, wenn er davon erzählte. Genug Eigenkapital war also vorhanden. Wenn er nun aber den Job verlor … Was dann?! Arbeitslos zu werden lag für Lennard in den Charts der Schreckensszenarien eindeutig noch vor der Zombie-Apokalypse.

Vor kurzem hatte Purpose[2] den Veggani-Pitch gewonnen und würde – wann, das wusste niemand so genau – eine europaweite Kampagne für vegane italienische Produkte an den Start bringen. Die Pizza mit Käse aus Cashewkernen war spektakulär, musste Lennard zugeben, doch der Lasagne fehlte seiner Meinung nach die gewisse Mächtigkeit, die eine Lasagne nun mal ausmachte. Das vegane Vitello Tonnato hatte er sich nicht getraut zu probieren. Auch wenn er fast kein Fleisch aß und Tofu oder Hafermilch mochte – manche vegane Produkte waren ihm suspekt. Allein wegen der bedenklichen Inhaltsstoffe. Dennoch fand er es im Grunde gut, dass es immer mehr vegane Fleischersatzprodukte gab. Wegen der Tiere und der Umwelt und so. Für die Kampagne würde die Art-Direktion Gesichter von Models in Szenen aus italienischen Klassikern und auf die Körper von Sophia Loren oder Adriano Celentano morphen. Dazu der Slogan: »Italienische Klassiker? Si, *vegganissimo*!«

Niemand wusste, ob es überhaupt Sinn ergab, in Kürze eine Kampagne zu launchen, aber Kai blieb auf Kurs.

»Fritzi, wo ist mein Flat White mit Mandelmilch? Kleiner Scherz. Was guckt ihr denn alle so bedröppelt? Hattet ihr heute Morgen 'ne Valium im Smoothie? Das wird schon! Die Leute wollen auch in einer Krise, nein: *vor allem* in einer Krise richtig gutes Essen. Deshalb werden wir auch in diesen unsicheren Zeiten die Kampagne stetig verbessern. Lennard, was sagen die Finanzen?«

Die ganze Woche hatte Lennard an den Reports gearbeitet, versucht, den Vorlauf der Kampagne zu optimieren, und war mehr als einmal darüber verzweifelt. Angesichts dieses Ausnahmezustands einen reibungslosen Ablauf der Veggani-Einführung zu gewährleisten war ein Ding der Unmöglichkeit. Es herrschte immer noch Unklarheit darüber, ob Purpose^2 die Kampagne anpassen sollte und man nicht irgendwie Corona mit reinbringen müsste oder, das war eher in Lennards Sinne, alles so zu lassen wie geplant. Vielleicht hatte Kai recht, und gerade jetzt würden sich die Menschen da draußen mehr mit ökologisch verträglichem Essen beschäftigen und offen für Neues sein, auch ohne Wink mit dem Zaunpfahl. Für seinen Vorschlag, eine Stempeluhr-App einzuführen, um die Effizienz aller zu gewährleisten, war er ausgebuht worden. Aber das hatte Lennard nicht davon abgehalten, selbst bis zu zehn verschiedene Weckzeiten an seinem Handy einzustellen, um auf seine acht Stunden zu kommen und dennoch genügend kurze Pausen einzustreuen. Er kraulte dann kurz Otis hinterm Ohr, drehte eine kurze Runde vor der Tür mit ihm, machte sich Zitronengrastee oder aß einen Apfel und versuchte, jeden Tag einen Klimmzug mehr an seiner neuen Stange im Wohnzimmertürrahmen zu absolvieren. Er fand, er tat wirklich viel, um sich nicht hängenzulassen oder durchzudrehen!

Lennard betete sein Update mit den Zahlen zu Veggani souverän herunter und war froh, als Kai ein anderes Thema ansprach, das ihn nicht betraf. Zur Ablenkung scribbelte Lennard weiter an dem Bild von Jella, das er auf einem Zettel seiner karierten Kalkulationsbögen angefangen hatte.

Hast du sie endlich angerufen? Alter, was hast du zu verlieren?! Mach endlich!

Memo bombardierte ihn seit der Joggingrunde mit Nachrichten (und sehr vielen Imperativen), den Faden in der Konversation mit Jella schnell wieder aufzunehmen.

Die hat Potenzial. Ich sag's dir!!

Lennard hatte nicht nachgefragt, was Memo damit meinte. Was wollte er eigentlich selbst? Mit einer virtuellen Flirterei ein bisschen den Corona-Blues vertreiben? Eine Affäre, selbst ein klassisches Date, sah er für sich gerade nicht. Als Corona die Bühne betreten hatte, war seine Lust auf eine neue Liebe offenbar hinter einem schweren, roten Vorhang abgetreten.

Er legte den Kopf leicht schief und betrachtete sein kleines Werk. Vielleicht wurde in der Quarantäne ja noch ein passabler Zeichner aus ihm? Fanny hatte ihm gestern überstolz gezeigt, dass sie die bisherigen Viruscomics mit neongrünem Glitzerklebeband zu einer Art Heft zusammengeklebt hatte – und gleich darauf, sie war und blieb eben ein sehr forderndes Kind – neue Zeichnungen verlangt.

Lennard schaute wieder in die Kamera seines Rechners und

in die Runde der ebenfalls müde und genervt aussehenden Kollegen. Auf das Home-Office hatte er sich anfangs sogar ein bisschen gefreut. Endlich in Ruhe alles abarbeiten, ohne andauernd gestört zu werden ... Er hatte schon diverse Kuchenrezepte in einem Ordner auf dem Desktop abgespeichert und sich Profibackzubehör bestellt, außerdem ein Konzept zur Balkonbepflanzung ausgearbeitet und Claire gefragt, ob er Otis nicht öfter nehmen könne, auch wenn sie in Kurzarbeit und ausnahmsweise viel zu Hause war.

Stimmt, was war eigentlich mit Claire? *Klar, kannst du Otis nehmen. Sprich dich am besten mit Miri ab, die hat ihn gerade. Melde mich! xx C* war ihre knappe Antwort auf die Hundefrage gewesen. Das mit Otis war geklärt. Aber ihm fiel auf, dass Claire ihm seitdem nicht wieder geschrieben hatte. Und sich in diesen Tagen überhaupt wenig meldete. Sein letzter Stand war, dass sie an einem Plan tüftelte, diesen mailändischen Piloten wiederzusehen, was sich natürlich als schwierig gestaltete, da sie für die Rückholflüge der Bundesregierung eingesetzt war, während sich der Typ in Italien um seine Familie kümmerte oder so. Während sich Lennard seit der Trennung mehr oder weniger im Zölibat befand, hatte Claire sehr viele Typen am Start gehabt, wie ihm schien. Trotzdem stand sie noch auf ihn, da war Lennard sich eigentlich sicher. Manchmal schien sie auch ein bisschen mit ihren Affären zu prahlen. Lennard war aber kein eifersüchtiger Typ, und sie waren nun mal getrennt. Manchmal waren die Dinge eben recht einfach: schwarz oder weiß.

Im Gegensatz zum Home-Office. Diese ultranervigen Calls hatte er nicht auf dem Zettel gehabt. Zum dritten Mal in fünf Minuten liefen fröhlich plärrend die beiden Kinder seiner Kollegin Leonie ins Bild. Fritzi hatte vergessen, ihr Mikro auszuschalten, so dass man hörte, wie sie beim Protokollieren überlaut in die Tasten hackte. Und Björns Bild- und Tonqualität waren so bescheiden, dass man sich fragte, ob er sich absichtlich in den Keller gesetzt hatte, um zu verhindern, von Kai angesprochen zu werden.

Alles in Lennard schrie nach Kaffeenachschub. Das Bewerben veganer Nudelgerichte kam ihm gerade so überflüssig vor wie ein Kropf. Zum Glück war auch dem Chef nicht an langen Calls gelegen. Er leitete bereits das Ende ein. Das Unangenehmste hatte er sich allerdings für den Schluss aufgespart.

»Also, ihr Champions! Lasst euch nicht unterkriegen und bleibt gesund, ja? Fritzi wird für Ende der Woche einen weiteren Call anberaumen. Es ist, so viel kann ich schon mal verraten, wahrscheinlich so, dass der Kelch Kurzarbeit nicht an uns vorübergeht. Der Vorstand berät sich dazu *as we speak*. Ich bin sicher, dass wir das Schlimmste in ein paar Wochen hinter uns gebracht haben und dann alles wieder ist wie vorher.«

Lennard blickte verständnisvoll. Er wähnte sich in relativer Sicherheit. Oder war das Gefühl trügerisch? Er war eigentlich immer sehr nett zu dieser Null von Chef gewesen und hatte sich nichts zuschulden kommen lassen. Einmal hatte er sich sogar in Kais Villa nach Blankenese zu einer Einladung zum Abendessen geschleppt und seiner Frau Blumen mitgebracht. Für fünfundvierzig Euro!! Und er hatte Kai beim Squash gewinnen lassen. Er machte einen tadellosen Job, fand Lennard. Das alles würde sich jetzt sicher auszahlen. Er war unersetzbar, basta.

Alle legten auf. Lennard starrte noch ein paar Sekunden gedankenverloren sein Spiegelbild im Zoom-Fenster an. Otis kam wie auf Kommando zu ihm gelaufen und legte seinen Kopf auf Lennards Oberschenkel. »Dein Herrchen hat ganz schön dicke Augenringe«, sagte Lennard und fuhr sich gedankenverloren über das Kinn. Dabei bemerkte er drei Barthärchen, die er bei der Rasur wohl übersehen hatte. Hatte hoffentlich niemand bemerkt. Ach, im Grunde war es auch egal. Er beschloss, sich ab jetzt einen Dreitagebart wachsen zu lassen, griff nach dem Handy und öffnete den Chat mit Jella. Vielleicht sollte er ihr ein Selfie schicken? Ganz spontan? Er drückte auf die Kamera. Ach, nein, lieber doch nicht.

Was könnte er ihr schreiben?

Er wollte das Chatfenster gerade von oben nach unten wegwischen, dabei streifte er mit dem Daumen das Kamerasymbol. Er rief sie an! Mit Video!! Was nun? Schnell auflegen? Nee, das wäre ja noch peinlicher. Lennard hatte keine Ahnung, was er sagen sollte, wenn sie dranging. Mist. Mist! Er spürte, wie das Blut in seinen Kopf schoss und es im Magen kribbelte, hielt sich an Otis fest und erstarrte, als das Klingeln aufhörte.

Ein Bild baute sich auf.

»Lennard! Das ist ja ’ne Überraschung. Ohhh, du hast ja wirklich einen Hund.« Jella schaute auf Otis. »Hallo! Wer bist duuuu denn?«

Sie hatte nasse Haare und zog sich gerade die Kapuze eines knallroten Hoodies auf. Das Bild wackelte, weil sie durch die Wohnung lief. Wow, er hatte sie gar nicht so hübsch in Erinnerung gehabt. Auch wenn er kein Freund vom Skater-Look bei Frauen war.

»Hallo, Jella. Ich, äh, ... wollte fragen, was mit deinem Antrag ist. Also, ob du Hilfe brauchst oder so. Für meine Planung. Ach ja, das ist Otis. Der Hund von meiner Ex. Und von mir.«

»Der ist ja hübsch. Und eine schöne Wohnung hast du. Ich dachte, du wolltest keinen Videocall machen.«

»Ja, ich wollte das lieber am Telefon besprechen, ich hab den ganzen Tag Zoom-Konferenzen und da ... Aber jetzt sehen wir uns ja.«

»Schon okay. Der Hund ist also ein Scheidungskind?«

Gut, darüber wollte er *wirklich* nicht sprechen. Aber Jella klang sympathisch. Und wirkte gar nicht überrascht, dass er sie anrief. Sie hatte gerötete Wangen, als wäre sie gerade lange draußen gewesen, vielleicht auf dem Markt ... Am liebsten hätte er sie gefragt, ob sie noch diesen Südamerikaner traf. Aber das war natürlich keine Option. »Wir teilen uns das Sorgerecht für Otis, genau. Wie geht's dir denn so? Du wirkst ja ganz fidel.«

»Fidel?!« Jella lachte laut. »Süßes Wort. Das hat meine Oma beim Tanztee früher auch immer gesagt. Bei mir alles gut. Bei dir etwa nicht?«

»Ich dachte, dass du angesichts der aktuellen Lage vielleicht auch neben der Spur bist. Das wird ja alles immer dramatischer.«

»Du meinst wegen Corona? Ach, ich mache mir nicht so viele Sorgen. Du schon?«

Lennard musste lachen. »Den Trick musst du mir mal verraten. Ähm, ja. Klar mache ich mir Sorgen. Wie es mit meinem Job weitergeht, ob meine Eltern gesund bleiben – und mich nervt es total, den ganzen Tag zu Hause zu hocken. Am Anfang fand ich das Home-Office ja cool, aber es stresst mich immer mehr. Dich nicht?«

»Doch, tut es. Aber ich treffe gleich meine Freundin Fee auf einen Kaffee. Sie muss einen Businessplan machen. Willst du nicht einfach dazukommen?«

»Äh …« Er zögerte. »Ihr trefft euch?«

»Ja, sie ist gerade aber auch mein einziger Kontakt. Mein Knuddelkontakt sozusagen. Fee sagt, einen davon braucht jeder Mensch! Und möglicherweise ist es ja auch das Beste, wenn die Bevölkerung durchimmunisiert wird. Das geht nur, wenn sich alle anstecken.«

»Aber wenn sich alle anstecken, sterben auch viele. Da müssen wir jetzt ein bisschen aufpassen«, erwiderte Lennard.

»Alte Menschen und Kranke. Auf die muss man natürlich aufpassen. Aber die sind ja meist eh nicht draußen.«

»Nein, aber die Menschen, die mit ihnen in Kontakt kommen. Das ist doch eine ganz einfache Rechnung: Die Kurve können wir nur flach halten, wenn wir alle Rücksicht nehmen und uns eben *nicht* anstecken. Das heißt: nicht alle gleichzeitig. Je weniger Erkrankte innerhalb eines bestimmten Zeitraums, desto besser. Ich hoffe, du hältst Abstand zu deiner Freundin?«

Jella winkte gutgelaunt ab. »Klar. Wir umarmen uns nur. Fee macht das professionell, sie hat letztes Jahr ein Kuschel-Institut gegründet …«

Lennard musste tief Luft holen und sie unterbrechen. »Kuschel-Institut?!«

Sie nickte. »Gerade gibt es so viele Leute, denen der Körperkontakt fehlt.«

Lennard riss die Augen auf. Es war unfassbar, was Jella da von sich gab. Ungläubig schüttelte er den Kopf.

»Keine Sorge, momentan arbeitet Fee ja nicht. Also nicht im Institut. Das ist vorläufig geschlossen.«

Diese Info beruhigte Lennard kaum. Jellas Ton war einfach zu locker. Sie hatte den Ernst der Lage vielleicht wirklich noch nicht erkannt. Hatte Memo nicht gesagt, sie sei Krankenschwester? Das musste er falsch verstanden haben.

»Kennst du das Gleichnis von den Weizenkörnern?«, fragte Lennard.

»Oha, jetzt wird's aber biblisch. Nein, das kenne ich nicht.« Jella schaute ihn skeptisch an und lehnte sich an die Wand hinter sich.

»Okay, also die Weizenkörner ...« Er erzählte ihr von dem Gleichnis, das ihm damals in dem Artikel der *Süddeutschen* begegnet war und die Augen über die Gefahr des exponentiellen Wachstums geöffnet hatte. Am Ende holte er tief Luft. »*Flatten the curve* ist wichtig, Jella. Wenn wir die Maßnahmen nicht ernst nehmen, riskieren wir den Zusammenbruch unseres Gesundheitssystem. Und das heißt: extrem viele Todesfälle.«

Jellas Gesichtsausdruck wirkte mittlerweile ernster. Sie schwieg.

»Wir müssen echt aufpassen«, fügte Lennard an.

»Ich passe auf mich auf, versprochen.« Sie zögerte. »Und auf die anderen. Ich muss mal los, Fee wartet schon, und ich bin immer zu spät.«

Warum wunderte ihn das nicht? Er wollte ihr gerade erklären, dass es keine gute Idee war, sich mit ihrer Kuschelfreundin zu treffen, die bestimmt das virale Mutterschiff war, doch sie war schneller.

»Wollen wir das die Tage mal fortsetzen?«

Er musste lächeln. »Warum nicht? Hab einen schönen Abend.«

Sie legten auf. Als Otis kurz darauf die Schnauze hob und Richtung Sofa trottete, fiel Lennard auf, dass er die letzte halbe Minute grinsend ins Leere gestarrt hatte. Er nahm seinen Kuli und die Zeichnung von Jella – und malte ihr eine Atemschutzmaske. Eine durchsichtige. Denn ihr wirklich beeindruckend symmetrisch geformtes Gesicht und die niedlichen Grübchen mussten sichtbar bleiben.

03 April 2020

+++ Die Geschwindigkeit der Ausbreitung des Corona-Virus verlangsamt sich in Deutschland offenbar. »Die Einschränkungen wirken«, sagt RKI-Chef Lothar Wieler dazu +++ Die New Yorker Firma Air Co. hat ein neuartiges Verfahren entwickelt, um aus Kohlendioxid Alkohol herzustellen. Das Unternehmen hat seine gesamte Produktion von Wodka auf Desinfektionsmittel umgestellt und verteilt die Flaschen kostenlos an Institutionen und in Vierteln, wo sie am dringendsten benötigt werden +++ Das Fusion-Festival wird mit großer Wahrscheinlichkeit abgesagt. Jella und Fee sehen stattdessen das Social-Sofa-Festival auf Instagram und spenden zugunsten von #leavenoonebehind +++

19

Seine Stimme war viel tiefer, als sie sie in Erinnerung gehabt hatte. Sie klang massiv und doch nuanciert. Und dabei hatte er gleichzeitig schüchtern gewirkt, als er den Blick zwischendurch gesenkt hatte, während er ihr erklärte, warum die Maßnahmen wichtig waren. Diese Engelsgeduld war auch nicht selbstverständlich. Die meisten aus ihrem Umfeld waren merklich genervt von Jellas Widerstand und unternahmen nicht einmal mehr den Versuch, mit ihr über Covid-19 zu sprechen. Lennard hatte sich jedoch nicht beirren lassen. Irgendwie süß. Obwohl sie die meiste Zeit gar nicht so genau zugehört hatte. Sie war mehr damit beschäftigt gewesen herauszufinden, was auf seinem T-Shirt stand. (»Still alive«? War er Pearl-Jam-Fan? War das nicht auch der Titel von Reinhold Messners erstem Bergfilm als Regisseur? Vielleicht war es auch »Stayin alive« gewesen. Dann war er möglicherweise doch einer von den Angsthasen – oder hörte die Bee Gees?!)

Außerdem hatte es ausgesehen, als ob er ganz gut trainiert war. Oder wirkte das nur so, weil das Shirt ein bisschen zu eng saß? Seine Augen hatten jedenfalls in diesem Abendsonnenlicht noch grüner ausgesehen als bei ihrem letzten Zusammentreffen vor dem Krankenhaus. So grüne Augen hatte sie noch nie gesehen. Und dieser Blick war, obwohl er schüchtern wirkte, fast stechend. Dass er persönliche Treffen völlig vermied, forderte Jella heraus. Da würde er sicher bald eine Ausnahme machen müssen … Nur wie brachte sie ihn dazu?

Sein Hund war wirklich ein Herzchen. Und wie Lennard ihn die ganze Zeit so hingebungsvoll gestreichelt hatte ...

Bingo! Das war die Idee. Sie würde sich auch einen Hund anschaffen, damit war es quasi unumgänglich rauszugehen – und gemeinsam Gassi. Oder sie würde, wenn er sich anstellte, ganz zufällig auf seiner Route auftauchen. Obwohl, Lennard ging mit seinem Hund sicher im Planten un Blomen spazieren. Der Park war fast ein eigener Stadtteil. Ihn da zu finden, war nahezu unmöglich. Und selbst wenn, es ging ihr schließlich um etwas anderes als um eine Plauderei beim Haufen aufsammeln. Aber Sex im Freien war für Lennard sicher tabu. Auch ohne Corona. Oder wollte er nur überzeugt werden? Das müsste zu schaffen sein.

Vielleicht sollte Jella es wie immer machen und nach ein paar mehrdeutigen Nachrichten aufhören zu schreiben. Dann würde auch bei ihm der Jagdinstinkt geweckt, und er wäre nicht mehr zu halten. Oder, o nein, am Ende genau das Gegenteil! Vielleicht verschreckte ihn so was. Weil er auf verhuschte Mädchen um die zwanzig stand, denen der Titel »Chief Officer« derart die Sinne vernebelte, dass sie nur noch mit Kopfnicken kommunizieren konnten.

Aber so sah Lennard eigentlich nicht aus. Und er war ganz offensichtlich intelligent. Wieso sollte er sich ein Gegenüber suchen, das den IQ einer Barbie hatte? Die Hunde-Idee schien Jella so oder so verfolgungswürdig.

Sie googelte »Hunde retten Hamburg«. Schon auf der ersten Trefferseite, die sie anklickte, schaute ihr ein Dutzend rührende Augenpaare aus verschiedenfarbigen Fellgesichtern entgegen. Sofort blieb ihr Blick an Bo haften, einem weißen Zottel, der, wie es im Text hieß, aus Rumänien stammte und momentan zu schwach war, um kastriert zu werden. Hm, dann lieber nicht.

Sie klickte auf ein anderes Hundegesicht. Melka war eine schwarze Hündin, die mit ihren Schwestern aus der Tötungsstation gerettet worden war und sich noch immer sehr verängstigt verhielt. Jella war überfordert. Einen Hund zu adoptieren kam ihr auf einmal verantwortungsvoller vor als Kinderkriegen.

Sie googelte »Hunde ausführen Tierheim«. Es musste doch eine Möglichkeit geben, einem Tier (und sich selbst) etwas Gutes zu tun, ohne sich gleich für immer zu binden! Bei einem Hamburger Tierschutzbund konnte man sich tatsächlich als Gassi-Geher bewerben. Allerdings musste jeder Interessent zuerst eine Schulung absolvieren. Und die wurde aufgrund der pandemischen Entwicklung aktuell nicht angeboten.

Na toll. Sogar einen Hund zum Gassi-Gehen leihen war komplizierter, als Nachwuchs zu bekommen. Und für eine Elternschaft wurde komischerweise keiner vorher geschult.

Vielleicht lieber ein Minischwein? So eines hatte sie sich als Kind immer gewünscht. Die waren schlau und viel sauberer, als man dachte. Aber Haustiere waren in der antiallergenen Zone ihres Elternhauses selbstredend verboten gewesen. Jella googelte »Hausschwein kaufen« und erfuhr, dass Werner aus Alsterdorf sieben bunt gescheckte Husumer Ferkel anbot, die auch zur weiteren Zucht gekört werden könnten. Das klang zwar interessant, aber schon wieder nach Verantwortung.

Jella las trotzdem weiter. Das Husumer Schwein wurde bis zu zweiundneunzig Zentimeter hoch und brachte auch mal dreihundertfünfzig Kilogramm auf die Waage. Es handelte sich eindeutig nicht um ein Kleintier. Außerdem wurde bei der weiteren Recherche offenkundig, dass sich Haus- und Minischweine genauso gern draußen bewegten wie andere Tiere und eine Gartenhaltung dringend empfohlen wurde. Auch galten Vorschriften bei der Einzäunung des Geländes, der Fütterung, der Meldung bei behördlichen Institutionen sowie der »staatlich angeordneten Keulung im Seuchenfall«. Als Jella dann noch eine Warnung las, die auf illegale Tierverkäufe von Versuchslaboren hinwies, schloss sie den Browser. Ihr war schwindelig.

Vielleicht sollte sie Lennard einfach nach einem Date fragen? Nein, auf keinen Fall. Sie hatte schon zu viele Schritte auf ihn zu gemacht. Er war eindeutig an der Reihe.

Ihr Laptop klingelte. Es war Nina über Skype. Jella hatte die Verabredung mit ihrer Freundin aus Bergamo total vergessen. Nina saß bestimmt in einem Restaurant im Sonnenuntergang und genoss das Bergpanorama ... während Jella seit Tagen das Zimmer kaum verlassen hatte.

Sie nahm den Anruf entgegen. Aber statt einem Glas Rosé, in dem sich die letzten Sonnenstrahlen des Tages brachen, sah Jella im Video-Fenster nur dunkle Umrisse von Nina, die offenbar im Halbdunkel eines Zimmers saß und weinte.

»Oje, was ist passiert?«, fragte Jella erschrocken.

»Was passiert ist? Die Hölle ist los! Es ist live noch viel schlimmer als das, was ihr im Fernsehen seht.«

Jella fühlte sich mal wieder völlig hintendran. Wovon sprach Nina?

»Vor meinem Fenster fahren Militärfahrzeuge mit Hunderten von Toten Kolonne durch die Stadt. Den ganzen Tag ist der Himmel verrußt von den Krematorien. Und die kommen nicht mal hinterher, die Leichen zu verbrennen.« Nina schluchzte und vergrub das Gesicht im Ellenbogen. »Meine Freundin Chiara, die in der Klinik arbeitet, kann keine Nacht mehr schlafen. Sie weiß, dass sie am nächsten Morgen wieder entscheiden muss, wen sie sterben lässt und wer eines von den Beatmungsgeräten kriegen soll.«

Jella erinnerte sich an ein paar kurze Fernsehbilder von den mit Betten vollgestellten Klinikfluren, den mit Särgen gefüllten Leichenhallen und an eine italienische Krankenschwester, die berichtet hatte, dass es mehr Tote gebe, als man zählen könne. Jella hatte bei dem Anblick sofort umgeschaltet. Und nun war es ihre eigene Freundin, die mittendrin war.

Nina hatte letztes Jahr ihren italienischen Freund Saro geheiratet und im Winter die Stelle an einer deutschen Schule in Bergamo angetreten. Und jetzt saß sie im größten Krisengebiet dieses Frühlings fest.

»Es tut mir so leid«, sagte Jella leise. »Wirst du als Deutsche nicht zurückgeholt?«

»Das ist noch unklar. Erst mal sind die Grenzen dicht. Und ich gehe nicht ohne Saro! Bergamo ist jetzt mein Zuhause.«

Jella wusste nicht, was sie sagen sollte, um ihre Freundin zumindest ein bisschen zu beruhigen. »Das verstehe ich. Seid ihr denn alle zusammen? Ich meine, die Familie und die Nonnas und so?«

Saro hatte nicht nur zwei leibliche Großmütter, sondern vier weitere Nonnas: enge Freundinnen der Großmütter und Großtanten, die seit Anbeginn der Zeit zur Familie gehörten.

Nina schnäuzte sich sehr laut in ein Taschentuch, so dass es wie das Tröten eines kleinen Elefanten klang. »Sind wir. Hier ist wie immer Trubel. Und ein Gutes hat das alles wirklich.« Nina lächelte, während ihr weiter die Tränen über die Wangen liefen. »Saros Mama und die Nonnas übertreffen sich selbst in der Küche! Heute gab es wieder sechs Gänge zum Abendessen und zum Nachtisch *polenta e osei dolce.*«

»Was ist das denn?«, fragte Jella kichernd. »Klingt nach Mais mit süßen Vögeln.«

»Fast. Ist eine Creme-Biskuit-Torte mit Schokoladenvögelchen, Spezialität aus Bergamo«, antwortete Nina. Sie holte tief Luft. »Ich bin froh, dass die *famiglia* zusammenhält. Das rettet mich gerade.«

Jella seufzte und dachte wieder an ihre Eltern. In diesem Moment hätte sie sich gern fest von ihrer Mutter in den Arm nehmen lassen. Sie schob den Gedanken beiseite. »Ist es wirklich so schlimm?«, fragte sie leiser.

»Es ist schauerlich. So habe ich mir immer den Krieg vorgestellt.«

Beide verstummten. Im Hintergrund hörte man auf Ninas Seite Sirenen heulen. Es folgte wildes Autohupen. Dann drang plötzlich so etwas wie Jubel an Jellas Ohr. Und Klatschen. Aber das kam nicht aus Italien.

»Was ist da denn bei euch los?«, fragte Nina.

Jella fiel es wieder ein. »Es muss einundzwanzig Uhr sein. In Deutschland stehen alle auf den Balkonen und danken den Pflegekräften des Landes mit Applaus«, erklärte Jella ihrer Freundin.

Sie überlegten, dass diese Geste die Menschen vielleicht ein bisschen mehr miteinander verband, und beschlossen, dass Jella heute Abend einfach mitmachte.

Sie verabredeten sich für einen nächsten Anruf am Wochenende und legten auf. Jella lief auf den kleinen Balkon der WG und klatschte ins Dunkel. Auf den Balkonen gegenüber war niemand zu sehen. Aber aus der Nebenstraße drangen Rufe und Beifall. Jella fühlte sich sehr, sehr merkwürdig. Hätte sie nicht vor Jahren ihren Job im Krankenhaus an den Nagel gehängt, würden die Leute nun auch für sie applaudieren. Möglicherweise wäre sie eine Pflegefachkraft, die im Fernsehen sagte, die Zustände seien wirklich unvorstellbar. Oder sie würde zu denen gehören, die sich selbst schon angesteckt hatten und bei denen die Infektion keinen milden Verlauf nahm.

Jella klatschte noch ein wenig lauter.

05 April 2020

+++ Ministerpräsident Markus Söder sagt bayrischen Pflegekräften eine »vorläufig einmalige« Sonderzahlung von 500 Euro zu, der Bonus soll steuerfrei sein und zeitnah ausgezahlt werden +++ US-Studentin entwirft Mundschutzmasken mit transparenter Aussparung, damit schwerhörige und stumme Menschen weiterhin von den Lippen lesen können +++ Gastronomen und Sterneköche aus München wie Moritz Meyn kochen ab Montag ehrenamtlich bis zu 1000 Essen am Tag für systemrelevante Berufsgruppen +++

20

»Bitte mal zur Seite treten … denn wir brauchen Platz zum Kneten«, sang Lennard laut vor sich hin, *»… sind die Finger rein!? Du Schwein!«*

Huch, sang Rolf Zuckowski im Original wirklich »Schwein«? Lennards Stimmung war so gelöst, dass er außersaisonal den eigentlich äußerst nervigen »Weihnachtsbäckerei«-Ohrwurm vor sich hin trällerte, während er rührte, knetete und pinselte. Er war genauso locker, wie Memo es immer verlangte. Hatte das Gespräch mit Jella damit zu tun? Sie war schon süß. Ein bisschen crazy zwar, aber noch im Rahmen. Ob sie gut küssen konnte? Vielleicht war sie ja nicht in allem so ungestüm. Er musste an die ganzen Tattoos denken. Die waren wirklich ein Abturner. Aber was war eigentlich aus Rolf Zuckowski geworden? Lebte der noch?

Lennard hielt verblüfft inne und putzte sich die mehligen Hände am Küchentuch ab. Solche Gedankensprünge war er gar nicht von sich gewohnt. Eine kurze Google-Recherche brachte Erstaunliches zutage: Vor ein paar Jahren war Zuckowski mit seiner Show »40 Jahre Rolf-Musik« in der Elbphilharmonie aufgetreten, hatte das Bundesverdienstkreuz 1. Klasse für sein herausragendes Engagement verliehen bekommen und neuerdings einen YouTube-Kanal, den er »Dachstübchen« nannte, weil er sich als gutes Vorbild, das er war, ausschließlich zu Hause aufhielt. So! Man konnte in diesen verrückten Zeiten auch in den eigenen vier Wänden sinnvolle Dinge tun.

Lennard war überrascht von seinem eigenen Ehrgeiz beim

Backen – er hatte sogar kleinere Formen dazubestellt, um etwaigen Überschuss von den großen Kuchen noch für eine Miniaturvariante verwerten zu können. Es überraschte ihn, dass Backen beruhigend auf ihn wirkte. Außerdem ging es um Genauigkeit. Wiegen, Messen, Zusammenmischen, da durfte man sich keine Fehler erlauben. Er hatte Großes vor! Lennard wollte sowohl Fett- und Kalorienbomben produzieren, als auch mit Zucchiniraspeln, Tapioka-Sirup und Stevia experimentieren.

Einen Marzipangugelhupf für die Nachbarn im Haus hatte er schon fertig, ein anspruchsvoller Lemon Meringue Pie war im Ofen. Den würde er am Nachmittag Memo beim Spaziergang überreichen. Punkt fünf auf seiner täglich erstellten Corona-To-do-Liste:

05. 04. SONNTAG

– Gym kündigen/Abo einfrieren?
– Mehl (–> Aldi)
– 12 Klimmzüge!
– Jella Kuchen??
– Spaziergang 14–15 Uhr (Memo)
– Meditations-Apps checken & vergleichen

Punkt vier hätte er am liebsten heute Morgen gleich nach dem Aufstehen erledigt. Lennard wollte Jella fragen, welchen Kuchen sie mochte. Er hatte überlegt, einen zu backen und einfach bei ihr vorbeizubringen. Aber er wusste nicht, wo sie wohnte, und es wäre sowohl zu romantisch als auch zu unheimlich gewesen. Von den strengen Kontaktbeschränkungen einmal abgesehen. Er hatte sich also gezügelt und erst mal einen Weckruf namens »Jella« auf 11.45 Uhr gestellt, um sie nach ihrem Lieblingskuchen zu fragen.

Auf dem heutigen Backplan stand auch noch der Kuchen für Fanny. Das könnte sein Meisterstück werden. Im Kopf hatte er eine sehr genaue Vorstellung: ein Brandteig, den er mit Rote-Bete-Saft färben und durch einen Spritzbeutel in Fuchsform gießen würde. Er hatte keine Ahnung, ob das funktionierte, vielleicht würde der Kuchen pink werden, aber das war eine Farbe, gegen die Fanny sicher nichts einzuwenden hatte.

Lennard fand die Idee, seinen Nachbarn mit Kuchen etwas Gutes zu tun, nach wie vor super. Und ungefährlich. Inzwischen ging man davon aus, dass der Hauptübertragungsweg für Covid-19 die Tröpfcheninfektion war. Übertragungen über Oberflächen schienen kein besonderes Problem darzustellen. Trotzdem: Er würde klingeln und seine Nachbarn bitten, den Kuchen einfach ein paar Stunden auf der Fußmatte stehen zu lassen, zur Sicherheit.

Das Handy spielte Regengeräusche. Viertel vor zwölf. Lennard wusch sich die teigbeschmierten Hände und rief Jella an. Diesmal ohne Bild. Nicht zu viel Aufregung auf einmal.

»Naaa?« Jella klang, als wären sie verabredet gewesen. Schlau wurde man aus dieser Frau irgendwie nicht. Am Ende konnte man die gar nicht überraschen.

»Hallöchen.« Hatte er das wirklich gesagt? »Wie geht es dir, alles fit?«

»Ja ... Wobei, nein. Ich bin ehrlich gesagt ein bisschen down. So langsam macht mich die ganze Situation echt fertig. Ich glaube, ich war etwas naiv, Lennard.«

»Hab ich dich mit meiner Gardinenpredigt etwa runtergezogen?«, wollte er schuldbewusst wissen.

»Nein. Ich habe eine Freundin in Italien, die mir erzählt hat, wie schlimm da alles ist. Und mein Flug nach Sri Lanka wurde gestrichen. Ich wollte endlich mal wieder raus und … ach!«

»Das tut mir leid. Aber das war ja schon länger klar, dass aus der Reise nichts wird.«

»Das weiß ich selbst«, entgegnete Jella knapp.

Huch, sie konnte echt schnell die Stimmungen wechseln.

»Was machst du heute Schönes?«, versuchte er zu retten, was zu retten war.

»Nichts Besonderes. Ich muss mal meine Eltern anrufen. Und du?«

»Ich backe.«

»Waaaaaaas? Verarsch mich!«

Lennard musste lachen. »Es stimmt, ich habe das Backen für mich entdeckt. Und festgestellt, dass es mich beruhigt. Eigentlich wollte ich dich fragen …«

»Darf ich mitspielen?«

Ja, begeisterungsfähig war sie wirklich.

»Ähm, du willst auch backen? Klar. Jetzt am Telefon? Ich mache einen Brandteig. Der ist etwas kompliziert.«

»Kenne ich nicht, klingt aber super. Hauptsache, wir setzen nicht die Küche in Brand.«

Meine Güte, sie war bereits am Kühlschrank! Und kruschelte gerade sehr laut in irgendwelchen Fächern. Lennard ratterte die Zutatenliste herunter und schickte ihr das Rezept.

»Salz hab ich, und einen Rest glutenfreies Mehl von meinem Mitbewohner. Ob die Eier noch gut sind, weiß ich nicht, aber wird schon. Was muss ich tun?«

»Hast du eine Form? Und du brauchst Backpulver und Butter.«

»Hmmm. Geht auch Margarine?«

»Die geht auch. Hast du ansonsten alles?«

»Jawohl.«

»Dann würde ich ein Backduell vorschlagen. Wir sprechen uns in zwei Stunden wieder.«

»Gute Idee. Und dann will ich Ergebnisse sehen, Herr Vogel!«

»Topp, die Wette gilt. Beziehungsweise der Teig. Du weißt, dass man den Ofen vorheizen muss, oder?«

»Pffff!«, machte Jella und legte lachend auf.

Lennard sang alle Strophen »Weihnachtsbäckerei«, an die er sich erinnern konnte, rührte Wasser, Butter und Salz in einem kleinen Topf zusammen und gab den Rote-Bete-Saft dazu. Am Ende füllte er die leuchtend pinke Masse in einen Spritzbeutel.

Eine gute Stunde später bestaunte er den fertigen Kuchen in der Form eines Fuchses. Er steckte zwei Schokolinsen für die Augen und eine Dattel für die Nase in das erkaltete Backwerk. Mit weißer Glasur malte er die Barthaare.

»Lennard Vogel, du kannst dich bald als Konditor selbständig machen«, sagte er sich, machte ein Foto von seinem Werk und schickte es Jella.

Sie schrieb nach zwei Minuten: *Du hast einen Hundekuchen gemacht* 😉!!

Er antwortete: *Das ist ein Fuchs!*

Und sie schrieb: *Awwww. Jetzt seh' ich's auch* 😉

Nach ein paar Minuten bekam er ein Foto. Darauf war eine verkohlte und stellenweise offenbar flüssige Masse zu sehen. Lennard brach in Lachen aus. War das ihr Ernst?! Er rief sie an.

»Du hast einen Ver-Brandteig gemacht, Jella!«

»Ich kann nichts dafür! Das war der Ofen. Tja. Dann musst du mich wohl zum Kaffeekränzchen einladen.«

Lennard musste immer noch lachen. Er bewunderte sie für ihren Mut, dass das Foto von ihrem »Kuchen« dennoch geschickt zu haben.

Er lauschte. Sie sagte ja gar nichts. Lennard versuchte, sich daran zu erinnern, was sie als Letztes gesagt hatte. Dann fiel es ihm wieder ein: das Kaffeekränzchen. Die Gesprächspause zog sich in die Länge. Einundzwanzig, zweiundzwanzig ... Er wusste nicht, was er sagen sollte. Schließlich ergriff sie das Wort.

»Und?«

»Wir können uns nicht treffen, Jella«, erwiderte Lennard leise. »Wir sind ja nicht ein Haushalt.«

06 April 2020

+++ Die Meditations-App 7Mind bietet den neuen Kurs »In Zeiten der Krise« zur Bewältigung der aktuellen Belastungen gratis an – Lennard testet die erste Folge und schläft nach vierzehn Sekunden ein +++ Kalifornien will mit dem sogenannten Project Roomkey 15000 Hotelzimmer für Obdachlose bereitstellen, die oft keine Möglichkeit haben, sich selbst zu isolieren, und so vor einer Infektion zu schützen +++ Der Online-Shop GoodBuy verschenkt nachhaltiges Klopapier als Zeichen der Solidarität. Ralf ist begeistert, aber findet zu seinem Unmut heraus, dass jeder Kunde nur eine Rolle gratis pro Bestellung erhält – sofern noch Platz im Paket ist +++

21

Dass er die Regeln befolgte, war ja in Ordnung. Beinahe hätte er sie auch überzeugt, dass es sinnvoll war aufzupassen. Aber dass er nicht mal in ihrem Fall eine Ausnahme vom Kontaktverbot machte, war doch ziemlich übertrieben!

Besser gesagt: eine klare Abfuhr. Das allein hätte ihr dicke gereicht. Ihr jetzt aber per WhatsApp auch noch Vorhaltungen zu machen, weil sie zu ihren Eltern fuhr, war wirklich zu viel des Guten. Egoistisch? Dieser Trip in die Nordheide war das absolute Gegenteil davon! Sie fuhr schließlich nur, damit die Eltern sich nicht vernachlässigt fühlten und nicht vereinsamten, weil sie dem Kontaktverbot strengstens folgten und das Haus tatsächlich nur für einen wöchentlichen Einkauf verließen.

Rücksichtslos, unvorsichtig, unsozial.

Lennards Worte erinnerten sie leider an die Gespräche mit ihren Lehrereltern, an deren Kaffeetisch sie jetzt saß. Ein Wunder, dass sie Jella zu sich eingeladen hatten – als Einzige überhaupt. Wahrscheinlich nur, weil sie noch dringender als sonst über die Zukunft ihrer Tochter reden wollten. Es gab Bienenstich, dazu den neuen Abstand und die altbekannten Befragungen, die Jellas tägliches Tun bis ins Detail ausleuchten sollten. Natürlich wurde auch der Kurs angesprochen, den sie dummerweise ihrer Mutter gegenüber erwähnt hatte.

»Ach, das war so ein Online-Seminar für Selbständige. Nur Grundlagen. Oder eher Buchführung für Dummies.« Jella lächelte verkrampft und puhlte einen Mandelsplitter von ihrem Kuchenstück. Sie musste dringend das Thema wechseln. »Erzählt mal, wie es hier so läuft!«

»Was heißt Grundlagen? Hast du zum Beispiel verstanden, was außerplanmäßige Abschreibungen und passive Rechnungsabgrenzungsposten sind?«

Es verwunderte nicht, dass ihr Vater die Sache sezieren wollte. Als Mathelehrer gehörte das Finanzwesen zu seinen Lieblingsthemen.

Dass es keine so grandiose Idee gewesen war, ihrer Mutter zu erzählen, sie hätte eine Fortbildung im Bereich Buchhaltung absolviert, war Jella schon vor ein paar Tagen am Telefon klar gewesen. Irgendwann würde rauskommen, dass sie nichts dergleichen getan hatte und auch nicht die geringste Absicht hegte, es noch zu tun. Die Beschäftigung mit solchen Dingen war für Jella schlimmer als zehn Wochen täglicher Badputzdienst mit Fugenbürste.

Sie musste an Lennard denken. Der hatte von Buchhaltung garantiert einen Plan. Mann, das Backen war lustig und er wirklich süß gewesen. Warum hatte er sich im nächsten Augenblick wieder in den eingebildeten Spießer verwandelt, der offenbar nur auf eine Gelegenheit wartete, eine ausscherende Mitbürgerin für ihr Fehlverhalten zu rügen?

»Klar, Papa, weiß ich alles.« Jella spürte, dass ihr Lachen künstlich klang. Jetzt auf keinen Fall Schwäche zeigen. Sie musste geschickt ablenken. »Wie macht ihr das mit eurem Lesezirkel? Trefft ihr euch online?« Sie griff nach der Kaffeekanne und goss sich die dritte Tasse ein.

»Nein, das geht nicht!« Ihre Mutter schien geradezu empört. »Wir können doch nicht in diesen Tschättruhms über Kahnemann und Precht sprechen. Das fühlt sich einfach nicht richtig an.«

Ein Glück, ihre Mutter hatte angebissen. Für sie als Deutschlehrerin a. D. war der literarische Zirkel, mit dem sich Jellas Eltern seit einigen Jahren jeden Donnerstag zu Diskussionsrunden über aktuelle Sachbücher trafen, eine heilige Institution.

»Chatroom, Mama«, sagte Jella in deutlich englischer Aussprache. »Klingt aber komplizierter, als es ist. Ich zeig dir, wie das geht, wenn du willst. Du musst nicht mal was downloaden. Zoom kannst du zum Beispiel online benutzen.«

»Jella, wir haben über Achtzigjährige in der Gruppe. Die können das alles nicht, wovon du da redest.«

»Gabi, sie meint es doch nur gut.« Jellas Vater schien ungewohnt versöhnlich. Und hatte die Buchhaltungsgeschichte offenbar ebenfalls vergessen. »Wir haben tatsächlich mal diskutiert, ob das virtuell geht. Aber da haben sich die Älteren verweigert«, erläuterte er.

»Wenn man es kaum schafft, sich morgens allein die Kompressionsstrümpfe anzuziehen, ist Daunloden viel verlangt.« Ihre Mutter klang immer noch entrüstet, wie so oft, wenn es um Veränderungen ging. Sie mochte es nicht, ihren geregelten Ablauf zu verlassen. Und schon gar nicht, um technische Herausforderungen zu meistern. Die Gebrechlichen in der Gruppe waren ein gefundenes Fressen für sie, die perfekte Ausrede.

Das wollte Jella ihr aber nicht durchgehen lassen. »Zoom muss man nicht downloaden, und auf einen Link in einer Mail zu klicken, ist weniger anstrengend, als sich in Stützstrümpfe zu zwängen.«

Sie hörte sich selbst reden und dachte plötzlich: *Du bist im-*

mer noch genauso zickig bei deinen Eltern wie damals als Teenager. Jella musste an die Zeit denken, als zwischen ihr und den Eltern diese heftige Spannung geherrscht hatte und ständig die Fetzen flogen, im Grunde bis Jella irgendwann ausgezogen war. Und das alles nur wegen dieser einen Nacht. Jella war mit Ida, als sie eines Abends allein zu Hause gewesen waren, heimlich zu einer Party im Dorf gefahren. Ihre Schwester war gerade dreizehn geworden, hatte auf Jellas Fahrradstange gesessen und vor Freude gegluckst: endlich raus in die wilde Welt! Auch wenn es nur die Garage von Martin Bremschneider war. Dort tanzten sie auf Salt'n'Pepa und tranken Carlsberg aus der Dose. Ida war glückselig. Auf dem Rückweg rutschten sie dann mit dem Vorderrad am Bürgersteig ab und stürzten auf den Asphalt. Jella blieb unversehrt, aber Ida hatte eine dicke Platzwunde an der Stirn und eine leichte Gehirnerschütterung davongetragen. Man sah die Narbe bis heute. Die Eltern hatten Jella gefühlt nie verziehen. Zum Glück war das bei Ida anders. Für sie blieb der Nachtausflug eines der größten Abenteuer ihrer Kindheit. Jella atmete tief ein und aus. Die alte Geschichte hatte hiermit nichts zu tun. Sie wollte nicht ungerecht zu ihrer Mutter sein. Die Technikphobie vieler Senioren, einschließlich ihrer Mutter, war nicht viel anders als Jellas Überforderung mit Zahlen und Bürokratie.

»Ich verstehe, dass das Internet für Menschen, die damit nicht aufgewachsen sind, eine echte Hürde sein kann.«

Ihr Vater warf ihr einen anerkennenden Blick zu und sah dann zu seiner Frau. Die rührte konzentriert in ihrer Kaffeetasse. Ihr Bedarf an Austausch zu diesem Thema schien gedeckt zu sein.

Jella wurde unruhig. Das Gespräch durfte auf keinen Fall wieder auf ihre Jobsituation oder die Buchführung zurückkommen.

»Wie klappt das Putzen? Eure Hilfe kommt gerade nicht, oder?« Sie bemerkte selbst, wie verzweifelt sie klang.

»Das bekommen wir sehr gut allein hin«, entgegnete ihre Mutter eingeschnappt.

Jella traf immer die wunden Punkte, auch wenn sie es gar nicht beabsichtigte. Sie beobachtete ihre Mutter, die mit einem kleinen Messer versuchte, ein circa fünf Zentimeter breites Stück Bienenstich noch mal zu halbieren. Die sahnige Masse quoll an beiden Seiten fast vollständig heraus.

»Wie geht es bei dir beruflich weiter?«

O Gott, da war sie, die entsetzlichste Frage von allen. Jella starrte auf die Sahnereste auf der weißen Kuchenplatte und wagte nicht, ihren Vater anzusehen. Am liebsten hätte sie sich totgestellt.

In diesem Moment klingelte ihr Handy. Der vereinbarte Anruf hätte nicht passender kommen können.

»Fee, wie schön, dass du anrufst!« Jella stand auf und sah im Augenwinkel das skeptische Gesicht ihres Vaters. »Ich meine, das ist gerade *total* ungünstig. Ich bin bei meinen Eltern. Oder ist es dringend?« Sie wartete kurz und tat, als ob sie in den Apparat lauschte.

Fee kicherte. »Du bist eine Schmierenkomödiantin!«

»Herrje, du Arme. Du klingst gar nicht gut. Ist was passiert?« Sie hielt die Hand vor das Mikrofon und flüsterte in Richtung ihrer Eltern. »Sorry, das ist Fee. Ich muss mich kurz kümmern.«

Dann lief sie zur Terrassentür und hinaus ins Freie, über den Rasen bis zu der alten Birke in der hintersten Ecke des Gartens.

»Es geht direkt ans Eingemachte«, jammerte Jella. »Was soll ich nur sagen?« Sie beobachtete eine Drossel, die an einem Birkenzweig pickte.

»Na, die Wahrheit«, lachte Fee. »Dass du mit mir ein Start-up gründest.«

»Aber das mache ich doch gar nicht! Oder mache ich das?«

Sie mussten beide lachen.

»Okay, vielleicht zu gewagt. Sag, du bewirbst dich in Krankenhäusern.«

»Bist du wahnsinnig? Ich bringe sie doch nicht selbst auf diese Schnapsidee.«

Die Drossel hatte einen Käfer erwischt und mühte sich, die zappelnden Beine in den Schnabel zu bekommen.

»Dann sag, du machst deine Yoga-Kurse online. Das kontrollieren sie garantiert nicht.«

Die Drossel schluckte den Käfer herunter. Jella hatte ein flaues Gefühl im Magen. Sie wollte ihren Eltern nicht sofort die nächste Lüge auftischen. Aber was blieb ihr übrig? Und wer wusste es schon, vielleicht unterrichtete sie tatsächlich bald im Netz?

Als sie wieder ins Haus kam, räumte der Vater gerade den Tisch ab. Ihre Mutter klapperte nebenan in der Küche. Es klang nervös.

»Zurück zu deiner Frage. Ich gebe meine Yoga-Kurse jetzt online.« Jella strahlte ihren Vater breit an.

»Aha«, brummte der, ohne aufzusehen. Er stellte die Tassen in einer geraden Reihe in die Durchreiche zur Küche und sortierte Kuchengabeln und Löffel auseinander. Jella wusste, er würde sie gleich darauf in die dafür vorgesehenen Fächer des Besteckkorbes in der Spülmaschine stecken. »Und wie verdienst du dabei Geld?«

»Na ja, da gibt es Online-Kursgebühren. Das ist sogar sicherer, weil die Leute beim Buchen bezahlen. Läuft echt gut!«

Ihr Vater brummte erneut und stapfte in die Küche. Jella spürte, dass er nicht überzeugt war, aber wohl keine Argumente mehr hatte.

Sie stand wie verloren im Wohnzimmer. Irgendwie schaffte sie es nie, ihre Eltern zu beruhigen. Jellas Blick fiel auf ein Foto von Ida und ihrer Familie auf einem Berg in Island, das neben der Küchentür hing. Sie war verdammt froh, dass ihre Schwester das mit dem Nachwuchs erledigt hatte und ihr wenigstens dieses Thema von den Eltern erspart blieb. Schade, dass Ida so weit weg lebte. Sie hätte sicher irgendwie dafür gesorgt, dass die Stimmung wieder wechselte. Wenn sich die Eltern früher in Horrorszenarien verloren hatten und bei einem versehentlich gekippten Fenster den nächsten Asthmaanfall ihrer Tochter kommen sahen, hatte Ida oft in aller Ruhe darauf hingewiesen, dass das Risiko, von einem Herzinfarkt dahingerafft zu werden, in der Familie höher sei, und man lieber noch eine Runde Canasta spielen solle. Dann hatten sich alle beruhigt an den Tisch gesetzt. Beim Kartenspiel hatte selbst Mutter Gabi die chronischen Sorgen für einen Moment vergessen.

Jella betrachtete Ida, die auf dem Bild entspannt in Kjells Arm lag und die im Sand spielenden Kinder vor sich beobachtete. In dieser Sekunde hätte sie alles gegeben, mit ihrer Schwester zu tauschen.

22

»Lenny, versetz dich doch mal in unsere …«

»Auf keinen Fall. Ihr spinnt, Sanne! Ich lege jetzt auf, ciao.«

Für einen kurzen Augenblick saß Lennard kerzengerade auf dem Sofa und fixierte die Wand gegenüber. Er hasste es, wenn seine Mutter ihn Lenny nannte, wenn es schwierig wurde. Sie verniedlichte ihn, statt ihn für voll zu nehmen. Das Tintenfischbild an der Wand gegenüber hing mal wieder schief. Ihm blieb auch nichts erspart. Lennard kratzte sich an den Bartstoppeln. Sein linkes Augenlid zuckte. Er atmete sehr tief ein und mit einem lauten Seufzer wieder aus.

In Momenten der Überforderung, und dieser hier war einer, hockte Lennard oft apathisch rum, starrte einen Punkt an der Wand an und versuchte, seine Gedanken so zu sortieren, bis sie sich wieder entlang eines roten Fadens aneinanderfügten und das Wirrwarr gelöst war. Gerade hatte sich in seinem Kopf ein regelrechtes Gigaknäuel formiert. Gar nicht so leicht, das wieder auseinanderzukriegen.

Bullerbü. Schweden. Dauerhaft. Neue Existenz.

Die Worte hallten in ihm nach. Er ließ das Telefonat mit seiner Mutter noch einmal Revue passieren.

»Die Italienreise haben wir abgesagt. Das bringt ja nichts«, hatte Sanne als Erstes gesagt und dabei sehr vernünftig geklungen. »Du hattest recht.«

Er stellte sich vor, wie der *Algermissener Gemeindebote* angesichts der sensationellen Nachrichten aus seiner Familie titelte:

»Bodo und Susanne Vogel – erstmals in ihrem Leben hören sie auf einen gutgemeinten Ratschlag ihres Sohnes!«

Okay, etwas lang als Headline. Aber das war ja wohl mindestens eine halbe Seite im Lokalteil wert. Lennard hatte sich schon gefreut, eine Sorge weniger zu haben.

Aber: zu früh. Sanne und Bodo hatten nämlich nur vorgetäuscht. In Wahrheit war ihr Vorhaben noch *viel* bescheuerter.

»Wir reisen nach Schweden. Die fahren einen liberaleren Kurs als die meisten anderen Länder. Da setzt man auf Vernunft, nicht auf Verbote.«

Er verstand es nicht. Seine Eltern hatten die Italienreise abgesagt, um nach Schweden zu fliegen?

»Aber ihr kommt nicht nach Schweden, es fliegt doch nichts. Claire hat mir gesagt, dass fast alle Flüge gestrichen wurden. Außerdem …«

»Wir nehmen den Unimog.«

Lennard verschluckte sich an seiner Entrüstung und fing an zu husten. »Die olle Schrottmöhre!?« Das Ding war um die fünfzig Jahre alt und rostete in Bodos Schuppen vor sich hin.

»Der läuft eins a! Wir fanden unsere Familienurlaube damals immer so schön. Weißt du noch, als wir am FKK-Strand in Ågestanackt waren und du dich die ganze Zeit über den Namen kaputtgelacht hast? Ach, und als wir die Elche gesehen haben! Du hattest eine richtige Bullerbü-Kindheit. Ich dachte, du freust dich ein bisschen für uns.«

Lennard horchte auf. Hämmerte da jemand im Hintergrund? »Was ist das für ein Krach?«

»Das ist Torge Leander. Der baut ein paar Vogelhäuschen für die Streuobstwiese.«

»Wer?«

»Der Enkel von Bernie und Ulla. Auf den hast du als Jugendlicher mal aufgepasst. Heute ist der eins siebenundneunzig. Torge war auf Work and Travel in Neuseeland und ist bei uns gestrandet. Und wir haben doch so viel Platz.«

»Sag mal, spinnt ihr jetzt total?! Das erlaube ich euch nicht! Der zieht sofort wieder aus.«

Sanne schnaubte. »Lenny, nun sei nicht so. Torge wohnt im Bauwagen im Garten.«

Lennard war baff. Was sollte man dazu noch sagen?

Bodo war reingekommen, man hörte ihn mit irgendwas klappern. »Sag es ihm, Schatz«, brummte er.

Sanne atmete tief ein. »Dein Vater und ich überlegen, das Haus zu verkaufen und nach Schweden zu ziehen. Da sehen wir uns eher als in Deutschland. Also dauerhaft.«

»Das ... das Haus verkaufen? Nein! Nein, Sanne, das läuft nicht. Das behalten wir. Ihr bleibt gefälligst hier.«

Nach Schweden ziehen? Und das Haus seiner Kindheit verkloppen? Er hasste es, vor vollendete Tatsachen gestellt zu werden. Und er hasste Überraschungen. Diese besonders!

»Erst verwandelst du mein Kinderzimmer in einen Esoterik-Hobbyraum, und jetzt das? Das könnt ihr doch nicht machen! Das verbiete ich.«

»Lenny, sei mal vernünftig und lass uns drüber ...«

»Nein!«

Dann hatte Lennard aufgelegt.

Nachdem er sich ein bisschen beruhigt hatte, rief er Memo an. »Kann ich mir euren Wagen leihen? Ich muss nach Algermissen. Bodo und Sanne drehen völlig durch.«

Wenn er für jedes »Kein Ding« von Memo einen Euro bekäme, hätte er längst zwei Eigentumswohnungen.

»Du kannst das Auto haben, so lange du willst. Wir können ja eh nirgendwo hinfahren.«

Auf Memo war eben Verlass. Seit Lennard ihm im ersten Semester bei einer Bilanztabelle geholfen hatte und Memo ihn im Gegenzug auf eine fast vierundzwanzigstündige Kneipentour auf dem Kiez mitgenommen hatte – kurz nachdem er die Uni schmiss und sich in die wundersame Welt aller möglichen Nebenjobs stürzte –, waren die zwei superdicke miteinander. Wenn auch das komplette Gegenteil voneinander. Memo war, freundschaftlich gesehen, Lennards bessere Hälfte, derjenige, der ihn mitriss, und der Mensch, der ihn ohne zu fragen nachts aus dem Knast boxen oder mit ihm ohne Zögern einen LKW mit Ware unbekannter Herkunft über den Brenner fahren würde. Nicht, dass Lennard je um etwas in dieser Art bitten würde. Aber Memos Wagen würde ihm jetzt enorm weiterhelfen.

Kurz darauf saß Lennard in dem mit FC St. Pauli-Aufklebern übersäten dunkelroten Volvo-Kombi und fuhr auf der A7 Richtung Hannover. Otis hatte er schweren Herzens mit der Bitte um Übergabe an Miri bei Memo gelassen. Der war zwar nicht der größte Hundefreund, aber Lennard konnte heute nicht auch noch Claires Launen ertragen. Wer wusste schon, wo sie gerade steckte.

Wann war er eigentlich zuletzt bei seinen Eltern gewesen? Weihnachten hatten sie vergangenes Jahr abgesagt, um Ayurveda in Indien zu machen. War das letzte Mal in Algermissen wieder sechs Monate her? Er schüttelte erneut den Kopf. Die Welt stand still, aber seine hyperaktiven Eltern fühlten sich von Angela Merkel bevormundet. Und von ihm.

»Scheiße!«, rief er laut und schlug auf das Lenkrad.

Er dachte an Jella. Im Chat hatte er sie angemault, wie sie es wagen könne, jetzt zu ihren Eltern zu fahren. »Wir müssen die Alten doch schützen, das steht in allen Nachrichten«, hatte er oberlehrerhaft gemosert. Naiv hatte er sie genannt. Und egoistisch. Und unreflektiert. Und nun war er selbst auf dem Weg nach Niedersachsen.

Andererseits hatte er gute Gründe. Seine Eltern wollten das Haus verkaufen. Sein Erbe! Nach Schweden ziehen. Letzteres hätte er unter anderen Umständen nicht so schlimm gefunden, seine Eltern und er waren nie so eng miteinander gewesen. Ob sie nun in Uppsala oder bei Hildesheim wohnten, war im Endeffekt egal.

Als Lennard den Zubringer verlassen und das Ortseingangsschild passiert hatte, an dem wie jedes Jahr die Papptafel mit der Osterfeuerankündigung hing, diesmal rot durchgestrichen, machte er eine innere Bestandsaufnahme. Wenn er es sich recht überlegte, hatte er überhaupt kein Zuhausegefühl in dieser Gegend. Algermissen war ein Paradebeispiel deutscher Durchschnittlichkeit. Viel Rotklinker, viel Fachwerk. Genau wie Hildesheim, die Kreisstadt. Dort gab es immerhin ein Pfannkuchenhaus, einen tausendjährigen Rosenstock und das Roemer-und Pelizaeus-Museum. Das einzig Spektakuläre an seinem Heimatort Algermissen war, dass Diane Kruger von hier stammte. Die war sieben Jahre älter als Lennard und leider keine Sandkastenfreundin von früher. Memo hatte auch dieses Mal gesagt »Bring mir ein Autogramm mit!«, wie immer, wenn Lennard in seine alte Heimat fuhr.

Manchmal fragte er sich, ob sich Diane in Algermissen auch so unwohl fühlte wie er. Sie war wunderschön, aber wirkte immer ein bisschen melancholisch. Ganz selten war Diane, die eigentlich Heidkrüger hieß und inzwischen in L. A. lebte, wohl bei ihrer Mutter zu Besuch. Die wohnte mittlerweile zwei Orte weiter, weshalb Lennard noch nie etwas von den Heimatbesuchen des Hildesheimer Hollywoodstars mitbekommen hatte. Es war im Grunde unvorstellbar: Diane Kruger in Algermissen. Eine Märchenfee in diesem Kaff. Das hatte was Surreales, fand er.

Tja. Und nun war er wieder hier. Wie immer, wenn er am Schreibwarenladen Bieneck, bei der Bäckerei Wucherpfennig und am Eiscafé Gondola Rosa, das neulich noch La Gondola geheißen hatte, vorbeifuhr, stieg der dringende Wunsch in ihm auf, hinter der Verkehrsinsel mit quietschenden Reifen einen U-Turn hinzulegen und auf dem schnellsten Wege zurück nach Hamburg zu fahren. Oder wenigstens zwei, drei Orte weiter, wo ihn keiner kannte. Und wo keine anstrengenden Eltern mit ihren absurden, egoistischen Lebensentscheidungen auf ihn warteten.

Sanne und Bodo wohnten etwas außerhalb. Als er den Ort hinter sich gelassen hatte, fuhr er auf den Hof. Bevor er ausstieg, schaute er sich das riesige, alte Fachwerkhaus noch mal von oben bis unten und von links nach rechts an. Könnte man da stattdessen nicht ein super Mehrfamilienhaus hinsetzen? Acht Parteien, vielleicht sogar zehn. Der Bauplatz war – obwohl etwas außerhalb von Algermissen – Gold wert: freiliegend, und niemand würde an der Stelle sonst bauen können, denn die Wiesen nebenan waren verpachtet. Aber dann dachte Lennard: Nee, das wird nicht verkauft. Das war seine Heimat. Auch, wenn er sich hier selten heimisch fühlte.

Bevor er sein Gepäck und die Packung Masken von der Rückbank nahm, wurde ihm klar, dass die Tage bei seinen Eltern ziemlich anstrengend werden würden. Er würde ihnen einbläuen und vorleben müssen, wie man sich jetzt zu verhalten hatte. Und ihnen die Flausen mit Schweden austreiben! Das wäre ja noch schöner.

Er setzte eine seiner Einwegmasken auf und lief aufs Haus zu. Noch bevor er seinen Schlüssel aus der Tasche gekramt hatte, ging die Tür auf. Wenn das dieser Torge war …

Im Türrahmen lehnte eine junge Frau, höchstens zwanzig. Sie sah so selbstsicher aus, als würde sie hier wohnen, und Lennard wäre der Postbote. Sie hatte raspelkurze platinblonde Haare und trug einen Ring durch die Nasenscheidewand, wie bei einem Stier, nur in Miniatur. Lennard konnte sich nicht entscheiden, ob das, was sie trug, noch ein T-Shirt oder schon ein Kleid war.

»Du bist Lennard, oder? Ich bin Lizzy, die Freundin von Torge. Deine Brille ist cool. Fast so cool wie deine Eltern! Darf ich dich umarmen?«

Im Hintergrund sah Lennard einen riesigen Typen, der androgyne Gesichtszüge und braune Dreadlocks hatte und seine Hand zum Gruß hob. »Grüß dich, Lennard.«

Das war also Torge. Seine Eltern hatten ein Zeltlager eröffnet. Sollte er die zwei sofort rausschmeißen?

»Hallo. Und nein, danke, ich halte Abstand.« Lennard überlegte, die Polizei zu rufen. Er würde hier einiges zu tun haben. Er rief laut: »Das gilt auch für dich, Mutter!«

»Lenny?«, rief Sanne betont fröhlich aus dem Wohnzimmer. »Wie schön. Ich hatte so ein Gefühl, dass du kommst. Willkommen in unserer kleinen Corona-Kommune! Es gibt Zimtschnecken, wenn du magst. Auf Schwedisch heißen die übrigens Kanelbullar!«

Allein die Vorstellung, die nächsten Tage mit diesen Freaks

und seinen kindischen Eltern zu verbringen, machte Lennard fertig. Wieso tauchten neuerdings so viele verrückte Menschen in seinem Leben auf? Jella würde es bei meinen Eltern bestimmt gefallen, dachte er.

09 April 2020

+++ Nach einer Umfrage des Konsumelektronik-Branchenverbandes GFU kaufen 86 Prozent der befragten Deutschen eine größere Gefriertruhe als geplant +++ Die Hamburger Kulturbehörde stellt 1,5 Millionen Euro als Soforthilfe für Hamburger Clubs zur Verfügung. Damit sollen zunächst Miete, Strom und Löhne bezahlt werden +++ Ein Teil des EU-Parlaments in Brüssel soll wegen der Corona-Krise zu einer Unterkunft für Obdachlose umfunktioniert werden. »Unsere Küchen werden mehr als 1000 Mahlzeiten pro Tag für Bedürftige und Mitarbeiter des Gesundheitswesens herstellen«, teilte Parlamentspräsident David Sassoli mit +++

23

Jella drehte sich zur Seite und betrachtete ihr Spiegelbild. Das senfgelbe Kleid saß zwar untenrum ein bisschen knapper als sonst, aber die Farbe stand ihr extrem gut. Und beim Skypen sah man die Hüften schließlich nicht.

Sie schlüpfte in eine knallblaue Strickjacke und zog die Lippen glutrot nach. Dann band sie sich einen Zopf – und löste ihn gleich wieder. Nein, besser offen.

Sie setzte sich an den kleinen Schreibtisch, schob die Sushi-Packung ein Stück zur Seite und öffnete Skype. Noch mal kurz das Videobild checken ... Sie sah super aus, aber, Mist, hinter ihr wurden wie in einem Ringkampf verwickelte Bettdecken und ein Haufen Kleider sichtbar. Auf dem Boden verstreute Papiere und Zettel drängten sich ins Blickfeld. Sie stand auf, löschte das Deckenlicht, schaltete die kleine Nachttischlampe ein und stellte den Hintergrund bei Skype auf unscharf. Jetzt war ihr Kopf von einem weichen Goldschimmer umgeben. Fast wie ein Heiligenschein. Perfekt.

Jella nahm das Smartphone in die Hand. Sie hatte noch zehn Minuten bis zu ihrem ersten virtuellen Dinner mit Lennard, das er ihr in seiner »Versöhnungsnachricht« vorgeschlagen hatte. Er hatte ihr dazu eine Coverversion von Nirvanas Lied »All Apologies« geschickt – mit Banjos! Es klang wie ein fröhlicher Country-Song. Und hatte sie nach dreißig Sekunden schon besänftigt. Bei dem Gedanken daran wurde sie direkt wieder nervös. Oje, das durfte Lennard auf keinen Fall merken!

Sie öffnete Instagram und scrollte nach unten. Dabei blieb sie an einem Foto hängen, auf dem eine hübsche junge Frau mit langen Haaren und offenem Blick zu sehen war. Jella fiel sofort ihr Pullover auf, ein ganz dünner hellbrauner Wollpullover, vielleicht Kaschmir. Bestimmt war sie Influencerin und der Pulli verlinkt. Jella ging auf den Instagram-Account von fragments_of_living. Sie sah Fotos von Blumen, Collagen und Handlettering – und natürlich von der jungen Frau selbst, alle in den immer gleichen Braun- und Goldtönen, mit demselben Filter bearbeitet. Das war zweifelsohne ein professioneller Account.

Auf einem Post stand die Frau auf einer Brücke und lachte in die Kamera, auf einem anderen hielt sie eine dampfende Teetasse in der Hand und blickte aus dem Fenster. Sie war schön, und ihre Welt wirkte so wohlig warm, dass man neidisch werden konnte.

Jella klickte noch mal auf das Bild mit dem tollen Pullover. Aber sie fand keine Verlinkung. Sie klickte zurück auf die Übersicht und dann auf ein anderes Foto, auf dem die junge Frau einen dünnen weißen Cardigan trug. Auch auf diesem war kein Produkt verlinkt.

Sie begann, den Text unter dem Bild zu lesen: *Für mich ist es nicht neu, ans Haus gefesselt zu sein und besonders auf mich aufzupassen, weil Grippesaison ist. Aber das hier ist größer. Für jemanden wie mich, der zur Risikogruppe gehört, ist diese Zeit beängstigend. Ich weiß, wenn ich mich infiziere, wird das für mich supergefährlich, und wahrscheinlich werde ich es nicht überleben.*

Die Frau sah vollkommen gesund aus. Warum konnte sie das Haus nicht verlassen? Jella scrollte weiter und erfuhr, dass die junge Frau Sabrina hieß und einen Herzfehler hatte. Dann entdeckte Jella ein Bild, das eine Collage aus acht quadratischen Fotos darstellte. Auf den einzelnen Bildern waren jeweils junge Frauen und Männer zu sehen, die völlig gesund wirkten und alle ein Schild vor sich hielten, auf dem je ein Wort stand. Zusammen bildeten sie den Satz: »Wir sind die Risikogruppe! Bleibt zu Hause und #beschützt uns!«

Jella hatte plötzlich einen schalen Geschmack im Mund. Nach Dinner war ihr nicht mehr zumute. Am liebsten hätte sie jetzt einfach Netflix geöffnet und eine Folge irgendeiner sehr seichten Serie geguckt, aber die Zeit reichte nicht bis zum Call mit Lennard.

Außerdem wusste sie, dass die Ablenkung wahrscheinlich erfolglos wäre. Der Text von Sabrina hatte sie berührt.

War sie vielleicht wirklich egoistisch und unreflektiert, genau wie Lennard ihr vorgeworfen hatte? Vielleicht war er doch nicht so spießig, wie sie gedacht hatte, sondern einfach sozial und hielt sich deshalb so streng an die Regeln? Und müsste nicht gerade sie das auch tun? Hatte sie Corona vielleicht zu sehr auf Abstand gehalten?

Jella öffnete die Sushi-Packung und nahm einen Schluck von der Limonade. In diesem Moment blinkte Skype auf: Eingehender Anruf von Lennard_Vogel CSD_Purpose.

Sie nahm ab.

»Hey!«

Seine Stimme bereitete Jella sofort wieder gute Laune. Er trug neuerdings einen Dreitagebart. Das sah fast schon verwegen aus – für seine Verhältnisse.

»Hallo.« Jetzt war sie natürlich doch aufgeregt. Hörte man das?

»Schön, dich zu sehen.«

Wow. Hatte er das tatsächlich gesagt? Er schien im Gegensatz zu ihr geradezu tiefenentspannt. Vor ihm stand ein Holzbrett, auf dem zwei dicke Scheiben Bauernbrot mit Käse und einige Gewürzgurken lagen.

»Was gibt's bei dir zum Abendessen?«

Jella hob die geöffnete Sushi-Box ein Stück nach oben ins Bild.

»Oh, Luxus!«, sagte Lennard und lächelte. »Bei mir gibt's nur Hausmannskost.«

»Ich seh's und bin fast neidisch.«

Jella wusste, dass Lennard ein paar Tage bei seinen Eltern verbrachte. Sie stellte sich seine Mutter vor, wie sie ihm für den Call Radieschensterne und pochierte Eier vorbereitet hatte. Lennard hatte aber bescheiden abgelehnt und war nur mit den beiden Broten und den Gurken in seinem Zimmer verschwunden.

»Wie geht es deinen Eltern?«

»Äh, danke, gut.« Dann schaute er ernster. »Die benehmen sich nur leider wie die Teenager.«

Jella musste lachen. Dabei befreite sie die Essstäbchen aus der Papierhülle und nahm eine Maki-Rolle aus der Verpackung. »Warum das?«

Er ergriff zögerlich eine der Gurken. »Na ja, sie tun so, als gäbe es überhaupt kein Corona. Sie treffen sich mit Freunden und gehen täglich in mindestens drei verschiedenen Supermärkten einkaufen.« Lennard schwenkte die kleine Gurke beim Reden. »Nur weil sie Flohsamenschalen oder Buchweizenkeimlinge brauchen. Dabei habe ich ihnen das Ganze schon fünfmal erklärt. Aber sie sind einfach unbelehrbar!«

Jella spritzte gerade etwas Sojasoße in den Deckel der Sushi-Schachtel und rührte mit einem Stäbchen das Wasabi ein. Als sie wieder aufsah, gestikulierte Lennard weiter mit der Gurke. Sie musste lachen.

Er sah auf seine Hand und lachte ebenfalls. »Was mache ich da eigentlich mit der Gurke?«

»Ich dachte, du dirigierst ein Gemüse-Orchester. Weißt du, wie in dieser Werbung von früher.«

»Bonduelle oder so?« Er biss in die Gurke und kaute grinsend. »Ach, ich will nicht klagen. Zum Glück sind meine Eltern noch so fit. Das könnte in dem Alter ja auch anders sein.«

»Absolut«, sagte Jella und tunkte ihr Maki in die Soja-Wasabi-Mischung. »Meine sind auch voll agil. Aber es gibt viele ältere Menschen, die jetzt richtig arm dran und dazu allein sind.«

Lennard schaute ernst und aufmerksam.

»Meine Freundin Fee startet deshalb eine mobile Altenpflege, spezialisiert auf Haushaltshilfe.«

»Wow, das ist ja mal eine coole Idee!« Lennard war sichtlich beeindruckt. »Also, wenn sie aufpasst, mit dem Abstand meine ich.«

Jella dachte daran, wie Fee fast verhaftet worden wäre, als sich ihre Free Hugs in der Innenstadt als illegal herausgestellt hatten. Zum Glück hatte sie immerzu neue Ideen. Und keine Angst vorm Scheitern.

»Fee macht immer das Beste aus allem, sogar aus Krisen. Ich bin ganz schön stolz auf sie.«

Lennard schwieg und sah sie nur an. Jella wurde auf einmal unsicher und hatte das Gefühl, rot zu werden. Dabei passierte ihr das wirklich nie. Sie versuchte, ihr Gesicht unauffällig mit einem Blick auf das Skype-Fenster zu prüfen. In diesem Licht sah man es wohl nicht.

»Wirst du gerade rot?«

Oje, wie peinlich. Jella lachte schnell. »Quatsch, mir ist nur warm.« Sie zog die Strickjacke aus und spürte Lennards Blick auf ihrem Oberkörper. Sie trank einen weiteren Schluck von der Limonade.

»Hey, was trinkst du?«, fragte er und hielt seine Flasche Bier in die Kamera.

»Himbeer-Pflaume«, sagte Jella lachend und war dankbar für den Themenwechsel.

»Zum Wohl«, erwiderte Lennard und stieß die Flasche ganz leicht gegen die obere Kante seines Laptops.

Jella tat dasselbe. Dann sagte sie: »Du kennst dich bestimmt mit Finanzplänen aus, oder?« Diesmal musste sie geschickter vorgehen als beim Soforthilfeantrag. Sie legte einen Ingwerstreifen auf die Maki-Rolle und steckte sie in den Mund. Während sie kaute, beobachtete sie Lennard genau.

Er nahm eine zweite Gurke vom Brett. »Ja, schon. Wieso?« Sein Blick wirkte offen. Und wie könnte er es in diesen Zeiten ablehnen, ein soziales Start-up zu unterstützen, das er dazu noch richtig gut fand?

»Fee braucht jemanden, der ihren Businessplan gegenliest, damit sie Förderung beantragen kann.«

In diesem Moment erschien hinter Lennard eine Frau. Sie trug ein fliederfarbenes Seidennachthemd unter einem schwarzen, mit Wildblumen bedruckten Kimono, der vorn offen stand. Jella brauchte eine Sekunde, um zu kapieren, dass es sich offenbar um Lennards Mutter handelte. Er selbst bemerkte sie erst, als sie direkt neben ihm stand.

Lennard fuhr zusammen. »Sanne, was willst du denn hier? Ich dachte, ihr seid im Bett!« Dann entdeckte er ihr etwas freizügiges Outfit und versuchte, sie aus dem Bild zu schieben.

»Wir haben Tarot gelegt. Und du ahnst nicht, welche Karte dein Vater für dich gezogen hat.« Sie wedelte mit etwas vor Lennards Nase herum.

»Bitte, Mama, ich telefoniere doch!«

Die Frau beugte sich vor Lennard über den Tisch und legte sich dabei fast auf die Brote. Sie schaute direkt in die Kamera, ihr Gesicht wirkte riesig. Lennards Mutter sah ein bisschen zerzaust aus, war aber eine sehr attraktive Frau mit unzähligen Lachfältchen – und jetzt wusste Jella auch, von wem er die tollen Augen hatte.

»Hallo.« Lennards Mutter lächelte. »Ich bin Sanne.«

Jella lachte. »Und ich bin Jella.«

Plötzlich bewegte sich im Hintergrund jemand. Das war dann wohl sein Vater.

»Hallöchen«, rief der Mann fröhlich.

War er … unbekleidet?!

Dann war auf einmal nichts mehr zu sehen. Lennard musste die Hand vor die Kamera gelegt haben. Als er sie ein kleines Stück bewegte, konnte Jella wieder einen winzigen Streifen des Geschehens erkennen: etwas nackte Haut, das Muster des mütterlichen Morgenmantels und die andere Hand von Lennard.

»Ey, Leute, das geht so nicht! Ich habe ein Date. Ihr habt hier nichts zu suchen!«

Jella grinste. Er nannte es Date. Und seine Eltern waren mehr als entzückend.

Lennard nahm die Hand von der Kamera, so dass Jella wieder den ganzen Ausschnitt sehen konnte, kam dann aber sehr dicht heran, um seine Eltern zu verdecken. Jella sah den kleinen braunen Fleck in der Iris seines rechten Auges.

»Es tut mir leid, Jella, ich muss abbrechen. Jetzt weißt du, was ich vorhin meinte ... Lass’ uns schreiben!«

»Okay, schönen Abend«, wünschte Jella noch, aber Lennard hatte den Laptop bereits zugeklappt.

Sie musste grinsen. Dann googelte sie den Bonduelle-Song und schickte Lennard einen Link zum Radetzky-Marsch.

11 April 2020

+++ Laut einer Umfrage von Parship hat die Corona-Pandemie bei rund 42 Prozent der männlichen Befragten und rund einem Drittel der weiblichen zur Folge, dass sie sich einsam fühlen. 36 Prozent der Männer und 26 Prozent der Frauen gaben an, mehr zu kochen und zu backen +++ In der baden-württembergischen Region Bodensee-Oberschwaben kontrollieren Polizisten seit Freitag von Bord eines Zeppelins aus, ob sich die Menschen an die Corona-Regeln halten +++ Der nationale Forstdienst in Island empfiehlt, Bäume zu umarmen statt Mitmenschen +++

24

Da du nicht mehr nach Sri Lanka fliegen kannst, magst du vielleicht mit mir nach Paris? Ich meine natürlich virtuell ... 😉

Das Dinner-Date war Lennard wichtig gewesen war, das hatte Jella gespürt. Dass er nun das Bedürfnis hatte, das etwas verpatzte Gespräch auf so eine schöne Art wiedergutzumachen, überraschte sie aber doch.

Seine Nachricht wirkte sehr echt. Das mochte Jella. Und auch wenn sie ihn deutlich lieber live gesehen hätte: Das war eine süße Idee! Außerdem mochte er wohl coole Coversongs: Er hatte diesmal »Day Tripper«, gesungen von Nancy Sinatra, geschickt. Super Version! Jella freute sich auf Paris. Und vielleicht war die kleine Reise inspirierend genug für Lennard, sich auf ein echtes Date mit ihr einzulassen ...

»Wow, sieht auch online gigantisch aus, oder?«

Lennard war sichtlich begeistert vom Eiffelturm, dessen Stahlkonstruktion in diesem Moment auch auf Jellas Bildschirm auftauchte. Die Kamera war von unten nach oben gerichtet und schaute von etwa der Mitte des Turmes bis zur Spitze. Man sah aus nächster Nähe die hellbraunen Verstrebungen, Dutzende von Lämpchen und die typischen Nieten. Lennard hatte eine Google-Maps-Route angelegt und seinen Bildschirm via Skype mit ihr geteilt. Er erklärte, dass er extra eine Erweiterung installiert habe, um auch Webseiten teilen zu können. Jetzt schwenkte er in der 360-Grad-Aufnahme nach rechts, und das Panorama der Stadt erschien auf ihrem Monitor. Er zog die

Maus ein Stück weiter und beförderte sie wieder zum stählernen Turm hin.

»Wusstest du, dass er in nur zwei Jahren gebaut wurde? Es aber anderthalb Jahre dauert, ihn zu streichen? Zur Weltausstellung war er übrigens rot. Verrückt, oder?«

Wow, er hatte sich offenbar vorher richtig gut informiert. Wie süß.

»Nein, wusste ich nicht. Echt irre.«

Lennard änderte mit einem Klick das Bild. Plötzlich waren sie in einem Raum.

»Hey, was hast du gemacht?«

»Nur auf das nächste Stockwerk geklickt. Das kann jeder bei Street View.«

Lennard schwenkte zum Fenster, und erneut tauchte Paris von oben auf. Sie waren anscheinend im dritten Stock. Er zoomte auf die an der Wand hängenden historischen Fotografien. Eine große zeigte einen Mann auf einer Treppe, darüber stand: *1889 Inauguration*.

»Das ist Gustave Eiffel bei der Einweihung. Tatsächlich gab es anfangs unzählige Gegner, vor allem in Künstlerkreisen. Verlaine, Dumas und andere fanden den Turm einfach nur hässlich. Der Schriftsteller Léon Bloy soll ihn angeblich eine wirklich tragische Straßenlaterne genannt haben.«

Jella lachte. »Wie können denn Straßenlaternen tragisch sein?« Sie stellte sich eine Laterne vor, unter deren langwimprigen Augen Mascara verlaufen war.

Lennard klickte wieder und wechselte erneut die Szenerie. Eine stählerne Tür mit Fenster tauchte auf. Lennard schwenkte ein Stück nach unten, so dass dahinter ein Treppengeländer zu erkennen war.

»1710 Treppenstufen«, erläuterte er fachmännisch.

»Da ist der Ausblick hart verdient«, sagte Jella.

»Genau. Nächstes Mal gehen wir dann zu Fuß.«

Lennard zog das Bild weiter, bis man die Seine sehen konnte. Jella spürte einen kleinen Anflug dieser angenehmen Unruhe, die sie vom Reisen kannte. Mann, tat das gut, mal wieder etwas anderes zu sehen als die eigenen vier Wände! Und wenigstens ein bisschen das Gefühl zu haben, unterwegs zu sein. Noch dazu mit so einer versierten Begleitung.

»Der Turm sollte eigentlich nach zwanzig Jahren wieder abgebaut werden. Inzwischen war er aber nicht nur weltweit beliebt, sondern hatte auch eine wichtige Funktion für die Wissenschaft.«

»Warum das denn? War es das Bauwerk mit den meisten Vogelnestern?«

Lennard lachte. »Von diesem Rekord weiß ich nichts. Aber der Turm war neben seiner ursprünglichen Bedeutung als Eingangsportal und Aussichtsturm für die Weltausstellung auch Wetterstation und aerodynamisches Versuchslabor. Außerdem die Heimat des TSF, eine Art Vorgänger des Radios, das im Turm seinen Sitz hatte und schon Anfang des 20. Jahrhunderts bis nach Amerika sendete.«

Jella konnte es kaum fassen. Lennard hatte eine richtige Führung konzipiert. Das war wirklich rührend.

»Wie ein Leuchtturm strahlt er seit seiner Erbauung jeden Abend Paris an, mit zwei Lichtkegeln, die achtzig Kilometer weit leuchten.«

»Sehr romantisch«, seufzte Jella. »Da fällt mir das Musée de la Vie Romantique ein! Kennst du das?«

»Nein. Warum gehen wir nicht einfach vorbei?«

Lennard wurde mit jeder Minute souveräner, fast spontan, dachte Jella. Das war wohl seine Art, wenn etwas sein Thema war. Oder wenn er sich sicher fühlte?

»Ah, es liegt gleich neben dem Cabaret Moulin Rouge, leicht zu finden.«

Eine Sekunde später erschien auf ihrem Bildschirm eine winzige graue Gasse.

»Huch«, rief sie, »gibt es kein Bild von drinnen?«

Lennard klickte, und es erschien ein düsterer Innenraum mit dunklen Wänden, an denen vereinzelte Bilder hingen.

»Ich meine eigentlich den Garten.«

»Hat wohl noch niemand auf Street View hochgeladen.«

»Vielleicht besser so«, sagte Jella. »Es gibt da ein kleines Café unter Bäumen. Das ist der eigentliche Schatz.« Jella erinnerte sich, wie sie vor fünfzehn Jahren mit Gitta für fünf Tage in Paris gewesen war, eine ihrer ersten Reisen überhaupt. Sie hatten in diesem versteckten Kleinod einen Café au Lait getrunken und sich wie in einem Roman von Flaubert gefühlt. Wie es Gitta wohl mit dem Neugeborenen ging?

»Das hätte ich gern gesehen«, sagte Lennard. Seine Stimme klang kurz ganz sanft. Nur eine Sekunde später wirkte er aber wieder professionell. »Mademoiselle, darf ich Sie zum Place de la Concorde einladen?«

»Oh, bitte, ich folge Ihnen gern.« Jella bemerkte, dass das ein ziemlich untypischer Satz für sie war. Und was sollte das überhaupt? Seit wann folgte *sie* einem Typen?

»Der Obelisk von Luxor ist eines der ältesten Denkmäler der Stadt«, fuhr Lennard fort. Erst erschien der riesige Platz, dann blickten sie auf den Obelisken. »Dass auf dem Platz Marie Antoinette und Ludwig der Sechzehnte enthauptet wurden, weißt du bestimmt. Der Place de la Concorde ist aber gleichzeitig die größte Sonnenuhr der Welt. Ein Geschenk des Vizekönigs von Ägypten an König Louis Philippe, erbaut in der Römerzeit in Theben.«

Lennard zoomte näher an die Gravur im Stein heran. Es waren anscheinend Hieroglyphen. Doch das Foto war zu dunkel, um etwas zu erkennen.

Plötzlich wechselte das Bild, und eine gestochen scharfe Nahaufnahme der Spitze war zu sehen, unter der Jella das Bild von einem knienden Mann vor einem Thron und Abbildungen von Vögeln und Rindern entdeckte.

»Hier sieht man es besser. Das sind die ruhmreichen Taten von König Ramses dem Zweiten, der den Obelisk ursprünglich bauen ließ.«

Wie konzentriert er die Führung durchzog, war irgendwie auch ein bisschen sexy. Jella spürte ein Flattern in der Magengegend.

»Übrigens dauerte der Transport von Luxor nach Paris drei Jahre.«

Jella wäre am liebsten durch die Glasfaserleitung gehüpft und hätte Lennard geküsst.

»Ganz schön lange, um ein Geschenk zu überbringen, oder?«, sagte sie absichtlich provozierend. »So viel Geduld hätte ich nicht.«

Lennard schwieg ein paar Sekunden. »Vielleicht lohnt es sich ja. Das kommt doch sehr aufs Geschenk an, oder?«

Er wartete offenbar auf ihre Reaktion. Aber Jella wurde klar, dass sie keine schlagfertige Antwort parat hatte. Da half nur Ablenken.

»Ich möchte zum Palais Royal.«

Einen Augenblick später präsentierte sich auf Jellas Bildschirm der gigantische Innenhof des Regierungsgebäudes mit Blick auf die silbernen Kugeln, die in einer Art Brunnen in der Mitte thronten. Lennard schwenkte kurz auf den Steinboden, der ein regelmäßiges Muster aus hellen Farbtönen zeigte, das durch kleine Risse wie absichtlich aufgelockert wirkte.

»Schön, oder?« Lennard sprach wieder leiser. Er schien ganz in der Betrachtung versunken und zoomte noch näher heran. Dann besann er sich offenbar und schwenkte auf den Säulengang in der Mitte des Hofs.

Jella fühlte sich, als würden sie in einer Art Luftschiff durch das Gebäude schweben. »Wusstest du, dass der Palais Royal früher mal eine rechtsfreie Zone war?«, fragte sie mit einem koketten Lächeln. »Angeblich hatte die Polizei keinen Zutritt, und es fanden die wildesten Partys statt. Bei einer soll Napoleon persönlich seine Jungfräulichkeit verloren haben. Später rief man von hier zum bewaffneten Widerstand auf.« Sie erhob die Stimme: *»Allons enfants de la Patrie, le jour de gloire est arrivé!«*

Lennard lachte schallend. »Sehr schöne Anekdote. Und schön gesungen.«

»Na ja, eine Story musste ich ja mal beisteuern.« Jella schaute auf den Säulengang. Was war denn das? »Zoom mal auf die Frau in Rot!«

Lennard klickte auf das Plus am Bildrand, und plötzlich waren sie ganz nah an einer Frau, die ein gigantisches Haarnest und eine scharlachrote ausladende Robe trug. Sie posierte offensichtlich für eine Kamera.

»Das ist bestimmt ein Shooting, das an dem Tag stattfand, als das Street-View-Auto durch die Straßen von Paris gefahren ist.«

Lennard wirkte nun völlig gelöst. »In diesem Aufzug könnte man wunderbar unsere letzte Station besuchen.«

Das Bild wechselte, und ein prunkvoller Zuschauerraum mit unzähligen roten Samtsesseln und üppig verzierten goldenen Säulen und Balkonen wurde sichtbar. Sie standen anscheinend auf einer Bühne.

»Bienvenue à l'Opéra national de Paris«, rief Lennard. »Hier wurden Wagners ›Tannhäuser‹, ›Don Carlos‹ von Verdi und ›Lulu‹ von Alban Berg uraufgeführt. Aus den Tanzeinlagen in den Opern hat sich übrigens das Ballett entwickelt. Hast du so was schon mal gesehen?«

Er schwenkte mit dem Zoom nach hinten und zeigte Jella die riesige Bühne, also den Teil, den die Zuschauer sonst nie zu sehen bekamen. Ein meterhoher Raum voller Scheinwerfer und Stahlträger, Kabel und Leitern. Während das Bild weiter rotierte, tauchte am anderen Ende der Bühne ein zweiter Zuschauerraum auf, der wie eine kleinere Ausgabe des ersten aussah.

»Ist das noch ein Saal? Eine Bühne für zwei Säle?«, fragte Jella ungläubig.

»Nein, das ist ein Spiegel.«

»Was?« Jella prustete los. »Lennard, das macht keinen Sinn. Dann würden die Zuschauer ja sich selbst sehen.«

»Du hast recht. Dann wäre der Spaß der Illusion schnell vorbei.«

»Absolut. Wenn man sich selbst beim Zuschauen zuschaut, und den Sitznachbarn, der vielleicht gerade gähnt.« Lennard brach ebenfalls in Lachen aus. »Oder eingeschlafen ist.«

»O Gott, ja«, gackerte Jella. »Stell dir vor, du siehst in den Spiegel, und der ganze Saal schläft – außer dir.«

Als sie sich wieder beruhigt hatten, klang Lennards Stimme, als wäre er ganz nah.

»Wann warst du das letzte Mal in der Oper?«

Mit so einer Frage hatte Jella nicht gerechnet. Und eigentlich war es auch kein Ding für sie, etwas einzugestehen. Aber vor Lennard kam sie sich irgendwie doof vor.

»Hm … also, ehrlich gesagt …« Sie hätte am liebsten das Thema gewechselt. »Noch nie.«

»O-kay.«

Lennard schwieg einen Moment, und es kam ihr vor wie zweihundert Jahre. Wahrscheinlich machte er sich gerade klar, dass eine derart ungebildete Frau nichts für ihn war. Er saß auf seinem gutbürgerlichen Sofa, auf dem er sich bestimmt schon unzählige Bayreuth-Inszenierungen auf ARTE angesehen hatte, und dachte, dass er seine Zeit verschwendete. Warum war ihr das nicht egal? Jella erkannte sich selbst nicht wieder. Sollte er denken, was er wollte! Im Grunde war diese virtuelle Reise nach Paris doch spießig. Also bis auf die Art, wie Lennard die Führung machte und sich Mühe gab, und davon abgesehen, dass es sich echt gut anfühlte mit ihm etwas zu unternehmen, was sie noch nie erlebt hatte.

»Das bringt mich auf eine neue Idee«, unterbrach er ihre Gedanken.

Das kam überraschend. Dann mochte er es vielleicht auch ein bisschen? Jella spürte, dass sie innerlich ganz leise wurde.

»Ich hab gleich noch was vor, aber lass uns nachher noch mal sprechen«, schlug er vor.

»Gern. Und danke für die tolle Führung.« Jella winkte in die Kamera.

Er lachte und winkte zurück. »De rien.«

12 April 2020

+++ Mit dreieinhalbwöchiger Verspätung treffen Lennards FFP3-Masken aus China ein +++ Von der nordindischen Region Punjab kann man erstmals seit etwa dreißig Jahren das rund 200 Kilometer entfernte Himalaya-Gebirge sehen +++ Die Venga Boys haben ihren Partyhit »Boom Boom Boom Boom« gecovert: *Zoom, Zoom, Zoom, Zoom, I'm stuck here in my room* … +++

25

Ganache ... Lennard fand, dass das Wort nach Sex klang. Er sagte es ein paarmal hintereinander in verschiedenen Betonungen – und musste an ... Claire denken?! Frankreich, Paris und eben fast alles, was französisch war, verband er nun mal mit seiner Ex. Was aber nicht schlimm war. Schließlich war er ja nicht mit Jella verheiratet und betrog sie gerade. Aber nach dem Skype-Gespräch gestern hatte er sich richtig aufgekratzt gefühlt. Die Führung hatte ihr gefallen. Oder? Ja, doch. Er wollte noch eins draufsetzen und war gleich danach zu Rewe gefahren, um Zutaten für Macarons zu kaufen. Lennard hatte sich kurz gefragt, ob er Jella vor den Kopf gestoßen hatte, denn am Ende war sie ein bisschen still geworden. Aber sie hatten später ja noch einmal telefoniert – ganz schön lange sogar.

Neuer Tag, neues Backen. Lennards Gedanken sprangen andauernd wieder zu Claire. Wie sie immer seine Aussprache verbessert hatte, wenn er mal etwas auf Französisch gesagt hatte. Immerhin hatte sie es nie besserwisserisch getan, sondern mit der Nonchalance einer jungen Referendarin, die noch daran glaubte, dass man Schüler mit Nettigkeit erziehen konnte.

Der Paris-Trip mit seiner Exfreundin damals war allerdings eine Katastrophe gewesen. Es war April gewesen und hatte nonstop geregnet. Mehr als über das Wetter hatte sich Lennard damals aber darüber aufgeregt, dass a) alle Franzosen, vor allem die Kellner in den Bars, so getan hatten, als verstünden sie nichts von dem, was er sagte. Sie hatten die Stirn übertrieben in

Falten gelegt, die Köpfe geschüttelt und mit den Schultern gezuckt. Dieselben Kellner hatten sich jedoch b) fast vor Freundlichkeit und Charme überschlagen, sobald Claire übernommen hatte. Und war es ihm nur so vorgekommen, oder hatte sie mit jedem Franzosen, der ihren Weg kreuzte, geflirtet? Lennard erinnerte sich, dass er in dem Urlaub sehr viel gequengelt hatte. Dass er immer unsicherer geworden war – und vermutlich weniger sexy. Die französischen Männer hatten auf ihn cool und eloquent gewirkt – und Claires Wangen waren andauernd gerötet, weil sie ihr offensichtlich schon wieder ein Kompliment gemacht hatten. »Herrje, reg dich ab. Das macht man in Paris so, Lennard!«, hatte sie irgendwann gefaucht.

Als er Jella zur gemeinsamen Stadtführung eingeladen hatte, war ihm bewusst gewesen, wie heikel das war. Paris war ja echt besetzt. Mit Claire. Und negativen Erinnerungen. Außerdem: Für ein zweites Date viel zu romantisch, oder? Auf jeden Fall hart an der Grenze. Im Endeffekt hatte er sich doch dafür entschieden, weil ihm Paris zumindest ein bisschen vertraut war und er einigermaßen sicheres virtuelles Terrain betreten würde.

Bei ihrem Skype-Treffen war er aufgeregter gewesen als gedacht. Jella war nicht nur der Typ Frau, der ihn verunsicherte, weil sie von jetzt auf gleich die Laune änderte. Er war sich außerdem nicht sicher, ob sie es wirklich schön fand, was er sich ausgedacht hatte. Oder ob sie sich überhaupt von einem Mann etwas erklären lassen würde, ohne gleich laut zu rufen: »Dingding! Mein Mansplaining-Radar schlägt aus.«

Anfangs hatte er schon das Gefühl gehabt, wie ein Klugscheißer daherzukommen. Aber Jella schien ihm gern zugehört zu haben – er hatte gemerkt, dass sie Spaß hatte. Das war etwas, dass ihm an ihr aufgefallen war, und dass er mochte:

Man sah ihr sofort an, wenn sie sich freute oder ärgerte. Auch, wenn sie unsicher wurde, so wie in dem Moment in der Oper. Hätte er verraten sollen, dass er *Madame Butterfly* auch nicht von der *Kameliendame* unterscheiden könnte? Ja, vielleicht. Aber dazu würde er noch Zeit haben. Spätestens nach ihrem ersten gemeinsamen Opernbesuch, für den er nachher Karten klarmachen würde.

Wie wäre es wohl, wenn sie irgendwann tatsächlich durch die engen Gassen von Montmartre flanieren würden, Jella sich im Louvre über die wirklich sehr kleine Mona Lisa lustig machte und es ihm diesmal egal wäre, ob ihn irgendein Franzose verstand oder nicht?

Vor seinem abendlichen Supermarktbesuch, ein überraschend stressfreier Corona-Einkauf, wie es nur in der Provinz möglich war, hatte er in Back-Foren nach Macaron-Rezepten und der besten Ganache-Creme zum Füllen gesucht. Er wollte weiße Schokolade als Basis nehmen und sie mit Kaffee, Sannes selbstgebranntem Kirschlikör, Vanille, Nüssen und Mandeln verfeinern.

Auch wenn ihm heute Morgen bereits zwei Ladungen gründlich misslungen waren, wollte er es weiter versuchen. Jella sollte schließlich ein Andenken an ihre kleine Reise bekommen. Blöderweise hatten die Teigflatschen das erste Mal beim Ruhen am Fenster gestanden. *Bei einem stärkeren Luftzug kann es sein, dass die Macaron-Schalen nicht gleichmäßig trocknen und beim Backen schließlich brechen*, hatte er später auf einfachbacken.de gelesen. Das wusste er jetzt auch und ärgerte sich, dass er Risiken und Nebenwirkungen bei der Macaron-Herstellung vorher nicht gründlicher recherchiert hatte. Bei der zweiten Fuhre hatte er zu große Teigklekse aufs Backpapier gemacht, und sie waren ihm zerlaufen. Ob man Macarons mit der Post schicken konnte? Vielleicht sollte er lieber gleich schauen, ob Ladurée in Paris noch geöffnet oder einen Online-Shop hatte, dort welche bestellen und an Jellas Adresse liefern lassen? »Macht dann 1850 Euro mit Expresslieferung, Misjö«, sagte er sich mit französischem Akzent. Also nein, aufgeben war keine Option! Zu irgendwas musste dieser Lockdown schließlich gut sein.

Lennard führte seit seiner Ankunft in Algermissen vor ein paar Tagen ein straffes Regiment. Oder besser gesagt: Er versuchte es. Überall im Haus hatte er DIN-A4-Zettel mit graphischen Anleitungen aufgehängt. Wie lange man sich die Hände wäscht. Wie man seine Maske korrekt aufzieht und reinigt. Wie man hustet (in die Armbeuge) und wie man sich die Hände desinfiziert (äußerst gründlich). Des Weiteren hatte er Torge Leander und seiner aufdringlichen Freundin, die er aus Prinzip nicht bei ihrem Rufnamen, sondern mit Elisabeth ansprach, Hausverbot erteilt. Die zwei schliefen tatsächlich im Bauwagen, und seit seiner Ansage blieben sie dort auch die meiste Zeit. Er legte ihnen die Tageszeitung vor die Tür, nach vorheriger Anmeldung durften sie während eines kurzen Zeitfensters ins Bad, gemeinsames Essen war untersagt. Eine Feuershow, die Elisabeth mit diesen angezündeten Kugeln an Ketten hatte machen wollen, »um alle mal ein bisschen aufzumuntern«, hatte er mit den Worten verboten: »Das Haus ist in seiner Baustruktur sehr alt. Wenn da ein Funke drauf regnet ... Außerdem haben wir gerade anderes zu tun.« Auch bei Torge, der recht still war und die meiste Zeit etwas debil vor sich hin grinste, hatte sich Lennard, wie er im Nachhinein bemerkte, ein paarmal im Ton vergriffen.

»Du bist wirklich ein Spielverderber«, hatte Bodo erstaunt und ein bisschen beleidigt konstatiert.

»Einer muss euch nun mal Vernunft beibringen. Über eure Reisepläne reden wir auch noch.«

Bisher war man sich aus dem Weg gegangen. Sanne hatte verständnislos reagiert und sich zurückgezogen, als hätte Lennard ihr aus Prinzip untersagt, etwas zu tun, das ihrer Selbstverwirklichung diente. Sein Vater vertiefte sich intensiv in die aktuell einzige ungefährliche Tätigkeit: das Nähen von Masken.

Lennard verbrachte viel Zeit in seinem Zimmer. Die orangefarbenen Wände störten ihn zwar und er stieß sich an dem Buddha dauernd das Knie an, aber er hatte nebenan ein eigenes Bad und seine Ruhe. Kai hatte ebenso gemeckert wie Claire, als Lennard beiden schrieb, dass er sich ein paar Tage um seine Eltern kümmern müsse und dringend eine Auszeit brauche. Von Kai kam nur ein verständnisloses: *Du musst wissen, was du tust, aber nächste Woche geht es mit Volldampf weiter. Gruß.* K. Von Claire ein vorwurfsvolles: *Otis vermisst dich!*

Die zwei konnten ihn echt mal gernhaben. Es gab Wichtigeres. Seine Eltern wie bei *Men in Black* mit einem kleinen Apparat, dem Neuralyzer, zu blitzdingsen zum Beispiel, damit ihre Erinnerungen gelöscht wurden und sie den blöden Plan vergaßen, in Schweden heimisch werden zu wollen ... Wie er sie anders überzeugen sollte, wusste er immer noch nicht.

Die Unruhe in seinen Gedanken übertrug sich auf seinen Körper. In den ersten Nächten war Lennard stets gegen drei Uhr aufgewacht, nassgeschwitzt und – nachdem er ein paarmal geschluckt und leichtes Halskratzen festgestellt hatte – zu hundert Prozent davon überzeugt, sich angesteckt zu haben. Die Sorge, selbst derjenige zu sein, der seine Eltern infizierte, nagte an ihm. Auch deshalb kam es ihm sehr entgegen, dass man sich bei Familie Vogel neuerdings aus dem Weg ging. Sie waren ohnehin nie sehr körperlich miteinander gewesen, also seine Eltern untereinander schon, und wenn es nach Sanne ging, würde sie Lennard viel öfter umarmen oder irgendwo die Hand auflegen. Wollte er aber meistens nicht. Zugegeben, dieser Tage waren sie ein wenig verärgert über seine Anweisungen. Aber sie würden sich bestimmt wieder einkriegen.

Lennard siebte hochkonzentriert Puderzucker und gemahlene Mandeln in eine Schüssel, hob Eiweiß unter und ließ eine Prise Salz und den Zucker langsam einrieseln. Dass Jella und er sich so viel schrieben, machte ihn zwischendurch geradezu euphorisch. Auch wenn Sich-Verknallen momentan keine Option für ihn war: Man konnte ja auch befreundet sein, oder? Es fühlte sich gut an, dass sie offensichtlich anders war, als er sie sich vorgestellt hatte. Nicht so eine Flipp-Else. Und doch kam ihm eine neue Beziehung in diesem Moment wie eine ziemliche Strapaze vor – und totaler Irrsinn. Es war eh schon alles unsicher, da wollte er zumindest kein Gefühlsschlamassel. Oder war er bereits mittendrin? Egal, er backte erst mal weiter.

Lennard füllte die Teigmasse in einen Spritzbeutel mit einer extragroßen Lochtülle. Diesmal würde es klappen, er hatte ein gutes Gefühl. Zwischen den Teigkreisen, die er auf das Backpapier setzte, ließ er genügend Abstand. Und das Fenster blieb geschlossen. Beste Voraussetzungen also.

Die Jella, die er in den letzten Tagen kennengelernt hatte, war weicher und verletzlicher als diese vorlaute Kicker-Partyhummel, die ihm bei David neulich begegnet war. Neulich? Die Party schien eine Ewigkeit her zu sein. Dabei waren es erst sieben Wochen. Ihm kam es vor, als hätte der April nicht dreißig, sondern dreitausend Tage. Gleichzeitig hatte er zwischendurch das Gefühl, Jella schon viel länger zu kennen. Sie offensichtlich aber auch: Gestern Abend hatten sie noch über eine Stunde miteinander telefoniert und die »voyage virtuelle«, wie sie ihre kleine Skype-Reise nannten, Revue passieren lassen. Auch über ihre früheren Erlebnisse in Paris hatten sie geredet: als Austauschschüler mit Ekel vor Schnecken auf der Menükarte und beim Interrail-Stopp und wilden Nächten im Park vor Sacré-Cœur. Wobei Jella deutlich mehr zu berichten hatte als er.

Später sprachen sie über französische Chansons und Arthouse-Filme. Auch hier war sie bewanderter. Lennard fand französische Filme stinklangweilig und gab das auch unumwunden zu: »Trist, niemand redet, und am Ende weint eine Frau, weil ein Mann mit der letzten Metro wegfährt. Dass sie zusammen gewesen sein sollen, wurde wohl nur mit sentimentalen Blicken oder in den Untertiteln erzählt.«

Er erwartete zumindest einen kleinen Lacher, aber Jella sagte gar nichts mehr.

»Jella? Hallo?!«

Die Leitung stand zumindest noch.

Dann begriff er: Sie war beim Telefonieren eingeschlafen, und das Handy war ihr aus der Hand gerutscht. Vermutlich hatte er minutenlang in irgendeine Sofaritze oder ein Kissen geredet.

Lennard ging auf Spotify und schickte ihr »Voyage Voyage« in einer Jazz-Version von Berk & The Virtual Band. Er hatte das Lied schon vor dem Telefonat für Jella gefunden.

Nachdem er noch dreimal laut ihren Namen sagte und sich sicher war, dass sie wirklich schlief, murmelte er ziemlich leise: »Mademoiselle? Voulez-vous coucher avec moi ce soir?«

14 April 2020

+++ Das Robert Koch-Institut sieht zwei Etappenziele erreicht. Zum einen sei die »Grippewelle von der Covid-19-Welle entkoppelt« worden, dadurch stünden in den Krankenhäusern viele Betten zur Verfügung, zudem sei die Zahl der Beatmungsplätze erhöht worden +++ Seit dem Angebot der Corona-Soforthilfe sind an Hamburger Selbständige und Kleinunternehmer rund 283 Millionen Euro ausgezahlt worden +++ Nach Angaben von Bundesarbeitsminister Hubertus Heil haben 725 000 Betriebe Kurzarbeit angemeldet. Auch die Airline, für die Claire arbeitet: Sie reduziert auf 50 Prozent +++

www.jellasjourneys.com

Ein ganz normaler Dienstag im April

von Jella Humboldt

Das Rauschen der Wellen weckt mich. Mein erster Blick fällt auf das Moskitonetz über mir, der Wind bewegt es sanft. Dann sehe ich die Palmblätter und einen kobaltblauen Himmel vor meinem Fenster, schließlich mein Surfbrett am Fußende des Bettes.

Ich stehe auf, ziehe meinen Bikini an, das Kleid darüber, nehme den Neoprenanzug und das Board und steige die Holztreppe des kleinen Bambushauses hinab. Ich rieche den Kaffee und die frischen Säfte von Nevas Beachbar. Nur fünf Minuten Frühstück im Stehen. Ich darf nichts von diesem Tag am Meer verpassen.

Dann laufe ich bis zu meinem Lieblingsstrandabschnitt. Dort, wo ich jeden meiner Tage hier verbringe, bis ich in der Dunkelheit zurückkomme. Nach unzähligen Stunden, in denen mich der Ozean küsst und umschlingt, in die Tiefe zieht und wieder nach oben spült. In denen er mich auf seiner Oberfläche gleiten lässt, als wäre ich ein Teil von ihm. Und den ich erst verlassen kann, als ich eine

letzte Welle im glutroten Wasser nehme, bevor der glimmende Zipfel der Sonne am Horizont im Meer versinkt.
So habe ich mir diesen heutigen Dienstag im April vorgestellt. Denn so habe ich in den letzten Jahren viele Dienstage im April verbracht. Aber 2020 gibt es keinen gewöhnlichen April. Und auch keine gewöhnlichen Dienstage. 2020 ist alles anders. Ich kämpfe mit den Tränen, weil ich nicht an meinem geliebten Strand in Arugam Bay sein kann. Mein Flug nach Sri Lanka wurde gestrichen. Stattdessen verbringe ich meine Zeit drinnen, in meinem kleinen deutschen WG-Zimmer, vor dem Bildschirm.
Dort sehe ich Videos von überfüllten Krankenhäusern in Italien, ratlosen Politikern und einer Lagunenstadt mit glasklarem Wasser in seinen Kanälen. Wie eine wunderschöne Geisterstadt sieht dieses Venedig aus. Angeblich wurden sogar Delfine gesichtet.
Die Natur erholt sich, weil wir innehalten. Weil die Produktion runtergefahren ist und niemand reist. Doch die Bilder aus Italien hauen mich um. Die aus den Krankenhäusern und Leichenhallen genauso wie die aus der Lagunenstadt.
Wie kann es sein, dass unser Tun einen so krassen Effekt auf unsere Umwelt hat und uns das offenbar weiterhin nicht bewusst ist? Wie kann es sein, dass wir immer weiter Dinge produzieren, die es bereits in Tausenden von Varianten gibt auf dieser Welt, obwohl sie niemand braucht? Wie können wir unsere Erde auf diese Art immer weiter zumüllen? Unsere Meere vergiften, unsere Wälder roden, den Wüsten gestatten, sich ungebremst auszubreiten?

Wie können wir angesichts dessen auf unserem Luxus beharren? Ihn als Freiheit betrachten, die uns zusteht? Wie können Menschen wie ich in einer solchen Welt glauben, an einem gewöhnlichen Dienstag im April auf einer Insel im indischen Ozean ihrem Lieblingshobby nachzugehen, wäre normal oder gar ihr gutes Recht?
Auch wenn die Umstände schrecklich sind: Es wurde vielleicht Zeit, dass wir alle mal innehalten. Für mich auf jeden Fall. Ich werde heute, an diesem Dienstag im April 2020, nachdem ich diesen Text beendet habe, stillsitzen und für die vielen Reisen dankbar sein, die ich in meinem Leben machen konnte. Dann werde ich mir überlegen, was ich in diesen Tagen für Menschen tun kann, die gerade wirklich ein Problem haben. Ich habe nämlich keins.

16 April 2020

+++ Weil weniger Flugzeuge am Himmel sind (die normalerweise Wetterdaten liefern), werden die Wettervorhersagen während der Pandemie ungenauer +++ Lennard hat eine Comicidee, verwirft diese aber wieder: eine Made mit Baskenmütze und Baguette (»made in France«) +++ Inspiriert von dem Kinderbuch »Wir gehen auf Bärenjagd« haben Tausende von Neuseeländern ihre Gartenzäune, Fenster und Veranden mit Teddybären bestückt, um Kindern beim Spaziergang mit den Eltern eine Freude zu machen +++

26

Drei Männer in weißen Schutzanzügen zählten bis drei, dann hievten sie den Leichensack mit einem Ruck in ein Regalfach. Die Kamera zoomte aus dem Inneren des LKW, der als Kühlraum diente. Er war schon bis zur Decke voll: mit Dutzenden von Toten, dicht gestapelt. Und die Kollegen schoben draußen bereits die nächste Bahre heran. Jella konnte ihren Augen kaum trauen. Was sie sah, waren aktuelle Bilder aus den USA.

Sie saß seit einer Stunde in der U3 und fuhr den gelben Ring einfach immer weiter. Wenn es ihr nicht gut ging, taten ihr der Anblick der Schiffe an den Landungsbrücken und die Sicht auf die Bäume und Kanäle in Barmbek gut. Aber heute fühlte es sich anders an in der U-Bahn. Viel leerer als sonst um diese Zeit. Die meisten Leute blieben mit großem Abstand zueinander stehen. Einige trugen Masken, manche hatten ihre Schals über die Nase gezogen. Aber sogar aus den zur Hälfte bedeckten Gesichtern sprach deutlich die Verunsicherung. Jella spürte ihre eigene Anspannung. Würde es am Ende doch bald eine Maskenpflicht geben?

Beim Halt am Berliner Tor hatte sie plötzlich das Gefühl, dass es eine völlig unpassende Idee war, in der aktuellen Situation mit den Öffentlichen zu fahren, wenn man nicht mal ein Fahrtziel hatte.

Wieder hatte sie dieses schlechte Gewissen. Doch zu Hause hielt sie es heute nicht mehr aus. Wer nicht verrückt werden wollte, musste mal raus, etwas anderes sehen. Und wenn es nur Schiffe waren. Seit dem vielen Grün in Barmbek hatte eine Station jedoch mehr Trostlosigkeit verbreitet als die andere. An der Uhlandstraße hatte Jella deswegen genug vom Blick nach draußen gehabt, ihr Smartphone rausgeholt und Facebook geöffnet. Dabei war sie an dem Video in ihrer Timeline hängengeblieben.

Darin wurden jetzt riesige Leichenzelte auf Plätzen zwischen Wolkenkratzern gezeigt, dann Massengräber, von einer Drohne gefilmt, gigantische, rechteckige Löcher, in die ein Kran Sarg an Sarg schichtete. Jella setzte die Kopfhörer auf. Menschen wurden vorübergehend in Sperrholzkisten begraben, hieß es, weil die Kapazitäten auf den Friedhöfen nicht mehr ausreichten. Über siebentausend Tote, sagte der Reporter, gebe es schon im Bundesstaat New York.

Rathaus. Eine alte Dame mit Stock wackelte in die Bahn, sie zitterte. Jella stoppte das Video, stand auf und bot der Frau ihren Platz an. Sie stellte sich in den Türbereich und atmete tief ein und aus. Das Video hätte sie am liebsten vergessen. Aber sie wusste, dass es noch weiter in ihr arbeiten würde – und dass sie hinsehen musste, auch wenn sie nicht wollte.

Sie drückte wieder auf den Pfeil. Eine Afroamerikanerin war zu sehen, mit wachen, freundlichen Augen, zusammengebundenen Haaren und einer Maske, die lose um ihren Hals hing. Sie war vielleicht vierzig Jahre alt. »Ich arbeite seit zweiundzwanzig Jahren in diesem Krankenhaus. Ich kenne viele, die aus der Umgebung eingeliefert werden. Manche sogar sehr gut. Allein gestern sind zehn Menschen, die ich persönlich kannte, vor meinen Augen an Covid-19 gestorben. Das ist …« Die Frau rang um Worte. »Das ist einfach viel.« Dann wandte sie sich ab.

Jella musste schlucken. Sie dachte an die Zeit im Krankenhaus in Hannover. Sie hatte ein paar Wochen in der Notaufnahme gearbeitet und war dann auf der Onkologie geblieben. Dort hatte sie Erika Sander kennengelernt. Die kleine, drahtige Frau, die immer mit dem ganzen Gesicht lachte, so dass man ihre Augen gar nicht mehr erkennen konnte. Sie war damals auf Jellas Station Patientin gewesen. Mit einem Tumor im Magen. Schnell kam ein zweiter im Darm dazu. Die Chemo vertrug sie erst gar nicht. Wegen der heftigen Nebenwirkungen und des Herzfehlers, der alles noch komplizierter machte, blieb sie fast drei Monate. Doch irgendwann ging es ihr besser. Jella verbrachte viel Zeit mit ihr, meist nach Feierabend oder vor ihrer Schicht. Erika war zweiundsechzig, »aber so weise wie eine Hundertjährige«, wie Jella damals immer sagte. Sie hatte vor der Diagnose einen kleinen Blumenladen in Laatzen betrieben, wusste eine Menge über Heilpflanzen und brachte Jella, nachts, wenn sie wegen der Schmerzen nicht schlafen konnte, alle erdenklichen Kartenspiele von Bridge bis Doppelkopf bei. Dabei lachte Erika viel, strich Jella sanft über die Hände und sagte ihr, wie hübsch sie sei. So war sie mit Jella, egal, wie es ihr ging. Diese Frau war ein Wunder für sie. Und ein bisschen wie die Großmutter, die sie sich immer gewünscht hatte. Im Gegenzug berichtete Jella von ihren Reisen, weil Erika bis dahin noch nie aus Deutschland rausgekommen war. Eines Tages bat sie Jella darum, mit ihr ein Ticket zu buchen: Sansibar. Das würde sie sich gönnen, wenn sie hier endlich raus war. Der gebuchte Flug gab ihr die Hoffnung, bald entlassen zu werden. Und tatsächlich verließ Erika ein paar Tage vor dem Start ihrer Reise als geheilt die Klinik. Jella schenkte ihr zum Abschied eine riesige aufblasbare Sonnenblume, unter der Erika Schatten finden sollte, wenn sie sich im Pool darauf treiben ließ. Sie verabredeten sich zum Rommé und Fotosgucken nach dem Urlaub. Nur dass es dazu niemals kam.

Denn ein paar Tage später, als Jella morgens in die Klinik kam, fing ihre Kollegin Tini sie an der Kaffeemaschine ab. Erika sei wieder eingeliefert worden. Jella erinnerte sich genau an das Gefühl an diesem Morgen, als sie dort in der Personalküche stehen geblieben war und die weiße Schranktür angestarrt hatte, auf der ein ausgeblichener Zettel hing: *Vielleicht wird alles vielleichter.* Sie las den Spruch immer wieder, mit der Kaffeetasse in der Hand, bis deren Inhalt eiskalt wurde und sie immer noch nicht verstand, was passiert war. Nichts als eine stumme schwere Ohnmacht war da in ihr. Jella hasste es. So etwas wollte sie nie wieder erleben, das schwor sie sich damals.

Es war befremdlich, in diesem Moment in der U-Bahn zu sitzen und auf dem Smartphone die vertraute Umgebung von Klinikfluren und Behandlungszimmern zu sehen, nur dass Ärzte und Schwestern darin Ganzkörperschutzanzüge und Schutzbrillen trugen und unzählige Patienten gleichzeitig im Flur behandelten, Atmungsgeräte auf Gesichter pressten, einander Kommandos zuriefen und hastig durch Korridore rannten. Ein Arzt in Nahaufnahme rief: »Macht den nächsten bereit!« Im Interview sprach er leise. »Die meisten schaffen es nicht. Aber wie entscheidet man, wer zuerst sterben soll? Wer hat die größere Chance zu überleben?«

Jella spürte dieses Stechen ganz oben in der Nase und konnte die Tränen nicht mehr unterdrücken.

Auch im Video sah man Menschen in Wartebereichen weinen, immer neue Bahren mit keuchenden Kranken tauchten auf, Schwestern und Pfleger, die unentwegt in Headsets sprachen, ein Arzt, der sich die Augen rieb, als könnte er einfach nicht fassen, was er sah.

Schnitt zum ersten Team der Männer in Schutzanzügen. Einer von ihnen rief einen Namen. Ein anderer zuckte zusammen, beugte sich über eine Bahre, öffnete den Leichensack. »Yes. It's him.« Er seufzte tief. »My father's best friend. Oh, God bless him.«

Das Video endete. Jella starrte weiter auf das Display. Dann sah sie aus dem Fenster. Endlich, noch einmal erschien die Rickmer Rickmers in ihrem Blickfeld, der Dreimaster mit dem grün-roten Bug, der als Museumsschiff und schwimmendes Wahrzeichen von Hamburg an den Landungsbrücken lag, dann die Barkassen, die Kräne auf der anderen Seite, die Möwen. Und ein kleines Stück blauer Himmel zwischen den dichten grauen Wolken.

Jella wollte helfen, das war ihr seit ein paar Tagen klar. Irgendetwas wollte sie tun. Für eine ältere Nachbarin einkaufen zu gehen, schien ihr nicht genug. Außerdem hingen überall im Viertel und auch in ihrem Haus Zettel mit Angeboten für diese Art der Unterstützung. Erneut beschlich sie das Gefühl, dass es vermutlich angemessen wäre, wieder in ihren alten Beruf einzusteigen.

An der Sternschanze stieg ein junger Typ ein, mit Seitenscheitel, dunkelblauem Sakko, Lederslippern und großem Reiserucksack, in der Hand einen Coffee to go. Wohin will der denn jetzt verreisen?, fragte sich Jella. Sicher geschäftlich. Aber der Mann stellte sich in die Mitte des Waggons, mit Blick zum Gang, als wollte er eine Ansprache halten. Die typische Pose von Obdachlosen. Der Typ hatte doch sicher gerade erst sein BWL-Studium beendet und den ersten Managementjob begonnen. Oder wurde von Mama und Papa finanziert. Jella verstand wegen der Kopfhörer nicht, was er sagte, aber dann hielt er den Fahrgästen auf einmal seinen Kaffeebecher hin. Das war doch absurd. Warum bettelte so jemand?

Jella sah zu der alten Dame, die immer noch zitterte. Sie dachte wieder an die Klinik. Selbst wenn sie beschließen würde, es noch mal zu probieren, sie würde ohnehin auf die Schnelle keinen Job finden. Sie war viel zu lang raus aus dem Beruf. Und war das nicht auch ein bisschen sehr gewagt in diesen Zeiten? Das Burn-Out wäre bei Vertragsunterzeichnung auf jeden Fall besiegelt. Nein. Das konnte sie nicht machen. Eine Person, die nicht mit dem Tod umgehen konnte, war in der Pflege am falschen Platz.

Jella öffnete WhatsApp und suchte den Chat mit Tini heraus. Sie hatte die alte Kollegin ewig nicht gesprochen.

Süße! Wie ist es bei euch in der Klinik? Wie kommst du klar??? Wollen wir mal skypen?

Plötzlich stand der junge Typ vor Jella und hielt ihr den Becher direkt unter die Nase. Sie bemerkte seine fast schwarzen Augen, die sie auffordernd ansahen, kramte das Portemonnaie hervor und zog ein Zwei-Euro-Stück aus dem Münzenfach. Sie warf es in den Becher. Sierichstraße. Er stieg aus.

Ihr Handy surrte.

Oh, Jella, es ist echt übel. Lass uns gerne skypen.

21 April 2020

+++ Stars wie Billie Eilish, Taylor Swift, Elton John oder Jennifer Lopez singen beim virtuellen Benefizkonzert für die WHO +++ Viele Bundesländer erlauben wieder das Einkaufen in Geschäften bis zu einer Größe von 800 Quadratmetern +++ 13 Pflegeheime in der Nähe von London haben die Aktion »Adopt a Grandparent« gestartet – 50 000 Menschen aus aller Welt haben sich bereits beworben, um mit den Ersatzgroßeltern eine digitale Freundschaft zu beginnen +++

27

Komischer Vogel. Als er Lennard bemerkte, lief der Fasan in kurzen Trippelschritten Richtung Feldrand. Dann schreckte er hoch und flog geräuschvoll in einer Art Taumelflug ein paar Meter, landete torkelnd wieder und lief aufgekratzt mehrmals von links nach rechts. Der wusste wohl auch nicht, wohin mit sich.

Sanne belagerte Lennard schon die ganze Zeit mit ihrem Tier-Tarot und wollte seinen »animalischen Freund« herausfinden. »Aufgescheuchter Fasan« hatte sie sicher nicht im Programm, aber vielleicht war genau so einer am Ende sein Krafttier. Lennard fühlte sich permanent aufgescheucht, auch wenn er im Gegensatz zu dem Flattervieh äußerlich ruhig blieb.

Seine Eltern und er hatten sich einigermaßen versöhnt. Die S-Frage, wie sie das Thema Auswandern nach Schweden nannten, lag auf Eis. Und immerhin hatten Sanne und Bodo angesichts der Lage eingesehen, dass fünf Menschen im Haus zwei zu viel waren, Bauwagen hin oder her. Seit Torge Leander und Elisabeth wieder bei ihren Eltern waren und Lennard nur noch auf achtzig Prozent arbeitete, hatte sich die Situation deutlich entspannt. Aber das Beste aus der Lage zu machen, sich vielleicht sogar gut zu fühlen, waren nur Momentaufnahmen. Die trostlose Realität holte ihn immer schnell wieder ein. Was, wenn sie ernst machten und das Haus wirklich zum Verkauf anboten?

So wie jetzt gerade joggte oder spazierte Lennard neuerdings auf wechselnden Routen durch Algermissens Umgebung. Das hieß, seit drei Tagen ging er *nur* spazieren, denn er hatte Halsschmerzen. Trotz angenehmer zwanzig Grad trug er einen von Bodos selbstgestrickten roten Schals. Was, wenn das Corona war?

Eigentlich hatte er sich testen lassen wollen, den Arzttermin heute früh aber abgesagt: Es gab keinen begründeten Verdacht, denn seines Wissens nach hatte er keinen Risikokontakt gehabt (wobei für ihn *alle* Kontakte mit einem Risiko verbunden waren).

Zugegeben: Es war schön hier draußen. Der Frühling startete mit einer saftig grünen Explosion, und es war ungewöhnlich warm bei seinem kleinen Morgenspaziergang zum Ziegelei-See. Lennard hatte gerade das Wäldchen und die Brücke passiert und war gleich wieder an Memos Wagen, der anscheinend immer noch nicht vermisst wurde. Seit Wochen war der Himmel so knallblau wie heute, was auch daran lag, dass so gut wie keine Flugzeuge mehr Kondensstreifen und Luftverschmutzung hinterließen. Für die Natur war das alles ein Segen. Schon jetzt wurde deutlich sauberere Luft in der Hafencity gemessen. In London spazierten Hirsche durch die Straßen, und selbst den gefährdeten Korallenriffen weltweit schien es dank des Stillstands der Weltwirtschaft besser zu gehen. Das waren schöne Nachrichten, klar. Schade nur, dass es eine Pandemie brauchte, damit die Natur die Chance erhielt, sich zu erholen.

Er dachte an früher. Lennard war oft mit Bodo durch Wiesen und Wälder gestreift, sie hatten Kastanien und Kräuter gesammelt oder Holz, aus dem sie dann Figuren geschnitzt hatten. Mit dem Umzug und Studienbeginn in Hamburg war Lennard aber bald zum Stadtmenschen mutiert. Er wüsste heute nicht mehr, welche Kräuter am Straßenrand wuchsen und wogegen sie halfen. Wann war er eigentlich zum letzten Mal draußen in der Natur gewesen? Abgesehen von den Parkgängen mit Otis, seltenen Stand-up-Paddel-Nachmittagen auf der Alster oder Ausflügen nach Timmendorf mit Memo und Familie, wo man sich den Strand sonntags mit Hunderten anderer teilte. Er wusste nichts über Fasane. Oder Fasäne? Nicht mal, wo von Hamburg aus der nächste Wald war. Bisher hatte es ihn auch nie interessiert.

Hallo, du Lieber. Wie geht's dir heute?

Lennard schaute sich Jellas Nachricht von vorhin noch mal an. Sie hatte den Tears-for-Fears-Klassiker »Mad World« mitgeschickt, aber in einer Interpretation von Lily Allen. Wirklich eine schöne Version. Und leider sehr passend zum aktuellen Weltgeschehen. Kaum zu glauben, dass Jella um 7.48 Uhr bereits wach gewesen war und Musik hörte. Er tippte wieder auf ihr Profilfoto bei WhatsApp, das sich daraufhin vergrößerte. Es war eine Momentaufnahme, vermutlich vor längerem auf einer Party aufgenommen. Sie hatte noch sommerblondere Haare und ein weißes Shirt an, auf dem stand: *Girls Just Want To Have Fun-Damental Rights*. Sie strahlte übers ganze Gesicht und rief fröhlich irgendetwas in Richtung der Person hinter der Kamera. Sicher ein lautes »Ey!« Lennard würde sie gern in echt sehen und seine Vorstellung im Kopf und die verschiedenen Eindrücke von Skype mit der echten Jella abgleichen.

Sie war ausnahmsweise nicht online, vielleicht schlief sie noch eine Runde? Ein Early Bird war Jella nun wahrlich nicht. Eher ein Murmeltier. Wie man überhaupt so viel schlafen konnte … Er schüttelte lächelnd den Kopf. Abends war sie bei längeren Gesprächen schon dreimal weggenickt. Lennard fand das süß, weil sie sich offenbar wohlfühlte – es sprach aber auch nicht gerade für sein Erzähltalent oder die Auswahl seiner Themen. Okay, zweieinhalbmal. Und waren nicht alle gerade erschöpft vom Leben? Morgens meldete sie sich normalerweise nie vor halb zwölf zurück, da hatte sein Tag fast Halbzeit. Trotzdem ertappte sich Lennard öfter dabei, dass er auf sein Handy schaute, um zu checken, ob sie bereits geschrieben hatte.

Abgesehen von solch kleinen Irritationen: Der Austausch mit Jella war schön. Auch, wenn Lennard vieles an ihr nicht gleich verstehen oder einordnen konnte, war ihre Kommunikation längst zu einer kleinen Konstante geworden, was man angesichts der unsicheren Gesamtsituation nur begrüßen konnte. An der Nachricht von eben fiel ihm auf, dass sie plötzlich aufmerksam wirkte, fast fürsorglich und unverstellt. Oder interpretierte er das nur in ihre Worte hinein? Bisher hatte sie seine Sorgen, sich angesteckt zu haben, immer zerstreut. Dass er eventuell etwas übervorsichtig war, was Corona anging, wusste er selbst. Aber lieber so, als zu leichtsinnig, und dann hatte man den Salat. Er würde es sich nie verzeihen, wenn er seine Eltern infizierte. Wer wusste schon, wie sie bei aller Unbekümmertheit so eine Infektion körperlich wegsteckten?

Der Fasan war ins Gebüsch verschwunden. Lennard machte ein Foto von dem Feld mit ein paar vereinzelt stehenden Bäumen und dem beinahe surreal blauen Himmel, tippte auf Teilen und schrieb dazu:

Hey, Jella, guten Morgen. Hier so weit alles frisch. Nature calling! Denk dir Vogelgezwitscher dazu. Also nicht von mir ;) Wohin zieht es dich eigentlich in HH, wenn du frische Luft brauchst?

Ob er ihr das mit den Macarons schreiben sollte? Nein, lieber nicht erwähnen. Weil die Dinger irre schnell trocken wurden, hatte er letztlich darauf verzichtet, sie Jella per Post zu schicken. Schade, denn lecker waren sie.

Er steckte das Handy weg und ging zurück zum Auto. Von seinen Halsschmerzen wollte er ihr nicht wieder schreiben. Das war schon oft genug Thema gewesen, bestimmt hielt sie ihn für einen Hypochonder. O Gott! War er das tatsächlich? Schließlich ging er jeden Abend im Geiste noch mal die Anzahl der möglichen Kontakte im Supermarkt oder mit dem Briefträger durch und schrubbte seine Hände im Halbstundentakt für mindestens zwei Minuten unter heißem Wasser, auch wenn er gar nichts potenziell Virenverseuchtes angefasst hatte.

Nach kurzer Fahrt und Tagträumen von Delfinen, türkisblauem Meer und Karibikurlaub mit Jella im Bikini stand er bei Schillers auf – beziehungsweise weit vor – der Matte, und klingelte. Er hatte für Elisabeth und ihre Familie ein veganes Bananenbrot gebacken. Ein wenig als Entschuldigung – er war sehr harsch zu ihr und ihrem Freund gewesen, was ihm im Nachhinein leidtat. Sie waren zwar verpeilt und lästig gewesen, aber sie konnten ja nichts dafür, dass Sanne und Bodo Tag der offenen Tür gespielt hatten.

»Hi, Lennard! Das ist ja 'ne Überraschung.« Elisabeth trug ein weißes Männerhemd, das nur halb zugeknöpft war, und eine Jeans-Hotpants. »Willst du reinkommen? Meine Eltern sind gerade nicht da.«

Lennard erstarrte. Wieso sagte sie das?

»Hallo Elisa… Lizzy. Schon okay. Ich bleib mal besser draußen.«

Sie lehnte wieder selbstbewusst im Türrahmen. Lizzy sah wirklich super aus. Wie alt war sie eigentlich? Neunzehn oder zwanzig? Lennard musste vor lauter Überforderung lachen. Er war der Babysitter ihres Freundes gewesen!

Dann sagte er: »Ich habe ein Bananenbrot gebacken.«

Das klang unglaublich bescheuert. Fast wie: »Ich habe eine Wassermelone getragen.« Er kam sich mit einem Mal total dumm vor.

»Für uns? Ach, du bist ja süß.«

Lizzy strahlte, kam barfuß die Stufen herunter auf ihn zu und wollte nach der Form in seinen Händen greifen. Lennard wich zurück und stolperte fast über den mit Stiefmütterchen und Primeln bepflanzten Blumenkübel hinter sich.

»Lass mal. Ich stell den Kuchen hier ab. Du kannst vielleicht warten, bis ...«

»Bis die Viren weggeflogen sind? Schon klar. Dank dir!« Sie schaute ihn verträumt und trotzdem eindringlich an, und Lennard bemerkte in diesem Moment, dass sie unter dem Hemd keinen BH trug. Sie strich sich eine Haarsträhne aus dem Gesicht. Meine Güte, stand sie etwa auf ihn? Er hätte ihr – wenn auch sehr junger – Vater sein können.

Lennard stellte die Form auf den Boden, winkte hastig und ging zum Auto. »Bis die Tage, Lizzy«, rief er über die Schulter. »Und grüß deinen Freund.«

Als er wieder im Auto saß, seufzte er. Seine Gefühle fuhren Achterbahn. Er wurde von einem Mädchen angemacht. In echt! Das nahm er zwar als Kompliment wahr, trotzdem oder gerade deshalb wurde er wehmütig und dachte an Jella. Die sollte ihn anflirten, keine Halbwüchsige mit Nasenring. Wieso war er in Algermissen, am Arsch der Heide, und konnte sie nicht einfach treffen? Scheiß-Corona! Scheiß-Social-Distancing! Aber jetzt nach Hamburg fahren? Auf keinen Fall.

Lennard räusperte sich mehrmals und betrachtete sein Gesicht im Rückspiegel. Waren seine Augen gerötet? Er spürte ganz deutlich, dass es beim Schlucken schmerzte. Ob er zum Arzt ... Nein, Lennard!, rief er sich selbst zur Räson. Sein Nervenkostüm war nicht das beste dieser Tage. Er ließ den Wagen an.

Bis zum Mittagessen war noch Zeit, und er beschloss, eine Runde über die Dörfer zu drehen, um den Kopf wieder freizukriegen. Kurz vor Klein Escherde klingelte sein Telefon. Er blieb mitten auf dem Feldweg stehen.

Es war Jella.

»Ich hab gerade das schöne Bild von dir gesehen und wollte wissen, wo du bist.«

»Ich war draußen. Am See und in dem Wäldchen, dort habe ich auch einen Fasan entdeckt. Kaum zu glauben, wie groß die Vögel sind. Hast du schon mal einen in echt gesehen? Und die stolzieren so lustig. Ich meine ...«

Er hielt inne. Jella hörte zu, aber er bemerkte, dass ihr etwas auf der Seele brannte – während er über Vögel referierte! Erneut räusperte er sich und fragte dann betont lässig: »Und was geht bei dir so?«

»Ich hab eine Idee. Es geht um deine Halsschmerzen. Aber du musst mir vertrauen.«

23 April 2020

+++ 15,7 Millionen Menschen haben sich in den ersten drei Monaten des Jahres für ein Abo bei Netflix angemeldet +++ Das Mainzer Unternehmen Biontech erhält die Genehmigung, einen genbasierten Impfstoff an 200 gesunden Freiwilligen zu testen +++ Die Münchner Lehrerin Ulrike Pauli übernimmt mit dem Geld des ausgefallenen Urlaubs die Monatsmiete ihres Lieblingsbuchladens – und ruft die Webseite www.helfer-in-der-krise.de ins Leben, die Läden in Not und Unterstützer zusammenbringen soll +++

28

Lennard umgriff das Lenkrad fester und kniff trotz Sonnenbrille mit Stärke die Augen zusammen. Er wünschte sich augenblicklich eine Reifenpanne herbei. Oder: die Fähigkeit, sich unsichtbar zu machen. Wieso wurde er in solchen Situationen immer katatonisch und wollte sich wieder rauswieseln? Das war eine echt komische Art der Vorfreude ... Aber freute er sich überhaupt? Ja! Klar. Lennards Herz schlug ihm bis zum Hals, sogar bis in die Schläfen schien es zu puckern. Seit heute Morgen hatte er auch keine Schluckbeschwerden mehr. Logo, der Vorführeffekt. Auf was ließ er sich gerade bitte schön ein? Sich einfach in Hannover zu treffen, das war doch viel zu riskant! Ein neuer Gedanke kam ihm in den Sinn: Nein, das war nicht nur riskant. Es war ein Date. Ein echtes Date! Und damit genauso irre wie großartig.

Lennard freute sich wie Bolle und wollte gleichzeitig an der nächsten Ausfahrt wieder umdrehen. »Warum mache ich das?«, fragte er sein Bild im Rückspiegel.

Immerhin sah er ganz passabel aus, fand er. Er hatte Sanne ausnahmsweise (und mit strengsten Vorgaben) an seine Haare gelassen, die sie mit einer Nagelschere ein kleines bisschen in Form geschnitten hatte. Und der Siebentagebart verlieh ihm sogar einen Hauch Verwegenheit.

»Zieh bitte keins von deinen gestreiften Streberhemden an, Diggi! Und immer schön locker durch die Hose atmen. Das ist wie Fahrradfahren. Daten verlernt man nicht.«

So viel zu Memos Ratschlägen, als Lennard ihm beim Face-Timen von dem Gespräch mit Jella und ihrer Idee erzählt hatte.

»Memo, das ist kein Date. Es geht um den Test.«

»Ja, klar. Hab ich vergessen.« Memo zog mit dem Zeigefinger die Haut am linken Unterlid Richtung Wange und grinste breit.

Lennard verließ die B6. Noch vier Kilometer bis zu den Herrenhäuser Gärten ... Dass das eine sehr gewagte Aktion war, war ihm bewusst. Andererseits: Er hätte auch ohne Corona Angst gehabt, Jella zu treffen. Schlagartig fühlte er sich unfassbar uncool. Und würde er sie überhaupt gut finden? Vielleicht hätten sie sich nach zwei Minuten nichts mehr zu sagen? Dann hätte er immerhin den Test gemacht. Vielleicht stimmte mit ihrem Gesicht etwas nicht, etwas, das man auf Skype nicht sah oder das er vergessen hatte, weil er auf der Party so voll gewesen war?

Die erste rote Ampel. Er schaute auf sein Handy. Keine Nachrichten. Was sie jetzt wohl dachte? Ob sie auch aufgeregt war?

Als Jella ihm von ihrer Zeit im Krankenhaus in Hannover erzählt hatte und wie emotional belastend ihre Ausbildung für sie gewesen war, hatte sich etwas verändert. Jella hatte viel weicher geklungen als sonst. Leiser und zerbrechlicher. Lennard hätte sie am liebsten in den Arm genommen und wieder zum Lachen gebracht. Bis zu diesem Gespräch hätte er seine Hand dafür ins Feuer gelegt, dass Jella eine völlig unbekümmerte Frau war, die bisher sehr viel Glück in ihrem Leben gehabt hatte oder einfach sehr gut im Verdrängen war. Sie wäre die Letzte gewesen, der er einen Job in der Pflege zugetraut hätte – auch nach ihren ersten Reaktionen auf Corona. Auch die Geschichte von Ida hatte ihn gerührt. Sofort hatte er sich Jella als Siebenjährige vorgestellt, wie sie für ihre kranke Schwester Kastanien, Blätter und einen Frosch von draußen in das hermetisch abgeriegelte Haus schleuste.

Und dann die Sache mit dem Test. In der hyperaktiven Hedonistin und anscheinend oberflächlichen Alleinunterhalterin steckte vielleicht doch eine ziemlich tiefsinnige und großartige Frau.

Schon wieder Rot! Die letzten zwei Kilometer kamen ihm wie zweihundert vor. Er malte sich aus, wie sie gleich vor ihm stehen würde, mit ihren zerzausten Haaren und den Grübchen. Sicher würde sie das Eis brechen, da verließ er sich ganz auf sie. Lennard war keine Gagschleuder, das musste er sich und ihr auch nicht vormachen. Wobei, sie hatte viel gelacht die letzten Male am Telefon ... Wenn er wollte und sich wohlfühlte, war er nämlich total witzig. Was eben nur bei den wenigsten Menschen der Fall war.

Als er den Wagen geparkt hatte und das letzte Stück bis zum Welfenschloss lief, fühlte sich Lennard wie ferngesteuert. Er kam sich wie ein Roboter vor, und jeder Schritt war eine technische Meisterleistung. Er konnte die große, bronzene Pferdestatue bereits sehen, an der sie sich verabredet hatten. Sein Herz schlug wie in Panik. Was war eigentlich, wenn Jella sich infiziert hatte? Nahm sie die Pandemie mittlerweile wirklich ernst? Und wenn *er* infiziert war?

Jella hatte ihm mehrmals versichern müssen, dass die letzte Umarmung mit ihrer Freundin Fee schon lange genug her und sie auch sonst niemandem nahe gekommen war. Aber was, wenn sie log und sich heimlich mit dem Latino getroffen hatte?

»Ruhig, Brauner!« Er atmete tief durch. Nur nicht durchdrehen. Bei allen Befürchtungen war es doch total schön, jemanden zu treffen, der nicht zu seiner Familie gehörte oder ein durchgeknalltes Dorfkid war. Trotzdem setzte er sich die Maske auf.

Dann sah er ein signalrotes Cap über wuschelig blonden Haaren, dazu eine Jeansjacke, eine dunkelblaue Cordhose und schwere Boots. Jella sah aus, als wäre sie gerade auf See gewesen. Sie strich sich eine Haarsträhne aus dem Gesicht und guckte sehr interessiert an dem Bronzepferd hoch. Schließlich sah sie ihn auch.

»Lennard! Hallo!« Sie lief auf ihn zu. »In Hannover trifft man sich sonst ja immer unter dem anderen Schwanz, oder?«

»Äh … was?«

»Das Ernst-August-Denkmal am Bahnhof, der sitzt auch auf einem Pferd. Und da trifft man sich immer. Unter dem Schweif. Zumindest war das vor zehn Jahren so, als ich noch hier gelebt habe.«

»Haha. Ach so.« Er blieb zwei Meter vor ihr stehen.

Jella war größer, als er sie in Erinnerung gehabt hatte – und sah genau wie in ihren FaceTime- oder Skype-Calls super aus. Er war froh, dass sie keine Maske trug. Ihr Lachen war einnehmend, und es war zum Glück überhaupt nicht komisch oder krampfig, sie zu sehen.

Das Gute an der Corona-Krise war, dass man nicht überlegen musste, wie man sich begrüßte. Lennard stand ruhig da, lächelte zurück – und beobachtete Jella. Sie wirkte ein bisschen aufgedreht. Er fühlte sich wohl in ihrer Nähe, blieb aber ein paar Meter auf Distanz.

Sie schien seine Zurückhaltung zu bemerken und kam zur Sache. »Bist du bereit für die Stunde der Wahrheit?« Jella lief halb um die Statue herum. Auf dem Boden standen zwei weiße Tütchen, auf die sie zeigte. »His and hers!«

Tatsächlich war auf die eine Tüte ein L geschrieben, auf die andere ein J.

Sie zog eine kleine Sprühflasche aus der Jackentasche. »Tada! Ich habe natürlich auch Desinfektionsmittel.«

Lennard stutzte. Ihm fiel auf, dass er bis zu diesem Moment nicht sicher gewesen war, ob das mit dem Test ein Bluff war. »Du hast es echt durchgezogen. Aber erklär mal, wie du überhaupt an Corona-Tests kommst. Die sind doch nicht so einfach zu kriegen, oder?«

»Die kann grundsätzlich jeder machen, aber sie sind halt normalerweise ganz schön teuer.« Sie berichtete, wie sie ihre Exkollegin Tini angerufen und die ihr von den schlimmen Zuständen im Krankenhaus berichtet hatte. »Ich habe ihr auch von dir erzählt. Wie viel Angst du vor Corona hast und dass du dich fragst, ob du dich angesteckt hast.«

»Ah, okay.« Lennard waren seine eigenen Sorgen angesichts der ganzen Schwerkranken und Toten weltweit sofort unangenehm. »Wie war es für dich, wieder dort zu sein?«

»Das erzähl ich dir gleich.« Sie bückte sich zu den Tests. »Lass uns erst mal zur Tat schreiten.«

Lennard setzte sich mit genügend Abstand auf die breiten Stufen des Denkmals. Kaum ein Mensch war im Park, das Unigebäude geschlossen. Er packte sein Tütchen aus. Darin befand sich eine weiße längliche Plastikhülse, auf der »COVID-19 (2019-nCoV)« stand, gefolgt von einer sehr langen Buchstaben-Zahlen-Kombi und einem kleinen Sichtfenster. Außerdem eine Art Patrone und ein verpacktes Tüchlein zum Desinfizieren sowie ein kleiner Stab aus durchsichtigem Kunststoff.

»Man könnte meinen, wir nehmen Drogen. Und jetzt?«

Jella grinste, und er sah ihre Grübchen.

»Ganz einfach, Herr Vogel. Sie müssen nur den Nippel durch die Lasche ziehen.«

Lennard lachte nervös.

»Du piekst dir mit der Lanzette in den Finger, drückst dann ein bisschen, nimmst einen Tropfen Blut mit dem Stäbchen auf und gibst es dann unten auf den Träger.« Jella lachte. »Nach fünfzehn Minuten wissen wir, ob wir bereits infiziert waren und Antikörper gebildet haben. Zwei Linien bedeuten: Antikörper vorhanden, du hattest es bereits. Ein Streifen: negativ. Wie beim Schwangerschaftstest.«

»Hab ich noch keinen gemacht.« Er zwinkerte, wurde dann aber nervös. »Äh, aber, ach so, dann ist das gar kein Corona-Test?«

»Nein, ein Antikörpertest.« Jella holte ihre Utensilien ebenfalls aus dem Tütchen. »Den anderen hätte ich nicht so leicht bekommen, und die Auswertung dauert aktuell ziemlich lange, weil die Labore überlastet sind.«

Lennard nickte konzentriert und sah Jella dabei zu, wie sie mit geübten Handgriffen die Hülse an ihren linken Zeigefinger drückte. Ein Tropfen Blut erschien, und er schaute schnell weg.

»Guck, schon fertig. Jetzt du!«

Er blickte abwechselnd auf die Lanzette und seinen Zeigefinger. Verdammter Mist! Es sah viel einfacher aus, wenn jemand anderes es bei sich machte. Er setzte die Lanzette an, und ließ sie gleich wieder sinken. Dann noch einmal. Alles in ihm setzte sich zur Wehr. Sein Magen verknotete sich.

»Ich … o Mann, Scheiße. Ich kann das nicht. Ich kann kein Blut sehen.«

Der Lachanfall von ihr schien vorprogrammiert. Aber sie blieb ruhig. Natürlich: Sie war ja Krankenschwester.

»Kein Problem. Ich kann dir gut zureden.«

»Nein, ich pack das nicht. Ich weiß, es ist nur ein Pikser, aber …«

Jella legte den Kopf schief. »Soll ich?«

Lennard spürte, wie ihm warm wurde. Wieder klopfte sein Herz heftig. Natürlich wollte er, dass sie näher rückte und die Sache für ihn übernahm. Und dass er endlich diese blöde Maske loswurde. »Okay. Aber ich halte die Luft an und schaue weg, ja?« Schnell schob er hinterher: »Wegen der Ansteckungsgefahr.«

»Deal. Es geht los.« Sie kam zu ihm herüber und hockte sich vor ihn.

Krass. Das wurde jetzt echt real. Lennard wollte weggucken, aber es ging nicht. Jella roch wie ein Tag am Meer. Er schloss die Augen, drehte den Kopf leicht zur Seite und zuckte kurz zurück, als sie seine Hand ergriff. Der Pikser war nicht der Rede wert. Alles andere schon.

Sie schaute weiter konzentriert, als sie seinen Tropfen Blut auf den Teststreifen gab. »Wie gesagt, wir müssen eine Viertelstunde warten. Dann wissen wir Bescheid.«

Jella wollte gerade aus der Hocke aufstehen.

»Bleib noch ein bisschen«, hörte Lennard sich sagen.

Sie blinzelte. Und blieb. Sah ihn neugierig an –, und er spürte ein heftiges Kribbeln, als würde sie ihm direkt in die Seele schauen.

Sein Blick saugte sich an ihr fest. Das war also Jella. Mit den Grübchen und den wilden Haaren und dem unfassbaren Lächeln. Sie sah ihm tief in die Augen. Kurz verspürte Lennard den Impuls, den Blick wieder abzuwenden, weil es sich so intensiv anfühlte. Doch er konnte nicht. Er bemerkte, wie ihm alles andere egal wurde.

Sie kam näher. Ihre Augen leuchteten, und es war, als wären sie gemeinsam in einer riesigen Seifenblase eingeschlossen. Behutsam zog sie das Band von seinem linken Ohr, dann vom rechten. Die Maske fiel.

Er zögerte kurz. War das wirklich okay? Egal ...

Lennard beugte sich nach vorn und küsste Jella. Schlagartig hatte er das Gefühl, dass ihm alle Sicherungen durchbrannten. Sein Herz überschlug sich fast. Wie weich ihre Lippen waren. Wie intensiv sie seinen Kuss erwiderte. Auf einmal war ihm klar, wie sehr er das gewollt hatte: Jella ganz nah zu sein und sie zu spüren. Er hob die Hand an ihre Wange und strich mit dem Finger über ihre Haut. Wie viele Sekunden küssten sie sich? Drei, vier? Zwanzig? Auf jeden Fall viel zu kurz.

Doch plötzlich zog sich Jella zurück. Lennard öffnete die Augen und kam sich vor, als hätte ihn der Wecker aus einem paradiesischen Traum befördert. Wieso hatte sie aufgehört? Hatte er etwas falsch gemacht? Ihre Signale nicht richtig gedeutet? Mochte sie nicht, wie er küsste?!

Sie setzte sich neben ihn auf die Stufe und richtete sich die Kappe. Er wollte protestieren, sie wieder zu sich heranziehen. Aber vielleicht, nein sicher!, war es besser so. Das war ja wirklich gefährlich. Hatte er sich schon angesteckt?

»Magst du erzählen, wie es eben im Krankenhaus war?«, fragte er zögernd.

Lennard hatte fast das Gefühl zu stottern. Der Kuss hatte ihn umgehauen, aber auch auf andere Weise nervös gemacht. Er fühlte sich ein bisschen schlecht. Weil man das halt momentan nicht sollte. Wegen Corona und so. Sie hätten sich doch auch unterhalten können. Oder spazieren, mit Abstand und den Tests in der Tasche.

Jella erzählte von Tini, ihrer Kollegin, und wie lustig es mit ihr damals gewesen war. Von den Kickerabenden mit den Kollegen nach dem Dienst und den Ärztewitzen, die sie sich ausgedacht hatten. Das Krankenhaus zu sehen habe sie traurig gemacht, aber nicht so wie erwartet. Sie redete viel und schnell. Lennard wollte sich alles merken. Aber er hatte Probleme, ihr zu folgen. Er starrte die ganze Zeit auf ihre unglaublichen Lippen und konnte an nichts anderes denken, als sie wieder zu küssen.

»So«, sagte sie schließlich. »Fünfzehn Minuten sind um.«

Lennard kniff kurz die Augen zusammen. Ach ja. Die Tests ... Deswegen hatten sie sich ja überhaupt getroffen.

Oder?

»Okay, lass uns nachsehen. Bei drei!«

Er zog den Plastikrahmen aus der Tasche und hielt ihn sich vor die Augen. »Ein Streifen. Heißt, ich hab keine Antikörper.« Sollte er sich erleichtert fühlen? Oder enttäuscht? »Und bei dir?«

»Bei mir ... oh. Positiv.«

29

Warum rückte er von ihr weg? Und sah sie an, als wäre gerade ans Licht gekommen, dass sie eine international gesuchte Terroristin war? Was war an diesem Testergebnis denn derart dramatisch? Hatte er Angst vor einer Infektion? War ihm nicht klar, dass sie nicht mehr ansteckend war?

Oder war ihm der Kuss plötzlich unangenehm? War das am Ende nur eine Übersprunghandlung gewesen – nach der langen Corona-bedingten Abstinenz? Und jetzt wurde ihm gerade klar, dass sie ihn eigentlich gar nicht interessierte? Hatte es ihm keinen Spaß gemacht, sie zu küssen? Nein, das war absolut unmöglich. Ihre Lippen hatten sich so perfekt verständigt. Und er war dabei so zärtlich gewesen. Wie sie sich vorher angesehen hatten ... Da war eine irre Nähe gewesen. Fast unheimlich. Jella war dabei so schwindelig geworden, dass sie sich danach erst mal hatte sammeln müssen. Das war nicht nur ein Kuss gewesen. Sondern eine Berührung, die bis irgendwo sehr tief drinnen vorgedrungen war. Jella war immer noch flau im Magen. Trotzdem wollte sie das Ganze unbedingt gleich noch mal erleben.

Vielleicht hatte er das Testergebnis wirklich nicht ganz verstanden?

»Lennard, selbst wenn ich es hatte ...«

»Du hattest es!«, sagte er laut.

»Stimmt. Offenbar. Aber ich bin nicht mehr ansteckend.« Sie lächelte und rückte ein winziges Stück in seine Richtung.

»Woher willst du das wissen?« Sein Blick war kühl.

»Weil ich Antikörper habe. Die hat das Immunsystem nur gebildet, wenn die Infektion überwunden wurde.«

Er setzte sich kerzengerade hin und starrte geradeaus. Jella sah auf seinen feinen Haarflaum im Nacken und hätte sich am liebsten mit der Nase hineingeschmiegt. Er hatte so gut gerochen.

»Okay, von mir aus. Aber es heißt, dass du es hattest und vielleicht, ohne es zu bemerken, eine ganze Reihe Leute angesteckt hast.«

Warum redete er in diesem belehrenden Ton mit ihr?

»Du warst bei deinen Eltern. Was ist mit deinem Mitbewohner?«

Jella dachte an Ralf und all die Regeln zu Hause. »Na ja, der war nun wirklich nicht in Gefahr. Unsere WG ist ja seit Wochen ein Hochsicherheitstrakt.«

»Aber deine Eltern könntest du infiziert haben. Und deine Freundin, die du so viel umarmst.«

Irgendwie wirkte er trotzig. Als hätte sie ihn mit ihrem Testergebnis persönlich beleidigt. Was war nur los?

Jella wusste nicht, wie sie wieder zu ihm durchdringen konnte. Und er hatte natürlich recht. Was, wenn sie ihre Mutter oder ihren Vater angesteckt hatte? Sie sah ein Schuldgefühl herannahen, das sie gerade sicher nicht gebrauchen konnte. Auf diesen Augenblick hatte sie seit Wochen gewartet! Erst nach dem Kuss war ihr so richtig klargeworden, wie sehr sie gehofft hatte, dass sie sich endlich näherkamen. Und wie oft sie befürchtet hatte, dass es womöglich gar nicht toll sein würde und sich die hübsche Vorstellung als surreale Phantasterei entpuppte und wie ein Dali-Bild vor ihren Augen zerfloss.

Aber dieser Kuss war so unglaublich echt und so schön gewesen, dass sie es kaum fassen konnte. Das hier war anders als alles, was Jella kannte. Diese Nähe zwischen Lennard und ihr. Das durfte doch nicht direkt wieder aufhören!

Sie blickte auf seine Hände, die er ineinander verschränkt hatte. Er hatte lange, schlanke Finger, trotzdem wirkten seine Hände kräftig. Sie wünschte sich nichts mehr, als dass er einfach ihre Hand nahm.

»Sieh es mal so, ich habe das Virus besiegt und die Krankheit überwunden. Bäm! Ein Beweis mehr, dass alles glimpflich ablaufen kann. Ich hatte ja kein einziges Symptom. Deswegen hatte ich ja auch keine Ahnung, dass ich ansteckend war.«

Er löste seine Finger und stützte sich mit beiden Händen auf der Stufe ab. »Das ist es ja gerade. Wir müssen momentan immer und überall davon ausgehen, ein Risiko für andere darzustellen. Deshalb müssen wir uns von anderen fernhalten. Und ...«

Jella musste lachen. Hoffentlich merkte er selbst, dass sein Vortrag höchst albern klang, vor allem nach dem, was gerade passiert war. Ja, es sah ganz danach aus, als versuchte er, ein Lachen zu unterdrücken. Jella hüpfte mit einem Satz wieder näher zu ihm. Doch er zuckte zusammen und rückte in die andere Richtung.

»Also, ja, da haben wir beide nicht aufgepasst ... Das war wirklich unvorsichtig.« Lennard sprach wieder nach vorn und vermied es, sie anzusehen. Wenn er jetzt die Maske aufsetzte, wurde sie echt sauer.

»Sehr unvorsichtig, Herr Vogel. Und ich möchte betonen, dass Sie selbst es waren, der dieses Risiko eingehen wollte.«

Sie spürte, dass er schwach wurde.

Aber anscheinend wollte er um jeden Preis verhindern, dass sie sich wieder näherkamen. Er rückte noch ein Stück von ihr weg.

»Hör zu. Ich könnte es haben und *in diesem Moment* ansteckend sein.« Er klang auf einmal barsch. »Und *ich* kann das nicht verantworten.«

»Aber Lennard, ich hatte es doch schon! Ich bin immun.«

Er stand auf. Hatte er nicht zugehört? Plötzlich wirkte er wieder so verklemmt und abweisend wie auf Davids Party. Mit seiner dunkelblauen Bomberjacke und dem neuen Bart sah er allerdings viel cooler aus als damals.

Wollte er allen Ernstes abhauen?

Jella kam sich wahnsinnig doof vor, diesen Aufwand betrieben und anscheinend so ziemlich das genaue Gegenteil von einer Erleichterung bei Lennard erzeugt zu haben.

»Ich habe uns extra die Tests besorgt, weil …«

»Die bringen nur herzlich wenig! Ich dachte, wir machen einen richtigen Test. Also einen Corona-Test. Ich will wissen, ob ich es jetzt gerade habe. Genaugenommen weiß ich nämlich immer noch nichts über meinen Zustand!«

»Ich weiß zumindest, dass der Zustand im direkten Körperkontakt mit Ihnen ein sehr angenehmer ist.« Jella schaute ihn von schräg unten an. »Oder wie war das für Sie, Herr Vogel?«

Er ging einen Schritt rückwärts. Der machte tatsächlich ernst mit seinem Fluchtplan.

»Ich glaube, es geht erst mal darum, dass du deine letzten Kontaktpersonen informierst. Und ich mache doch einen Test beim Arzt.« Er räusperte sich. »Meine Halsschmerzen sind nämlich auch wieder da.«

Jella beobachtete Lennard fassungslos dabei, wie er die Einzelteile des Tests einsammelte, eine winzige schwarze Plastiktüte aus der Hosentasche zog und den Müll darin verstaute. Dann hielt er ihr die Tüte entgegen.

Ihr fiel Ralf wieder ein. Der Teststreifen war ihr einziges Beweisstück. »Ich behalte das mal«, sagte sie leise.

Jella sah auf den hellen Kies auf dem Boden vor sich. Sie stellte sich vor, es wäre ein Sandstrand, und wenn sie aufschaute, würde Lennard mit einem Surfbrett vor ihr stehen und sagen: »Komm, die Wellen sind perfekt! Das ist unser Tag.«

Aber Lennard sagte nichts. Und als sie aufsah, trug er zwar plötzlich eine Sonnenbrille, aber bewegte nur seinen Autoschlüssel in der Handinnenfläche hin und her. War er nervös? Oder genervt? Auf jeden Fall würde er gleich weg sein.

Sollte er doch! Jella hatte wirklich genügend Versuche unternommen, ihn zu besänftigen. Aber wenn er nicht wollte oder ihm eben schlicht nicht genug an ihr lag, dann konnte sie es auch nicht ändern.

Verdammt! Warum war dieser Kuss nur so schön gewesen?

Und wie konnte es sein, dass es sich für ihn nicht genauso angefühlt hatte?

Womöglich war er über seine Ex noch nicht hinweg und suchte nur ein bisschen Bestätigung. Immer die gleiche Masche! Warum erkannte Jella diese Idioten nur nicht früher?

Oder war seine Ex am Ende gar nicht seine Ex, und er war noch mit ihr zusammen? Ja, dann würde das alles Sinn ergeben. Lennard war gar nicht schüchtern, sondern ein asozialer Fremdgänger in Langzeitbeziehung, der sich mit sofortiger Wirkung in einen Ghost verwandeln würde. Scheiße! Wie hatte sie sich so in ihm täuschen können?

Wahrscheinlich kriselte es in seiner Beziehung schon länger, und er wollte sich ablenken oder seinen Marktwert checken. War seine angebliche Ex nicht Stewardess? Vielleicht saß sie seit einem Monat in Dubai fest, und er war einsam.

Lennard hatte auf jeden Fall recht: Sie hätte *unbedingt* Abstand halten sollen.

Sein Handy vibrierte. Er zögerte, griff dann doch in die Hosentasche und sah auf das Display. »Das sind meine Eltern, sorry.« Er drehte sich zur Seite und fragte ins Handy: »Ist es wichtig?«

Lennard ging einige Schritte. Von wegen, Eltern. Bestimmt war das die Flugbegleiterin. Er würde sicher die Chance nutzen, um abzuhauen. Und tschüss! Das war's dann.

Doch Lennard blieb wie angewurzelt stehen. »Wie ... gestürzt?« Er nahm die Sonnenbrille ab und drehte sich zu ihr.

Dann blickte er Jella direkt ins Gesicht. Auf einmal war er ganz blass.

»Ruft den Krankenwagen! Ich bin in einer halben Stunde bei euch.«

Er legte auf und schaute sie mit großen Augen an. Für einen winzigen Moment war wieder diese Nähe da.

»Was ist passiert?« Jella stand auf. Sie hätte ihn am liebsten umarmt.

»Mein Vater ist von der Leiter gefallen. Wahrscheinlich ist seine Hüfte gebrochen, und sein Rücken tut schlimm weh. Es tut mir leid, aber ich muss sofort los.«

»O Gott! Wie schrecklich.« Jella fiel nichts zu sagen ein. »Alles Gute«, stammelte sie.

Lennard entfernte sich bereits rückwärts. »Wir schreiben.« Er winkte, dann drehte er sich um und lief los.

25 April 2020

+++ Spaniens Ministerpräsident Pedro Sánchez kündigt an, dass ab Anfang Mai Sport im Freien und Spaziergänge wieder möglich sein könnten +++ Fee löscht gleich drei Facebook-Freunde, die dem Aufruf sogenannter Hygienedemos gefolgt sind und in Stuttgart gegen die Corona-Auflagen protestieren +++ Die WHO warnt davor, Menschen mit überstandener Covid-19-Erkrankung einen Immunitätsnachweis auszustellen. Noch sei nicht bewiesen, dass Antikörper immun gegen das Virus machen +++

Von Lennard Vogel vogel.lennard1983@yahoo.de
An Jella Humboldt jellasworld@jellahumboldt.com

Betreff Hallo aus der Ferne

Liebe Jella,
wie geht es dir?

Das wollte ich dich gestern bereits fragen, und ob du gut wieder in Hamburg angekommen bist. Oder hast du bei Tini geschlafen? Ich glaube, ich hab nachts irgendwas von Pferdeschweifen geträumt. Hier war sehr viel los, aber dazu gleich.
Jella, es tut mir leid, dass ich dich vorgestern wegen des Testergebnisses so angemacht habe. Dabei fand ich es so schön mit dir im Park. Also davor. Vor allem den Kuss. Der war wirklich einmalig.
Aber ich war verwirrt und überfordert, als wir auf das Ergebnis geschaut haben. Nein, auch schon vorher. Ich hatte das Gefühl, dass du von mir abrückst und sich bestätigt, was ich die ganze Zeit befürchtet hatte: Dass ich dir vielleicht nicht cool genug bin. Dass unser Treffen nicht das war, was du dir versprochen hattest. Ich dachte, du bist enttäuscht.

Und dann dachte ich, dass ich mich möglicherweise wirklich angesteckt habe. Dass ich am Ende der bin, der zum Superspreader wird. Ich würde mir niemals verzeihen, wenn ich meine Eltern anstecken würde. Das alles hat mich verunsichert. Aber du kannst nichts dafür, dass ich keine Corona-Gewissheit habe. Deshalb habe ich gestern meinen alten Hausarzt überredet, mich zu testen, und warte auf das Ergebnis.
Ich wollte dir aber auch noch mal sagen, dass ich deshalb so harsch reagiert habe, weil ich es von uns beiden nach wie vor unverantwortlich finde, dass wir uns getroffen und geküsst haben. Es hat zwar so was Wild-Romantisches und Nach-uns-die-Sintflut-Mäßiges – aber die Realität ist eben gerade nicht romantisch, im Gegenteil. Und man weiß ja immer noch nicht, ob man nach einer Infektion immun ist. Ich hatte Angst, dass dir das alles egal ist und du dich mit vielen Leuten getroffen hast (und vielleicht sogar mit diesem Typen von Davids Party eine Freundschaft plus hast oder so). Ich hatte in dem Moment nach unserem Kuss einfach aus vielen Gründen Angst. Ich hoffe, dass du das verstehen kannst.

Mein Vater ist tatsächlich drei Meter von der Leiter gefallen. In unserer alten Dachrinne hat ein Spatzenpaar genistet, und er wollte es umsiedeln. Er hatte mir eigentlich versprochen, auf mich zu warten. Die Holzleiter, mit der er auch in die Apfelbäume steigt, ist von meinem Opa und sicher hundert Jahre alt. Eine Stufe ist gebrochen. Mein Vater war gestern im Krankenhaus zum Röntgen, hat sich aber zum Glück nur ein paar Rippen angeknackst. Er muss jetzt erst mal liegen.

Manchmal habe ich das Gefühl, ich bin der Erziehungsberechtigte meiner Eltern. Die haben mir übrigens vor ein paar Tagen eröffnet, dass sie hier alles aufgeben und nach Schweden ziehen wollen. Dann wäre das Haus meiner Kindheit Geschichte. Sie wollen es verkaufen. Das finde ich total unüberlegt. Aber schauen wir erst mal, wie es weitergeht.

Es gibt nämlich auch gute Nachrichten. Mir ist eingefallen, dass ich mir noch etwas für uns überlegt hatte. Jetzt kann ich es ja zugeben, ich habe von Opern auch keine Ahnung. 😉 Aber ich würde mich sehr freuen, mit dir zusammen meine erste zu besuchen. An der Komischen Oper in Berlin gibt es einen Klassiker: Die Zauberflöte. Man kann sich das als Stream anschauen. Schau mal: https://www.komische-oper-berlin.de/en/whats-on/schedule/verzauberte-zauberfloete/1992/

Sonntagabend?
In Abendgarderobe, dazu Crémant und Kerzenschein?

Bis dann,
Lennard

PS: Hab mich total über die Version von »Time After Time« gefreut, die kannte ich gar nicht!

26 April 2020

+++ Als erste Stadt in Deutschland erklärt Oberbürgermeister Claus Ruhe Madsen Rostock als frei von Corona-Infizierten +++ Bodo hat beim Rumliegen *Game of Thrones* und das »Binge-Watching« für sich entdeckt +++ Im Kampf gegen das Corona-Virus könnte die Corona-App ein zentraler Baustein sein: Sobald sie auf den Smartphones von möglichst vielen Menschen installiert ist, soll sie helfen festzustellen, wann Infizierte auf andere Personen getroffen sind +++

30

»Viele denken bei der Zauberflöte nur an den gefiederten Papageno. Aber da geht es um alles. Liebe, Verrat, Machtkämpfe, Intrigen ... Zumindest hab ich es so gelesen.« Lennard hoffte, dass er Jella durch die Kamera direkt in die Augen sah. Eine der vielen nervigen Eigenarten des Videoanrufs: Man wusste nie, wo man gerade hinguckte. »Außerdem Freundschaft, Mut und, ganz wichtig gerade, Durchhaltevermögen.«

Jella saß in einem Schein aus gelborangefarbenem Kerzenlicht und hörte aufmerksam zu. Sie trug eine schwarze, leicht durchscheinende Bluse, roten Lippenstift und hatte die Haare hochgesteckt. Sie sah sensationell aus und hätte selbst auf der Bühne stehen sollen. Lennard stellte sich ihren Geruch vor und hätte in diesem Moment alles dafür gegeben, sie zu küssen.

Jella nestelte am Korken ihrer Flasche. Es ploppte. »Na dann, auf die großen Gefühle!« Sie füllte ihr kleines Glas. »Ich hab keine Sektgläser. Bei mir gibt's übrigens einen 2019er Lacheteau Crémant de Loire Brut rosé. Und bei dir?«

Lennard war erleichtert. Und euphorisch. Auch wenn Jella sich sofort und – so er ihre Worte richtig gelesen hatte – begeistert auf seine Mail zurückgemeldet und für den virtuellen Opernbesuch zugesagt hatte, war er nervös gewesen. Wäre es komisch zwischen ihnen? War Jella nachtragend? Aber sie wirkte genauso aufgeregt – und verknallt? – wie er.

»Ich hab die Kellervorräte meiner Eltern geplündert und einen Rieslingsekt gefunden. Extra dry.« Lennard hielt die

Flasche nach oben. »Mein Testergebnis ist leider erst morgen da. Deshalb wollte ich gestern nicht in den Supermarkt.«

Junge, jetzt bloß nicht wieder von Corona anfangen! Es war ein besonderer und vor allem romantischer Abend. Vorsichtig goss er sich ein. »Du siehst total super aus, Jella. Das mit den Haaren so nach oben steht dir.«

Sie strahlte. »Danke. Und du kannst sehr gut Anzüge tragen.«

Er bemerkte, wie er rot wurde. »Ach, der ist von Bodo, ich hab meinen in Hamburg gelassen. Aber im Sitzen passt der hier auch.« Lennard lachte und hob seine Sektflöte. »Auf uns und die Hochkultur!«

Beim ersten Schluck zogen sich sämtliche Geschmacksknospen in seinem Mund zusammen, so bitter war das Zeug. Aber er ließ sich nichts anmerken.

»Moment, du musst mir noch sagen, wie es deinem Vater geht. Ich hoffe, es ist nichts Schlimmes?«

Jella war wirklich aufmerksam, stellte Lennard fest.

»Nein, der hat mehr Glück als Verstand gehabt. Vielleicht hat er aber eine leichte Gehirnerschütterung. Er muss ein paar Tage im Bett bleiben. Das hasst er, aber meine Mutter hat ihn ganz gut im Griff.«

Lennard hob sein Glas erneut und prostete ihr zu, und Jella machte es ihm nach.

»Bist du bereit für unsere erste Oper?«

Sie nickte eifrig, und Lennard lächelte. Er dachte daran, dass er vor einer halben Stunde fast kalte Füße bekommen und einen Film vorgeschlagen hätte, den er kannte. Als sichere Bank. Aber er hatte es sich im letzten Moment noch einmal anders überlegt. Oper war eine gute Idee! Was für ein Glück, dass er auf die Komische Oper in Berlin gestoßen war. Die machten viele ihrer Werke per Stream zugänglich. Und »The Magic Flute« einer britischen Theatergruppe wurde im Netz hymnisch gelobt. Mit den aufwendigen Videoprojektionen und den fulminanten Bildern wirkte die Inszenierung – sofern man dem Trailer glauben durfte – wie ein Live Action Comic. Selbst wenn die Musik langweilig oder zu intensiv werden würde, würde das genau der richtige Einstieg in die Opernwelt sein, hatte Lennard nach Sichtung des knallbunten Clips beschlossen.

»Dann kann es ja losgehen. Du wirst sehen, wir haben von hier den besten Blick auf die Bühne.«

»Toll! Aber schade, dass ich dich dann nicht mehr sehen kann.« Jella klimperte kurz mit den Wimpern. »Und dass wir nicht nebeneinander in der Loge sitzen. Ich würde mich sicher wie Julia Roberts in *Pretty Woman* mit dem Opernglas vertüddeln.«

Lennard grinste. »Bei dir wäre das bestimmt noch charmanter als im Film, und ich würde auch keine Schnecken für dich bestellen, wenn wir ins Restaurant gehen, so wie Richard Gere.«

»Haha! Schlüpfrige kleine Scheißerchen.«

Vielleicht sollten sie doch *Pretty Woman* …? Nein, das würden sie jetzt durchziehen.

Lennard teilte seinen Bildschirm und klickte auf das weiße »Play«-Dreieck im Videofenster. Ein antiquiert verschnörkelter weißer Rahmen auf schwarzem Grund erschien, kurz darauf folgte, wie die Spracheinblendungen in Stummfilmen, der Titel: »The Magic Flute/Mozart«. Dann erschien wieder das Play-Zeichen.

Die Aufnahme wurde angehalten.

Lennard klickte erneut auf die Play-Taste. »Moment. Ich glaube, das muss erst laden.«

»Okay, ich warte.«

Er hörte, wie Jella noch einen Schluck trank. Ihre Bluse raschelte.

»Komisch. Sonst geht das schneller. Irgendwie hakt das bei mir.«

Wieso klappte es diesmal nicht? Er hatte doch extra das Zusatz-Tool geladen, und bei ihrer Paris-Stadtführung neulich hatte alles einwandfrei funktioniert. Der Ausschnitt blieb im Freeze und das kleine weiße Dreieck unbarmherzig in der Mitte des Bildes stehen.

»Sorry, ich googele das kurz.«

»Es geht bestimmt gleich los. Ich genieß einfach so lange meine Wunderbrause. Die ist voll lecker. Und deine?«

»Joa, geht ...«

»Ich könnte Ralf fragen. Wobei, lieber nicht ... Ach, ist auch nicht so schlimm. Wir können uns unterhalten.«

»Das kann nicht ... warte, das muss doch gehen.« So ein Mist. Lennard dachte kurz nach. Wenn sie beide gleichzeitig den Stream anklickten, würde es vermutlich einen Hall geben, weil die Übertragung ein paar Sekunden versetzt wäre. Das hatte er mit Memo neulich schon bei einer Folge *Killing Eve* versucht. Er könnte Olli, den Programmierer von Purpose² anrufen. Aber dann wüssten spätestens morgen alle, dass er mit einer Frau Opern schaute, und würden ihn im nächsten Call darauf ansprechen.

»Mann, das nervt mich.« Er beendete das Teilen des Bildschirms. Jella tauchte wieder vor ihm auf. Lennard lächelte, als er ihr Gesicht sah. »Hallo, naa?«

»Hallo, du.« Sie schaute ihn an, als hätten sie sich nach langer Zeit endlich wiedergesehen. »Ich habe dich vermisst.«

Lennard musste noch breiter grinsen. »Ich dich auch. Sorry, ich bin halt perfektionistisch. Echt schade. Jetzt haben wir uns ganz umsonst schick gemacht.«

»Nee, das war doch für uns, nicht für die Oper. Und dein Perfektionismus braucht dir nicht leidtun. Im Gegenteil, das ist ehrlich gesagt sogar ein bisschen süß.«

Er wurde nun sicher knallrot. Lennard musste runterschauen.

»Schade, dass wir uns nicht sehen können. Ich meine, richtig sehen.« Jella nahm eine Strähne, die sich aus ihrer Frisur gelöst hatte, zwischen die Finger und strich sie glatt.

»Finde ich auch. Aber wir können telefonieren und skypen. Dann sehen wir uns jeden Tag … zumindest ein bisschen.«

Sie schaute auf die Strähne, drehte sie um ihren Zeigefinger und wiegte den Kopf hin und her. Spielte sie trotzig? Oder war sie wirklich enttäuscht?

»Wollen wir stattdessen einen Film schauen? Wenn wir beide Kopfhörer aufhaben, müsste es gehen.« Ob sie sich auf einen Film einigen könnten? Französisches Autorenkino fiel flach. »Ich fände *Outbreak* mit Gwyneth Paltrow ja gut. Oder passend zur aktuellen Lage *World War Z*. Zombie-Apokalypse!«

Jella schaute ihn wieder an. Guckte sie ernster als gerade eben?

»Du meinst *Contagion* mit Gwyneth Paltrow. Aber mit Kopfhörern ist doch blöd.«

Wie hübsch sie war. Er stellte sich für einen Moment vor, Memo flöge ihn mit dem Hubschrauber direkt nach Wilhelmsburg, und Lennard würde sich wie James Bond vor ihrem Fenster abseilen …

»Na gut. Dann muss unser erstes Opern-Date eben warten. Vorfreude ist bekanntlich die schönste Freude, oder? Hältst du es noch ein wenig aus?«

»Weiß nicht.« Jella lächelte zaghaft. »Du … Welchen Mann von Davids Party meintest du eigentlich in deiner Mail?«

Lennard schluckte. Sie würde ihm sicher gleich sagen, dass sie polyamourös und Monogamie total langweilig sei … »Du warst da bei diesem gutaussehenden Kerl. Dunkle Haare, Dutt, Südländer.«

»Raúl? Haha! Der ist Kubaner. An dem könnte ich aber lange graben, der steht nur auf Männer. Er meinte sogar, dass er *dich* heiß fand. Wie kommst du drauf, dass wir was miteinander haben?«

»Na ja, bei dir weiß man nie. Du wirkst immer so locker und …«

»Locker?«

Das ging plötzlich in eine ungute Richtung. Lennard dachte angestrengt nach. Endlich war da eine Frau, die ihn interessierte, die er toll fand und spannend und alles. Und dann konnte man sich nicht treffen, und er vermasselte alles im Frühstadium mit Eifersucht. Isn't it ironic?

»Die Info, dass er schwul ist, hat mir auf jeden Fall gefehlt.«

»Kein Problem. Raúl sieht wirklich rasend gut aus, und ich glaube, er hat schon viele Frauenherzen gebrochen, ohne es zu bemerken.«

Lennard lächelte unsicher, klebte aber einen imaginären Post-it-Zettel in sein Gedächtnis: *Lieber nicht über gutaussehende Kubaner sprechen.* Und: *Nicht so kleinkariert sein.* Sonst war Jella schnell genervt.

»Was geht sonst so bei dir?«, wechselte er das Thema.

Sie berichteten einander, mit was sie sich in diesen Tagen beschäftigt hatten. Als Lennard erzählte, dass er wieder mit dem

Zeichnen angefangen hatte und für die Tochter seiner Nachbarin einen Corona-Comic erstellte, stieß Jella einen spitzen Schrei der Begeisterung aus.

»Das finde ich mega, Lennard! Vielleicht kannst du mir mal ein Motiv für ein Tattoo zeichnen.«

»Sicher. Was hättest du denn gern? Zwei springende Delfine im Sonnenuntergang?«

»Haha, sehr witzig.«

»Wir könnten auch ein zweites Backduell starten. Deine Revanche, sozusagen. Es muss ja nichts Süßes sein, Auflauf zählt auch. Oder eine Quiche.«

»Von mir aus. Ab wann bist du wieder in Hamburg?«

Er freute sich zwar, dass sie es offenbar kaum erwarten konnte, ihn wiederzusehen. Und er hatte auch Sehnsucht. Aber dass sie so gar nicht lockerließ mit dem nächsten Treffen ... Anscheinend ging es ihr nur darum.

»Das weiß ich nicht. Mal schauen, wie es mit Bodo läuft.«

Irgendwie nervte ihn das mit der Technik. Er hätte gern mit Jella die Oper geschaut und einen romantischen Abend gehabt. Und nun sagte sie gar nichts mehr. Hatte er etwas falsch gemacht? Lennard lächelte ihr zu und gab bei YouTube »Zauberflöte Mozart« ein. Dann startete er ein Video. Hui, viele Geigen und Querflöten! Die Musik klang etwas stressig, aber Jella schien es zu gefallen.

»Ach, *das* ist die Zauberflöte?«

»Klingt sehr fidel, oder?« Lennard freute sich über seinen Witz.

Jella lachte, und er machte die Musik nach einer Minute leiser. Das Gedudel strengte ihn etwas an, und mit einem Mal war er doch nicht mehr so unglücklich darüber, dass aus dem gemeinsamen Opernbesuch nichts geworden war. Drei Stunden hätte er das niemals ausgehalten.

Lennard nahm den letzten Schluck aus seinem Glas. Der Sekt war inzwischen zimmerwarm. Zimmerwarm *und* bitter. Er kam sich irgendwie daneben vor. Verknalltsein und Abwarten, wie sollte das zusammenpassen? Und doch: Wenn es ihr ernst wäre, käme es auf ein paar Tage nicht an. Oder?

Das sah Jella anscheinend anders. »Es wäre wirklich schön, dich bald wiederzusehen. Hoffentlich geht es deinem Vater schnell besser.«

Wieso sagte sie das jetzt noch mal?

»Ich glaube, wir werden noch eine Weile durchhalten müssen, bis wir uns sehen, Jella.«

01 Mai 2020

+++ In der chinesischen Stadt Wuhan sind laut Gesundheitsbehörden keine Covid-19-Patienten mehr im Krankenhaus +++ In allen deutschen Bundesländern gilt inzwischen eine Maskenpflicht, meist für Einkäufe sowie in Bus und Bahn, teils nur im ÖPNV +++ Forscher der Hong Kong University of Science and Technology haben ein neues Desinfektionsmittel namens MAP-1 entwickelt, das, einmal aufgesprüht, Oberflächen 90 Tage lang frei von Bakterien und Viren hält - auch vom Corona-Virus +++

31

Jella wich einem Fußgänger aus, der mitten auf dem Radweg stand, dann zwei Hipster-Mädchen, die ihr fast in die Speichen gelaufen wären. Das Schanzenviertel nervte. Außerdem waren wieder viel zu viele Leute unterwegs. Als hätte es Pandemieentwarnung gegeben. Hatte es aber nicht. Selbst Jella war unwohl dabei, dass das Risiko der Ansteckung überall stieg. Sie warf im Vorbeifahren einen Blick in den Schanzenpark. Die Wiese war voller Menschen, viele Kinder, aber auch Gruppen von Teenies und Erwachsenen, die auf Decken saßen und picknickten. Nur wenige hielten Abstand. Jella konnte sie gut verstehen. Es wurde Sommer, und die ganze Stadt lechzte nach Auslauf und Begegnung. Dazu war heute Feiertag. Endlich konnte man sich wieder treffen. Das taten natürlich alle, die konnten. Also fast alle.

Was war nur mit diesem Typen los?! Wieso wollte er sie nicht sehen? Was war denn jetzt noch gefährlich? Sie *konnte* ihn nicht anstecken. Und er sie auch nicht. Das Ganze kam ihr langsam wie eine Ausrede vor. Ja, Lennard war in den letzten Wochen sehr aufmerksam gewesen. Die Gespräche mit ihm waren besonders, und es hatte sich so vertraut angefühlt. Dann dieser Kuss und seine Mail. Jella hätte gern geglaubt, dass es etwas Ernstes war und Lennard wirklich *sie* meinte. Aber gerade hatte sie das Gefühl, dass es ihm nur um Ablenkung ging oder dass er einfach jemanden brauchte, den er anrufen konnte, damit er sich nicht einsam fühlte. Hätte sie ihm bloß gestern nicht dieses romantische Cover von »I Want To Break Free« geschickt – auch wenn sie sich genauso fühlte. Vielleicht nahm er den Songtext auch wörtlich, dann war es ihr auch recht: »You're so self-satisfied I don't need you …«

An der Ampel beim Schlump hielt Jella hinter einem Pärchen, das die Rotphase für einen Kuss nutzte. Er fuhr ihr dabei durch die dunklen Locken, sie ließ die Hände in seine hinteren Hosentaschen gleiten. Jella schaute auf die andere Straßenseite und konzentrierte sich auf das Ampellicht.

Und dann diese Bemerkung zu ihrem Umgang mit Männern. *Immer so locker* … Was dachte er denn von ihr? Dass sie mit jedem in die Kiste ging und eh nur eine für was Unverbindliches war?

Jella überquerte die Schröderstiftstraße. Eine Gruppe Teenies kam ihr entgegengerannt, drei Jungs, die zwei kichernden Mädchen hinterherjagten.

Es konnte Lennard nicht um sie gehen. Dann würde er nicht so eisern bleiben und hätte zu einem weiteren Treffen längst ja gesagt. Oder er hätte einfach vor ihrer Tür gestanden und gesagt: »Ich will nie wieder ohne dich sein!«, und dann hätte er sie wild geküsst. Er hätte einen Rucksack mit seinen wichtigsten Dingen dabeigehabt, entschlossen, den Lockdown mit ihr zu verbringen, und sich zur Not für immer mit ihr in einem Zimmer verschanzt.

Sie ließ sich bergab Richtung Grindelviertel rollen. Der Himmel hatte heute genau das knallige Blau wie auf diesem Foto von Lennard vom Feldrand. Jella sah, dass die nächste Ampel auf Gelb umsprang, und trat kräftig in die Pedale. Die Autos neben ihr bremsten, sie beschleunigte noch mehr und schaffte es gerade rechtzeitig auf die andere Seite.

Das Leben war zu kurz, um zu warten. Nicht auf diese Dinge.

Trotzdem hatte Lennard bislang nicht vor ihrer Tür gestanden. Stattdessen hatte er sogar fast genervt gewirkt von ihrer Frage nach einem weiteren Date.

Sie sah Fee schon von weitem vor dem Coffeeshop stehen. Mit einer gelben Latzhose unter ihrer türkis-lilafarbenen Blousonjacke und einer winzigen Haarpalme oben auf dem Kopf. In jeder Hand hielt sie einen Refill-Becher und grinste über das ganze Gesicht. Ihre Wangen hatten wieder diesen leichten Rotton.

Jella musste lächeln. Sie schloss das Rad an eine Stange vor dem Laden und umarmte ihre Freundin stürmisch, die es wie eine Puppe geschehen ließ, die Becher fest umschlossen.

»Kaffee erreicht Stellen, da kommt Trost niemals hin«, sagte Fee in Jellas Nacken. »Dich kriegen wir wieder in die Spur!«

Jella löste die Umarmung und nahm einen der Becher entgegen. Sie liefen zu einer Bank im Park an der Uni und setzten das Gespräch fort, das sie vorhin am Telefon begonnen hatten, bevor Fee plötzlich angeordnet hatte, sich nach draußen zu begeben, um Koffein-gestützte Konversation mit Augenkontakt zu betreiben.

»Das mit Lennard hat sich total anders und wirklich besonders angefühlt«, sagte Jella geknickt.

Sie setzten sich und stellten die Kaffeebecher zwischen sich auf die Bank. Im Schaum der beiden Cappuccino war jeweils die Form eines Herzchen-umrandeten Schwans zu erkennen. »Aber ein Typ, der mich nicht sehen will, will mich nicht sehen«, fügte Jella an. »Basta! Da gibt's doch keine Fragen mehr.« Sie rührte mit dem kleinen Holzstab in rhythmischen Bewegungen in ihrem Kaffee.

»Du machst ja die schöne Latte-Love-Art kaputt«, sagte Fee

und trank ganz vorsichtig aus ihrem Becher. Als sie ihn abstellte, waren der Schwan und das Herzmuster noch deutlich zu sehen.

Jella schaute auf die hellbraune Soße in ihrem Becher und warf den Holzstab auf die Bank. »Ich verstehe es einfach nicht.«

»Süße, du weißt doch, dass er zurückhaltender ist als du. Nimm das nicht persönlich!« Fee legte sich eine Hand aufs Herz. »Ihr habt euch geküsst, er schreibt dir verliebte Mails und lädt dich in die Oper ein. Ich würde sagen: alles paletti! Das mit Corona wird irgendwann vorbei sein und dann …«

»Ja, irgendwann. Und das kann lange dauern.«

Jella kippte den Cappuccino in einem Zug herunter, zog dann ihre Trinkflasche aus dem Rucksack und trank einen großen Schluck. »Egal, vergessen wir das. Wie ist der Stand an der Förderfront?« Sie rülpste versehentlich und nahm schnell die Hand vor den Mund. »Sorry.«

»Zum Wohl!« Fee lachte. »Da sieht es richtig gut aus. Stell dir vor, ich habe jemanden gefunden, der mich unterstützen will. So einen Blankeneser mit einer Schraubenfirma, und eine Förderung von der Stadt bekomm ich auch.«

»Das gibt's nicht.« Jella griff nach Fees Arm. Und musste direkt an Lennards Frage vor ihrem Date in Hannover denken: *Wann hast du Fee das letzte Mal umarmt?* Sie überlegte, ob den Arm berühren bereits als umarmen galt. Gleichzeitig wurde ihr klar, dass sie viel zu dicht beieinandersaßen, als dass die Art der Berührung noch eine Rolle spielte. Und ach, sie hatten sich ja eben umarmt. Wie sollte es auch ohne gehen?

Dann fiel ihr wieder ein, dass es sowieso kein Risiko gab. Fee hatte sich als Einzige über Jellas Testergebnis gefreut. Sie selbst hatte nach der Anzeige wegen der Free Hugs in der Fußgängerzone und für den Antrag bei der Stadt einen Corona-Test gemacht, um nachzuweisen, dass sie keine Virenschleuder war. Der Test war negativ ausgefallen. Jella umarmte ihre Freundin spontan erneut.

»Upsala.« Fee griff überrascht nach ihrem Becher, den Jella beinahe von der Bank gefegt hätte. »Ja, ich freu mich auch. Jetzt brauche ich nur noch den Bulli, und es kann losgehen. Verrückt, oder?«

»Total verrückt.«

Fee kramte einen Stapel Papier aus der Tasche. »Schau mal, die hab ich von einer sehr netten Dame eines Pflegedienstes, der keine Haushaltshilfe anbietet. Das sind Namen von Interessenten, die wir kontakten dürfen. Hilfst du mir mit den Anrufen?«

»Logo! Lass uns gleich starten.«

Jella holte ihr Handy aus der Tasche. Schlagartig fiel ihr ein, dass Feiertag war und sie sich mit ihrer Mutter zum Telefonieren verabredet hatte. Für fünfzehn Uhr. Sie sah auf das Display ihres Smartphones: 14.51 Uhr. Jella war klar, dass sie die Verabredung nicht ganz grundlos vergessen hatte. Sie drückte sich seit einer Woche darum, ihren Eltern vom Testergebnis zu erzählen.

Fee überreichte ihr zwei der DIN-A4-Blätter. »Ich würde vorschlagen, du machst die im Süden und Westen der Stadt, und ich die im Norden und Osten.«

Jellas Telefon klingelte. Sie zuckte zusammen. Aber auf dem Display stand Lennards Name. Vielleicht hatte er es sich endlich anders überlegt.

»Hey, was gibt's?« Sie klang schroffer als gewollt.

»Hallo, stör ich gerade?«

»Nein, nein, mache gerade Businessplanung mit Fee. Wir müssen mal wieder an Geld kommen. Sonst musst du bald Care-Pakete schicken, so als Vollverdiener, der sich noch Lebensmittel leisten kann.«

Er blieb stumm. Er lachte nicht mal.

»Lennard? Alles gut?«

»Gut, dass ihr an eurer Zukunft arbeitet. Denn ich könnte euch tatsächlich nicht mehr retten. Mir wurde gestern gekündigt.«

»Whaaaaat? Ich dachte, du gehörst zum Motherboard oder wie das heißt.«

»Tja.« Er seufzte tief. »Obwohl ich im Führungsteam war. Meine Stelle ist offenbar am wenigsten systemrelevant oder am leichtesten zu ersetzen. Beziehungsweise machen bei Purpose ab sofort alle zwei Jobs. Und weil ich nur einen kann, bin ich raus.«

»O Mann, krass.« Jella schaute Fee an, die fragend die Brauen hochzog. »Gekündigt? Puh. Und zu wann?«

»Zum Glück erst zum 1. August. Aber ich bin freigestellt.« Er klang ziemlich gefasst.

»Hey, immerhin. Du kannst direkt bei uns einsteigen, wenn du magst.«

Fee nickte eifrig. »Der Finanzmann ist willkommen«, rief sie, nahm Jella die Zettel wieder weg und studierte sie konzentriert.

Jella stellte sich vor, wie Lennard bald mit ihnen hier auf der Bank säße und aus komplexen Excel-Tabellen auf dem iPad vorläse. Beim Banktermin würde er dem sprachlosen Mitarbeiter sechsstellige Kredite abknöpfen. Das würde ihm sicher auch gefallen.

»Mach dir nichts draus. Selbständig sein ist eh viel cooler«, machte sie einen weiteren Vorstoß.

Seine Stimme klang mit einem Mal verärgert. »Jella, ich bin arbeitslos. Das ist für mich ehrlich gesagt das Gegenteil von cool.«

»Ey, ich kann nichts dafür, dass du so auf Sicherheit stehst!«, entfuhr es Jella. Sie biss sich auf die Lippe. Warum war sie nur ständig so impulsiv? »Entschuldigung, ich wollte sagen, tut mir echt leid für dich. Aber es ist doch auch eine Chance, etwas Neues anzufangen.«

Lennard schwieg.

Na super. Das hatte sie vermasselt. Jella spürte, dass sie es gerade auch nicht wieder hinbiegen konnte. Sie hätte gern gesagt, dass er vorbeikommen und einfach mit ihnen durchstarten solle. Aber das würde er sowieso nicht tun.

»Egal. Ich melde mich nächste Woche mal beim Arbeitsamt.« Er klang wieder nach Chief Officer.

Jella verstand ihn nicht. So einen Agenturjob würde er doch bestimmt sofort wiederfinden. Aber auch das wäre in diesem Augenblick sicher der falsche Kommentar.

»Okay«, sagte Jella leise.

»Viel Erfolg euch.« Er legte auf.

Fee hatte die Papiere auf ihren Knien liegen und machte sich Notizen. »Du bist ja feinfühlig wie ein Stück Feldweg«, sagte sie ohne aufzusehen. »Jetzt macht er dir bestimmt bald einen Antrag.«

Jella sah schuldbewusst zu Boden.

Fee blickte sie auffordernd an. »Aber ich weiß, wie wir ihn wieder einfangen. Schick mir mal seine Nummer.«

32

»Komm keinen Schritt näher!« Ralf fiel beim Reden ein Stück Rührei aus dem Mund. Als er es auffangen wollte, kam er so ungeschickt an seinen noch fast vollen Teller, dass der mitsamt Besteck vom Tisch rutschte und mit einem lauten Knall auf dem Küchenboden landete. Vor und unter dem Tisch lag nun ein unschönes Brot-Eier-Scherben-Gemisch. Ralf bückte sich hastig, um es aufzuheben, und stieß sich dabei den Kopf an der Tischplatte. »Scheiße, verdammt!«

Jella wollte ihm zu Hilfe kommen.

»Stehen bleiben, hab ich gesagt!« Ralf schrie nun, immer noch mit vollem Mund.

Jella ging rückwärts und blieb im Türrahmen stehen.

»Warum platzt du hier einfach so rein?« Er sammelte kniend die Essensreste auf. »Wir hatten vereinbart, dass ich zwischen achtzehn und neunzehn Uhr Küchenzeit habe.«

»Ralf, die Gefahr ist gebannt. Ich bin nicht ansteckend.«

Er sah auf. »Hast du endlich einen Test gemacht?«

»Ja. Darf ich dir jetzt helfen?« Sie kam wieder zum Tisch und ging in die Hocke. »Mann, lange nicht gesehen, was?« Sie schlug ihrem Mitbewohner auf die Schulter.

Ralf sah sie konsterniert an. Dann fiel sein Blick auf ihre Hand, die immer noch auf seiner Schulter lag, und Jella zog sie schuldbewusst weg.

»Wie geht's dir denn so?«, wollte sie wissen. »Ich meine, wenn du dich nicht gerade vor mir erschreckst.« Sie klaubte ein Paar Scherben zusammen und legte sie auf den Tisch. Dann stand sie auf und holte Küchenpapier.

»Geht. Viel Arbeit.«

Jella riss ein großes Stück von der Rolle ab und wischte die kleineren Reste vom Boden auf. »Mensch, das ist schön zu hören. Ein Corona-Gewinner! Ich kenne bisher nur Verlierer.«

Ralf beförderte das aufgesammelte Essen und die Scherben in den Mülleimer und wusch sich die Hände. Er griff nach dem Geschirrtuch und trocknete sich die Finger einzeln ab. »Man tut, was man kann.«

Lächelte er etwa ein ganz kleines bisschen?

»Wird jetzt alles digitalisiert, was nicht bei drei auf den Bäumen ist, hm?«

Ralf schaute erneut irritiert.

Jella bemerkte, dass sie mit ihm redete, als wären sie alte Kumpels in der Stammkneipe. Aber der Kontroletti musste eben noch ein wenig besänftigt werden. Sie öffnete den Kühlschrank und nahm eine Fertigsuppe heraus.

»Nutzen die Unternehmen die Zeit, um ihre Technik auf den neusten Stand zu bringen?« Sie zog einen kleinen Topf aus dem Schrank und schüttete die Suppe hinein.

»Kann man so sagen.« Ralf lehnte sich mit dem Arm an ein Küchenregal, das sofort gefährlich wackelte. Er zog den Arm schnell zurück. »Die machen endlich ihre Hausaufgaben. Cloud-Erweiterungen, Firewall-Appliances, einheitliche Endpunktverwaltung.«

»Spannend. Was *du* alles kannst.« Jella schob den Topf auf den Herd und drehte die Platte auf neun. Dann holte sie eine angefangene Flasche Pinot aus dem Kühlschrank.

Ralf richtete sich auf und drückte die Brust nach vorn.

»Hab mir auch ein paar neue Sachen draufgeschafft. Stichwort Hybrid-Cloud, Datenexplosion, Compliance etc. pp.«

»Toll«, kommentierte sie Ralfs Ausführungen, ohne ein einziges Wort zu verstehen. Sie nahm zwei Gläser vom Regal und goss in beide Weißwein.

»Ich habe heute mit meiner Freundin ein Start-up zum Leben erweckt.« Sie reichte Ralf eines der Gläser. »Auf unsere Erfolge!«

»Nein, danke. Ich trinke doch keinen Wein.«

Jella drehte sich um und öffnete den Kühlschrank erneut. »Bier? Wodka? Pampelmusensaft?«

Ralf schien verlegen zu sein. »Ähm, zu einem Wodka P würde ich nicht nein sagen.«

»Na, bitte, da haben wir schon wieder eine Lösung gefunden.« Jella grinste breit, mixte Ralf blitzschnell den eigensinnigen Longdrink und reichte ihm das Glas.

Er stellte es auf den Tisch und begann in einem der unteren Küchenschränke zu kramen. Kurz darauf zog er einen Strohhalm aus glänzendem Metall hervor und steckte ihn in das Getränk. Dann stieß er mit Jella an.

»Hoch die Tassen!«, rief sie. »Und hoffen wir, dass es so positiv weitergeht.«

»Was macht ihr denn für ein Business?«

Hatte Ralf ihr gerade tatsächlich eine persönliche Frage gestellt? Eine, die nichts mit Corona zu tun hatte?

Jella lächelte. »Wir bieten Haushaltshilfe für Senioren im ländlichen Raum an.«

»Ahaaa.« Ralf setzte sich und schaute sie kritisch an. »Wie soll das in der aktuellen Lage funktionieren?«

»Gerade jetzt brauchen alte Menschen besonders dringend

Unterstützung.« Jella trank einen Schluck Wein und rührte mit einem Kochlöffel die Suppe um. »Pflegedienste bieten in der Regel keine Hilfe bei der Hausarbeit an. Wir haben eine Liste mit knapp hundert Interessenten.«

»Ach.« Ralf wirkte weiterhin verwundert. Sicher war ein solcher Job für ihn ähnlich unvorstellbar wie ein Leben ohne Fugenbürste. »Deshalb hast du endlich den Test gemacht, oder?«

O nein, nicht wieder das Gefahrenthema! »Jaja, genau.« Schnell ablenken. »Und was für Kunden hast du so?«

»In aller Regel gehobener Mittelstand.« Er sah sie aufmerksam an. »Wie finanziert ihr euch denn?«

Jella schmeckte die Suppe ab und füllte sie in eine Schale. Mit Ralf am Küchentisch zu sitzen kam ihr reichlich absurd und vielleicht auch etwas riskant vor. Nicht wegen der Ansteckung, aber womöglich würde er gleich wieder mit dem Test anfangen. Wenn er schnallte, dass sie sich angesteckt hatte, wäre eine Eskalation nicht auszuschließen.

»Ich hab noch einen Call.« Jella zog einen Löffel aus der Schublade, nahm ihn zwischen die Zähne und lief mit Suppe und Wein in Richtung Flur.

»Das Testergebnis würde ich aber schon gern sehen.«

Mist! Sie hatte es geahnt. Jella drehte sich nur halb um. »Tscheig isch dir mogen, okay?«, sagte sie zwischen den Zähnen hindurch.

»Nein. Wenn du wirklich eines hast, will ich es *jetzt* sehen.«

Da war er wieder, der alte Widerling.

Jella stellte die Schale und das Weinglas auf die Küchenablage und legte den Löffel daneben. Dann lief sie in ihr Zimmer, nahm den Teststreifen von ihrem Schreibtisch, ging zurück in die Küche und hielt ihn Ralf hin. »Hier.«

»Was ist das?«

»Ein positiver Antikörpertest. Ich bin also nicht mehr ansteckend.«

»Um Himmels willen!« Er wurde kreidebleich und stand abrupt vom Tisch auf. »Du hast es gehabt. Du hast es gehabt.« Er bewegte den Oberkörper vor und zurück wie ein hospitalisierendes Kind und wackelte mit den Händen. »Ich kann es nicht glauben, ich bin ganz sicher infiziert! O Gott, o Gott!« Knallrote Flecken erschienen in seinem fahlen Gesicht.

»Ralf, komm mal wieder runter. Wir hatten doch gar keinen Kontakt«, sagte Jella beruhigend.

Er lief im Stechschritt in der Küche auf und ab und blieb dann in einiger Entfernung von ihr stehen. »Du hattest es. Du hattest es! Du hast Menschen infiziert. Das ist unverzeihlich. Un-ver-zeih-lich!«

Jella beobachtete ihren Mitbewohner und überlegte, ob sie einen Arzt holen müsste. Oder sollte sie erst mal ein Räucherstäbchen entzünden?

»Du hast es gehabt. Du hast es gehabt.«

Er hatte recht, sie hatte sich mit dem Corona-Virus infiziert. Aber was konnte sie daran noch ändern?

Plötzlich hielt er inne und sah sie mit stechendem Blick an. »Du hättest in Quarantäne bleiben sollen. Ich habe es dir gesagt.« Er sprach betont langsam, seine Lippen zitterten. »Aber du lässt dir ja nichts sagen. Und jetzt ist ein für alle Mal Schluss.«

Waren seine Augen rot? Jella befürchtete, ihm würde gleich Schaum aus dem Mund treten.

Ralf verließ eilig die Küche. Sekunden später fiel seine Zimmertür mit einem lauten Knall zu.

Jella zuckte zusammen und ließ sich auf einen Küchenstuhl

sinken. Warum hackte er auf einer Vergangenheit herum, die doch überhaupt keine Rolle mehr spielte? Was für eine Zeitverschwendung. Natürlich war es doof gewesen, dass sie von ihrer Infektion nichts gemerkt hatte. Sonst hätte sie viel mehr aufgepasst. Jella überlegte: Sie hatte in der letzten Zeit tatsächlich fast niemanden gesehen. Außer Fee. Und ihre Eltern. Und Babs. Und einmal David, der es ja dann doch nicht gehabt hatte. Jetzt, da sie darüber nachdachte, kamen doch ein paar Leute zusammen …

Jella stand auf, nahm die Suppenschale von der Ablage in die Hand und begann zu löffeln. Ingwer-Karotte war irgendwie auch nicht mehr das, was es mal war. Sie trank einen Schluck Wein. Was Fee wohl mit Lennards Nummer angefangen hatte? Sie hatte sich von Jella einfach nicht dazu bringen lassen, ihren Plan zu verraten. Typisch Fee. Wenn die sich etwas in den Kopf gesetzt hatte, war sie stur. Hatte sie sich in Jellas Namen entschuldigt? Lennard einen Haushaltshilfegutschein für seinen kranken Vater geschickt? Oder ihn am Ende sogar angerufen und ihm erklärt, dass Jella große Bindungsängste hätte und sich deshalb manchmal so merkwürdig verhalten würde? Plauderten sie möglicherweise gerade bei einem Bierchen in der Skype-Kneipe über Jellas Kindheit und ihre emotionale Behinderung? Oje. Sie würde Fee nachher ausquetschen müssen.

Auch wenn die Suppe nicht besonders schmeckte, beruhigte sie Jella ein wenig. Das war wirklich mehr als schief gelaufen vorhin mit Lennard. Warum hatte sie so unüberlegt reagiert? Gleichzeitig fand sie es immer noch bizarr, dass er sie nicht treffen wollte.

Jella hörte Ralfs Drucker. Na toll, sicher gab es wieder neue Regeln! Als könnte er durch Wände gehen, stand er einen Wimpernschlag später vor ihr in der Küche und wedelte mit einem DIN-A4-Papier.

»Das war's, Jella Humboldt. Zum Glück hatten wir nur eine Vierwochenfrist vereinbart.« Ralf knallte den Zettel vor Jella auf die Küchenplatte und drehte sofort wieder ab.

Sie verstand nur Bahnhof. Bis sie die fettgedruckte Betreffzeile sah: KÜNDIGUNG.

05 Mai 2020

+++ Der ehemalige Nassrasierer Lennard bestellt sich online einen Barttrimmer +++ Deutsche Friseursalons dürfen wieder öffnen; Mundschutz in den Salons wird Pflicht, die Kontaktdaten der Kunden werden erfasst +++ Janine und Philip Scholz heiraten als erstes Paar im Autokino in Düsseldorf +++

33

Zwei verpasste Anrufe von Katja. Komisch. Lennard hatte den DIN-A3-Umschlag mit den neusten Corona-Comics für Fanny doch erst heute Morgen zur Dorfpost im Haushaltswarenladen Krone gebracht und abgeschickt. Wieso versuchte sie, ihn zu erreichen? Er hatte keine Lust, mit irgendwem zu sprechen. Die letzten Tage waren ihm zäh wie ein altes Schnitzel vorgekommen. Er hatte seine Joggingrunde ausfallen lassen, fast nichts gegessen und nur kurz mit Jella geschrieben.

Gestern hatte er nach vier Tagen Panik endlich wieder durchatmen können. Das Testergebnis seines Hausarztes in Algermissen war gekommen: negativ. Lennard hatte seine Brille abgesetzt, sich ausführlich die Augen gerieben und nachgedacht. Und dann angefangen, einen Seeigel zu zeichnen. Zur Beruhigung. Er presste beim Zeichnen die Finger an den Stift und konzentrierte sich auf nichts anderes als das Bild. Schnell entstand eine ganze Szene, geteilt in über und unter Wasser: ein Hammerhai mit riesigen Glupschaugen, die angefressene Flosse eines Wals, die noch ins Bild ragte, ein dunkler, trüber Ozean und im oberen Bildrand ein Segelschiff, das einen gebrochenen Mast hatte und in der Mitte geborsten war. Wie besessen zeichnete er mit zusehends gröberen Strichen, bis er irgendwann das ganze Bild wieder durchstrich und das Papier so lange mit dem Stift bearbeitete, bis es riss. Lennard standen Tränen vor Wut in den Augen, und sein rechter Unterarm schmerzte.

Er atmete tief durch und griff nach dem kleineren von Sannes

Zeichenblöcken, um endlich wieder für Fanny zu malen. Heute war das lustig aussehende Virus im Zoo. Aber hinter Gittern wie die Tiere in Memos Gehege. Den hatte Lennard auch skizzenhaft dazugemalt – mit Tanja und den Zwillingen, wie sie aus sicherer Entfernung auf die Käfige schauten.

Zum Schluss hatte Lennard in regenbogenfarbenen Buchstaben auf eine weiße Karte geschrieben: *Liebe Fanny. Ich hoffe, sehr, dir und deiner Mama geht es gut. Wir müssen das Virus einsperren und mit ganz viel Abstand betrachten – wie die wilden Tiere im Zoo. Dein Lennard*

Fanny würde die Bilder erst morgen bekommen. Wieso hatte ihre Mutter dann angerufen? Als er sein Handy in die Hand nehmen wollte, blinkte es erneut. Auf dem Display stand: *Katja Hauschild Nachbarin*. Nun war sich Lennard sicher, dass etwas nicht stimmte.

»Katja, hi. Ist alles okay bei euch?«

»Lennard, wo bist du denn? Immer noch bei deinen Eltern? Du musst dringend herkommen.«

»Wieso? Was ist los? Ist jemand eingebrochen?«

»Es gab einen Wasserrohrbruch.«

Das Folgende nahm Lennard wie durch Watte wahr. Katja erzählte, dass sie gerade in seiner Wohnung sei, nachdem zwei Männer von einer Klempnerfirma bei ihr geklingelt hätten. Beim Nachbarn über ihnen hatte eine alte Wasserleitung in der Wand leck geschlagen. Sie und Fanny hatten Glück gehabt, aber Lennards Wohnung habe es erwischt.

»Gut, dass wir einen Schlüssel haben, sonst hätten sie die Tür aufgebrochen. Der eine ist mit Gummistiefeln rein. Aber so nass ist es gar nicht. Wobei ... Oh, ich gehe gerade in dein Wohnzimmer.«

Er hörte Wasser tropfen, und es plätscherte, als liefe Katja durch eine riesige Pfütze.

»Ach du lieber Himmel …«

»Wie schlimm ist es?«, fragte Lennard mit einsetzendem Herzrasen.

»Ziemlich schlimm. Du solltest herkommen. Deine Ordner stehen unter Wasser.«

Lennards Brust krampfte sich zusammen, und er spürte, wie sich alle Restenergie in ihm verabschiedete. Als wäre er ein alter Lappen, den jemand gerade zum dritten Mal auswrang. Hatte er diese Woche die größte Arschkarte von allen gezogen? Was sollte denn bitte noch alles passieren?!

Er klemmte das Handy zwischen Kinn und Schulter und zog sich, durch den Flur hüpfend, die Sneaker an.

Katja klang besorgt. »Ich schick dir die Nummer des Klempners. Fahr bitte vorsichtig.«

Lennard zog die Jacke an, griff Schlüssel und Maske und hastete die Treppe hoch, um sich von Sanne und Bodo zu verabschieden. Er hatte seinen Eltern bisher nichts von der Kündigung erzählt. Sein Vater lag noch flach mit seinen Prellungen, und Lennard hatte die beiden nicht unnötig beunruhigen wollen. Wobei sie sich am Ende wahrscheinlich sogar freuen würden. Sanne auf jeden Fall, sie war nie ein Fan von geregelter Arbeit gewesen. Oder von seiner, wie sie zu sagen pflegte, »Ausbeuteragentur«. Nun stand dem Traum seiner Mutter, dass er doch als verarmter Künstler endete, nichts mehr im Wege. Unter welcher der zweitausendfünfhundert Brücken in Hamburg würde man wohl am besten schlafen?

In die Fahrt von Algermissen nach Hause passten drei Folgen vom Corona-Podcast mit Christian Drosten. Doch die Interviews konnten ihn nicht ablenken, Lennard verstand nur Bahnhof. Als hätte er den Anschluss verpasst. Es ging um die Virenkonzentration im Hals von Kindern und dass ihr Infektionsrisiko pro Kontakt offenbar ähnlich hoch war wie bei Erwachsenen. Corona hatte Lennard nie so wenig interessiert wie in den letzten Tagen. Er durfte sich gar nicht ausmalen, was der Wasserschaden in seiner Wohnung angerichtet hatte, und versuchte mehrmals vergeblich, den Klempner zu erreichen. Dann nahm er seine Kopfhörer raus und warf sie auf den Beifahrersitz.

Wenn er gewusst hätte, dass er heute nach Hamburg kam, hätte er die Comics für Fanny persönlich vorbeibringen können. Lennard dachte an die ein Euro fünfundfünfzig für den Briefumschlag und schüttelte den Kopf über sich selbst. Was das Gehirn für komische Gedankengänge fabrizierte. Wobei, wenn das so weiterging, würde er bald jeden Euro zweimal umdrehen müssen. Wer kam eigentlich für so einen Wasserschaden auf? Nicht er, das stand fest. Aber ... was war mit seinen Unterlagen? Den Versicherungspolicen? Seinem Bausparvertrag?

»Und Purpose kann mich auch mal«, sagte er entschieden. Im Grunde hatte ihn so viel an diesem Job gestört. Die Überstunden. Die Arschkriecherei. Die Veggani-Kampagne. Die ultranervigen Kunden. Das unablässige »Onboarden«, die endlosen Meetings, die niemals passenden Zahlen. Und nicht zuletzt Fritzi mit ihrem Singsang »Pörpeshochzweihiersprichtdiefritzi?«. Ach, er würde bestimmt einen Job in einer anderen Agentur finden.

Aber in diesen Zeiten? Mitten in der Pandemie?

Ganz langsam nur war in den letzten Tagen zu Lennard durchgesickert, was Kai ihm mitgeteilt hatte. In einer Endlosschleife wiederholte sein Hirn das selbstgerechte Standardgefasel seines Chefs. Exchefs.

»... müssen alles outsourcen ... auch von drei Kreativen werden wir uns leider trennen ... ist mir nicht leichtgefallen ... letztlich, um Purpose zu retten ... harte Zeiten ... du bist am längsten hier und damit am teuersten ...«

Er schlug aufs Lenkrad. Was röhrte da so? Er fuhr über hundertfünfzig. Wahrscheinlich hob der Volvo gleich ab. Lennard ging vom Gas. Das war alles kein Grund, sein Leben aufs Spiel zu setzen.

Zum gefühlt dreizehntenmal rechnete Lennard sich aus, wie lange sein Geld reichen würde. Er hatte Kai um die sofortige Freistellung gebeten und zum Glück drei Monate Kündigungsfrist. Aber dann, ab August? Gut, er hatte ein bisschen was angespart. Für seine Eigentumswohnung. Und er brauchte nicht viel. Im schlimmsten Fall könnte er eine Zeitlang davon leben. Aber was, wenn er durch Corona dauerhaft ohne Job wäre? Zum Langzeitarbeitslosen wurde? Lennard sah den sozialen Abstieg auf sich zukommen. Die Vorstellung, die Kontrolle über sein Leben zu verlieren, versetzte ihn in Panik.

Jella war Geld nicht so wichtig. Sagte sie. Am Ende war sie jedoch auch eine von diesen unbekümmerten Frauen, die sagten »Ich mach mir ja nichts aus Geld«, weil sie genau wussten, dass am Ende irgendein Typ vorbeigelaufen kam, der sie durchfütterte und mitfinanzierte. So einer wie Lennard. Und sie hatte bestimmt reiche Eltern – garantiert gab es bei den Humboldts Ferienhäuser. Lennard war sich sicher, dass Jella im Ernstfall weich fallen würde. Sie probierte sich ein bisschen in Quatschjobs aus und würde am Ende doch Mama und Papa um Geld bitten. Sein Sozialneid wurde augenblicklich getriggert. Wie er sich für solche Gedanken hasste! Aber reich geboren wäre er halt auch gern gewesen. Okay, Sannes Rente als pensionierte Kunstlehrerin war in Ordnung, Bodo hatte als Goldschmied ebenfalls nicht schlecht verdient. Aber Lennard hatte sich noch nie darauf verlassen, dass die beiden ihm halfen.

Nach exakt zwei Stunden und einer Minute, neun weniger als Google Maps für die Strecke anberaumt hatte, warf Lennard Memo den Autoschlüssel ein, nahm sich ein Stadtrad in die Neustadt und hechtete die Treppe zu seiner Wohnung hoch. Als er durch die Tür trat, wünschte er sich, auf der Stelle ohnmächtig zu werden. Die komplette hintere Wand seines Wohnzimmers sowie das Schlafzimmer sahen aus, als hätte sie jemand stundenlang abgekärchert. Sie trieften förmlich vor Nässe. An der Decke hatten sich unzählige Tröpfchen gebildet, die Dielen im Wohnzimmer waren aufgequollen. Das Schlimmste aber war, dass sein großes weißes Regalsystem direkt an der Wand stand und wie die Rosen in Sannes Garten bewässert worden war.

Hastig griff Lennard nach einigen Ringordnern. Die Papiere und alle wichtigen Unterlagen klebten zusammen. Er entnahm einzelne Zettel, schüttelte sie vorsichtig, pustete drauf und überlegte, ob er sie föhnen oder in den Backofen legen sollte. Aber es waren doch viel zu viele Ordner! Alles triefte vor Nässe und war komplett durchweicht. Lennard lachte hysterisch.

Sein Telefon vibrierte. Claire? Er schaute aus dem Fenster. Da irgendwo war sicher das Fernsehteam. Willkommen bei der *Versteckten Kamera!*

»Hi, Lennard. Wie geht es dir?«

»Ähm, geht. Wo bist du?«

»Ist alles okay? Du klingst so hektisch.« Das konnte man von ihr nicht sagen.

»Totales Chaos hier. Erzähl ich dir in Ruhe.« Er hörte eine Bettdecke rascheln. »Liegst du noch im Bett?«

Sie sprach mit jemandem im Hintergrund. War das Italienisch?

»Alessio und ich haben unseren Lockdown verlängert.« Claire kicherte.

Ein äußerst unangenehmes Gefühl machte sich in Lennard breit. Er griff sich an die Brust. »A… Alessio?«

»Mein Pilot. Es ist, glaube ich, also hoffe ich, was Ernstes mit uns.«

Lennard wusste nicht, was er fühlen sollte. War das Enttäuschung? Aber *er* hatte sich doch von Claire getrennt, und zwar schon vor einer halben Ewigkeit. Er war fein damit, dass sie Affären hatte. Zumindest hatte er das immer gedacht. Sie waren doch Freunde. Teilten sich das Sorgerecht für Otis. Er gönnte ihr eine neue Liebe. Warum fühlte sich das dann so ätzend an? Es schmerzte ihn plötzlich, dass Claire als Erste ernst machte. Lennard lehnte sich an die einzig trockene Wohnzimmerwand.

Claire schnurrte fast in den Hörer: »Ich bin noch länger mit Alessio in Mailand. Wir müssen schauen, wie es weitergeht.«

Lennard sank langsam an der Wand entlang abwärts. Sofort war seine Hose durchnässt von den feuchten Dielen. Aber das war egal, er musste sich setzen.

»Wow. Okay. Cool.« Lennard versuchte, ruhig zu bleiben. Er hörte sich stammeln: »Ich … also … herzlichen Glückwunsch, Claire.«

»Dank dir, Lennard. Das ist süß von dir. Aber ich rufe eigentlich wegen Otis an …«

06 Mai 2020

+++ Nach Aussage von Bundeskanzlerin Angela Merkel hat Deutschland die erste Phase der Corona-Virus-Pandemie hinter sich +++ Fitnessstudios, Restaurants und Kitas dürfen unter Auflagen öffnen +++ Menschen in Pflegeheimen können Besuch von einer festen Kontaktperson erhalten. Memo besucht seine Oma Sevda (92) im interkulturellen Wohnhaus Veringeck in Wilhelmsburg +++

34

»Ida, ich hatte doch null Symptome!« Jella nahm einen großen Schluck aus der Teetasse und wünschte, sie könnte ihre Schwester mit der Sechskräutermischung telepathisch beruhigen.

Idas Augen formten sich gerade zu Schlitzen, ihre Nasenlöcher weiteten sich. »Trotzdem war das total unvernünftig, nach der Party nicht in Quarantäne zu gehen.«

Jella schnaufte. »David hatte sich doch gar nicht angesteckt.«

»Das konnte damals aber niemand wissen. Mensch, Jella. Liest du eigentlich auch mal Nachrichten?«

Was war nur mit Ida los? In letzter Zeit war von ihrer Sanftheit äußerst wenig zu spüren. Es erschreckte selbst Jella mal wieder, wie hitzig sie reagieren konnte. Mit ihrer blassen Haut, den hellblauen Augen und ihrer Empfindsamkeit hielten alle Ida stets für die Unschuld und Sanftheit in Person. Dabei konnte sie sich bei Bedarf durchaus in einen ausgewachsenen Drachen verwandeln. So wie jetzt. Die Wut ihrer Schwester schien das gesamte Videofenster auszufüllen.

»Da wurde nämlich oft genug darauf hingewiesen. Die meisten merken gar nichts und sind am Ende Superspreader in Ischgl!«

Eine von Idas Töchtern kam für einen Moment ins Bild. War es Skadi? Bevor Jella ihre Nichte rufen konnte, hatte Ida das Kind mit einem eindeutigen Knurren bereits verjagt. Sie drehte sich wieder zu Jella.

»Mann, das ist doch nicht so schwer zu verstehen! Wen hast

du in der letzten Zeit gesehen?« Ida war aber auch hartnäckig heute.

Jella klappte den Kalender auf. Die letzten Monate waren komplett leer. Wozu hatte sie das Ding überhaupt? Sie dachte nach. Sie konnte sich kaum erinnern, was wann passiert war. Seit sich die Tage so gleichförmig anfühlten, hatte sie jedes Zeitgefühl verloren.

»Du musst eine Liste machen!«

Im Hintergrund schlich Idas Mann vorbei.

»Ist ja gut. Ich mache eine Liste.«

»Nichts ist gut, Jella. Ich kann echt nicht fassen, dass du dich wie eine Sechzehnjährige benimmst. Wie kann man denn so naiv sein?«

»Ich weiß selbst, dass es nicht cool war!« Jella wurde nun auch lauter.

»Nee, das war mega-uncool. Du bist Krankenschwester. Das geht gar nicht!«

»Ja-ha. Es ist an-ge-kom-men!« Jella atmete aus und zählte bis zehn, dann wieder ein.

»Du hättest auch mal darüber nachdenken können, ob du irgendwo helfen kannst. Medizinisches Personal wird überall gebraucht gerade.«

Wow, ihre Schwester fuhr heute wirklich die ganz großen Geschütze auf. Und streute ordentlich Salz in die Wunde. Warum ausgerechnet dieses Thema? Jella hatte es doch gerade wieder erfolgreich weggeordnet.

Sie nahm noch einen Schluck Tee und sang innerlich: »Ommm!« Dann sagte sie so ruhig wie möglich: »Darüber habe ich tatsächlich nachgedacht. Aber es gibt sehr gute Gründe, nicht in diesen Job zurückzugehen.«

Ida band ihre Haare zu einem straffen Zopf zusammen. »Das weiß ich. Aber vielleicht muss man seine Befindlichkeiten in so einer ernsten Lage auch mal vergessen und mit anpacken. Wo ist denn deine soziale Ader geblieben?«

»Jetzt krieg dich mal ein, Ida! Was tust du denn gerade gegen die Pandemie? Denkst du, Kinderkriegen ist soziales Handeln, oder was?«

Der Bildschirm wurde schwarz. Bis auf die weiße Schrift am unteren Rand: *Ida Humboldt hat die Unterhaltung verlassen.*

Scheiße.

Oder war die Verbindung nur unterbrochen? Nein, das war keine Funkstörung. Jella hatte es sich also auch mit ihrer Schwester verscherzt.

Wieso waren eigentlich plötzlich alle gegen sie? Jella hatte das Gefühl, dass sie überhaupt keine Chance bekam, die Misere zu beenden. Sie verstand ja, dass man sich kurz aufregte. Aber ihr immer weiter die Hölle heißzumachen für etwas, das sie nicht mehr ändern konnte, war unfair.

Sie fühlte sich wie ein Sandsack. Vielleicht sollte sie sich auf die Straße stellen und für Free Punches anbieten, damit noch ein paar mehr Mitmenschen ihren Corona-Frust an ihr ablassen konnten.

Irgendwas machte dieses Virus mit den Leuten. Vielleicht griff es auch die Gehirne an. Oder war es die Angst, die alle latent gereizt sein ließ? Weil eben keiner eine Ahnung hatte, wie die Pandemie verlaufen würde. Und ob es bald auch in Deutschland Zustände wie in Italien gäbe.

Jella hatte seit Jahren keinen Streit mit Ida gehabt. Keinen richtigen jedenfalls. Meinungsverschiedenheiten hatten sie ständig. Sie waren einfach sehr unterschiedlich. Aber Streit?

Da musste viel passieren, dass es so weit kam. Und nun hatte ihre Schwester tatsächlich aufgelegt. Jella spürte, dass ihr Magen schmerzte.

Ganz offensichtlich redeten bereits drei Menschen gerade nicht mehr mit ihr.

Ralf war natürlich keine Überraschung. Auch wenn sie gehofft hatte, dass ihr Entschuldigungsschreiben etwas mehr bewirken würde, als dass ihr Mitbewohner darin Altpapier sah und es in zirka dreiundachtzig gleichmäßige Streifen geschreddert vor ihrer Tür ablegte.

Bei Lennard hatte sie mit ihrer Versöhnungsnachricht wohl auch nicht landen können. Sie war gefühlte zwanzig Meter über ihren Schatten gesprungen und hatte ihn um Verzeihung gebeten, weil sie so unsensibel auf seine Kündigungs-News reagiert hatte. Das Foto von diesem Fun-Food-Blog, auf dem ein Oktopus aus Paprika in einem Frischkäsedip badete – nur sein roter Schotenkopf und einige Arme schauten heraus – fand er wohl auch nicht lustig. Sie hatte sich ganz schön überwunden, ihm zu schreiben, dass sie ihm, wenn er wieder in Hamburg wäre, ein Essen nach seinem Geschmack schulde. Und dazu dann auch noch die »All-Apologies«-Version von Sinéad O'Connor geschickt.

Sorry, kann gerade nicht, bin total im Stress. Erklär's dir später.

Das war nicht nur eine ernüchternde erste Reaktion gewesen, sondern am Ende alles, was er in den letzten drei Tagen von sich gegeben hatte.

Jella ging auf cassiopeia.de und las ihr Horoskop: *Unter dem rückläufigen Merkur und Jupiter-Einfluss könnte es bei dir aktuell vermehrt zu Missverständnissen kommen. Setz ganz auf dein kommunikatives Talent. Und um deine eigenen Nerven zu beruhigen: Räuchere doch mal wieder deinen Wohnbereich aus oder lern etwas Neues! Wie wäre es mit Makramee?*

Jella surfte weiter auf nju-skillz.com. Da gab es Makramee-Kurse, in denen sehr junge, sehr süße Mädchen mit weißen Bändern Eulen auf einer Holzstange knoteten. Das kam Jella nicht besonders nützlich vor. Aber einen Versuch war es wert.

Sie kramte in ihrer Bastelbox, fand ein paar türkisfarbene Wollfäden und sah sich das Video von vorn an. Nach zwölf Minuten Seilkaufberatung – es gab solche mit und solche ohne »Seele«, naturweiße und gebleichte, aus Baumwolle und aus Polyestermischung – hatte Jella allerdings genug von Makramee.

Sie scannte die anderen Kurse, »Modern Witchcraft: Mindset Work for a Lifetime of Magic«, »Sechzig Prozent Chinesisch verstehen in neun Stunden« und »Bauchtanz für Anfänger«. Was Menschen alles gegen Langeweile taten.

Bauchtanz fand Jella aber spannend. Sie klickte den Kurs an. Eugenia aus Neheim-Hüsten stellte sich vor. Sie sah aus wie Ramona Drews und sprach Sauerland-Dialekt. Nach ein paar einführenden Worten zu den Grundschritten folgte eine Aufführung der »Belly Babes«, bei der Eugenia in der ersten Reihe tanzte. Die anderen Damen mittleren Alters trugen bauchfreie Wickeltops in schrillen Farben und eine Art Schlaghose, über deren Bund das typische Goldpailettengebimsel klimperte. Sie tanzten vor der Kletterwand einer Schulturnhalle auf »Simarik« von Tarkan. Obwohl das Ganze hochkonzentriert ausgeführt war, fühlte sich Jella kein bisschen in den Orient versetzt.

Sie surfte wieder auf die Startseite und blieb an einer weiteren Überschrift hängen: »How to teach the perfect online class«.

Sollte sie ihre Yoga-Kurse doch im Netz anbieten? Vielleicht spezialisiert auf eine ganz bestimmte Zielgruppe?

Sie klickte auf das Video und beobachtete eine fast Hundertjährige bei der Ausführung des Sonnengrußes. Die Omi sah direkt in die Kamera und sagte breit lächelnd: »It's never too late to start with Yoga!«

Jella zögerte. Ja, genau! Das war *die* Idee.

07 Mai 2020

+++ Memos Zwillinge Enes und Matteo bekommen Fieber, Tanja Schnappatmung. Nach einem Test kann Corona ausgeschlossen werden, es handelt sich offenbar nur um eine Erkältung +++ Die Belastung mit Stickstoffdioxid (NO2) ist in Deutschlands Städten im Zuge der Corona-Maßnahmen deutlich gesunken. Hamburg meldet eine Abnahme der Messwerte seit Beginn der Corona-Maßnahmen um 23 bis 48 Prozent +++ Street-Art-Künstler Banksy dankt dem General Hospital in Southampton mit dem Gemälde eines knienden Jungen, der eine Krankenschwestersuperheldinnenpuppe durch die Luft fliegen lässt +++

35

Der Ton war nicht perfekt, aber das Licht dafür super. Das sieht schon richtig nach was aus, dachte Jella, als sie ihr erstes selbstproduziertes Yoga-Video zum zweiten Mal sichtete. Gut, beim Drehsitz konnte man ziemlich deutlich ihren Bauchspeck sehen. Vielleicht hätte sie vorm Aufnehmen nicht zu viele Videos von dieser sechsundneunzigjährigen US-Yogini anschauen sollen, die maximal einundfünfzig Kilogramm wog und noch weit gelenkiger war als Jella. Dann wäre ihr das sicher gar nicht aufgefallen. Aber egal. Sie wirkte dafür umso authentischer, und das gehörte zu einer anständigen Lockdown-Produktion.

Die Atemübungen und der Sonnengruß im Sitzen waren ihr jedenfalls sehr gut gelungen. Auch für Senioren sollte das gut verständlich sein. Jella hatte die Übungen fast in Zeitlupe ausgeführt, mehrfach wiederholt und ausreichend oft erwähnt, dass jeder und jede alles in der eigenen Art und in individuellem Tempo umsetzen durfte. Außerdem fiel ihr auf, wie sympathisch sie lächelte und dass ihre Witze charmant waren.

Die Idee, den Kunden der mobilen Haushaltshilfe beim ersten Besuch das Video auf einem USB-Stick als Willkommensgeschenk zu überreichen, hatte Fee gleich phantastisch gefunden. Ob Jella daraus später ein Online-Business entwickelte, wusste sie noch nicht. Erst mal ging es nur um einen gelungenen Start der »Helfer-Fee«. Der grasgrüne Bulli parkte seit zwei Tagen vor dem Haus ihrer Freundin, Raúl würde den Schriftzug und die Flyer gestalten, die ersten Termine waren bereits vereinbart.

Aber bei aller Euphorie durfte Jella die Wohnungssuche nicht verdrängen. Sie öffnete die App von WG-gesucht. Es war haarsträubend. Nur etwa acht Zimmer wurden aktuell zentrumsnah in Hamburg angeboten. Und diese waren entweder winzig, lagen weit über Jellas Budget oder befanden sich bei einer Eidelstedter Großfamilie im Keller.

Sie rief ihre Freundin an. »Sag mal, Fee …«

»Ob du bei mir wohnen kannst?« Damit war es erwiesen: Fee war Hellseherin. Dieses Talent könnte sie als Nächstes zu Geld machen. »Dachte ich mir, dass du bald fragst. Ist doch wohl klaro!«

Jella fiel ein Stein vom Herzen.

»Den Umzugswagen haben wir ja praktischerweise auch schon.«

Was hätte sie ohne diese Frau nur gemacht?

»Ist das Video fertig?«

»Ja, ich schick es dir gleich. Bin voll aufgeregt.«

»Denk ich mir, aber ganz sicher ist es wundervoll.«

Jella musste lächeln und betrachtete zufrieden das Startbild des Videos, auf dem sie in ihrem knallroten Yoga-Outfit auf der Matte kniete und strahlte.

»Ich find's super, dass wir das machen.« Fee freute sich wie eine Fünfjährige an Weihnachten. »Die Alten haben ja gerade nicht nur wenig Kontakt, sondern auch noch weniger Bewegung als sonst.«

Plötzlich wurde Jella klar, dass es einen viel besseren Weg gab, den Senioren Yoga nahezubringen, als ihnen einen USB-Stick in die Hand zu drücken. »Wie wäre es, wenn wir ein kleines Slow-Yoga-Programm als Zusatzleistung anbieten und ich die Übungen vor Ort zeige? Das ist doch viel netter, funktioniert ohne Berührung und vor allem ohne digitale Technik.«

»Na logo, Spitzenidee!« Fee war sofort überzeugt. »Aber erst mal kostenfrei als Schnupperangebot, okay? Ach, das wird herrlich, dann sind wir bald wieder zusammen unterwegs.«

Jella war sicher, dass das tatsächlich die nächste geniale Geschäftsidee war, und überlegte, ob sie sich vom ersten Honorar zuerst den Wolf auf die Wade oder den kleinen Goldfisch auf den Ringfinger stechen lassen würde. Ihr schneller Erfolg würde Lennard bestimmt auch beeindrucken. Wahrscheinlich flehte er sie bald an, ihm eine neue Chance zu geben – privat wie geschäftlich. Je nachdem, was Fee und er besprochen hatten.

»Duuuu, hast du Kontakt mit Lennard gehabt?«

»Ach, mein Schatz, das hätte ich dir doch brühwarm berichtet, wenn ich da was gehört hätte. Hab ihm einen Job bei uns angeboten. Aber er hat sich noch nicht gemeldet.«

Wow! Fee war wirklich eine Macherin. Lennard bereits in dieser Phase ernsthaft einen Posten in ihrem jungfräulichen Hippie-Unternehmen anzubieten, zeugte von Mut. Aber den hatte ihre Freundin ja bekanntermaßen.

Jella fragte sich, ob Lennard Fees Vorschlag womöglich als Witz verstanden hatte. Oder würde er in Kürze Geschäftspartner von Fee werden und Jella wäre – nach seiner eingehenden Businessberatung – raus? Vielleicht fühlte er sich aber auch geschmeichelt und ahnte, dass Jella nur gut über ihn gesprochen hatte.

»Hast du deine Eltern angerufen?«

Ups. Jella hatte den Anruf seit dem vereinbarten Termin verschleppt und sich heute fest vorgenommen, endlich mit ihrer

Mutter zu sprechen. Da hatte das schlechte Gewissen wohl wieder eigenmächtig den Verdrängungsschalter betätigt.

»Nein, ja, das mache ich genau jetzt!«

Sie beendeten das Gespräch, und Jella suchte den Kontakt ihrer Eltern aus der Anrufliste heraus. Arschbacken zusammen und durch.

»Papa, wie geht's dir?« Sie klang übertrieben fröhlich. Fidel, wie Lennard sagen würde. Jella musste grinsen.

»Es geht. Also, mir gut. Aber Gabi überhaupt nicht.«

Im Hintergrund hörte Jella ihre Mutter schwer husten.

»Sie hat Fieber und Husten.«

Jella blieb fast das Herz stehen. O nein, das durfte nicht wahr sein! Wenn sie ihre Mutter angesteckt hatte ... Da halfen dann mit Sicherheit keine Entschuldigungen mehr. Allerdings war ihr Besuch über einen Monat her. Wie lange war noch mal die Inkubationszeit? Sie wollte sich in diesem Moment in den Hintern beißen, dass sie nicht besser informiert war.

Ihr Vater klang ernst, aber ruhig. »Man soll ja gerade nicht zum Arzt. Dabei würden wir schon gerne wissen, ob Mama sich mit dem Corona-Virus infiziert hat.«

»Ja, das, also, wäre ... äh, wäre sicher gut. Kann sie denn noch schmecken?«

»Das hat der Hausarzt auch gefragt. Sie schmeckt aber noch alles, deshalb will er auch erst mal keinen Test mit ihr machen. Ist vielleicht doch nur ein grippaler Infekt.«

»Ich glaube, ihr solltet den Arzt noch mal anrufen und auf einen Test bestehen.« Jella wusste, dass der Zeitpunkt gekommen war, eine umfassende Beichte abzulegen. Sie schloss die Augen, holte tief Luft und sagte dann: »Es muss natürlich nichts heißen, aber ... ich habe einen Test gemacht, einen Antikörpertest.« Es war nicht besonders schlau, hier eine Pause zu machen. Das machte alles nur dramatischer. Mist. »Den Test haben wir von Tini aus Hannover bekommen, weißt du, meiner alten Kollegin, die hat ihn für uns besorgt und …«

»Jella, komm zum Punkt. Was war das Testergebnis?«

»Das … also …« Er würde sie definitiv enterben. Sie würden nie wieder miteinander reden. Warum hatte sie nicht besser aufgepasst? »Also das Ergebnis war bei mir positiv.«

»Aha.«

Er hatte »Aha« gesagt. Und jetzt folgte Stille. Endlose Stille. Ein Aha ihres Vaters war schlimmer als jede Rüge und dramatischer als die Androhung, enterbt zu werden. Aha war der Super-GAU. Jella hätte am liebsten aufgelegt.

»Nun gut.«

Was sollte das nun wieder heißen? Jella wusste nicht, was sie sagen sollte. Was hatte sie als Entschuldigung vorzubringen?

»Ich rufe noch einmal beim Arzt an und spreche mit ihm. Danke, dass du uns informiert hast.« Er räusperte sich. »Wir melden uns wieder, ja?«

Unglaublich … Hatte ihr Vater sie gerade gelobt? Obwohl sie eventuell ihre Mutter in Todesgefahr gebracht hatte? Jella konnte es nicht fassen. Und dann hatte er sie auch noch so schnell von diesem Gespräch erlöst. Sie war gottfroh.

Doch in der nächsten Sekunde wurde sie schlagartig wieder nervös. Was, wenn ihre Mutter sich angesteckt hatte? Sie war schließlich auch schon dreiundsiebzig. Und wenn es auch noch Jella selbst gewesen war, die den Virus an sie weitergegeben hatte … Jella durfte gar nicht darüber nachdenken. Am liebsten wäre sie sofort mit Fees grünem Bulli nach Portugal durchgebrannt. Oder hätte wenigstens gern einen Riesenbecher Peanut-Butter-Crunch-Eis ausgelöffelt. Leider war nichts davon eine Option. Und gegen ihr schlechtes Gewissen halfen weder die Flucht an die Algarve noch Soul Food.

Nun half nur beten. Oder Yoga. Sie schob ihre Matte zurecht und setzte sich im Lotussitz auf ihr Kissen. Es war an der Zeit, eine geführte Mediation mit sehr, sehr vielen Oms zu entwickeln – die würde weder ihr noch den einsamen Senioren schaden.

36

»Dankeeeee!«, krähte Fanny durch den Hausflur. »Wann besuchen wir das Virus im Zoo und füttern es? Ob es Popcorn mag?«

Lennard war gerührt, wie gut seine Comics bei Katjas Tochter ankamen. Er fühlte sich von einem Augenblick auf den anderen besser und stand nicht mehr ganz so bedröppelt im Treppenhaus vor seiner Wohnung.

»Wenn wir einen superlangen Greifarm haben, damit wir uns nicht anstecken können«, antwortete er. »Und wir brauchen einen Schutzanzug, wie die Astronauten.«

»Jaaa!« Fanny sprang begeistert auf und ab. »Wir fliegen zum Mars, wo es keine Virusse gibt.«

»Aber dafür große grüne Aliens mit Stacheln«, schaltete sich Katja ein. »Danke für die Post, Lennard. Sie liebt deine Comics über alles. Man weiß ja gar nicht, was die Pandemie mit den Kindern auf Dauer macht. Neulich hat sie ihre Kuscheltiere ganz weit auseinandergesetzt und streng gesagt: ›So, alle auf Abstand!‹ Traurig, oder?«

»Voll. Ich wollte mich bedanken, dass du das mit den Lüftern für mich übernimmst. Ruf an, wenn ein Komet auf das Haus fällt oder ein Blitz bei mir einschlägt, ja?«

Seine Nachbarin schaute bedauernd. »Ich glaube, du hast erst mal genug gelitten. So viel Pech kann man ja gar nicht haben. Fährst du wieder nach Algermissen?«

Lennard nickte. »Ja, meine Eltern ... Du hast ja keine Ahnung. Wie im Kindergarten.« Er hörte Memo draußen hupen. »Tschüss, ihr zwei! Und Fanny, ich mal dir bald wieder was.«

Lennards Zuhause war von jetzt auf gleich unbewohnbar. Es sah aus wie auf einer Baustelle, und dank der Feuchtigkeit und der Temperatur war es heiß und dampfig wie in einem türkischen Hamam. Er hatte heute Morgen eine Wäscheleine gekauft und quer durch seine Wohnung gespannt. Jetzt flatterten unzählige, noch halbwegs lesbare Dokumente mit Büroklammern daran. Auch der Oktopus oder das, was von ihm übrig war: ein paar verwaschene Tentakeln. Kein Wunder, dass Lennard nach zwei unruhigen Nächten die Zelte in Hamburg sofort wieder abbrach.

Nicht nur das Regal, viele Papiere und Zeichnungen sowie das Sofa waren zerstört oder hatten in erheblichem Maße gelitten. In Wohn- und Schlafzimmer standen seit heute Morgen laut brummende Trocknungsgeräte. Püster, wie der Typ von der Malerfirma gesagt hatte. Katja hatte sich bereiterklärt, einmal am Tag das kondensierte Wasser aus den Auffangbehältern zu leeren, solange er in Algermissen war. Lennard wusste, dass der Betrieb von Trocknungsgeräten in der Regel Lärm verursachte, fünfzig Dezibel oder mehr. Nach der »Technischen Anleitung zum Schutz gegen Lärm« betrugen die Immissionsrichtwerte bei Geräuschübertragungen innerhalb von Gebäuden tagsüber fünfunddreißig Dezibel und nachts fünfundzwanzig Dezibel. Er könnte also seine Miete mindern. Zwar nicht erheblich, aber immerhin.

Im Treppenhaus überlegte er kurz, ob er Jella eines der Fotos von dem unfassbaren Chaos, das einmal seine Wohnung gewesen war, schicken sollte. Dazu würde jetzt perfekt »Where

Is My Mind« passen. In der Bluegrass-Version von Trampled by Turtels. Aber würde sie das überhaupt interessieren? Sicher wäre sie sauer, wenn sie erfuhr, dass er kurz in Hamburg gewesen war und nicht nach einem Treffen gefragt hatte. Möglicherweise zu Recht. Er schickte nichts davon. Lennard hatte das Gefühl, sein Kopf könnte jede Sekunde explodieren. Bevor das passierte, drückte er lieber den Aus-Knopf in der Abteilung »amouröse Gefühle« seines Gehirns und wandte sich den wirklich wichtigen Dingen zu.

Draußen vor der Tür lehnte Memo mit Pornosonnenbrille, Schnauzbart und Zahnstocher im Mundwinkel am Volvo und sah aus wie ein Lude. Diesen Mann konnte nichts aus der Ruhe bringen. Er warf Lennard den Schlüssel zu. Länger als zwei Nächte in Hamburg zu bleiben war nicht infrage gekommen, dazu war die Wohnung zu laut, zu feucht und zu heiß. Memo hatte ohne Zögern ja gesagt, als Lennard ihn ein weiteres Mal um die Familienkutsche gebeten hatte. »Dann nehmen wir halt DriveNow. Du brauchst den Wagen dringender.«

Jetzt stand er da wie King of Cool, als hätte er einen ganzen Fuhrpark mit Autos. »Was sagst du zu meinem neuen Look? Ich dachte, ich nutze die Chance und erfinde mich neu.«

»Als Zuhälter?«

»Als Magnum!«

»Ach so. Du kannst einfach alles tragen. Das mit dem Auto werde ich dir nie vergessen. Danke, Memo.«

Sein Freund war gestern Abend mit einem Sechserträger vorbeigekommen und hatte Lennard auf einen ausgedehnten Spaziergang abgeholt, durch die Neustadt einmal runter zur Elbe und über Sankt Pauli wieder zurück. Lennard hatte aber nur kurz über die Kündigung sprechen wollen. Es war schön gewesen, in Gegenwart seines Kumpels den ganzen Stress zu vergessen.

»Ich hab dich ja schon damals gefragt, was du überhaupt in so einem Laden willst«, hatte Memo ihn erinnert, »und mir bei deiner Antwort, in der die Wörter Sicherheit, solides Einkommen und Eigentum gleich mehrmals vorgekommen sind, die Ohren zugehalten.« Auch Lennard musste über die Erinnerung ein bisschen lachen.

Als sie weiterliefen, fielen ihm die Litfaßsäulen mit den vergilbten Ankündigungen für Veranstaltungen auf, Konzerte, Musicals, irgendwas mit Pferden in den Messehallen ... Alles war gecancelt und verschoben. Niemand hatte sich die Mühen gemacht, die Reklame wieder abzureißen. Wozu auch? Der Anblick der Säulen hatte Lennard schlagartig traurig gestimmt. Von Jella wollte er lieber gar nicht erst anfangen und lenkte ab, als Memo auf sie zu sprechen kam. Der war ja bereits durchgedreht, als Lennard am Telefon vom Date im Park und dem Kuss berichtet hatte – und hatte seine Zurückhaltung wegen Corona überhaupt nicht verstanden. Lennard wollte sich die Diskussion ersparen. Außerdem hätte er dann zugeben müssen, wie überfordert er gerade damit war.

Nach einem kurzem Update, wie es mit seiner Wohnung weitergehen würde, nickte Lennard seinem Kumpel zu. Er hätte ihn gern gedrückt. Wahrscheinlich hatte er das Umarmen inzwischen verlernt. Dann setzte er sich wieder hinters Steuer und fuhr nach Algermissen.

Auf der Autofahrt zerbrach er sich wie erwartet den Kopf. Kein Job, keine Wohnung und – zumindest vorerst – keine Aussichten auf eine erfolgreiche Fortsetzung der Geschichte mit Jella. Außerdem das ständige Überlegen, wen er dieses Mal wie lange und mit welchem Abstand getroffen hatte. Dabei bestand eigentlich kein Zweifel, Lennard konnte sich bei niemandem angesteckt haben. Mit Katja, Fanny, dem Klempner und Memo war er auf Abstand geblieben, sogar beim nächtlichen Spaziergang hatte er seine Maske nur kurz zur Seite geschoben, um einen Schluck vom Bier zu nehmen. Zerbrach er sich gerade weniger wegen Corona den Kopf, weil die anderen Sorgen überhandnahmen? Das ist das Tolle an neuen Problemen, dachte er: Sie lassen die alten viel kleiner wirken.

Nach der Horrornacht freute sich Lennard nun auf das Haus seiner Eltern. Als er, zurück in Algermissen, die Tür aufschloss, hörte er vielstimmiges Geplapper aus dem Wohnzimmer. Stimmt, bei seinen Eltern war man wieder zu viert. Lennard hatte halbherzig seine Zustimmung gegeben. Torge Leander und Lizzy, wie er sie jetzt auch nannte, hatten es getrennt voneinander und bei ihren Familien nicht ausgehalten und seinen Eltern geschrieben, wie sehr sie das »lockere und schöne Miteinander« im Hause Vogel vermisst hätten. Sanne, die zunehmend genervt davon war, Bodo allein zu pflegen, hatte Lennard angebettelt, die zwei wieder einziehen zu lassen. »Wenn sie einen Test machen und niemanden sonst treffen, okay«, hatte Lennard schließlich nachgegeben. Nun bereute er seine Worte fast. Was hätte er für ein paar ruhige Stunden auf dem Sofa gegeben ...

»Guten Abend. Oh, Bodo, du kannst wieder sitzen?«

Als Lennard ins Wohnzimmer kam, hing sein Vater ziemlich entspannt auf der alten Chaiselongue und lächelte selig. Seine Mutter thronte auf ihrem Diwan, und Torge und Lizzy fläzten auf den bunten indischen Kissen auf dem Boden vor dem Couchtisch. Lennards Blick blieb kurz an Lizzy hängen.

Sie hatte sich neben ihrem Freund eingerollt wie eine Katze, den Kopf auf seinem Schoß. Die vier sahen aus wie eine richtig glückliche Familie. Störte er?

»Heeeey, Lennard. Komm, setz dich zu uns.«

Ausgerechnet der stille Torge war der Erste, der sprach. Auch er lächelte tiefenentspannt. *Alle* lächelten. Schön, dass Lennards Rückkehr für Erheiterung sorgte. Oder was war los?

»Wieso bist du schon wieder zurück? Oder welcher Tag ist heute?«, fragte Bodo.

In diesem Moment fielen Lennard die roten Karnickelaugen seines Vaters auf. Er schnupperte.

Nach was roch es hier?

»Habt ihr gebacken?«

Sanne kicherte. »Ja. Ein ganzes Blech voll mit …« Sie sprach sehr langsam. »Wie habt ihr die genannt, Lizzy?«

»Space Cookies.«

»Genau.« Sanne hob den Arm, als sei es mit größter Anstrengung verbunden, und zeigte auf eine Dose, die auf dem Tisch stand. »Da müsste noch einer für dich drin sein.«

»Ihr habt Drogen konsumiert? In unserem Wohnzimmer? Leute! Das ist …« Lennard hielt inne. »Egal. Ich geh nach oben. Lasst uns morgen sprechen.« Eine Diskussion mit seinen Eltern über Haschkekse würde ihn jetzt völlig um den Verstand bringen.

»Momentchen, Sohnemann.« Sanne versuchte es mal wieder mit Klischee-Pädagogik, die bei der Geschwindigkeit ihres Sprechens allerdings noch grotesker als sonst wirkte. Sie klopfte auf die Lehne neben sich und sagte: »Komm mal her. Nicht immer nur verurteilen, was wir machen.«

Lennard drehte sich wieder um, blieb aber ein paar Meter

vor der Sitzgruppe stehen. »Was wird das, *Mutter*? Eine Standpauke? Die habt ihr wohl nötiger. Wir haben eine Pandemie, und ihr ...«

Sanne kniff die Augen zusammen, als konzentrierte sie sich. »Dein Vater hat nach wie vor sehr große Schmerzen. Ich hatte ihm Hanföl gegeben, damit er nicht die ganze Zeit Tabletten nehmen muss.«

»Aber warum sind dann alle stoned?«, wollte Lennard mit wachsender Verzweiflung wissen. Es war, wie er Katja gesagt hatte: wie im Kindergarten. Nur schlimmer.

»Wir hatten etwas Gras übrig. Und es waren noch so viele Zutaten zum Backen da.« Lizzy hatte sich von Torge gelöst und streckte sich.

»Wir wollten deinem Vater nur helfen«, fügte Torge hinzu.

»Schon gut«, knurrte Lennard und sah in Richtung seines Vaters. »Hat es wenigstens geklappt?«

»Himmlisch. Keine Beschwerden«, nuschelte der und hob breit grinsend im Zeitlupentempo beide Daumen. »Wie geht's dir? Setz dich doch zu uns.«

»Danke. Ich muss ins Bett. Mir wurde gekündigt und in meiner Wohnung ist ein Wasserschaden.«

»Wow«, machte Lizzy.

»Das ist heftig«, sagte Torge,

»Mein armer Lenny. Nimm dir 'nen Keks!«, erwiderte Sanne und hielt ihm die Dose hin.

Bodos Grinsen war offensichtlich eingefroren.

Lennard beschloss, nun wirklich ins Bett zu gehen. Eine angemessene Reaktion oder gar Trost war von diesem bekifften Haufen nicht zu erwarten. Sie wirkten zugegeben etwas drollig, wie sie mit ihren kleinen Augen so dahingen. Aber mehr denn je wünschte er sich in diesem Moment eine normale Familie. Eine, in die er reinpasste und in der er nicht immer das Gefühl hatte, das ungeliebte Stiefkind zu sein. Er spürte einen Stich in der Brust. Lennard war eifersüchtig auf die beiden Eindringlinge, mit denen sich seine Eltern so superduper verstanden.

Er wollte sich gerade abwenden, da sagte seine Mutter: »Apropos Wohnung. Wir haben Post bekommen. Eine Selbstauskunft fürs Haus. Also für den Verkauf. Liegt ausgedruckt auf der Kommode im Schlafzimmer. Kannst du ja mal drüberschauen ... morgen ... oder so.«

Lennard wurde flau. Nicht auch noch das. Er hielt sich kurz den Kopf und stöhnte. »Ihr kennt meine Meinung. Es wird nichts verkauft. Alles bleibt so, wie es ist! Verstanden? Wann kriege ich eigentlich mein altes Zimmer zurück? Ich geh schlafen. Nacht zusammen.«

Auf dem Weg nach oben nahm er zwei Stufen auf einmal. Er hatte immer noch die Jacke an und den Rucksack auf. Im Schlafzimmer seiner Eltern fand er sofort die ausgedruckte Mail vom Immobilienexperten der Volksbank Algermissen. Neben einer Checkliste stand etwas von »beste Lage«, »solider Bausubstanz«, »bei der derzeitigen Lage sicher viele Interessenten« und schließlich eine Zahl, die Lennard kurz blinzeln ließ: »... liegt der Schätzwert des Hauses bei 600 000 Euro, das bedarf jedoch noch einer weiteren Prüfung.« Das war krass. Damit könnten ihm seine Eltern schon mal einen Teil seines Erbes ausbezahlen ... Nein! Die sollten mal schön hierbleiben, basta.

»Es wird nicht verkauft«, murmelte er sein Mantra erneut.

Lennard ging in den Raum, der mal sein Kinderzimmer gewesen war, schlug sich das Knie am Buddha an, warf sein Gepäck auf den Sessel und ließ sich auf das ausgeklappte

Schlafsofa fallen. Er sah hoch zur Decke in den Himmel aus alten Plastikleuchtsternen. Die hatte Sanne entweder vergessen oder absichtlich in ihr Reiki-Raumkonzept integriert. Doch die Leuchtkraft der Sterne war nach bald dreißig Jahren erloschen. Er holte sein Handy aus der Tasche und schrieb: *Hey, Jella. Alles gut bei dir? Sorry, dass ich mich jetzt erst melde. Hier geht es wirklich drunter und drüber. Ich war kurz in HH und bin wieder in der alten Heimat. Erkläre ich dir morgen. Hast du am Abend schon was vor?*

Er tippte auf Senden. Dann fiel er in voller Montur in einen komatösen Tiefschlaf.

08 Mai 2020

+++ Norwegen beschleunigt die Lockerung seiner Corona-Beschränkungen. Nach den Kindergärten und Grundschulen sollen ab Montag auch alle anderen Schulen wieder öffnen, gefolgt von den Bars am 1. Juni, wie die Regierung mitteilte +++ Jella versucht, zwei alte T-Shirts nach Shibori-Tradition zu batiken, das Ergebnis dient nun als Putzlappen +++ Auch wenn die Moscheen wieder öffnen dürfen, verzichten die meisten vorerst auf ein Freitagsgebet +++

37

»Ich hoffe, du magst Fisch.«

»Ich *liebe* Fisch! Was ist das? Oh, hier steht's.«

Wie süß sich Jella freute. Lennard meinte, trotz Skype und schummerigem Kerzenlicht zu erkennen, dass ihre Wangen gerötet waren, als sie vorlas.

»Vorspeise: Ceviche vom Kabeljau mit Tomatillo-Salsa, grünem Erbsenpüree und Kalamansi-Dressing. Was ist denn Kalamansi? Das klingt wie Kintamani, mein Lieblingshund. Weißt du noch?«

»Klar.« Er dachte einmal mehr, dass er sie gar nicht so hübsch in Erinnerung gehabt hatte. Schließlich klappte er seinen Pappkarton hoch und schaute auf eine XL-Pizza mit ... so ziemlich allem. Brokkoli, Erbsen, grünem Spargel, Mais, Sardellen, Artischocken – und vielem mehr unter einem duftenden Berg von mindestens zwei geschmolzenen Käsesorten. Eine sehr eigene Komposition ... aber genau das Richtige in diesem Moment.

»Als Hauptgericht gebratenes Tilapia-Filet an schwarzen Linsen und Morchelschaum ... Mega! Lennard, es riecht zum Schreien gut. Aber du hast viel zu viel Geld ausgegeben. Du musst doch sparen. Ich wollte dir auch mehr bestellen als eine olle Pizza, aber das nächste Restaurant mit Lieferservice war in Hannover, und die Liefergebühr für die lange Fahrt ...«

»Alles gut. Ich bin total zufrieden. Soul Food rules. Und super, dass keine Kapern drauf sind. Oder hast du die irgendwo unter dem Käseberg versteckt?« Er zwinkerte, und Jella lachte.

In diesem Moment bemerkte Lennard, wie sehr ihm Jella gefehlt hatte. In den letzten Tagen hatte er aufgrund seiner eigenen Sorgen die Verbindung zu ihr verloren. Nicht nur, weil sie sich nicht trafen. Sondern vor allem, weil sich in seinem Leben gerade eine Katastrophe an die nächste reihte. Als er heute Morgen aufgewacht war, hatte er jedoch eine Idee gehabt. Jella hatte ihn ja in ihrer Entschuldigungs-Mail vor ein paar Tagen zum Essen eingeladen. In Persona zwar, aber das ging nun mal gerade nicht. Er hatte ihr deshalb ein zweites Skype-Dinner vorgeschlagen. Nur diesmal sollte jeder für den jeweils anderen bestellen. Seiner WhatsApp hatte er natürlich auch wieder einen passenden Cover-Song angefügt: »Just the two of us« von Rhiannon Giddens featuring Sxip Shirey. Die amerikanische Folksängerin hatte die Version während des Lockdowns aufgenommen. Sie wollte damit Hoffnung machen. »We can make it, if we try …« Die Einnahmen spendete sie an einen Corona-Hilfsfonds. Ein Sousaphon spielte in ihrer Version die Bassline, eine Mundharmonika die Melodie – eine extrem coole (obwohl jazzige) Version des Hits, wie Lennard fand.

Lieferessen war dagegen so gar nicht sein Ding. Aber Memo hatte natürlich Tipps parat gehabt. »Die vom Krug in der Paul-Roosen-Straße liefern in der Krise. Da waren wir doch neulich noch.«

Lennard hatte zwar schlucken müssen, als er am Ende für eine Vorspeise und ein Hauptgericht plus Trinkgeld auf bald fünfzig Euro kam. Aber dann hatte er sein schlechtes Gewissen, trotz Kündigung so viel Geld auszugeben, beiseitegeschoben. Das war Jella ihm wert. Was sie ihm im Gegenzug bestellen würde, daran hatte er gar nicht gedacht. Er aß so gut wie alles. Außer Kapern. Aber die waren zum Glück nicht auf der Pizza.

»*Warmes Essen, warme Herzen* steht auf der Website vom Krug«, sagte er und musste lachen, weil es ziemlich kitschig klang, wenn man es aussprach.

Nachdem er Jella zu ihrem neuen Businessmodell ausgequetscht und ihr von Fees Nachricht an ihn erzählt hatte, sah sie ihn ernst an.

»Es tut mir leid, dass du deinen Job verloren hast, Lennard. Ich war neulich am Telefon etwas unsensibel. Magst du in Ruhe erzählen?«

»Klar. Ich muss kurz überlegen, wo ich anfange.« Er nahm sich noch ein Stück, klappte den Deckel zu und stellte den Karton mit der halben Pizza auf den Boden. Dann fing er mit Kais ätzender Nachricht und der Kündigung an und zählte Jella auf, was ihn an diesem Job alles genervt hatte. Er kam auf den Wasserschaden und das Vorhaben seiner Eltern zu sprechen, ihr Haus zu verkaufen und nach Schweden auszuwandern. Jella unterbrach ihn für ungläubige Nachfragen und sagte Sachen wie »Du Armer!« oder »Ach Mann«. Richtig amüsiert reagierte sie aber auf die Story mit den Cookies und seiner bekifften Familie.

»Ich liebe deine Eltern jetzt schon, Lennard! Lizzy und ihren Freund würde ich auch gerne kennenlernen.«

»Ich glaube, ihr würdet euch mögen«, erwiderte er leicht irritiert. »Wo war ich? Faden verloren. Zurück zu meinem Job. Ich weiß nicht, wie es weitergehen soll, und habe tierisch Schiss, nichts Neues zu finden. Dann kann ich mir meine Wohnung nicht mehr leisten und …« Er biss ein weiteres Mal von seinem Stück Pizza ab, die schmeckte wirklich erstaunlich gut mit dem ganzen Zeug drauf.

»Aber jemand wie du findet doch schnell was Neues, oder?«

»Weiß nicht. Eine globale Krise ist nicht gerade die beste Zeit für Jobsuche. Und wer weiß, wie sich das Ganze noch entwickelt.«

»Okay. Aber du kriegst doch Arbeitslosengeld, wenn dir gekündigt wurde, oder?« Jella aß einen weiteren Bissen, schaute auf ihre Fingernägel, stützte den Kopf aufs Kinn und hörte weiter zu.

Warum fing sie jetzt vom Arbeitslosengeld an? Es kam ihm nicht so vor, als könnte sie seine Situation wirklich nachvollziehen.

»Noch mal zum Verständnis, ich kriege bis Ende Juli Gehalt, danach nur sechzig Prozent davon. Und allein meine Warmmiete beträgt 1020 Euro.«

»Was? Krass! Ralf und ich zahlen achthundert. Zusammen!«

»Ihr seid auch etwas außerhalb. Ich wohne halt in der Neustadt. Und zahle meine Nebenkosten alleine.«

»Vielleicht musst du dann umziehen?« Sie zwinkerte.

»In eine runtergekommene WG in Wilhelmsburg?« Hoppla, das hatte sehr gereizt geklungen. Aber es stimmte doch.

Jella zog die Augenbrauen zusammen. »Ich verdiene auch gerade kein Geld.«

»Nein. Aber du hast reiche Eltern, die dich unterstützen«

»Hä?« Sie riss die Augen auf und schüttelte ungläubig den Kopf.

»Na ja, wenn man Ferienhäuser hat und so ...«

Jella fing laut an zu lachen. Das Besteck hatte sie aus der Hand gelegt. Sie wischte sich mit einem Küchentuch den Mund ab. »Moment, wer hat dir *das* denn erzählt? Meine Eltern sind ganz normale Leute.« Sie holte Luft und sprach jetzt lauter und schneller. War sie sauer? »Die haben keine Ferienhäuser. Außerdem würden die ihr Geld eher Unicef überweisen, als mich zu unterstützen, das kann ich dir sagen. Wie kommst du nur auf so einen Quatsch?«

Lennard wurde kleinlaut. Er hatte wohl, ohne nachzudenken, eins und eins zusammengezählt, und sich vorgestellt, dass Jellas stinkreiche Eltern einen Urlaub nach dem anderen machten und den ausgedehnten Selbstfindungstrip ihrer Tochter finanzierten.

»Wäre ja nicht schlimm, wenn sie welche hätten«, versuchte Lennard zu retten, was zu retten war.

»Haben sie aber nicht.« Sie nahm die Gabel wieder in die Hand und setzte ein Lächeln auf.

Okay. Problem erkannt, Problem gebannt. Themawechsel, aber schnell.

»Meine Eltern machen übrigens Ernst mit dem Haus, und ich glaube, sie werden ein super Angebot bekommen, dafür dass das Haus ziemlich baufällig ist.«

»Wirklich?« Sie nahm noch einen Bissen.

Lennard erzählte von den 600 000 Euro und erklärte ihr, warum er seine Eltern trotzdem mit allen Mitteln davon abhalten wollte zu verkaufen.

»Ich habe gemerkt, wie sehr ich an dem Haus hänge. Ich würde es wirklich gern behalten. Meine Eltern sollen gefälligst hierbleiben! Schweden, so ein Unsinn. Die werden echt nie erwachsen.«

Jella stocherte inzwischen lustlos in ihrem Essen herum.

»Schmeckt's dir nicht?«

»Doch. Ich versteh dich, Lennard. Du bist in dem Haus aufgewachsen. Neulich hast du mir dieses Foto geschickt, wie du mit deiner Cousine als kleiner Junge auf der Schaukel im Garten sitzt. Da hast du so selig ausgesehen. Aber wenn deine Eltern unbedingt nach Schweden wollen, um da glücklich zu werden …«

»Ich finde das total egoistisch von den beiden. Nie werde ich gefragt!«, ereiferte er sich.

Jella legte die Gabel weg. »Ganz ehrlich? Ich wünschte, ich hätte so coole Eltern wie du, die so was durchziehen und einen Traum verwirklichen. Das ist doch total toll.«

Lennard wischte sich die Finger an einer Serviette ab. »Pfff … Ich finde das egoistisch. Und du kennst meine Eltern nicht. Die machen es sich total einfach, wie immer.«

Was wusste sie denn schon? Beziehungsweise, was hatte sie sich in den stundenlangen Telefonaten alles *nicht* gemerkt, bitte schön? Er hatte ihr haarklein erzählt, wie selbstbezogen und kindisch der permanente Selbsterfahrungstrip seiner Eltern war. Wenn er nicht wäre, würde doch in Algermissen alles den Bach runtergehen.

Jella starrte ihn für eine Sekunde an. Etwas in ihrem Gesichtsausdruck veränderte sich. Die kleinen Lachfältchen um die Augen verschwanden, und mit einem Mal wirkte ihr Mund viel kleiner, weil sie die Lippen zusammenzog.

»Egoistisch? Ich will dir nicht zu nahetreten, Lennard, aber ich glaube, dein Verhalten könnte man auch als ein kleines bisschen egoistisch bezeichnen. Du hinderst sie daran, auszuwandern, weil du nicht allein sein möchtest und an Altem festhältst.«

Er glaubte, sich verhört zu haben, und verschränkte die Arme vor der Brust. »Haha. Du meinst an meinen Alten? Also, das lass mal meine Sorge sein. Und entschuldige mal, aber wer von uns beiden ist wohl egoistisch? *Du* bist doch immer nur auf Selbstverwirklichung und Spaß aus! Ich versuche lediglich, meine Eltern vor falschen Entscheidungen zu bewahren.«

Jellas Augen blitzten angriffslustig. »Und meinst du nicht, dass deine Eltern selbst wissen, was die richtige Entscheidung für sie ist?«

»In diesem Fall: klares Nein!« Jetzt wurde Lennard sauer. *Richtig* sauer. Am liebsten hätte er seinen Rechner zugeklappt und ins Kissen geschrien.

Jella hatte das Besteck beiseitegelegt und schob den Teller demonstrativ ein Stück von sich weg. »Dir ist schon bewusst, dass das Leben auch aus Gefahr und Abenteuer besteht und nicht nur aus Bausparverträgen und Sicherheit, oder? Ich finde, du bist ein ganz schöner Spießer, was das angeht. Und unflexibel.«

Etwas in seinem Hirn implodierte. »Wie bitte? Ich bestell dir Essen für fünfzig Euro und lass mich auf diesen ganzen Quatsch hier ein, und du sagst, ich sei spießig?«

Jella hielt beide Hände ablehnend vor sich, als wollte sie Lennard von sich fernhalten. »Weißt du was? Du bist der größte Schisser, dem ich je begegnet bin.«

»Ich?!« Seine Stimme überschlug sich fast.

»Allerdings. Komm doch nach Hamburg und zeig mir, dass du es ernst meinst mit uns! *Das* wäre ein richtiges Abenteuer, Lennard. Aber nee, du sitzt lieber auf dem Dorf, wo du nicht mal sein willst, und bemitleidest dich selbst. Lass deine Eltern gehen, wohin sie wollen. Und sei nicht so ein Opfer! Bist du siebenunddreißig oder sieben?«

Lennard bemerkte, wie die Ader an seiner Schläfe pulsierte. Hatte sie Lack gesoffen? Was fiel ihr ein, so über ihn und seine Entscheidungen zu reden?

Er beugte sich nach vorn, so dass sein Gesicht im Ausschnitt größer wurde. »Darum geht es also. Dass ich dich nicht treffen will. Das hat gute Gründe. Aber die sind für Jella Humboldt natürlich nicht so wichtig«, polterte er und lehnte sich wieder im Stuhl zurück. »Hauptsache, sie kann ihre Freundin umarmen und nach Sri Lanka fliegen. Ich hoffe nur für dich, du hast deine Eltern wirklich nicht angesteckt.«

»Lennard. Sprich lieber nicht weiter«, sagte Jella ruhig. Der unterdrückte Zorn war ihr deutlich anzusehen.

Aber er war noch nicht fertig. Ihm fiel auf, dass seine Stimme zitterte. Es hatte sich so viel Wut in ihm aufgestaut. Und er spürte, wie sehr ihn Jellas selbstgefälliges, egoistisches Gehabe aufregte.

»Wenn alle so drauf wären wie du, würde hier keiner lebend rauskommen!« Lennard hatte keine Lust, sich und Jella wieder in das ruhige Fahrwasser zu manövrieren, das sie eben verlassen hatten. Vom schaukelnden Ruderboot auf der Alster waren sie in weniger als einer Minute in ein Kriegsschiff auf rauer See umgestiegen. »Meine Kindheit war auch beschissen, kannst du dir das vorstellen? Aber so blöd ich meine Eltern auch oft finde, ich habe sie immerhin nicht in Lebensgefahr gebracht wie du!«

»Wow.« Jella sah tatsächlich getroffen aus. »Das ist ... Weißt du was? Ich hätte gleich wissen müssen, dass so ein klugscheißender Vollspießer nichts für mich ist. Du bist wirklich das Letzte, Lennard Vogel.« Sie hatte schon die Hand am Bildschirm, um den Laptop zuzuklappen. Dann hielt sie inne. »Und schick mir deine Kontodaten, damit ich dir das Geld für dein Edelmenü zurücküberweisen kann!«

Dann schlug sie den Rechner zu.

Lennard schob den Stuhl zurück und ließ den Kopf auf die Tischplatte sinken. Was war das denn bitte gewesen?! Klassischer Fall von *that escalated quickly …*

Seine Gedanken überschlugen sich, und er stand auf. Es machte ein schmatzendes Geräusch. Unter seiner rechten Tennissocke fühlte es sich feucht, weich und warm an. »Scheiß Pizza!« Er brüllte vor Wut laut auf. Es hätte nicht viel gefehlt, und er hätte mit voller Kraft gegen den Karton getreten.

09 Mai 2020

+++ In Amsterdam werden Corona-kompatible Formen von Restaurantbesuchen getestet. Das Kunstzentrum *Mediamatic* plant, jeweils zwei Gästen ein vegetarisches Dinner in seinen Gewächshäusern am Wasser anzubieten +++ Die zu Dänemark gehörenden Färöer-Inseln sind offiziell Corona-frei. Es gebe keine aktiven Fälle mehr, teilte die Regierung am Samstag mit +++ Wissenschaftler aus Braunschweig haben 750 im Labor hergestellte Antikörper gefunden, die das Corona-Virus am Eindringen in körpereigene Zellen hindern. Diese Erkenntnis könnte den Weg für die Entwicklung eines Medikaments gegen Covid-19 ebnen +++

www.jellasjourneys.com

Das Glücksrad Moral und die Wutfrage

von Jella Humboldt

Ich habe mich zu hundert Prozent richtig verhalten. Dieser Typ ist völlig verbohrt. Der hat überhaupt nichts verstanden, sucht nur einen Sündenbock und will seine Wut an mir auslassen. Er ist ein selbstgerechter Egoist. Er ist schuld, nicht ich. Punkt.

Sehen wir die Dinge in letzter Zeit vielleicht zu oft nur noch schwarz weiß? Und werfen uns gegenseitig Vergehen vor, die wir selbst in gleichem Maße begehen? Sind wir nicht alle von Zeit zu Zeit egoistisch, ungerecht oder haben etwas in den falschen Hals bekommen? Gerade jetzt, mit all diesen neuen Regeln und Verboten. Sind wir nicht alle ständig schuldig? Und gleichzeitig unschuldig, weil all das auch einfach menschlich ist? Wir können uns doch nicht wie die Corona-App programmieren, so dass wir uns ab morgen immer und überall moralisch einwandfrei verhalten.
Und: Was ist gerade überhaupt richtig und was falsch?

Sollte man alte Menschen an ihrer Einsamkeit zugrunde gehen lassen, oder wollen sie am Ende nicht selbst die Entscheidung treffen, ob sie das Risiko eingehen wollen, sich während eines erfüllenden Nachmittags mit der Familie mit dem Corona-Virus anzustecken? Wie verantworten wir, dass Kinder misshandelt werden, die wochenlang zu Hause eingesperrt sind und keine Klassenkameraden und Lehrer sehen? Wie notwendig sind soziale Kontakte für einen Single, der allein lebt? Wie wichtig sind persönliche Treffen für eine vom Home-Schooling überlastete Mutter, die selbständig und dank des Lockdowns pleite ist? Ist es wirklich so leicht zu verkraften, dass wir uns mal eine Zeitlang nicht umarmen?
Solche Fragen machen wütend. Das zu verdrängen ist unsinnig. Denn es ploppt an anderer Stelle wieder hoch. Und dann entlädt es sich garantiert zum falschen Zeitpunkt. Oder eben beim falschen Gegenüber.
Das Virus ist der Grund. Mit dem können wir nur leider nicht reden. Wir können es nicht vor einen Richter zerren und die gerechte Strafe fordern. Es übernimmt leider null Verantwortung. Das müssen wir selbst tun. Und zwar jeder und jede Einzelne.
Besser, man wird sich der eigenen Wut bewusst. Und akzeptiert sie erst mal. Dann erst entscheidet man, was damit zu tun ist. Kann ich das Problem behalten, weil es mir gehört? Sollte ich eventuell meinen Kleiderschrank zertrümmern? Vielleicht die Stiefmütterchen in meinem Vorgarten zertrampeln? Oder meine Makramee-Werke zerschnippeln? Kann man machen, muss man aber nicht. In das eigene Kopfkissen zu schreien kann auch schon

Wunder wirken. Oder ein Wutbild malen. Klingt nach Selbsterfahrung. Ist es auch. Nur ohne therapeutische Betreuung und Pathologisierung.
Du bist wütend? Okay. Sei wütend. Nur bitte nicht auf mich, wenn dir der Zufall oder das Leben oder eben ein Virus das angetan hat. Und frag dich auch einmal: Bist du wirklich nur wütend, oder steckt da noch ein anderes Gefühl dahinter? Zum Beispiel Hilflosigkeit? Oder Angst? Bei mir ist das nämlich gerade so. Ich wollte niemandem etwas Böses und habe Menschen in Gefahr gebracht. Sogar die, die mir am allerwichtigsten sind. Ich bereue es. Aber ich kann es nicht wiedergutmachen. Ich würde gern etwas tun, etwas Sinnvolles, für die, die ich verärgert habe, und für die, denen es momentan echt an den Kragen geht. Aber ich merke, ich fühle mich dabei hilflos. Und ich habe Angst – dass ich es für immer versaut habe, dass ich alles falsch mache, dass ich allein sterbe. Klingt dramatisch. Aber vielleicht sind solche Gefühle während einer weltweiten Pandemie nicht ungewöhnlich.
Hilflos fühle ich mich auch, weil ich feststelle, sozial denken ist eines, sozial handeln etwas anderes. Soziales Handeln muss man jeden Tag und im Kleinen üben. Und dann geht es vielleicht nicht darum, dass ich ein Obdachlosenheim eröffne oder für alle Seniorinnen in meiner Straße einkaufe, sondern erst mal ganz schlicht um Nachsicht. Das ist nämlich auch ein sozialer Akt. Und der tut echt gut.
Wut kann man produktiv einsetzen, und sie kann ankommen, wenn man sie an den passenden Adressaten und in der richtigen Verpackung sendet. Zum Beispiel als

Petition an den Bundestag. Wut kann man auch verwandeln. In etwas mit noch mehr Sinn. Anschuldigungen sind für keinen von uns gut. Vielleicht sollten wir uns deshalb mal wieder ganz altmodisch und mit brennendem Eifer um etwas Grundlegendes und Wesentliches bemühen: um Vergebung. Erst mal sich selbst und dann denen, von denen man glaubt, dass sie schuld an allem sind. Danach könnte man sich eventuell wirklich frei und mit den anderen verbunden fühlen – trotz und gerade in Zeiten von Corona. Versuchen kann man's ja mal, oder?

11 Mai 2020

+++ Die Sprachpäpste der Académie française in Paris teilten mit, Covid-19 sei weiblich. Die von Kardinal Richelieu gegründete Gelehrtengesellschaft wacht seit 1635 über die französische Sprache. Unter den 35 Mitgliedern sind gerade mal fünf Frauen +++ Die Bundesregierung will bis zu 750 Millionen Euro in ein Programm zur Entwicklung eines Corona-Impfstoffs investieren +++ Lennard sichert sich für den Ernstfall die Domain www.backvogel.de +++

38

Gut, dann war das ja jetzt geklärt. Er hatte sich doch gleich gedacht, was Jella für eine war. Lennard streute etwas Mehl auf die Arbeitsfläche. Hätte er bloß seinen Verstand nicht ausgeschaltet! Er nahm den XL-Kloß Mürbeteig aus der Schüssel und fing an, ihn mit beiden Händen kräftig zu kneten. Sie hatte sicher schon drei, vier neue Typen am Start, mit denen sie schrieb. Oder noch besser: sich traf. Sie nahm das mit dem Abstand ja eh nicht so genau. Und dieser südländische Typ mit dem Dutt war am Ende gar nicht schwul.

Der Teig besaß ungefähr so viel Geschmeidigkeit wie Lennard in diesem Moment. Er nahm ihn hoch und ließ ihn mit einem lauten Klatschen auf die Platte fallen. Er und egoistisch? Sie konnte ihm echt gestohlen bleiben. Mit seinen kindischen Eltern hatte er schließlich genug zu tun.

Er schlug mit den Handflächen auf den Teig ein, erst zaghaft, dann immer heftiger. Das Ziehen in seinen Fingern motivierte ihn. Wäre sein Leben ein Film, hätte er längst eine Tür demoliert oder ein Loch in die Zimmerwand geschlagen. Dass er sich gerade an einem unschuldigen Mürbeteig ausließ, fand er selbst tragikomisch. Aus Wut versetzte er der Masse noch ein paar Hiebe. Seine Hände schmerzten. Lennard hielt inne. Boxte er wirklich gerade seinen Apfelkuchen in spe? Was war nur aus ihm geworden? Vor ein paar Monaten hätte er sich in jedem Assessmentcentertest als besonnen, rational und wohltemperiert bezeichnet und wäre wohl auch so rübergekommen. Aber in den letzten Wochen war er zu einem leicht reizbaren, quengeligen, durch und durch unentspannten Typen geworden.

Zwischen den einzelnen Schritten der Selbstanalyse und des Backvorgangs blitzten Bilder von Jella auf. Wie er sie da an dieser Pferdestatue hatte stehen sehen. Ihre Grübchen. Die Hochsteckfrisur. Jella, wie sie Sekt aus einem Wasserglas trank. Jella, wie sie einen Bissen von dem Krug-Essen nahm und dahinschmolz, als hätte sie gleich einen Orgasmus, weil sie es so lecker fand. Mist, Kopfkino ...

Lennard zog energisch das Blech aus dem Ofen, stellte es ab und legte ein Blatt Backpapier darauf. Seit dem Streit hatte er sich nicht bei ihr gemeldet. Von ihr war auch nichts gekommen. Er spürte in sich hinein. Das dumpfe Gefühl irgendwo in seiner Brust – oder war es in seinem Kopf? – war auch nach der Prügelattacke am Kuchenteig noch da.

Die Küchentür ging auf, und Bodo trat humpelnd ein. Man sah, dass ihm jeder Schritt weh tat, aber gut, dass sein Vater langsam wieder fitter wurde. »Uiuiui! Was wird das denn Feines, wenn's fertig ist, Lenny?«

»Wollte euch mal zeigen, dass man Kuchen auch ohne Gras backen kann.« Das hatte eigentlich lustig klingen sollen. Vielleicht verzichtete er in seinem Zustand besser auf Scherze? »Sorry, Bodo. Das wird ein Apfelkuchen. Mit Kakaobiskuit.« Lennard drückte den Teig auf das Blech und versuchte, sich nichts von seiner Stimmung anmerken zu lassen.

Sein Vater lachte. »Du bist ja heute ein richtiger Scherzkeks, Lenny. Aber sag mal, dich bedrückt das sehr, oder?«

Hatte sein Vater ihn gerade wirklich gefragt, wie es ihm ging? Lennard konzentrierte sich darauf, den Teig sauber zu verarbeiten, und tat unwissend. »Was meinst du?«

»Du machst seit Tagen ein Gesicht wie deine Mutter, wenn ich mal was mit Fleisch möchte. Eine Kündigung kann ja auch eine Befreiung sein. Und wenn du dir Sorgen um Geld machst …«

»Dann gibst du mir vorzeitig was vom Erbe, ich weiß. Bodo, ich will euer Geld nicht. Ich will nur, dass ihr hierbleibt.«

Sein Vater schaute ihn verständnisvoll an.

»Egal.« Lennard wischte sich die Finger an seiner »Goodlookin'-is-cookin'«-Schürze ab – eines von den »irre witzigen« Geschenken seiner Mutter. Sanne hatte sie ihm neulich im Netz bestellt, um seine neu entdeckte Backleidenschaft zu fördern. »Falls es wieder in den Lockdown geht, kannst du Jella damit jeden Tag bekochen«, hatte sie gesagt.

Bodo schaute auf die Schürze. »Was macht eigentlich deine Freundin? Lad sie doch mal zu uns ein! Vielleicht zum Essen? Liebe geht ja bekanntlich durch den Magen. Deine Mutter liebt es, wenn ich ihr was zaubere …«

»O jaaa!«, rief Sanne im betont fröhlichen Singsang aus dem Flur. Wurde man hier eigentlich überall belauscht? »Vor allem, wenn er außer seiner Schürze nur das Radio anhat.«

Bodo lachte lauthals und hielt sich die Seite. »Au, diese verdammten Rippen …«

Lennard griff nach der Schüssel mit dem gedünsteten Gemisch aus geraspelten Äpfeln, Butter, Vanillezucker, Kokosraspeln und Zimt für die Füllung. »Leute! Es geht nicht immer nur um euch und eure Balzrituale. Jella ist nicht meine Freundin, okay? Und ich habe eine richtig miese Laune wegen der ganzen Situation. Dass ihr das Haus … Ach, lasst uns das später besprechen. Wenn wir alle mal an einen Tisch sitzen.« Er verteilte die Füllung auf dem Kuchenboden. »Ich backe, um auf andere Gedanken zu kommen. Und weil ich es hier schön haben möchte. Oma Stuttgart hat den Kuchen früher immer gemacht.«

»Ist gut, Junge. Was ist eigentlich mit deiner Wohnung in Hamburg? Gibt es da Neuigkeiten?«, wollte Bodo wissen.

»Der Schaden ist wohl überschaubar. Ich habe alle Versicherungsscheine noch einmal zugeschickt bekommen. Die Steuerunterlagen von 2016 und 2017 sind allerdings hinüber. Zum Glück hatte ich das Wichtigste eingescannt ...« Lennard verstummte. Er wusste, dass er seinen Vater spätestens beim Wort »Versicherung« verloren hatte.

Es klingelte an der Tür. Lennard hatte das langgezogene Ding-ding-Dong fast vergessen. Er überlegte, wann zuletzt jemand geläutet hatte. Lizzy und Torge hatten einen Schlüssel, und der Postmann legte Briefe und Pakete seit neuestem vor der Tür ab. Sanne und Bodo hätten zwar weiterhin gern Besuch empfangen, aber niemand besuchte sie, was Lennard sehr erleichterte.

»Oh, jetzt schon?« Bodo machte sich auf die Socken Richtung Tür.

Lennard hielt ihn an der Schulter zurück. »Warte, ich mach das. Du musst dich schonen.«

Doch Sanne öffnete bereits die Haustür.

»Abstand halten, Sanne!« Lennard stürmte aus der Küche durch den Flur. Auf der Matte stand ein dicklicher Hüne in einer etwas zu eng sitzenden hellgrauen Anzughose und einem weißen Hemd. Dazu trug er eine Krawatte in einem äußerst mutigen Apfelgrün. Sein Gesicht war rosig. Durch die helle Maske vor dem Mund wirkte es wie ein Babyhintern mit Pampers.

»Jörg Schlonzek, Volksbank«, sagte der Mann in sonorem

Bass. Er trug eine Aktentasche unterm Arm, an seinem Handgelenk baumelte eine winzige silberne Digitalkamera. »Guten Tag, Frau Vogel. Und Sie sind sicher der Junior? Ich mach mal so.« Er winkte umständlich mit den Händen und lachte dröhnend. Unter seinen Armen hatten sich Schweißflecken gebildet. »Hand geben geht ja nicht.«

Lennards Argwohn schwoll an. »Ich bin der Sohn, ja. Wie kann ich Ihnen helfen?«

»Herr Schlonzek ist der Immobilienexperte von der Volksbank. Er wollte sich das Haus anschauen. Ganz unverbindlich.« Sanne lächelte nervös.

»Genau. Damit wir eine Hausnummer haben.« Der Mann lachte noch lauter. »Also, was Ihr schönes Eigenheim so wert ist.«

Lennard fragte sich, wie viel Dezibel die Lache dieses Bankfuzzis wohl hatte, und verschränkte die Arme vor der Brust.

»Darf ich eintreten?« Herr Schlonzek sah plötzlich irritiert aus und blickte hilfesuchend zu Sanne, da Lennard keine Anstalten machte, ihn hereinzulassen.

Stattdessen holte er tief Luft. »Es tut mir wirklich leid, Herr Schlonzek, aber wir haben eine Pandemie und meine Eltern gehören beide zur Risikogruppe. Wir können die Besichtigung heute nicht machen. Passt es Ihnen in vier Wochen? Oder vielleicht gegen Ende des Jahres?«

»Lenny, lass den lieben Herrn Schlonzek bitte rein. Wir können ja Abstand halten.« Sanne streichelte Lennards Schulter.

Er bewegte sich nicht vom Türrahmen weg und schwieg eisern. Das schien seine Mutter als stillschweigende Zustimmung zu verstehen.

Sie tänzelte davon. »Ich hole meine Maske!«

Herr Schlonzek sah Lennard an. Lennard sah Herrn Schlonzek an.

»Ich verstehe Sie, Herr Vogel junior. Der Verkauf des Eigenheims ist eine sehr emotionale Angelegenheit. Da muss man behutsam vorgehen. Gerade in diesen Zeiten. So ein Umzug in ein anderes Land ist aber auch eine schöne Sache! Traut sich nicht jeder. Ihre Eltern sind seit über vierzig Jahren Kunden bei der Volksbank Algermissen, und da stehen wir ihnen natürlich voll und ganz zur Seite.«

»Davon gehe ich aus. Aber wissen Sie, meine Eltern *wollen* das Haus gar nicht verkaufen. Die denken das nur. Es handelt sich eindeutig um eine Corona-bedingte Übersprunghandlung. Ich meine, würden Sie Ihre Eltern gerade auswandern lassen? Ausgerechnet nach Schweden? In diesen Zeiten?«

»Die Entscheidung, Ihr Haus zum Verkauf anzubieten, müsste natürlich im besten Fall von Ihnen allen getroffen werden. Da hängen auch immer Erinnerungen dran. Und ich weiß ja nicht, wo Sie aktuell wohnen, Herr Vogel junior? Ob Sie vielleicht mit der Gattin und den Kindern nach Algermissen ...?«

Lennard blickte auf die Digicam an Herrn Schlonzeks Handgelenk, die an seinem fleischigen Arm wie eine deplatzierte glitzernde Minihandtasche aussah.

Sanne kam zurück. »Sooo, Lennard, jetzt gib aber mal die Tür frei. Möchten Sie vielleicht einen Kaffee, Herr Schlonzek? Oder Tee? Unser Sohn backt gerade ...«

»Wissen Sie, Herr Schlonzek«, unterbrach Lennard seine Mutter mit ruhiger Stimme. »Wir sind noch nicht so weit. Daran ändert auch der Kaufpreis nichts. Haben Sie eine Karte? Wenn sich das alles wieder beruhigt hat, melden wir uns gern bei Ihnen.«

Herr Schlonzek zog mit der Kamerahand eine Visitenkarte aus der Brusttasche seines Hemdes und reichte sie Lennard. »Aber wenn ich doch schon mal da bin …«

»Die Karte können Sie in den Briefkasten werfen. Sie wissen ja … Corona. Haben Sie einen schönen Tag. Und bleiben Sie gesund.« Lennard bemühte sich nach vollen Kräften, freundlich zu bleiben, allerdings fiel ihm die Tür beim Schließen aus der Hand und schlug viel zu laut ins Schloss.

Als er sich umdrehte, stellte sich ihm Sanne in den Weg. Sie hatte die Hände in die Hüften gestemmt.

»Lennard, was zum …«

»Ich backe jetzt den Kuchen zu Ende. Wenn er im Ofen ist, setzen wir drei uns mal hin und reden über alles.«

Seine Mutter zog die Maske ab und sah ihn schmollend an. »Ich weiß nicht, was wir falsch gemacht haben. Du gönnst uns auch wirklich gar nichts. Das Haus kommt morgen ins Internet. Dann schätzen wir es eben selbst.«

Lennard schaute an sich herunter. Er hatte immer noch diese alberne Schürze um.

12 Mai 2020

+++ Jens Spahn bittet um Verständnis für schwierige politische Entscheidungen: »Wir werden einander in ein paar Monaten wahrscheinlich viel verzeihen müssen.« +++ Jella hat Pferdesalbe als Hausmittel gegen Verspannungen für sich entdeckt +++ Die Gemeinde Sylt fordert zusammen mit den Sylter Unternehmen ein Betretungsverbot für Tagestouristen bis Anfang Juni. Man wolle in der Corona-Krise »kein zweites Ischgl werden« +++

39

»Nicht so doll, Herr Niemeyer, sonst haben Sie nachher einen Giraffenhals. Ich zeige es Ihnen noch mal.«

Jella rutschte auf ihrem Stuhl nach vorn und streckte den Rücken durch. Sie neigte den Kopf leicht nach rechts. Dann hob sie den rechten Arm nach oben, knickte ihn ein und ließ den Unterarm langsam sinken, bis er auf der linken Seite ihres Kopfes liegen blieb.

»Den Arm einfach ruhen lassen, nicht drücken.«

Der ältere Herr auf dem Stuhl gegenüber machte es ihr nach. Dabei rutschte der Ärmel seines Pullovers herunter, und Jella konnte den schmalen, blassen Arm sehen. Eine von Herrn Niemeyers weißen Haarsträhnen fiel auf die andere Seite und löste den Seitenscheitel auf, den er sich offenbar mit viel Mühe gekämmt hatte.

»Genau so. Spüren Sie die angenehme Dehnung?« Sie atmete aus. Die Gesichtsmaske war zwar nervig, aber schlicht notwendig. Das war ihr so klar wie nie zuvor.

»Mmh«, machte Herr Niemeyer und ließ Jella nicht aus den Augen. »Das kenn ich vom Rudern. Aber das ist schon ein Weilchen her. 1958, Deutscher Vizemeister waren wir da.«

»Wow.« Jella stellte sich den drahtigen Mann vor, wie er als fünfzehn- oder sechzehnjähriger Junge im Achter saß und mit kräftigen Zügen die Paddel durch das Wasser zog. »Wo sind Sie gerudert?«

»Auf der Weser. Leichtgewichtsvierer ohne Steuermann.«

»Cool.« Jella hatte den alten Mann von Anfang an gemocht und fand ihn gleich noch ein wenig liebenswerter. »Langsam lösen. Und die andere Seite. Wieder ganz sanft.« Sie nahm den rechten Arm herunter und führte die Bewegung mit dem linken Arm aus.

Herr Niemeyer tat es ihr nach.

»Sie hatten dann hier bestimmt richtig Muckis, oder?« Mit der freien Hand deutete sie auf ihren linken Bizeps.

»Und wie!« Herr Niemeyer lachte laut. »Aber die Muckis sind bei Ihnen auch nicht schlecht, Mädchen.« Er zeigte auf Jellas Arm.

»Vom Surfen«, antwortete Jella nicht ohne Stolz.

Herr Niemeyer legte seine Stirn in Falten und sagte mit etwas tieferer Stimme: »So eine starke Frau wie Sie braucht ja einen richtigen Supermann. Warten Sie noch auf den? Oder haben Sie ihn schon gefunden?«

Er sah sie neugierig an. Hatte er das ironisch gemeint?

Jella dachte an Lennard und den Streit. Warum war das nur passiert? Und warum fühlte es sich so ausweglos an? Sie hatte das klare Gefühl, die Sache sei erledigt. Ja, wahrscheinlich war er eben doch genau der Mensch, für den sie ihn am Anfang gehalten hatte. Und sie war die Frau, die ihm gleich suspekt gewesen war, und nicht die, die er zwischendurch in ihr gesehen hatte. Sie passten einfach nicht zusammen. Es war immer das Gleiche: Man täuschte sich wieder und wieder.

»Weiß nicht. So einen Mann erkennt man nicht immer auf den ersten Blick, oder?« Jella löste ihre Hand vom Kopf und setzte sich wieder gerade hin. »Immer auf das Rückgrat achten, Herr Niemeyer!«

»Ja, das ist wichtig, das Rückgrat. Das sage ich auch immer.

Wenn einer Rückgrat hat …« Herr Niemeyer streckte sich und schlug sich dann mit beiden Händen auf die Oberschenkel. »Sind wir fertig? Ist ja schon bald Kaffeezeit.«

»Gleich haben wir's geschafft. Das war die Übung Nackenglück. Kommen wir nun zur letzten, Schultergold.« Jella streckte beide Arme nach vorn und legte die Hände übereinander. Die obere umschloss die untere. »Langsam die Ellenbogen nach vorne drücken. Und die Hände zur Brust ziehen.« Sie folgte ihrer eigenen Anweisung, Herr Niemeyer ebenso. »Und halten.«

Er ächzte betont laut.

In diesem Moment erschien Fee im Wohnzimmer. Sie hatte die Haare wieder zur Palme gebunden und eine knallgrüne Maske vor dem Mund. Während sie sich die Hände an einem Geschirrtuch abtrocknete, ließ sie den Blick über den Holzboden und den Couchtisch aus Marmor streifen. »Sieht alles sauber aus«, sagte sie zufrieden. »Abwasch ist auch erledigt. Wie kommt ihr voran?«

»Ach, Frau Fee, Sie sind die Beste.« Herr Niemeyer drehte den Kopf ein winziges Stück in Richtung Tür. »Nur Ihre Freundin hier, die quält mich. Die will aus mir eine Sportskanone machen. Sagen Sie ihr bitte, dafür ist es leider zu spät.«

Fee lachte.

»Herr Niemeyer, keine Sorge«, ging Jella dazwischen. »Ich bereite Sie nur für den Senioren-Triathlon in Bergedorf vor.«

Für einen Augenblick erstarrte Herr Niemeyer. Bis er Jellas Grinsen an ihren Augen erkannte und selbst lachen musste. Er schüttelte die Arme aus.

»Jetzt haben Sie mir aber einen Schrecken eingejagt.« Er schaute wieder zu Fee. »Was ist eigentlich mit meinen Kirschpralinen? Haben Sie die mitgebracht?«

»Natürlich. Zwei Packungen.«

»Das passt doch«, ergänzte Jella. »Um Ihr Schultergold haben Sie sich schon gekümmert, und nachher kommt das Hüftgold.«

Herr Niemeyer kicherte.

Fee ging zur Balkontür und öffnete sie. »Lassen wir ein bisschen Frühling rein. Brauchen Sie sonst noch was, Herr Niemeyer?« Sie schaute den alten Herrn fragend an und wandte sich dann an Jella. »In zehn Minuten müssen wir los.«

»Sie beide machen mich wunschlos glücklich.« Herr Niemeyer schloss wie zur Bekräftigung seiner Aussage die Augen, und Fee ging zurück in die Küche.

Jella stand auf und schob ihren Stuhl an den großen Esstisch. Dabei entdeckte sie auf der Anrichte, die an der Wand gegenüber stand, ein Schwarz-Weiß-Bild in einem Holzrahmen. Sie beugte sich nach vorn, um es sich anzusehen. Ein junges Paar war darauf zu erkennen, das auf einem Felsen saß. Der Mann hatte den Arm um die Frau gelegt, sie schmiegte sich an seinen Hals.

»Das sind Sie und Ihre Frau, stimmt's?« Jella biss sich leicht auf die Zunge. Warum hatte sie wieder einfach drauflosgeplappert? Vielleicht war das distanzlos und völlig unangemessen? Sie wusste doch von Fee, dass seine Frau erst etwas mehr als ein Jahr tot war.

Herr Niemeyer erhob sich ebenfalls und kam von der anderen Seite zur Anrichte. Er nahm den Bilderrahmen in die Hand und strich mit dem Zeigefinger sanft über das Glas. Er seufzte.

»Ja, meine Marga. Sie war so eine Feine. Und so lustig, immer am Lachen war die. Ein bisschen wie Sie, Frau Jella.«

Er betrachtete das Bild eingehend. Schimmerten seine Augen? Er seufzte noch mal.

»Und sehr schlau. Ganz anders als ich.«

Jella betrachtete den alten Mann. Er ließ seinen Blick weiter auf dem Bild ruhen und schien vollkommen vertieft. Seine Liebe für diese Frau war förmlich im Raum zu spüren.

»Das ist schon etwas Besonderes, wenn man jemanden trifft, der einen so gut ergänzt.« Nun schaute er auf und Jella ins Gesicht. »Das muss man nur erkennen. Dann hat man einen echten Schatz gehoben.«

Jella spürte, wie ihr die Tränen kamen. Sie drückte sie weg. »Wie schön«, sagte sie leise.

Fee kam zurück in den Wohnraum und stutzte. »Alles in Ordnung?«

»Ja, alles in Ordnung.« Herr Niemeyer stellte das Bild wieder auf die Anrichte. »Wir hatten schließlich einundsechzig sehr, sehr schöne Jahre. Nicht immer leicht, aber schön.«

Fee wartete, bis Herr Niemeyer sich zu ihr drehte. »Ich rufe dann am Dienstag wieder an, wegen der Einkaufsliste. Ist das recht?«

Herr Niemeyer nickte. Sie gingen zur Tür und verabschiedeten sich. Er stand noch einen Moment vor der Eingangstür und winkte ihnen nach.

Als sie im Auto saßen, konnte Jella die Tränen nicht mehr zurückhalten. Sie zog die Maske ab und legte die Hände vors Gesicht. »Einundsechzig Jahre. Das ist so traurig, dass er dann allein zurückbleibt. Sie war sicher ganz schlimm krank!«

Fee beobachtete Jella. »Nein, Margarete Niemeyer ist einfach eingeschlafen.« Sie sprach ganz ruhig. »Sie war etwas älter als er. Fünfundachtzig, glaube ich.«

Jella fiel Erika Sander wieder ein, und der Tag, als sie erneut in die Klinik eingeliefert worden war. »Ich muss immer wieder an Erika denken.« Jella nahm die Hände herunter. Sie ließ die Tränen jetzt laufen und versuchte nicht mehr, sich zu kontrollieren. »Sie war wie eine Oma für mich. Und ich war so erleichtert, als der Krebs geheilt war. Aber dann ...« Sie schniefte. »Wenn sie sich nicht mit dem Krankenhauskeim infiziert hätte, wäre sie nie so schnell gestorben. Das war so ungerecht! Wieso passiert so was an dem Ort, der einen heilen soll? Das hab ich nicht kapiert. Es war so beschissen ungerecht.«

Fee nahm die Maske ebenfalls ab. Sie legte eine Hand auf Jellas Oberschenkel und hörte weiter zu.

»An dem Tag hab ich beschlossen, Schluss mit Klinik und Pflege. Nie wieder wollte ich einem Menschen so nah kommen.« Jella schaute nach vorn und redete schnell. »Einem Menschen, an den man sich gewöhnt, den man liebgewinnt, mit dem man neue Hoffnung schöpft und der dann doch nur leiden muss und stirbt.«

Fee nahm eine Packung Taschentücher aus der Ablage zwischen den Sitzen, zog eines heraus und reichte es Jella.

»Vielleicht hab ich da auch beschlossen: Lieber keinen mehr so fest ins Herz schließen, den man sowieso wieder verliert.« Jella schnäuzte sich und drehte sich zu Fee.

»Hm, und was ist mit mir? Da hattest du keine Wahl, weil ich mich einfach in dein Leben gedrängt hab, stimmt's?«

Jella musste lachen. »Stimmt. Zum Glück. Um dich habe ich auch keine Angst, weil du selbst nie Angst hast. Dich können kein Virus und kein Unfall kleinkriegen. Mit dir habe ich immer das Gefühl, alles wird gut.«

Fee lächelte. »Das ist schön, Jella. Aber wahrscheinlich bin ich nicht die Sieben-Millionen-Dollar-Frau, der nie was Schlimmes passieren wird. Ich glaube, es geht eher darum, dass du mir vertraust.«

Jella überlegte. »Kann sein.«

Sie schaute nach vorn und in die Birke, die vor dem Wagen in einem kleinen Grasstück zwischen den Parkbuchten stand. Sie dachte an Ida und wie viel Angst ihre Eltern immer um sie gehabt hatten. Und wie wenig Aufmerksamkeit für Jella übrig geblieben war. Angst macht alles kaputt, hatte sie damals festgestellt. Sie erinnerte sich, wie sie in der Schule wegen der »Kellerschleuse« zu Hause ausgelacht worden war. Sie musste acht oder neun Jahre alt gewesen sein, als sie entschieden hatte, nie so ängstlich wie ihre Eltern zu werden. Sie wollte kein Leben führen, in dem sie immerzu befürchten musste, dass ein liebster Mensch krank wurde und starb oder auf andere Art verlorenging. Jella fiel auf, dass die Entscheidung verdammt lange her war und auch der Tod von Erika Sander schon über zehn Jahre zurücklag. Hatte sie seitdem versucht, nichts mehr zu fühlen? Konnte sie deshalb niemandem vertrauen? Dann dachte sie an ihre Mutter. Sie spürte die Angst um sie. Und ließ sie einfach zu. Wie hatte es dazu kommen können, dass Jella sich so weit von ihren Eltern entfernt hatte? War möglicherweise sie selbst diejenige, die sich die Sache mit Idas Verletzung nach dem Fahrradunfall nie verziehen hatte? Vielleicht unterstellte sie ihrem Vater und ihrer Mutter noch mehr, das nicht der Wahrheit entsprach? Womöglich hielt sie auch manch anderen viel weiter auf Distanz, als sie es eigentlich wollte.

Jella holte tief Luft und bemerkte, dass ihre Traurigkeit einer Erleichterung wich. Etwas tief in ihr hatte sich gelöst.

13 Mai 2020

+++ Nach wochenlanger Schließung wegen der Corona-Pandemie will das Miniatur-Wunderland in Hamburg wieder für Besucher öffnen +++ Angesichts der Maskenpflicht im öffentlichen Nahverkehr könnte die Fahrradbranche nach einem schlechten Saisonstart gestärkt aus der Krise hervorgehen. Aktuell verzeichnet sie einen Boom +++ Deutschlands erste Quarantäne-Station für infizierte Obdachlose soll Anfang kommender Woche in Berlin an den Start gehen. Bis zu 16 positiv getestete Covid-19-Patienten, die sonst auf der Straße leben, können versorgt werden, teilte die Berliner Stadtmission mit +++

40

Handwerker aufgepasst: Wunderschönes Einfamilienhaus von 1900 mit großem Garten nahe Hildesheim. Feldrandlage!

Als Lennard sich zum siebten Bild in der Slideshow seines Elternhauses bei Immoscout geklickt hatte, begriff er langsam, dass die ernst machten. Weder seine Eltern noch dieser Schlonzck, der ihm als »Ihr freundlicher Ansprechpartner« vom Rand der Annonce entgegengrinste, waren auf Lennards Wunsch eingegangen, wenigstens kurz zu warten, bevor es offiziell mit dem Hausverkauf losging. 625 000 Euro war das Haus angeblich wert.

Die Anzeige wurde seinem Zuhause allerdings null gerecht, denn die Bilder, die Sanne wohl heimlich geschossen hatte, waren etwas unscharf und der Text voller Floskeln. Doch am meisten ärgerte Lennard ein bestimmtes Foto. Sein Zimmer war darauf noch im ursprünglichen Zustand. Das alte Ledersofa, das Leuchtreklame-L, der höhenverstellbare Schreibtisch am Fenster, man sah sogar einen Fitzel seines Alf-Posters und eine gerahmte Urkunde von »Jugend forscht«. Das Bild musste vor Monaten gemacht worden sein. Seine Eltern hegten den Plan, nach Schweden zu ziehen und ihre Bleibe zu verkaufen, also nicht erst seit gestern. War Corona am Ende nur ein Vorwand?

Das große Grundstück umfasst rund 500 Quadratmeter und bietet einen großzügigen Garten mit Sonnenterrasse …

Je länger Lennard auf den Bildschirm starrte, desto enger wurde es ihm in der Brust. In Kürze würde eine nette, vierköpfige Familie mit Golden Retriever in das Haus seiner Kindheit einziehen, ein Klettergerüst aus nachhaltigem Ökoholz errichten, ein hässliches Riesentrampolin aufstellen und so einen furchtbaren Zaun hochziehen, bei dem die Steine hinter Gittern waren. Und wo sollte er dann hin? Mitten in dieser Corona-Zeit?

Er musste daran denken, wie er als Kind immer die wuchtigen Quelle-Kataloge durchgeblättert und sich auf den Fotos eine Phantasiefamilie ausgesucht hatte: Ein graumeliert-dunkelhaariger Mann, der einen Pullunder trug, sollte sein Vater sein, eine aparte Frau mit rötlichen halblangen Haaren und Kostüm seine Mutter und ein Mädchen mit Zöpfen und Zahnlücke seine kleine Schwester.

Ihm wurde mit dem Elternhaus buchstäblich der Boden unter den Füßen weggerissen. Lennard fühlte sich von Bodo und Sanne nach wie vor hintergangen. Dieser Ort gab ihm zumindest ein Restgefühl von Heimat und heiler Welt, erst recht in dieser beschissenen Zeit. Er dachte angestrengt nach. Wo könnte er überhaupt noch hin, wenn seine Eltern in Skandinavien unbeschwert in irgendeiner Nudistenkolonie lebten? Hätte er selbst eines Tages Frau und Kinder?

Die Vorstellung, Jella zu heiraten, war tatsächlich ein paarmal völlig unvermittelt in seinem Kopf aufgeploppt. So wie es halt passierte, wenn man sich für jemanden interessierte. Für einen kurzen Moment dachte man doch immer, dass man angekommen war. Und dass alles gut würde. Abgesehen davon, dass Jella vermutlich das Konzept Ehe ablehnte, wäre es mit ihnen beiden sicher eine einzige Strapaze geworden. Sie hätten sich garantiert jeden Tag gestritten. Und warum? Lennard biss sich auf die Lippe. Hätte, hätte, Fahrradkette. Wahrscheinlich blieb er für immer Junggeselle. Er schaute aus dem Fenster, auf die alten Apfelbäume und die große Wiese, auf der wie jedes Jahr im Frühling zwei namenlose Leihschafe von Schäfer Lüttje als Rasenmäher grasten. Er checkte die Armbanduhr. 11.47 Uhr. In seinem Kopf nahm eine Idee Gestalt an. Und wenn er ... Ja, warum eigentlich nicht? Lennard stand auf, nahm seinen Terminkalender und eilte los.

Auf Bodos altem Hollandrad ergab plötzlich alles Sinn. Was, wenn er selbst einen Kredit aufnehmen und das Haus kaufen würde? Es schien das einzig Logische zu sein. Er könnte den Bausparvertrag einsetzen, um sein Zuhause nicht zu verlieren. Es war vielleicht kein Renditeobjekt, aber eine Absicherung fürs Alter. In den nächsten zehn Jahren würden die Preise in Deutschland sowieso weiter steigen, dann könnte er immer noch gewinnbringend verkaufen, falls er es sich bis dahin anders überlegte. Und sollten sich Sanne und Bodo zur Rückkehr entschließen, könnten sie wieder einziehen. Gegen Miete natürlich. Strafe musste sein.

Nachdem er am Empfang vorgesprochen hatte und in das Büro in einem der Glaskästen durchgelassen wurde, richtete sich Lennard auf und folgte der Empfangsdame mit geschwellter Brust.

Herr Schlonzek wühlte sich emsig durch Akten und leckte den Zeigefinger an, bevor er umblätterte. »Ah, der Herr Vogel junior, wie schön. Dann haben Sie sich mit den werten Eltern doch einigen können?«

Mann, der war wirklich ein Schleimbolzen erster Klasse.

»Sozusagen. Aber es gibt eine Änderung. *Ich* möchte das Haus meiner Eltern kaufen.«

Herr Schlonzek stutzte. Dann griff er nach dem Hörer. »Sekündchen, bitte ... Paddy, hast du gerade Luft? Ich hab hier einen Kunden, der sich über den Kauf und die Finanzierung seines Elternhauses informieren möchte ... alles klar, danke.« Er legte auf. »Mein Kollege Herr Geibert holt Sie gleich ab. Am besten besprechen Sie alles mit ihm, und dann sehen wir zwei uns wieder.«

Lennard überlegte kurz, warum ihm der Name Geibert so bekannt vorkam, es fiel ihm aber nicht ein. Doch etwas anderes wurde ihm in diesem Augenblick bewusst, etwas, das sich wie ein kleiner Triumph anfühlte. Wenn er selbst das Haus kaufen würde, wenn es wirklich klappte, würde auch die Provision wegfallen, die Käufer und Verkäufer normalerweise teilten. Das schien Herr Schlonzek auch gerade gemerkt zu haben und schaute nicht mehr ganz so untergeben und überfreundlich.

»Hi, Lennard! Mal wieder in der alten Heimat?«

Patrick – Pätrick – Geibert, aus der B-Klasse stand in der Tür. Die Jahre waren rein optisch obenrum nicht gut zu ihm gewesen, er trug Halbglatze und eine randlose Brille. Dafür war er ansonsten regelrecht drahtig wie ein Triathlet, in Lennards Erinnerung war er früher eher mopsig gewesen. Er wirkte äußerst zufrieden.

»Du bist das. Moin, Pätrick. Wusste gar nicht, dass du in der Bank gelandet bist.«

Dabei hatte sich eine Finanzkarriere früh abgezeichnet. Pätrick Geibert hatte bereits in der Fünften einen Aktenkoffer samt Zahlenschloss mit sich herumgeschleppt und alle bei den Hausaufgaben abschreiben lassen – was er sich ziemlich clever mit Schokobrötchen, Vanillemilch und kleinen Geldbeträgen vergüten ließ. Lennard hatte Abschreiben nie nötig gehabt. Das hatte Pätrick so beeindruckt, dass er Lennard bewundert und unbedingt mit ihm hatte befreundet sein wollen. Eine Zeitlang hatte er ihn in der Mittelstufe sogar regelrecht gestalkt. Doch weil Lennard Angst hatte, er würde in der Kombi mit Pätrick nach außen hin wie der letzte Oberstreber wirken, hatte er ihn stets abblitzen lassen. Dass er ausgerechnet mit ihm über seine derzeitige Situation reden musste …

Er folgte seinem ehemaligen Mitschüler in dessen Büro und nahm vor seinem Schreibtisch Platz.

»Das muss ja locker, lass mich überlegen, fünfzehn Jahre her sein, Lennard. Und jetzt willst du zurück nach Algermissen? Gute Entscheidung. Die Maske kannst du abnehmen.«

Er ließ sie lieber auf. Lennard erzählte von seinen Absichten, das Haus seiner Eltern zu kaufen. »Aber herziehen will ich nicht. Also noch nicht.«

»Verstehe. Melanie, das ist meine Frau, und ich sind oft in Hamburg. Wir waren noch kurz vor Corona im Musical und haben in dem Hotel von der Elbphilharmonie geschlafen. Das ist echt was anderes als Hildesheim. Aber wohnen wollte ich da nicht. Viel zu laut. Und zu teuer!«

Er winkte ab und machte im Folgenden deutlich, dass Algermissen in seinen Augen die schönste Stadt der Welt war. Lennard fragte sich, ob Pätrick eine Zusatzausbildung als Tourismusbeauftragter absolviert hatte.

»Spielst du eigentlich noch Tennis? Die Herrenmannschaft würde dich mit Kusshand nehmen. Oder wir kicken mal eine Runde mit den anderen Jungs von früher auf dem Bolzplatz. Wenn diese ganze Scheiße mit Corona vorbei ist, natürlich. Mittwochs treffen wir uns immer im Schützenclub …«

Dass Pätrick ihn mit so offenen Armen empfing und derart Werbung für ihrer beider Heimat machte, hatte etwas Rührendes. Schließlich war Lennard früher sehr überheblich gewesen und hatte ihn links liegen lassen. Bei der letzten Begegnung vor ein paar Jahren im Gartencenter hatte er den eher unscheinbaren Kerl aus Versehen gar nicht begrüßt (was Lennard immerhin bereut hatte). Er stellte sich vor, wie es wohl wäre, mit ihm und seinen Jungs zu kicken und sich anschließend zum Grillen zu treffen. Es war nicht so, dass Lennard sich für etwas Besseres hielt – er war sogar davon überzeugt, dass sein ehemaliger Mitschüler im Grunde ein netter Kerl war. Doch Algermissen war einfach nicht mehr Lennards Zuhause. Abgesehen von seinem Elternhaus gab es nichts, was ihn hier hielt. Er würde nicht mit den Jungs kicken, grillen, Tennis spielen oder auf den Schießstand gehen. Viel zu viel Testosteron.

»Hast du dir schon eine schöne Hamburgerin geangelt?«

»Äh, was?«

»Bist du verheiratet?«

»Ich bin Single.« Lennard schaute zu Boden.

»Ah, so ist das. Erinnerst du dich an Dominik, meinen kleinen Bruder? Der ist mit einem Tunesier verheiratet. Die wohnen gerade noch mit meinen Eltern im Haus und sind in Kontakt mit einer potenziellen Leihmutter in Griechenland. Die beiden suchen übrigens ein Haus zum Kauf. Dominik und ich waren immer wie Tag und Nacht. Aber wir ziehen an einem Strang. Melanie und ich kriegen in drei Monaten das dritte Kind.«

»Das ist … nicht schlecht. Glückwunsch.«

Erzählte Pätrick das von seinem Bruder, weil er wie Sanne dachte, dass Lennard in Wahrheit auf Männer stand? Großartig. Lennard fragte sich, ob seine Mutter ihre Einschätzung zu seiner Sexualität jedem auf die Nase band, der es nicht hören wollte, und wünschte sich, es wäre ihm egaler, was die Algermissener von ihm dachten. Wie es Jella wohl in seiner alten Heimat gefallen würde? Sie würde sicher jeden Scheunenball und jedes Dorffest so richtig aufmischen und die Schützenbrüder unter den Tisch trinken. Wieso dachte er schon wieder an Jella? Und überhaupt, was wollte er noch mal hier? Würde er so leben wollen? In einem Einfamilienhaus in Algermissen? Was hatte er denn eigentlich genau vor mit dem Haus? Es vermieten und dann Unsummen an Betriebskosten und Zinsen an die Bank zahlen? Sicher müsste bald eine neue Heizungsanlage angeschafft werden. Und was war mit dem Dach?

Er bemerkte, dass die Entscheidung, in die Bank zu kommen, nicht wirklich durchdacht war. Und auch etwas anderes wurde Lennard klar. Er konnte seine Eltern nicht zwingen, für ihn das, was er für seine Heimat hielt, aufrechtzuerhalten.

»Ich weiß nicht, ob ich mal heirate. Ich suche auch gerade nichts Festes. Die Hamburger Frauen sind … ach, ich weiß nicht.«

»Die wissen, was sie wollen, oder? Keine Sorge, Sportsfreund. Da kommt schon die Richtige. Und in Niedersachsen gibt's auch schöne Frauen …«

Das Gespräch mit Pätrick strengte Lennard an. Auch wenn es nur Smalltalk war, hatte er das Gefühl, auf ganzer Linie versagt zu haben. Im Gegensatz zu ihm hatte er kein Zuhause, keine Familie, keine Freundin und nicht mal einen Job. Wovon wollte er das Haus denn finanzieren? Wollte er wirklich die Hosen runterlassen und dem alten Klassenkameraden von seiner Kündigung erzählen? Das war ein völlig bescheuerter Einfall gewesen! Lennard vermisste Hamburg und sein Leben dort mehr denn je. Algermissen, was für eine Schnapsidee! Den Hauskauf konnte er sich nicht leisten, und Corona schweißte ihn weder mit seinen Eltern noch mit Pätrick Geibert zusammen. Am liebsten hätte er in diesem Augenblick mit Memo und Otis und einem Bier in der Hand eine große Runde durch Planten un Bloomen gedreht und wäre danach auf dem Kiez in der Toastbar versackt. Und dann wären sie rein zufällig Jella über den Weg gelaufen …

Pätrick nahm seine Brille ab, hauchte die Gläser an und putzte sie mit einem Mikrofasertuch, das er aus der Schublade gezogen hatte. »Aber nun mal zum eigentlich Grund deines Besuchs. Hab ich das richtig verstanden? Du willst das Haus deiner Eltern kaufen?«

Lennard wippte noch einmal kurz mit dem Freischwinger, als ob er Anlauf nehmen müsste, und erhob sich dann. »Hat sich für den Moment erledigt. Ich melde mich die Tage noch mal.«

15 Mai 2020

+++ In der Fußball-Bundesliga der Männer rollt ab Freitag, 15. Mai 2020 wieder der Ball – wenn auch in leeren Stadien +++ An kalifornischen Stränden ist Surfen, Schwimmen, Joggen und Spazierengehen wieder erlaubt. Picknicken oder Sonnenbaden bleibt verboten +++ Die Berliner Amadeu Antonio Stiftung und das Anne Frank Zentrum haben im Rahmen eines Aktionstages gegen Verschwörungsmythen und Antisemitismus Tausende Menschen erreicht: Die Auftaktveranstaltung hätten im Internet mehr als 25 000 Nutzer live erlebt, teilte die Stiftung mit +++

41

»Wir wollen, dass die Leute einen ungeschönten Einblick bekommen. Wie geht es Menschen, die Corona überstanden haben? Warum können viele nicht zurück in ihr normales Leben?«

Die Frau sprach so schnell, dass Jella kaum etwas mitbekam. Und wer war das überhaupt, Charlotte Soundso? Bei der Geschwindigkeit hatte sie den Namen nicht richtig verstanden und keinen Schimmer, worum es ging. Diese Charlotte musste sich verwählt haben.

»Die Ostseeklinik Maria Höven in Haffkrug ist ein privates Haus mit einem sehr guten Ruf. Einige Schwestern und Patienten haben sich schon zu einem Interview bereiterklärt.«

Warum erzählte diese Frau ihr das alles? Jella nahm das Smarthone vom Ohr und starrte auf die unbekannte Nummer. Sie musste Jella mit jemandem verwechseln.

»Ich bin ja keine Journalistin, also keine richtige«, versuchte sie, die Sache aufzuklären. »Ich weiß nicht, wen ihr für die Reportage sucht, aber …«

»Das ist mir bewusst«, unterbrach Charlotte sie. »Aber ich kenne deine Artikel für *Take Off & Tadasana* und deinen Blog. Ich bin ein großer Fan! Du erzählst plastisch von Orten und Menschen. Du machst dir Gedanken, die über das Übliche hinausgehen. Du bist kritisch, neugierig, suchend, und du hast einen eigenen Ton. Das passt alles gut zu *beyond*.«

Jellas Herz klopfte. Sie holte Luft und sprach ihren nächsten Gedanken direkt aus. »Wie bist du denn auf mich gekommen?«

»Jessy hat dich empfohlen. Sie schätzt dich sehr. Und sie bedauert, dass aus dem Sri-Lanka-Text nichts geworden ist. Aber wir glauben beide, das war im Grunde gut so.« Charlotte lachte. »Sonst gäbe es deine neuen Texte im Blog nicht, die *mich* wiederum überzeugt haben. Es geht uns nämlich auch darum, dass unsere Texte eine Haltung spiegeln.«

Jella wusste nicht, was sie sagen sollte. Jessy, die Chefredakteurin des Yoga-und-Surf-Magazins *Take Off & Tadasana*, empfahl sie offenbar neuerdings hochkarätigen Redaktionen. *Beyond* war ein junges Magazin von Brunner & Bahr zum Thema »bewusster leben« mit einer ansehnlichen Auflage. Eine Freundin von Babs hatte dort vor kurzem freiwillig ein unbezahltes Praktikum gemacht. Und zwar nach Studium, Journalistenschule und Volontariat! Wieso wollten die jetzt ausgerechnet Jella für eine Reportage über eine Reha-Einrichtung an der Ostsee beauftragen?

»Außerdem, ganz ehrlich, ist der dafür vorgesehene Kollege krank geworden.« Okay, die Chefin von *beyond* schien mit nichts hinterm Berg zu halten.

»Viele unserer Redakteurinnen sind an anderer Stelle eingespannt oder zu Hause bei den Kindern. Oder sie möchten das Risiko nicht eingehen. Du hattest dich angesteckt, oder? Das klang in deinem letzten Blogbeitrag so.«

Jella räusperte sich. Jetzt wurde es aber persönlich. Sollte sie sich im Artikel etwa auch zu ihren eigenen Erfahrungen mit Covid-19 äußern?

»Ja, ich war bereits infiziert. Warum?«

»Dann bist du aller Wahrscheinlichkeit nach immun und kannst dich weder anstecken, noch bist du gefährlich für andere.«

Das klang logisch. Es überzeugte Jella allerdings nicht davon, dass sie die Richtige für diesen Job war. Ihre Gesprächspartnerin war da eindeutig schon an einem anderen Punkt.

»Du fährst am Montag hoch und machst die Interviews. Abgabe ist am 20., einen Tag später geht der Text online und wird dann in der Augustausgabe auch im Print erscheinen. Wir zahlen achthundert Euro. Wenn du mehr Arbeit hast, können wir gerne nachverhandeln.«

Jella stellte sich vor, wie sie in einem Ganzkörperschutzanzug wie Tini bei der Übergabe der Antikörpertests aussehen würde, aber im Gegensatz zu ihrer Freundin völlig überfordert durch das Reha-Zentrum watschelte, ihrer nicht gewählten Aufgabe keineswegs gewachsen, plötzlich verstockt und zu schüchtern, um auch nur eine einzige Person anzusprechen. »Können wir Ihnen helfen?«, würde sie von einer Gruppe von Schwestern gefragt werden, die aus ihrem Dienstzimmer in den Flur glotzten und sie entdeckten, und weil Jella stumm blieb, direkt des Hauses verweisen. Und selbst wenn sie diesen Teil überstehen würde, hätte sie noch kein einziges Wort geschrieben. Die Reportage war ganz klar eine Nummer zu groß für sie. Oder besser drei.

»Vielen Dank für dein Vertrauen, das freut mich wirklich, aber …«

»Toll, das ist wirklich super, Jella. Ich schicke dir den Kontakt und das Briefing per Mail. Sagst du mir schnell deine Mail-Adresse?«

Jella war lange nicht mehr so überrumpelt worden. Oder war das eine ganz normale Anfrage, und sie hatte nur nicht eindeutig reagiert? Warum sagte sie nicht »Nein, danke«? Warum sagte sie überhaupt so wenig? Sie musste an Fee denken, die immer einfach machte und sich Herausforderungen stellte. Jella bemerkte, irgendetwas an der Sache reizte sie. Und sie könnte schließlich immer noch absagen, wenn sie das Briefing gelesen hatte. Sie diktierte Charlotte ihre Mail-Adresse und verabschiedete sich mit einem schlichten »Danke. Bis dann«.

Als sie aufgelegt hatte, klopfte ihr Herz wieder heftig. Sie ging in Fees Küche und befüllte den Wasserkocher. Jella war seit ein paar Tagen hier, am Wochenende wollte sie ihre letzten Sachen bei Ralf abholen. Ihre Freundin war gerade unterwegs bei einer Kundin, die bereits seit Jahren Yoga praktizierte und daher kein Senioren-Stretching dazugebucht hatte.

Jella schaltete den Kocher an. Natürlich würde sie eine Reportage schreiben können, aber wie sollte sie das mit der Klinik anstellen? Sie hatte sich doch damals geschworen ... Ihr fiel der Augenblick im Bulli mit Fee wieder ein. Hatte sie nicht gerade erst beschlossen, die Vergangenheit endlich hinter sich zu lassen?

Sie öffnete den Schrank und nahm einen Beutel aus der Mateteepackung. Kurz musste sie an Hellmate denken und lächelte in sich hinein. Unglaublich, diese Party bei David schien Jahre her zu sein! Auf einmal stellte sich Jella vor, sie würde in diesem Reha-Zentrum eine junge Frau treffen, vielleicht genauso ein Typ wie sie selbst, die immer unterwegs gewesen war, auf Reisen und gern feiern ging, und jetzt lernen musste, wieder richtig zu atmen. Die wahrscheinlich ahnte, dass es Monate dauern würde, bis sie wieder tanzen könnte. Wenn überhaupt.

Jella überkam ein flaues Gefühl. Würde sie das aushalten? Das Wasser kochte. Sie nahm Fees »Kaffee-Haferl« aus dem Schrank, die große Tasse mit dem bayrischen Wappen, füllte sie mit dem sprudelnden Wasser und hängte den Teebeutel hinein.

Sie dachte an ihre Mutter. Ob sie schon einen Test gemacht hatte? Zum Glück hatte sie keine Vorerkrankungen. Jella würde nachher zu Hause anrufen.

Sie setzte sich mit dem Tee an den Küchentisch, nahm ihr Smartphone und googelte »Corona und Reha«. Sie stieß direkt auf ein Video. »Nach Corona – tatsächlich genesen?« lautete die Headline. Jella wollte den Browser am liebsten wieder schließen. Aber sie startete das Video.

Eine Frau war zu sehen, die langsam durch ein Krankenhausgebäude lief. Regina Schmidt, so hieß es, hoffe, dass die Ärzte hier die Folgen ihrer schweren Covid-19-Erkrankung lindern könnten. Erst hatte sie nur leichte Symptome gehabt, später war sie auf der Intensivstation beatmet worden. Man sah einen Ultraschallmonitor. Ihr Lungengewebe, sagte die Reporterin, sei immer noch beschädigt. Dann erschien ein Arzt hinter seinem Schreibtisch. »Was wir sehen, ist, dass bei vielen Patienten der Sauerstoff schlechter von den Lungenbläschen ins Blut gelangt.« Der Mediziner erzählte, er beobachte auch immer häufiger neurologische Störungen und psychische Probleme bei Patienten, die Covid-19 überstanden hatten. Das Bild wechselte. Regina Schmidt lag auf einer Behandlungsliege, eine Krankengymnastin massierte ihre seitlichen Rippen, danach machten sie einfache Körperübungen, die Jella an ihre Yoga-Gymnastik für die Senioren erinnerten. Mit speziellem Atemtraining, erklärte die Stimme aus dem Off, versuche man, Regina Schmidts Atemnot zu lindern, damit sie irgendwann wieder halbwegs das Leben führen könne, das sie vor Corona hatte.

Jella pustete in die Tasse und trank vorsichtig einen winzigen Schluck. In diesem Moment schoss ihr eine Erinnerung in den Kopf. Sie, Tini und Kim im Dienstzimmer auf Station, lachend, wie so oft, wahrscheinlich über einen der schrägen Witze von Kim, ihrem Lieblingskollegen, der ihr später das Kickern beigebracht hatte. Es musste am Anfang von Jellas Ausbildung gewesen sein, Tini war schon im dritten Jahr. Sie saßen am Tisch, in einem dieser Winternachtdienste, alle mit dem gefühlt fünften Kaffee in der Hand, und lachten so sehr, dass sie kaum Luft bekamen. Plötzlich wechselte Tini das Thema und sagte, Herr Wolter aus Zimmer siebzehn bekomme jetzt keine Chemo mehr, austherapiert. Nichts mehr zu machen. Jella erinnerte sich genau, wie sie Tini angeschaut und nicht begriffen hatte, dass sie dennoch so gelöst sein konnte. Tini verstand Jellas Blick sofort und sagte: »Wenn wir nicht zwischendurch genau das hier tun, werden wir bekloppt von dem ganzen Leid. Wir müssen doch auftanken.« Jella fand, dass Tini recht hatte. Danach hatte sie es eine Weile geschafft, mehr Distanz zu den Patienten und ihren Schicksalen zu halten. Aber mit Erika Sander war diese Phase beendet gewesen.

Jella umschloss mit beiden Händen die warme Tasse und sah auf die Straße. Draußen sprangen eine Mutter und ihr Kind durch ein paar Pfützen auf dem Gehweg. Das Wasser spritzte. Sie lachten. Jella atmete tief durch. Vielleicht war sie eben anders als Tini und Fee und einfach nicht robust genug für solche Dinge. Aber wieso bekam sie ausgerechnet jetzt, da sie ihre Empfindsamkeit wiederentdeckte, diese Anfrage?

16 Mai 2020

+++ Das Universitätsklinikum Hamburg-Eppendorf bereitet sich wegen drohender Engpässe bei der Medikamentenversorgung in der Corona-Krise auf die Eigenproduktion wichtiger Wirkstoffe vor +++ George Clooney, Jeff Bridges, Jodie Foster und andere Stars treten in einer virtuellen Spendenshow für Filmschaffende auf, die wegen der Corona-Krise ihre Jobs verloren haben +++ Pätrick aus der Volksbank feiert mit seinem Cousin Jens in Heide ausgelassen bei einer Autodisco +++

42

Von hier oben sah alles ganz anders aus. Hauptsächlich grün. Und sehr übersichtlich. Als wäre Lennard Herr der Lage. Den Hochsitz hatte er vor ein paar Tagen auf einem seiner morgendlichen Spaziergänge durch die Felder entdeckt. Er war vielleicht drei Meter hoch und hatte eine offene Kabine. Nur ein Brett mit einem Tarnnetz daran diente als Tür und Deckung. Hochsitze waren eine ziemlich wacklige Angelegenheit, fand Lennard. Er hatte es nicht so mit Höhen. Beim ersten Mal hatte er auch nicht recht gewusst, was ihn bewog, die morsch aussehende Leiter emporzuklettern. Dann war es ihm klargeworden: Es war so angenehm ruhig. Alles fiel von ihm ab.

Lennard genoss das Alleinsein. Wenn er den Blick über das Feld und den danebenliegenden Wald schweifen ließ, stoppte irgendwann das Gedankenkarussell. Seine Wohnung, seine Jobsituation, der drohende Verlust seines Elternhauses und sogar der Kummer wegen Jella, alles schien sich auf dem Hochsitz zu verflüchtigen. Stets nur für ein paar Minuten, aber immerhin.

Weiter vorn raschelte etwas im Gebüsch. Vielleicht ein Fuchs? Lennard hatte selten so intensiv die Natur wahrgenommen. Wenn er in Hamburg Zeit hatte, saß er meistens im Café, wo aufwendig zubereitete Latte Macchiatos an die vier Euro kosteten, danach ging er vielleicht kurz spazieren. Aber über Naturerfahrungen hatte er sich bislang herzlich wenige Gedanken gemacht.

»Aus dir wird ja noch ein richtiger Naturbursche«, hatte Sanne eben anerkennend gesagt, als Lennard sich Bodos Wanderschuhe geschnürt hatte. »Dann hat Corona ja doch was Gutes.«

Wie es Otis wohl ging? Der würde hier sicher ausflippen.

Ein paar hundert Meter weiter am Waldrand hielt ein grauer Kombi, ein Mann stieg aus. Sicher für einen Gang mit seinem Hund. Es stimmte schon, was Pätrick gesagt hatte: Schön war es im Algermissener Umland. Ein tröstlicher Gedanke, bei all den schlimmen Dingen, die Lennard zurzeit widerfuhren.

Und dann – wooosh! – schoss ihm wieder dieser Satz aus dem Streit mit Jella durch den Kopf, zum gefühlt dreitausendsten Mal: *Sei nicht so ein Opfer, Lennard!*

Der hatte gesessen. Das Verletzende daran mal beiseitegelassen, war da was dran? War er ein Opfer? Oder trug er Mitschuld an seiner Situation? Er musste sich eingestehen, dass er gern etwas von Jellas Unabhängigkeit und Flexibilität gehabt hätte. Sie schien sich nicht nur für viele Sachen zu begeistern, sie war auch in der Lage, sich immer auf etwas Neues einzulassen. Im Gegensatz zu ihm kam sie gut durch die Krise. Lennard war ungefähr so flexibel wie die Aktenordner, die in seiner Wohnung zum Trocknen aufgestellt waren.

Wie es ihr wohl gerade ging? Am liebsten hätte er sie angerufen. Sie hätte den Hochsitz super gefunden. Aber er hatte das Gefühl, dass in dem Streit neulich etwas zwischen ihnen zerbrochen war. Und er hatte auch seinen Stolz. Ach ja, der Stolz. Ihm war noch nie gekündigt worden. Lennard fragte sich, was er an seinem Job eigentlich gemocht hatte. Außer der Sicherheit und der Höhe seines Gehaltes fiel ihm nichts ein. Wieso hatte er sich nie vorher gefragt, was sein eigener Purpose war? Was war sein Antrieb? Was wollte er im Leben erreichen? Er hatte zwar immer den Traum eines coolen Citylebens gelebt, aber allmählich wurde ihm klar, dass er vieles daran total oberflächlich fand.

Und wie zur Hölle war er darauf gekommen, das Haus seiner Eltern kaufen zu wollen? Vielleicht war es sogar so, dass er seine Eltern beneidete. Weil sie einander hatten und sich bereitwillig auf etwas Neues einließen, während er Veränderungen hasste. Jella hatte schon recht, das Leben bestand nicht nur aus Bausparverträgen und Versicherungen. Es kam ja doch immer alles anders, als man dachte. Und wie ging es weiter?

Beunruhigende Sinnfragen waren das. Aber oben auf dem Hochsitz, weit weg von allem, spürte Lennard, dass er sie nicht mehr verdrängen konnte.

Der Kombifahrer hatte sich Arbeitshandschuhe angezogen, soweit Lennard das erkennen konnte, und den Kofferraum geöffnet. Er hob einen blauen Müllsack raus und warf ihn zwischen die Bäume. Dann noch einen und schließlich einen dritten. Er zog die Handschuhe wieder aus, stieg ein und fuhr weg. Das Nummernschild war auf die Entfernung nicht zu erkennen.

Was zum …? Lennards Auszeit auf dem Hochsitz war zu Ende, er wollte wissen, was der Mann da entsorgt hatte. Ein Leichenfund hat mir gerade noch gefehlt, dachte er und musste zum ersten Mal am heutigen Tag lachen. Er kletterte vorsichtig die Leiter hinunter und ging in Richtung der Bäume, unter denen die Säcke lagen.

Nach ein paar hundert Metern erreichte Lennard die Stelle und öffnete vorsichtig einen der Säcke. Der Mann hatte tatsächlich seinen Hausrat und Müll im Wald entsorgt! Unfassbar. Was für ein armseliger Vollidiot. Müsste man da nicht die Polizei rufen?

»Das regt mich jedes Mal auf!« Sannes Kiefermuskeln spannten sich an, und sie rieb sich die Stirn. Seine Mutter war sichtlich getroffen. »Wir können beim Umweltamt der Stadtverwaltung in Hildesheim anrufen. Aber dass die den Kerl finden, ist leider unwahrscheinlich. Mir bricht so was das Herz. Wie kann man nur?«

»Keine Ahnung. Das ist absolut daneben. Aber ich ruf da mal an.«

»Früher hast du auch immer so gern im Wald gespielt. Weißt du noch?« Etwas an Sanne war anders als sonst. Sie war irgendwie ... sanfter. »Hast du heute Nachmittag Zeit? Dein Vater und ich möchten etwas mit dir besprechen.«

Hoffentlich hatten sie keinen Käufer für das Haus gefunden. »Ich muss gleich ein paar Sachen erledigen, aber heute Nachmittag passt. Und klar weiß ich das.« Er zwinkerte seiner Mutter zu. »Ich bin oben.«

Lennard hinterließ eine Nachricht auf dem Anrufbeantworter des Umweltamtes mit der Bitte um Rückruf. Dann suchte er seine Zeichensachen zusammen und setzte sich im Arbeitszimmer an den Sekretär. Fanny war sicher schon ungeduldig, weil es mit dem Comic nicht weiterging ... Diesmal malte Lennard ein Bild, das im Wald spielte. Mit Tannen- und Laubbäumen und einem Fuchs mit einem weißen T-Shirt, auf das Lennard ein E wie »Eddy« schrieb. Es gab Eichhörnchen, Hirsche und sogar einen Bären. Die Tiere sahen tiefenentspannt aus, aber die ganze Szenerie wirkte ziemlich kitschig, es hätte nur noch Schneewittchen in der Mitte gefehlt. Oben links an den Bildrand setzte er drei winzige grüne Punkte. »Mini-Virusse«. Die spielten diesmal nicht die Hauptrolle. Im Wald war Corona eben sehr weit weg.

Auf eine Karte, die er der Zeichnung beilegte, schrieb Lennard:

Liebe Fanny, wie geht es euch? Ich hoffe, du kannst wieder draußen spielen und deine Freunde treffen. In Algermissen bin ich viel draußen. Hier gibt es gar nicht so viele Virusse! Super, oder? Grüß deine Mama, ich denke an euch. Dein Lennard.

Und jetzt zu ihm. Es musste irgendwie weitergehen. Er riss ein Blatt vom Zeichenblock und nahm einen roten Filzmarker. Bevor er den Stift ansetzte, hielt er kurz inne. Der Moment fühlte sich bedeutsam an. Gut so! Es ging immerhin um seine Aufgabe im Leben.

In die Mitte des Blattes schrieb Lennard das Wort Erfüllung und umkreiste es. Bei Purpose[2] hatte er häufig Mindmaps erstellt, wenn er nicht weiterwusste. Er hatte mal in einem Workshop gelernt, dass kreative Impulse aus dem Zusammenwirken von bildlichem und begrifflichem Denken entstanden und man beim Mindmapping beide Gehirnhälften zusammenführte, auch wenn er vergessen hatte, welche Seite für welche Art des Denkens stand.

Von der *Erfüllung* zog er mehrere Linien und schrieb Begriffe an deren Ende, die ihm dazu einfielen. *Sinnhaft*, *Backen*, *Zeichnen*. Jeden Begriff umkreiste er wieder und zog weitere Linien. Was mochte er noch? Lennard sah aus dem Fenster. Die Schafe grasten, als ob ihnen einfach alles egal wäre. Er schrieb: *Ozean*, *Meerestiere*, *Natur*, *Reisen*, *Zukunft*, *Planet*, *No Plastic*, *Greta*, *Fridays for Future*, *Bäume*, *Wald*, *Fuchs*, *Jella*. Huch. Was hatte die denn hier zu suchen? Egal, er ließ sie erst mal so stehen.

Er betrachtete seine Mindmap und die erstaunlich eindeutige Assoziationskette. Eine Naturburschen-Assoziationskette sozusagen. Klar, dass ihn der morgendliche Spaziergang beeinflusst hatte. Lennard hob den Blick und schaute noch mal nach draußen. Natur. Nachhaltigkeit ... Wieso eigentlich nicht?

Er klappte den Rechner auf und öffnete in zwei neuen Tabs Greenjobs.org und Jobverde.de. Auf den ersten Blick war nichts für ihn dabei. Nachdem er das Dokument »CV 2018« mit seinem Lebenslauf geöffnet hatte, suchte Lennard nach nachhaltigen Start-ups in Hamburg. Er fand Oclean, Motto: nordisch for nature, eine GmbH von drei jungen Hamburger Schwestern, die Aufräumaktionen organisierten, bei denen die Stadt vom Müll befreit wurde. Leider schienen sie keine Jobangebote zu haben. Er schaute, ob Ecosia, die Suchmaschine, die ab einer bestimmten Zahl von Suchanfragen Bäume pflanzte, Stellen ausgeschrieben hatte. Leider war auch hier kein Job für ihn frei. Schließlich stolperte er über die Seite des Projektes hinterland. camp:

Taunus statt Thailand! Warum in die Ferne reisen, wenn Abenteuer und Erholung so nah sind?

Es war ein kleines Start-up im Schanzenviertel, das den Corona-Urlaubssommer retten und Menschen in Deutschland Wohnmobil- und Zeltplätze im Freien oder Baumhäuser und Tiny Houses vermitteln wollte. »Als Gegenpol zum stressigen, urbanen Lifestyle – und als eine vernünftige Art des Reisens und (Wieder-)Entdeckung des Urlaubs in Deutschland.« Die lockere, nicht bemüht hippe Ansprache gefiel Lennard. Der Aspekt der Nachhaltigkeit wurde dort nach eigener Aussage großgeschrieben. Sie l(i)ebten das Home-Office, so stand es da, bei ihnen durfte man also arbeiten, wo man wollte. Aber, hm, Campen? Nicht gerade Lennards Lieblingsbeschäftigung. Er musste dabei immer an den Familienurlaub vor vielen, vielen Jahren auf Ibiza denken. Wie alt war er da gewesen? Vier? Fünf? Eines Nachts war er aufgewacht, hatte nach Sanne gerufen und schlimme Angst gehabt. Lennard wusste noch genau, dass sein Stoffhund unerreichbar unter die Schlafbank gerutscht war. Es war dunkel gewesen, und seine Eltern waren weg. Er fing laut an zu weinen, so lange, bis sich eine Nachbarin auf dem Campingplatz aufmachte und Bodo und Sanne schließlich von einer Strandparty einsammelte. Seine Mutter hatte Lennard danach die ganze Nacht im Arm gehalten und ihm den Kopf gestreichelt. Trotzdem war die Erinnerung in ihm eine traurige geblieben.

Aber es ging ja erst mal nur um einen Job und nicht darum, der neue Supercamper zu werden. Hinterland.camp suchte jemanden für »Community, Communication, Content«. Das passte nicht gerade auf sein Jobprofil. Aber vielleicht würde sich etwas anderes ergeben, Start-ups waren ja sehr agil und veränderten sich ständig. Ein kleines Unternehmen, was würde er da verdienen? »Geld spielt keine Rolle, Lennard Vogel!«, sagte er sich. Irgendwas zog ihn an. Und der Satz »Wir haben das Wildcampen gezähmt!« am Ende der Website überzeugte ihn. Vielleicht müsste er mehr und vor allem: anders reisen. Und bestimmt war ein Job mit Sinn genau das Richtige für ihn, wo er so lange bei Purpose² nach seiner Bestimmung gesucht hatte. Er würde eine Bewerbung hinschicken, so viel war klar. Lennard fühlte Abenteuerlust und Verwegenheit in sich auflodern. Na also, da ging doch was.

Als er kurz darauf ins Wohnzimmer kam, saßen nicht nur seine Eltern da, sondern auch Lizzy und Torge. Waren die jetzt auch schon bei Familienbesprechungen dabei? Er hatte sich zwar an sie gewöhnt, ging ihnen jedoch meistens aus dem Weg. Sie waren geradezu aufdringlich verliebt und harmonisch miteinander.

Er fühlte sich unwohl. Aber der Frankfurter Kranz auf dem Tisch duftete köstlich.

»Was ist da drin?« Er sah fragend in die Runde.

»Alles gut. Den hat Bodo gebacken.« Sanne grinste breit und griff nach dem langen Messer, das neben ihr bereitlag. »Auch ein Rezept von Oma Stuttgart. Setz dich.«

Hatten sich Aliens ihrer bemächtigt? War dieses freundliche Wesen am Ende gar nicht seine Mutter? Die Situation kam ihm ein bisschen zu feierlich vor. Wieder lächelten alle selig wie die Lämmer. Lennard schwante Übles. Was hatten die vier ausgeheckt?

»Sag du!« Sanne schubste Bodo sanft und verteilte den Kuchen auf den Porzellantellern, die seine Eltern über die Jahre auf diversen Flohmärkten eingesammelt hatten.

Bodo schob die Brille hoch und richtete sich auf. »Wir haben uns das mit dem Haus noch mal überlegt. Wir wollen doch nicht verkaufen. Zumindest nicht sofort.«

Lennards Augen wurden größer. Er trank vor Aufregung in einem Zug seinen Kaffee leer und verbrannte sich den Gaumen.

»Wir wollen jetzt erst mal ein paar Wochen mit dem Unimog nach Schweden hochfahren und uns nach einem Häuschen umsehen, das man für zwei, drei Monate mieten kann. Wie es dann weitergeht, müssen wir sehen. Wir sind ja auch nicht mehr die Jüngsten.«

Lennard grinste. »Nee. Vor allem du nicht. Aber was wird aus dem Haus?«

Er blickte in Lizzys und Torges Richtung, die erwartungsfroh lächelten. Was lief hier?

Sanne erhob das Wort. »Lizzy und Torge werden einziehen. Also richtig. Sie zahlen ein bisschen Miete und machen den Garten und alles. So verkommt das Haus nicht, und wir können uns das mit dem Verkauf in Ruhe überlegen.«

»Und was ist mit mir?«, wollte Lennard wissen.

»Du wohnst natürlich so oft und so lange hier, wie du willst, Lenny.«

Er meinte, in den Augen seiner Mutter ein schlechtes Gewissen aufblitzen zu sehen.

»Wir sind doch eine Familie. Wenn auch eine besondere. Aber uns war nicht klar, wie sehr du an dem Haus hängst, wirklich nicht.«

»Du hast noch was vergessen, Sanne«, sagte Torge. »Das Zimmer.«

»Ach ja. Wir räumen heute meine Sachen aus deinem Kinderzimmer. Damit du es wieder so hast wie früher.«

Sie hatten tatsächlich eingelenkt. Lennard spürte eine tiefe Erleichterung. Und dass Sanne ihm sein altes Zimmer zurückgeben wollte, rührte ihn.

»Das ist … ihr seid …« Lennard stockte. »Lasst euch drücken!«

43

Jella bremste scharf und kam knapp dreißig Zentimeter vor Ralf zum Stehen. Sie stieß die Fahrertür auf und hüpfte aus dem Bulli.

»Ralf, alles okay?«

Er stand wie angewurzelt auf der Straße vor seinem Haus und starrte sie an. »Es scheint deine absolut *nicht* geheime Mission zu sein, mich umzubringen, Jella Humboldt!«, rief er viel zu laut. »Das war also der nächste Versuch.«

Er war wieder blass um die Nase. Wobei Jella in diesem Moment bewusst wurde, dass sie Ralf noch nie mit gesunder Farbe im Gesicht gesehen hatte. Der Nerd ging schließlich auch ohne Corona selten vor die Tür.

»Ich hab dich nicht gesehen. Tut mir echt leid.« Jella hegte keine Hoffnung, dass ihre Worte irgendetwas ausrichten würden. Aber schweigen schien auch unangemessen. Sie wagte es nicht, seinen Arm zu berühren, was sie zu seiner Beruhigung gern getan hätte.

»Was machst du überhaupt hier?«, fragte Ralf in gereiztem Ton.

Was für ein rundum gelungenes Wiedersehen, dachte Jella. »Ich hole meine letzten Sachen.« Sie hatte keine Absicht, das Gespräch unnötig auszudehnen. »Lass dich von mir nicht aufhalten.«

»Nein.« Ralf hustete. »Lasse ich nicht. Ich habe einen wichtigen Termin.« Er machte eine Pause, die ganz offensichtlich

Raum für Jellas Nachfrage schaffen sollte, wohin er denn unterwegs sei. Aber Jella sagte nichts und lief langsam zum Bulli zurück.

Ralf führte das Gespräch allein weiter. »Ich kann endlich den Test machen.«

»Aha«, sagte Jella und öffnete die Fahrertür.

In diesem Moment sah sie, wie auf der gegenüberliegenden Straßenseite ein Mann zu Boden sank. Eine sehr schmale Frau, die neben ihm lief, versuchte vergeblich, den großen und fülligen Menschen festzuhalten und sah sich dann panisch um. Ihr Blick fiel in Jellas und Ralfs Richtung.

»Hilfe! Helfen Sie uns. Mein Mann ...!«

Der Mann lag reglos auf den Pflastersteinen. Jella war sofort bei den beiden. Die Frau kniete sich neben den Bewusstlosen und öffnete sein Hemd. Ihre Hände zitterten.

»Gerhard, Gerhard!«

Der Mann reagierte nicht.

Jella kniete sich neben ihn und fühlte am Hals seinen Puls. Als sie aufsah, stand ihr ehemaliger Mitbewohner immer noch wie festgewachsen auf der Straße.

»Ralf, ruf einen Krankenwagen, er hat eine Herzattacke!«

Jella beugte sich über den Mann und legte ein Ohr an seinen Mund. Dann richtete sie sich auf, legte beide Hände fachmännisch auf die Brust und begann zu pumpen, während sie leise zählte.

Plötzlich kam Ralf mit einem Satz auf sie zugesprungen. Er zog sein Telefon aus der Tasche, rief den Notarzt, steckte es wieder weg und ging in die Hocke.

»Ich übernehme besser«, sagte er. »Ich habe etwas mehr Kraft.«

Tatsächlich war der Mann am Boden von derart massiver Gestalt, dass Ralf der Richtige für die Reanimation war. Jella hatte große Mühe, den Brustkorb kraftvoll genug zu bearbeiten. Aber konnte ihr Mitbewohner das? Sie führten den Wechsel durch. Und Ralf wirkte, als wäre das sein Tagesgeschäft. Er handelte so geschickt und souverän, dass Jella sich fragte, ob sie vielleicht alles verwechselt hatte und Ralf in Wirklichkeit die Krankenschwester war. Er führte Massage und Beatmung routiniert aus und blieb dabei vollkommen ruhig. Im Gegensatz zur Frau des Patienten. Sie hielt mit ihren immer noch zitternden, sehr zierlichen Händen den Kopf ihres Mannes.

»Gerhard, du darfst nicht sterben«, flüsterte sie und streichelte rhythmisch seine Haare.

Zum Glück erschien in diesem Augenblick der Einsatzwagen. Die zwei Sanitäter schätzten die Situation richtig ein und forderten die Umstehenden auf, Platz zu machen. Einer der beiden übernahm die Druckmassage, der andere klebte die Defi-Elektroden auf den blassen Oberkörper des Mannes auf. Auf dem EKG wurde Kammerflimmern sichtbar.

»Zurücktreten!«, rief einer der Sanitäter.

Die erste Defibrillation erfolgte, und auf dem Monitor erschien direkt der Sinus-Rhythmus. Der am Boden Liegende bewegte einen Arm, dann stöhnte er. Die Reanimation hatte geklappt.

Jella hielt die Hand der verängstigten Frau, die ihr jetzt in Tränen aufgelöst um den Hals fiel. Als die Sanitäter den schweren Mann auf die Bahre gehievt hatten und in den Notarztwagen luden, redete die Frau aufgeregt auf ihren Mann ein.

»Du hättest zum Arzt gehen sollen, Gerhard. Man kann doch

nicht aus Angst vor einem blöden Virus sein Leben riskieren. Du hättest tot sein können!«

Sie machte Anstalten, in den Rettungswagen einzusteigen, aber einer der Sanitäter erklärte ihr, dass das wegen der aktuellen Lage nicht möglich sei. Jella zog das Handy aus der Tasche und rief der Frau ein Taxi, das nur Augenblicke später vor ihnen anhielt. Die Frau kletterte hinein. Die Türen des Krankenwagens schlossen sich, dann fuhr er davon, gefolgt von dem Taxi.

Jella und Ralf sahen den roten Lichtern nach. Inzwischen wurde es dunkel. Sie schwiegen eine Weile.

»Wo hast du das gelernt?«, fragte Jella, weiterhin ungläubig über das gerade Erlebte.

Ralf schaute immer noch die Straße entlang. »Ich war fünfzehn Jahre bei der Freiwilligen Feuerwehr.« Er sah verändert aus. Sein Gesicht zeigte einen Ausdruck, den Jella nicht kannte.

»Wirklich?« Sie beobachtete ihn von der Seite. »Das ... das wusste ich nicht. Wirklich super, wie du das gemacht hast.« Sie hielt kurz inne. »Weißt du, dass ich Krankenschwester war, äh, bin?«

Ralf drehte sich langsam zu ihr. Er blickte sie beinahe sanft an. »Nein, wusste ich nicht. Aber wir wissen wahrscheinlich einiges nicht voneinander.«

Jella war verwundert, verwirrt, fast sprachlos. Wo war der kontrollsüchtige Panikmacher hin? Er hatte ganz offensichtlich auch andere Seiten.

»Lass uns deine Sachen holen«, sagte er mit einer ungewohnten Klarheit in der Stimme, ohne sie anzusehen.

»Okay.« Jella wusste nicht, wie ihr geschah. »Und dein Termin?«

»Ist egal jetzt. Es gibt Menschen, die dringend medizinische

Hilfe brauchen. Ich bestimmt nicht. Und nach so intensivem Kontakt bleibe ich sowieso besser erst mal in Quarantäne.«

Sie gingen ins Haus und brachten Jellas kleinen Sessel und zwei Kisten mit Kleidern und Krams zum Bulli. Der Rest der Möbel gehörte Ralf. Gott sei Dank, dachte Jella, habe ich mir nicht selbst welche angeschafft.

Nachdem alles eingeladen war, schob sie mit Schwung die Seitentür zu.

»Pass auf dich auf«, sagte Ralf, drehte sich um und verschwand.

Jella schüttelte den Kopf und stieg in den Wagen. Sie sah auf die dunkle Straße und merkte, dass sie zwar nach wie vor überrascht war, aber innerlich ganz ruhig. Die ganze Sache mit der Herzattacke hatte sie gar nicht überfordert. Sie wusste, auch sie hatte die Druckmassage gut hinbekommen. In dieser Sekunde spürte sie ganz klar: Selbst, wenn sie trotz aller Bemühungen nichts mehr für den Mann hätten tun können und er gestorben wäre, hätte sie auch das irgendwie akzeptiert und verkraftet.

Jella nahm ihr Smartphone, öffnete das Mail-Postfach, suchte die Nachricht von Charlotte heraus und klickte auf die Telefonnummer der Klinik.

21 Mai 2020

+++ Laut dem Statistischen Bundesamt hat sich das Käuferverhalten wieder weitgehend auf dem Vorkrisenniveau eingependelt. Weiterhin überdurchschnittlich gut verkaufen sich aber Seife und Desinfektionsmittel, weniger gefragt nach den ersten Lockerungen: Wein und Kondome +++ Ein belgischer Chocolatier bringt eine Corona-Praline mit Trump-Profil aus Kakaobutter und desinfizierender Wirkung durch Sanddorn, Ringelblume und Honig auf den Markt +++ In der Aktion #PassTheMic der Entwicklungsorganisation One übernehmen für einen Tag ExpertInnen aus Medizin, Wirtschaft und Entwicklungspolitik den Social-Media-Kanal von Superstars. Den Anfang macht Julia Roberts: Auf ihrem Instagram-Account äußert sich der renommierte US-Immunologe Anthony Fauci +++

www.beyond-magazin.de

»NACH ZWEI SCHRITTEN HABE ICH DAS GEFÜHL ZU ERSTICKEN.«

Wie fühlt es sich an, eine Covid-19-Infektion überstanden zu haben? Für viele geht der Albtraum auch nach der Genesung weiter, denn sie finden nur mühsam zurück ins Leben.

Jella Humboldt (35) ist eine Hamburger Autorin, die normalerweise auf ihrem Blog jellasjourneys.com oder für das Magazin Take Off & Tadasana über Surfen und Yoga an Traumorten wie der Algarve oder Bali berichtet. Reisen ist gerade auch für sie nicht drin. Deshalb hat sie angefangen, über Wut und Einsamkeit zu schreiben – und darüber, was diese besondere Zeit mit uns allen macht. Für beyond ist Jella in die Ostseeklinik Maria Höven in Haffkrug gefahren, um sich vor Ort ein Bild darüber zu machen, wie es Menschen in der Corona-Reha geht.

Normalerweise kann ich keine Minute stillhalten, wenn ich am Meer stehe und die Wellen sehe. Die Luft riecht

salzig, und unter anderen Umständen würde ich sofort mein Board wachsen und mich aufwärmen. Doch dafür ist heute nicht der Tag. Heute geht hier am Meer alles etwas langsamer.
Jana Timmermann und ich brauchten gefühlte fünfzehn Minuten für ein paar hundert Meter Fußweg von der Klinik bis zum Strand. Direkt neben der Seebrücke startet gleich das Lungentraining. Jana erholt sich in der Klinik Maria Höven von einer Covid-19-Infektion. So wie die zwölf anderen Patient*innen, die mit Hilfe der Reha versuchen, wieder in ihr altes Leben zu finden.
Die Gruppe stellt sich im Sand auf und folgt den Anweisungen des Physiotherapeuten Tim Lornsen. »Lungentraining, um die Atemmuskulatur zu dehnen, ist ein wichtiger Teil des Programms«, erklärt er. »Inhalation, Atemmassagen, Krafttraining – das sind die zentralen Säulen der Lungentherapie.«
Langsam heben die Anwesenden die Arme, atmen im Takt der Wellen ein und aus. Bei Jana rasselt es in der Lunge. Es klingt wie ein drohendes Unwetter.
Die 34-Jährige ist eine von mittlerweile 158 000* Corona-Genesenen in Deutschland. Vermeintlich genesen. Von gesund kann nämlich keine Rede sein. Sie ist seit vier Wochen Patientin in der Ostseeklinik in Haffkrug, im Reha-Programm für Post-Corona-Patient*innen – und möchte ihre Geschichte erzählen, um andere zu warnen. »Das ist keine Grippe. Und es sind nicht nur Ältere, die einen schweren Verlauf haben. Es gibt hier auch Studenten ohne jede Vorerkrankung«, sagt sie.
Normalerweise kommen Menschen mit chronischen

Atemwegserkrankungen in die alte Villa an der Ostsee: Bronchitis, Asthma, Mukoviszidose. Seit Ostern sind unter den insgesamt 75 Patient*innen nun vermehrt Corona-Kranke. Die meisten sind zwischen 35 und 65 Jahre alt, waren früher sportlich aktiv, standen mitten im Leben.
So wie Jana Timmermann. Die Verkäuferin ging dreimal die Woche ins Fitnessstudio und am Wochenende tanzen. Sie gehörte nicht zur Risikogruppe, steckte sich bei einer Kollegin an und wurde nach einem anfangs leichten Verlauf schließlich bewusstlos in die Klinik eingeliefert. Sechs Wochen war sie im künstlichen Koma und wurde beatmet. Dreimal musste sie wiederbelebt werden.
»Zum Glück habe ich mittlerweile gelernt, wie ich die Panik vermeiden kann, wenn ich das Gefühl habe, keine Luft mehr zu bekommen«, erzählt Jana, als wir uns nach einem für sie anstrengenden Rückweg auf eine Bank setzen. Sie zeigt auf ihren Fuß. »Ich konzentriere mich auf meine linke große Zehe, mit der ich dann wackele.« Sie bewegt den linken Sneaker leicht. »Das hilft mir.« Die 34-Jährige schaut zum Himmel, der gerade dunkler wird. »Stell dir vor, du kannst nicht mehr atmen, nur weil du sprichst. Als würdest du gerade einen Marathon laufen.« Sie hält kurz inne, ringt um Luft. Schließt die Augen, legt beide Hände an die Rippen. Einen Moment später geht Ihr Atem wieder ruhiger. Dann muss sie zurück ins Haus, zur Messung ihrer Sauerstoffkapazität. Die zeigt an, wie viel Sauerstoff aus der Lunge ins Blut transportiert wird. Das war zuletzt noch viel zu wenig. Deshalb dauert die Therapie an.
Im ersten Stock treffe ich Chefarzt Dr. Markus Breitner. Er

hat ein rundes, freundliches Gesicht und wirkt, als würde er tief in sich ruhen. »Man nimmt an, dass sich Erkrankte während der Infektion eine Art Schonatmung angewöhnen«, erklärt er, während er hinter einem riesigen, alten Schreibtisch aus dunklem Holz sitzt und auf die schematische Darstellung einer Lunge zeigt. »Auch viele Menschen mit leichten Verläufen atmen nur im oberen Brustbereich. Das erzeugt eine maximal eingeschränkte Leistungsbreite, die Belastbarkeit liegt nahezu bei null.«

Das bedeutet nicht nur, dass man auf dem Laufband keine sechzig Minuten mehr auf Stufe neun schafft. Es heißt, man kann kaum Treppen laufen, an Sport ist nicht zu denken. Und es ist nicht klar, ob das eines Tages wieder anders sein wird. Natürlich hoffen die Patient*innen das hier. Auch deshalb halten viele schon so lange durch. Trotz ihrer Ängste und Albträume.

Zwischen all dem, was ich an diesem Ort sehe und höre, muss auch ich immer wieder innehalten und Luft holen. Durchatmen. Man muss sich das einmal vorstellen: Menschen, die eben noch tanzten, joggten oder mit ihren Kindern im Park tobten, sind zu Invaliden geworden, denen die kleinste Anstrengung das Atmen schwermacht. Die nach ein paar Schritten das Gefühl haben, sie würden ersticken. Die Ärzt*innen der Ostseeklinik Maria Höven haben eine spezielle Reha-Therapie für Post-Covid-Patient*innen entwickelt. Besser gesagt: Sie entwickeln sie stetig weiter.

»Covid-19 wird oft als Lungenkrankheit bezeichnet«, erklärt Dr. Breitner. »Tatsächlich können auch das Herz, die Nieren, das Immun- und das Gefäßsystem betroffen sein.

Ebenso kann sich die Krankheit auf Gehirn und Nervensystem auswirken.«
Auch die verschiedenen Formen neuronaler Einschränkungen sind zahlreich: Gedächtnisprobleme, Wortfindungsstörungen, Gangunsicherheiten bis hin zu Lähmungen. Sogar sehr junge Menschen können diese Symptome zeigen und schwere Behinderungen entwickeln. Ob sich die neurologischen Störungen wieder vollständig zurückbilden, ist noch offen.
Man fragt sich zwangsläufig, warum überhaupt jemand leichtfertig mit dieser Krankheit umgehen konnte, denn die Erkenntnisse sind nicht neu. Schon im März 2020 erschienen die ersten Studien, die vor möglichen gravierenden Langzeitfolgen warnten.
Bertram Wenders ist einer derjenigen, bei dem mehr als nur die Lunge betroffen war. Er braucht noch immer diverse Formen der Unterstützung. Drei Physiotherapeut* innen stehen gerade um den 52-Jährigen. Der schmächtige Mann sitzt in einem Rollstuhl vor einem speziellen Rollator: Der Griff, dessen Enden nach oben gebogen sind, erinnert beinahe an die Gabel eines Spinning Bikes. Darunter befindet sich an jeder Seite eine Armlehne als Stütze. Bertram Wenders hält sich mit beiden Händen an den Griffenden fest, seine Unterarme liegen auf den Lehnen. Einer der Physiotherapeuten zählt bis drei, dann hieven sechs starke Arme den Mann nach oben. Der Griff fährt gleichzeitig hoch, so dass Bertram Wenders sich weiter darauf stützen kann. Dann halten zwei Therapeuten den Patienten, der schlurfend geht. Der Rollator rollt geduldig vorneweg, eine Therapeutin schiebt den Roll-

stuhl hinterher. Nach fünf kleinen Schritten muss Wenders sich setzen. Er kann nicht mehr.

»Wow«, sagt Physiotherapeutin Rebecca nach dem Lauftraining anerkennend, »das war mehr als gestern!«

Bertram Wenders fuhr früher Fahrradrennen. Heute ist so etwas für ihn nicht mehr vorstellbar. Er hat 26 Kilogramm an Gewicht verloren. Seine Haut ist weiß, fast durchsichtig. »Ich war nach der Arbeit häufig ziemlich schlapp. Mein Hausarzt meinte, es sei Grippe, bis ich dann auf der Arbeit umgekippt bin.« Man versetzte ihn für acht Wochen ins künstliche Koma und beatmete ihn. Zuerst wurde er an der Lunge operiert, später am Darm.

Nach dieser Begegnung bin auch ich am Rande der Erschöpfung. Zum Glück nur emotional. Spätestens jetzt weiß ich: Es kann uns alle treffen. Jeder kann hier in der Reha landen. Oder Schlimmeres. Und ich weiß auch: Wir dürfen andere nicht gefährden. Menschen, die dann vielleicht jeden Tag um einen weiteren kleinen Schritt kämpfen, so wie Bertram Wenders.

Weil es zahlreiche, sehr unterschiedliche Ausprägungen von Corona-Folgen gibt und, je nach Patient*in, andere Bereiche im Körper und zum Teil auch in der Psyche betroffen sind, erhält jede und jeder eine individuell zusammengestellte Therapie.

Die psychosomatischen Störungen behandelt im Haus Höven Maja Hildebrandt. »Es sind Angststörungen, Panikattacken und häufig depressive Verstimmungen«, erläutert die Psychologin, »die auch durch die Isolation ausgelöst oder verstärkt werden können.«

Maja Hildebrandt wirkt warmherzig und doch ein wenig distanziert. Es ist offenkundig, dass jeder in der Einrichtung eigene Grenzen ziehen muss, um professionelle Arbeit zu leisten. Die Schicksale seien oftmals bestürzend, sagt die 38-Jährige. »Die große Herausforderung besteht darin, dass die Erkrankten an so vielen Fronten kämpfen müssen.«

»Ich habe noch sieben Schritte geschafft!«, ruft Bertram Wenders, als ihn eine Schwester an der offenen Tür von Maja Hildebrandts Büro vorbeischiebt.

»Bald geht's wieder in den Sattel«, muntert die Psychologin ihn auf. Als Bertram Wenders lacht, hört er sich für einen Augenblick wie ein kerngesunder Mann an.

Die Ostseeklinik Maria Höven ist trotz allem, was den ganzen Tag passiert, ein ruhiger, ein beruhigender Ort. Vielleicht liegt das auch an den dicken Mauern dieses alten Hauses. Mit Sicherheit trägt das Personal mit seiner Wärme und Zuversicht viel dazu bei.

Als es Zeit ist zu gehen, dämmert es bereits. Die Szenerie am Strand ist von einer schwachen Abendsonne, die hinter den Wolken hervorlugt, hellrot eingefärbt.

Ich stehe am Wasser und atme, so tief ich kann, ein und aus, denke an Jana Timmermann, die so alt ist wie ich und vor Covid-19 mindestens mein Fitnesslevel hatte. Und an Bertram Wenders, der vorher nie im Krankenhaus war. Was täten sie ohne die Menschen im Haus Maria Höven, die sich unermüdlich dafür einsetzen, die Gesundheit all jener »Genesenen« tatsächlich wiederherzustellen? Die Luft ist frisch und klar. Und ich spüre, wie viel Kraft in einem einzigen Atemzug liegt. Das sollten wir uns alle viel öfter bewusst machen, am besten, solange wir es können.

**geschätzter Wert nach RKI-Lagebericht vom 21. 05. 2020*

22 Mai 2020

+++ Der Verband der Hundezüchter meldet eine große Nachfrage nach Hundewelpen. Vor allem Labradore und Golden Retriever stehen hoch im Kurs +++ Für die Digitalisierung von Landesverwaltung, Kommunen, Schulen und Hochschulen will das Land NRW bis 2025 zusätzlich 600 Millionen Euro investieren +++ Das Hygienekonzept des Berufsverbandes für erotische und sexuelle Dienstleistungen sieht eine Mund-Nasen-Bedeckung während der erotischen Dienstleistung vor sowie die Einhaltung eines Abstands von mindestens einer Unterarmlänge zwischen den Köpfen der beiden Personen +++

44

»Du machst dir kein Bild, Lennard. Wenn ich noch einmal das Wort ›Lernplattform‹ höre, dreh ich durch.« Tanja klang wütend und gleichzeitig erschöpfter als ein Fremdenlegionär nach drei Tagen Marsch durch die Wüste. Ohne Wasser. »Überleg dir gut, ob du mal Kinder willst.«

Lennard musste lachen. »Das hat mir dein Mann bereits gesagt. Tut mir leid, dass das so ein Stress für euch ist.«

Dass ihn nicht Memo, sondern seine Frau anrief, hatte Lennard kurz überrascht. Sie wollte sich anscheinend einfach mal bei jemandem auskotzen. Home-Office plus Home-Schooling der Zwillinge schienen ihr und Memo den Rest zu geben. Einmal mehr wurde Lennard klar: Corona war auf tausend Arten anstrengend, für jeden anders. Die einen hatten ihren Job verloren und vereinsamten, die anderen waren überhaupt nicht mehr allein, und wieder andere mussten von morgens acht bis abends um zehn in anstrengenden Calls sitzen und bekamen viereckige Augen. Jeder versuchte, die Fäden zusammenzuhalten. Was für eine absurde Zeit das war. Nicht nur für ihn.

»Die Jungs sind nur noch motzig. Ist das schon die Präpubertät? Dann steht uns einiges bevor. Ich bete, dass die Schule bald wieder aufmacht. Aber sag mal, bei dir ist es ja auch mehr als bescheiden. Memo hat von deiner Kündigung und dem ganzen Theater mit deinen Eltern erzählt. Den Wasserschaden hattest du ja auch. Kommst du klar?«

»Die Wohnung ist so weit wieder trocken, da habe ich Glück

gehabt. Mit dem Job muss ich schauen. Aber mit meinen Eltern ist es gerade ganz okay.«

Lennard machte eine Pause und dachte kurz nach. Im Grunde genommen fühlte er sich gerade exakt am neutralen Punkt, weder glücklich noch unglücklich. Er war eben ein guter Verdränger, wenn es drauf ankam.

»Ich hatte schon bessere Tage«, sagte er dann. »Aber auch schlechtere.«

»Ich drücke die Daumen, dass wir bald wieder normale Zustände haben. Du, weswegen ich eigentlich anrufe …«

Man hörte im Hintergrund Gepolter und einen Schrei: »Mamaaaa! Er hat mich getreten.«

Tanja hielt offenbar die Hand vor das Mikro. »Jungs! Schluss jetzt. An die Hausaufgaben.«

Trotzdem hörte Lennard alles. Inklusive Memos Stimme im Hintergrund. »Sag es ihm endlich, Tanja, ich brauch dich hier.«

Es raschelte. »Wo war ich?« Man konnte Tanja förmlich denken hören. »Ah. genau, ich habe gestern eine Reportage von deiner Jella gefunden. Die heißt doch Jella Humboldt, oder?«

Lennard lief ein Schauer über den Rücken. »Wie, Reportage? Sie war eigentlich Yoga-Lehrerin.«

Wieso sagte er »war«? Sie lebte ja noch. Hoffentlich …

»Auf beyond.de. Das ist die Online-Seite von dem Magazin, das ich im Abo habe. Gestern Abend im Bett, Memo hat wieder mal auf dem iPad mitgelesen …« Es raschelte erneut. Tanja schrie ihre drei Männer an, sie sollten gefälligst ruhig sein. Mittlerweile klang sie wirklich genervt. »Er hat sie auf dem Foto erkannt und meinte, dass sei die Frau, mit der du … also, die du kennst. Sie war in einer Reha-Klinik und hat mit Menschen gesprochen, die unter den Langzeitfolgen ihrer Covid-19-Erkrankung leiden. Das hat mich total beeindruckt. War sie nicht eher so drauf, dass sie auf Corona-Partys geht?«

Lennard wurde ungeduldig. Er musste sofort diesen Text lesen. »Nein, das nicht unbedingt. Memo hat mal wieder übertrieben.« Er lachte nervös.

»Er meinte auch, der Drops sei gelutscht, und dass ich dir das mit dem Artikel nicht sagen soll. Weil ihr wohl keinen Kontakt mehr habt? Aber ich dachte, ich erzähl es dir trotzdem. Vielleicht interessiert es dich ja. Du, ich muss jetzt dazwischengehen, sonst wird gleich einer massakriert. Bis hoffentlich bald, Lennard!«

Sie hatte sich bestimmt vertan. Jella schrieb doch gar keine Artikel. Und Memo hatte oft die Aufmerksamkeitsspanne eines Eichhörnchens. Vielleicht gab es eine Journalistin, die auch so hieß? Lennard gab bei Ecosia, das er vor ein paar Tagen installiert hatte, »Jella Humboldt Corona« ein und klickte auf den ersten Treffer. Tatsächlich! Zwei Sekunden später schaute Jella ihn an. Wenn auch nur in Miniatur. Neben ihrem Namen im Vorspann war ein Schwarz-Weiß-Porträt von ihr. Sie schaute ernst, aber doch mit leuchtenden Augen und diesem forschen Blick in die Kamera. Hammer. *beyond* ... Er hatte den Namen des Magazins schon mal gehört. Vielleicht hatte Sanne davon erzählt? Er hätte gedacht, das wäre so ein Hygge-Yoga-Chai-Latte-Heftchen für Frauen. Aber auf den ersten Blick sah es gar nicht mal so unseriös aus. Dann las er.

Wow. Jella war wirklich in eine Klinik gefahren und hatte sich mit Ärzten getroffen und Menschen interviewt, die an Covid-19 erkrankt gewesen waren. Das war ... Lennard war baff. So etwas hätte er nicht von ihr erwartet. Hatte sie ihm denn mal erzählt, dass sie auch schrieb? Er suchte nach weiteren Texten von ihr und stieß auf jellasjourneys.com. Offenbar ihr Blog. Auch der wirkte professionell. Der letzte Beitrag war vom 9. Mai. »Das Glücksrad Moral und die Wutfrage«.

Beim Lesen wurde Lennard heiß und kalt. Jella hatte sich über ihren Streit und die daraus resultierende Wut Gedanken gemacht. Und über Vergebung. Wie reflektiert und tiefgründig sie schrieb. Lennard bekam ein schlechtes Gewissen. War das dieselbe Frau, die er kennengelernt hatte? Er hatte jedenfalls sehr vorschnell über sie geurteilt. Verdammt, er musste blind gewesen sein! Er hätte ja mal nachfragen können, was sie wirklich bewegte. Oder ob sich ihre eher lockere Einstellung gegenüber Corona nicht vielleicht gewandelt hatte. Offensichtlich war genau das passiert. Was hatte er denn bloß für ein dezimeterdickes XXL-Brett vorm Kopf gehabt?

Er nahm sein Telefon. Ihre letzte Nachricht war vom 8. Mai. Er tippte: *Hallo, Jella. Ich habe gerade …*

Und löschte die Nachricht wieder. Nein. Er würde ihr nicht schreiben. Das war jetzt nicht das Richtige. Lennard verließ den Chat und schrieb stattdessen Memo.

Lasst die Kids leben! Ratet mal was? Eure Limousine kommt heute zurück nach HH!

Hatte er alles? Wie lange würde er weg sein? Was brauchte er überhaupt? Vielleicht würde er auch heute Abend schon wieder in Algermissen aufschlagen, wenn …

»Sanne? Bodo?«

Keine Antwort. Lennard rannte nach oben und holte den Autoschlüssel. Sollte er duschen? Quatsch! Aber er stürmte ins Bad und checkte sein Spiegelbild. Zumindest kurz die Haare waschen? Nein! Er wollte keine Zeit verlieren. Lennard flitzte wieder in die Küche. Wo waren Zettel und Stift?

Hallo, Wohngemeinschaft, ich muss ganz überraschend nach Hamburg. Es gibt was zu klären ;) Fühlt euch umarmt – alle 4! Melde mich, Lennard

Und dann saß er im Auto. Wieder ging es rauf nach Hamburg. Hin und her. Oder, wie Oma Stuttgart gesagt hätte, nuff un nunner! Auch die hätte ihm dazu geraten. Eine WhatsApp reichte jetzt nicht mehr. Und auch kein Song. Lennard musste Jella persönlich sagen, dass er *sie* meinte. Er wollte sie unbedingt kennenlernen. Über Los gehen. Und sie musste wissen, dass er sie echt toll fand. Für ihre Reportage. Und den Blog. Und überhaupt. Dass er sie bewunderte und dass ...

O Gott! Ihm wurde flau. Würde sie ihn nicht zum Teufel jagen? Und das womöglich zu Recht? Und er, würde er nicht viel zu sehr die Hosen runterlassen? Nachdem sie ihn als Opfer bezeichnet hatte?

»Halt den Rand. Du machst das jetzt!«, sagt er zu seinem Bild im Rückspiegel. Er unterdrückte den Impuls, Memo anzurufen. Und auch die Idee, an der nächsten Tanke einen Blumenstrauß in Cellophan zu kaufen. Da musste er nun allein durch. Ohne Blumen. Ohne Netz und doppelten Boden. Es ging nur um ihn. Und sie. Wenn Jella ihn auslachen oder wegschicken würde, dann ... Ja, was dann? Er hatte keinen Plan B. Würde er am Boden zerstört sein? Sich in seiner bestimmt muffigen Wohnung auf den Boden legen und drei Tage gar nichts tun? Sich wünschen, es wäre nicht passiert? Oder sich mit Memo bis zur Besinnungslosigkeit betrinken? Nein, er würde Otis bei Miri abholen, und das Leben würde weitergehen. Irgendwie ging es ja immer weiter.

Lennard klappte den Sonnenschutz runter. Vielleicht war das Wetter ja ein gutes Zeichen? Der Himmel war auch heute knallblau, wie bei seiner Fahrt neulich nach Hannover. Zu ihrem ersten richtigen Date. Er versuchte, sich zu erinnern, wie Jella gerochen hatte. Doch es gelang ihm nicht, diesen Duft nach einem Tag am Meer wiederzubeleben. Und obwohl er eben noch ihr Foto gesehen hatte, konnte er sich auch ihr Gesicht mit den Grübchen nicht vor seinem inneren Auge ausmalen.

Er öffnete Spotify. In einem sentimentalen Moment hatte er neulich alle Songs, die er und Jella sich hin- und hergeschickt hatten, in eine Playlist gepackt. Und ein paar Bonustracks von Davids Party. Zumindest drei, vier, an die er sich erinnert hatte. »From a Distance« hieß die Liste. Da hatte er noch gehofft, dass Jella sie zufällig auf Spotify entdeckte.

Als er auf Höhe Wilhelmsburg von der Autobahn abfuhr, fiel Lennard ein, dass er Jellas Adresse gar nicht wusste. Er versuchte, sich zu erinnern, ob sie sie mal erwähnt hatte, zumindest die Straße. An der ersten Ampel suchte er im Netz nach jellasjourneys.com. Es war Jella durchaus zuzutrauen, dass sie kein ordentlich geführtes Impressum auf der Seite stehen hätte. Mal sehen ... doch, da war es:

VERANTWORTLICH FÜR DEN INHALT NACH § 55 ABS. 2 RSTV:
Jella Humboldt
Otterhaken 4
21107 Hamburg

Otterhaken? Das hätte auch der Name einer lustigen Bar sein können, die hauptsächlich von Männern besucht wurde. Er musste an die Party von David denken. Wie ausgelassen sie gefeiert hatten. Wie weit weg Corona damals noch gewesen war. Wie er Jella das erste Mal gesehen hatte. Und jetzt war er hier. Vielleicht hätte er doch die Blumen von der Tanke kaufen sollen? Ach, Scheiß drauf!

Er gab die Adresse mit leicht zittrigen Fingern bei Maps ein. Wilhelmsburg war nie seine Gegend gewesen, außer im Sommer, zum Dockville Festival, das, wie alles in diesem Jahr, gecancelt worden war.

Lennard fuhr langsam durch die Straßen und fand vor Rick's Café, wo es auch Pizza gab, einen Parkplatz. War der Name nicht aus *Casablanca*? Als er ausstieg, fing sein Herz an zu rasen, als hätte er drei Energy Drinks gekippt. Junge, Junge ... Er ging die Straße runter. Alle Häuser waren aus rotem Backstein und sahen gleich aus. Ob sie überhaupt da war? Andererseits, wo sollte sie sonst sein?

Am Haus mit der Nummer vier war kein Klingelschild mit Humboldt. Lennard checkte noch mal den Blog. Ob sie im Impressum absichtlich eine falsche Adresse angegeben hatte? Oder war sie ausgezogen? Egal, er würde einfach überall klingeln und nachfragen.

Erst beim dritten Versuch knackte es in der Sprechanlage. »Ja, bitte?« Die Stimme klang nach einer älteren Frau.

»Hallo. Verzeihung. Ich möchte zu Frau Humboldt. Jella Humboldt. Wissen Sie zufällig, wo die hier wohnt?«

Keine Antwort.

»Hallo?«

Die Frau meldete sich nicht mehr. Er versuchte es bei R. Horstmann. Der Name daneben war durchgestrichen. Und niemand machte auf. Lennard stellte sein ganzes Vorhaben in Frage. Was hatte er sich nur dabei gedacht?

Ein hagerer, ziemlich blasser Typ stellte seine Einkaufstüten neben ihm ab und zog einen Schlüssel aus der Hosentasche. »Ich würde gern in meine Wohnung. Kannst du mich freundlicherweise vorbeilassen?«

»Klar. Entschuldige. Sag mal, weißt du, ob eine Jella Humboldt im Haus wohnt?«

Der Typ musterte ihn von oben bis unten. Der wusste doch was.

»Nicht mehr. Die hat hier gewohnt. De facto war sie meine Mitbewohnerin. Bis vor ein paar Tagen.«

»Ah, du bist Ralf! Freut mich. Ich bin Lennard. Und wo wohnt sie jetzt?«

Der Typ musterte ihn regelrecht argwöhnisch. Was war sein Problem? »Kein Plan, tut mir leid. Bei Jella weiß man ja nie so recht, wo sie steckt. Sie wollte aber die Tage noch mal kommen und ihre Post abholen. Soll ich ihr was ausrichten?«

»Nein, danke dir. Passt schon.« Lennard ging Richtung Volvo.

Dann würde er also diese Fee anrufen.

45

Auf dem alten Foto war ein Wagen zu sehen, der gefährlich schräg an einem Abhang stand. Das Auto wirkte edel, wie die kleinere Variante eines alten Chevrolets. Eckig, aber an den Kanten leicht abgerundet, mit den typischen kreisförmigen Lichtern, die wie Augen am Ende zweier Kuben ganz oben auf der Motorhaube saßen.

»Und was haben Sie dann gemacht?« Jella schob das Album ein Stück zurück über den Balkontisch auf die Seite von Herrn Niemeyer und schaute ihn erwartungsvoll an.

Er drehte das Album zu sich und war sofort wieder in die Fotografie versunken.

Jella betrachtete sein Gesicht. Wenn er so nach unten schaute und die recht große weiße Maske trug, konnte sie seine Miene nur schwer lesen.

»Na, den Karren wieder aus dem Graben gezogen«, sagte er.

»Allein?«, fragte sie.

Herr Niemeyer lachte auf. »Frau Jella, schauen Sie mich mal an! Ich hatte zwar damals Muckis vom Rudern, aber sonst war ich immer noch ein dürrer Hansel.« Er blätterte eine Seite weiter, schlug auch das Transparentpapier um und legte die Hand dann neben dem Fotoalbum auf dem gelben Wachstuch ab. »Nein, ich habe mich an den Straßenrand gesetzt und gewartet, bis irgendwann ein Freund aus dem Dorf vorbeikam.« Er drehte das Album wieder zu Jella und deutete auf das Bild eines jungen Mannes, dessen kräftiger Oberkörper in einem zu engen

Strickpullunder steckte. Er hatte eine Zahnlücke und grinste in die Kamera. »Der Peter war mein Retter. Mit vereinten Kräften haben wir das Goldstück wieder auf die Straße gekriegt. Ach, der Prinz.«

»Prinz?« Jella war für einen Augenblick irritiert. Was war das für ein Spitzname für einen guten Freund?

Herr Niemeyer blätterte zurück zum Bild des Wagens. Daneben war noch ein weiteres zu sehen, auf dem das Auto in einer Einfahrt stand. Herr Niemeyer zeigte darauf. Jella erkannte trotz Maske, dass er auf einmal strahlte.

»So hieß der Wagen. Baujahr 1960, mit voll synchronisiertem Getriebe. Der hatte als eines der ersten deutschen Fabrikate eine 12-V-Elektrik. Ich hab ihn gebraucht gekauft, für dreitausendachthundert D-Mark.«

Jella betrachtete das Foto und wieder Herrn Niemeyer, der ihr in diesem Moment wie ein Schuljunge vorkam.

»Ja, mein Prinz.« Er sah auf. »Der hatte alle Qualitäten, die ihrer auch haben sollte, Frau Jella.« Er zwinkerte.

Sie mochte Herrn Niemeyer sehr, aber langsam hatte sie genug von den überdeutlichen Hinweisen. Warum war eigentlich alle Welt davon überzeugt, dass jeder Mensch sein Gegenstück finden müsste?

»Herr Niemeyer, jetzt ist mal gut.« Jella warf ihm einen strengen Blick zu und stand auf. »Ich brauche keinen Prinzen. Wissen Sie was? Ich hab festgestellt, ich bin auch allein zufrieden, und wenn doch irgendwann mal einer vorbeikommt, also einer mit Rückgrat …«

Herr Niemeyer schaute kurz auf, zog das lederne Fotoalbum ein weiteres Mal zu sich heran, drehte es um und versank wieder in der Betrachtung der Bilder. Er schien es sich in seinem

Gartenstuhl extrabequem zu machen. Dann blätterte er erneut um und antwortete betont beiläufig: »Wie wir bereits festgestellt haben, müssen Sie den nur erkennen. Oder küssen. Dann zeigt der Richtige seine wahre Gestalt.«

»Haha. Ganz bestimmt.« Jella klatschte in die Hände. »So, und jetzt weg mit dem Album. Zeit für Stretching!«

»Och, wir haben noch gar nicht alle Bilder angeschaut.« Herr Niemeyer hielt das Album fest. »Sehen Sie mal, hier bin ich mit Marga auf dem Prater in Wien. Und da sind wir auf Helgoland bei der Langen Anna ...«

Jella ging in die Wohnung. »Lassen Sie uns ein paar fürs nächste Mal aufheben«, rief sie nach draußen, »dann haben wir was zum Drauffreuen.«

»Da haben Sie auch wieder recht.« Herr Niemeyer klappte das Album zu. »Ach, ich sag's ja, Sie sind 'ne Schlaue.« Er erhob sich langsam und schlurfte hinein.

Jella stand schon neben ihrem Stuhl bereit, einen weiteren hatte sie für Herrn Niemeyer neben die Balkontür gestellt. »Arme hängen lassen.« Sie drückte den Rücken durch. »Tief einatmen, Arme nach oben, über den Kopf führen, halten und fallen lassen, dabei ausatmen.«

Herr Niemeyer folgte wie immer brav ihren Anweisungen. »Wo haben Sie das eigentlich gelernt, Frau Jella?«, fragte er.

»Ach, überall auf der Welt. Und wiederholen.« Sie führte die Arme wieder über den Kopf. »Aber am meisten davon in Indien.«

»In Indien?« Herr Niemeyer schaute verdutzt.

»Ja. Das war eine krasse Zeit.«

»Ist das so bunt und schön, wie sie das im Fernsehen immer zeigen?« Herr Niemeyer atmete geräuschvoll ein.

Jella seufzte. »Es ist bunt und auch sehr schön. Und wieder fallen lassen. Aber es ist auch sehr, sehr dreckig und laut. Und es gibt viele Menschen, die für Pfenniglöhne auf der Müllkippe arbeiten und den ganzen Tag Gift einatmen.«

Herr Niemeyer machte große Augen und stieß die Atemluft kräftig aus.

»Es ist auch verdammt traurig da«, sagte sie leise.

»Warum waren sie dann in Indien?«

»Weil ich vorher ganz schön naiv war und dort Yoga lernen wollte, wo es erfunden wurde. Und wieder einatmen.«

Fee rief aus dem Flur. »Jella. Kommst du mal? Besuch für dich!«

Jella stutzte. Wer wollte sie ausgerechnet bei Herrn Niemeyer zu Hause sprechen? Scheiße, am Ende war es das Gesundheitsamt! Weil ihre Mutter sich doch angesteckt hatte. Langsam ging sie zur Wohnungstür.

Und verstand die Welt nicht mehr.

Da stand Lennard.

46

»Äh, was machst du denn hier?« Sie spürte, wie sich ihr Herzschlag beschleunigte.

»Ich wollte mit dir reden.« Er trug keine Maske und hatte mittlerweile einen richtig dichten, dunklen Bart. Seine Augen schienen noch grüner als sonst.

»Aha. Also, ich arbeite gerade.« Das war natürlich eine merkwürdige Antwort. Aber auch die Wahrheit.

»Sie wollte aber eh gerade Pause machen«, flötete Fee aus der Küche, »stimmt's, Herr Niemeyer?«

Ach so, daher wehte der Wind. Fee musste Lennard Bescheid gegeben haben, dass sie hier waren.

»Jaja, genau.« Herr Niemeyer steckte den Kopf durch die Wohnzimmertür und nickte.

O Mann, Jella kam sich vor wie eine Kandidatin bei *Herzblatt* und fühlte sich völlig bescheuert. Sie versuchte, die beiden Kuppler zu ignorieren. Genauso wie die Aufregung.

»Worüber willst du denn reden?«

»Ich möchte mich entschuldigen.«

»Okay.«

Lennard richtete sich auf und sah ihr in die Augen. »Ich möchte dich fragen, ob wir noch mal von vorn anfangen wollen. Und du sollst wissen, dass ich dich gut finde und speziell, also sehr speziell, manchmal etwas zu speziell, aber trotzdem ganz gut, nein, genau deswegen gut, also nicht gut, eher, du weißt schon, toll.« Er schaute kurz nach unten auf seine Sneaker, dann hob er den Kopf wieder. »Ich habe deine Reportage gelesen, die ist echt beeindruckend.«

Jella konnte kaum glauben, dass er tatsächlich bei Herrn Niemeyer auf dem Fußabtreter stand und all diese Dinge zu ihr sagte. Das war ein großer Schritt auf sie zu. Trotzdem wusste sie nicht genau, was es bedeutete. Und wie sie es fand. Sie spürte ihren Magen grummeln.

»Und deswegen findest du mich jetzt gut? Weil ich doch einen richtigen Beruf habe, oder wie?« Sie bemerkte, dass sie nicht unsicher klang, sondern bissig. Das wollte sie gar nicht.

»Nein, das ist es nicht. Also nicht nur.« Zum Glück ging Lennard nicht auf ihren Ton ein. »Du bist einfach echt lustig und inspirierend und, na ja, okay, ich mag eigentlich keine Tattoos, aber deine finde ich vielleicht sogar gut. Ein bisschen jedenfalls, also bis auf das mit dem Hai …«

Lennard redete wie ein Wasserfall. Das war *wirklich* neu. Und würde wohl noch einen Moment anhalten. Jella schob ihn ein Stück weiter ins Treppenhaus und trat aus der Tür.

»Wir gehen mal ein paar Schritte«, rief sie in die Wohnung. Als sie die Tür schloss, standen Herrn Niemeyer und Fee grinsend im Flur. Jella verdrehte die Augen.

Lennard lächelte zögernd.

»Die müssen ja nicht alles wissen«, erläuterte Jella und zog ihre Maske ab. »Komm, wir gehen eine Runde spazieren.«

Lennard stieg vor ihr die Treppe hinunter. Jella sah wieder seinen Haarflaum im Nacken. Sie hätte ihn dort gern berührt. Aber vielleicht hätte ihn das vollkommen irritiert oder sogar geärgert. Corona war schließlich nicht gegessen. Das Ganze diente vielleicht nur der Versöhnung. Und dann könnten sie »von vorn anfangen«, als Freunde?! Würde das funktionieren?

Sie war verwirrt. Aber sich zu vertragen, war in jedem Fall eine gute Idee. Und sie wollte sich schließlich auch entschuldigen.

Als sie vor der Tür waren, drehte Lennard sich zu ihr um.

Jella blieb stehen und sah ihn an. »Mir tut es auch leid. Ich finde nicht, dass du ein Opfer bist. Das war nicht fair von mir.«

»Schon okay. Und es stimmte auch ein bisschen. Ich habe mir selbst leidgetan. Das ist uncool und lähmt einen.«

Jella war überrascht. »Aber ich war unsensibel, und das war daneben. Wie geht's dir denn mit deiner Jobsache inzwischen?« Sie zeigte in Richtung Bäume. »Da zum Kanal«, sagte sie und setzte sich langsam in Bewegung.

»Mittlerweile bin ich froh über die Kündigung«, sagte Lennard. »Der Job hat mich eh nie überzeugt. Ich habe Lust, endlich mal was Sinnvolles zu machen. Hab mich auch schon beworben, bei zwei Social-Start-ups.«

»Wow.« Jella nickte anerkennend. »Du bist ja fix. Und wie ist es mit deiner Wohnung und dem Haus deiner Eltern und so?«

Für eine Sekunde berührten sich ihre Finger beim Laufen. Jella zog die Hand schnell zurück, genau wie Lennard, und sie ließen die Lücke zwischen sich wieder größer werden.

»Meine Eltern verkaufen nicht. Dabei hatte ich gerade entschieden, ihnen nicht mehr im Weg zu stehen. Aber so finde ich es schon am besten.«

Jella dachte daran, wie Sanne und Bodo halbnackt in das Skype-Date geplatzt waren, und musste grinsen.

Sie waren am Kanal angekommen und liefen auf den kleinen Steg. Ein Haubentaucher schwamm vorbei. Dann ging Lennard leicht in die Hocke. Wollte er sich setzen? Eigentlich eine schöne Idee. Er sah zu ihr nach oben und saß bereits fast auf dem Steg.

Jella zögerte. Nein, sie musste ja zurück. Sie deutete mit dem Kopf in Richtung des Hauses. »Ich muss bald wieder rein.«

Lennard versuchte, aus der Hocke aufzustehen, schwankte dabei leicht nach vorn, verlor fast das Gleichgewicht, stützte sich dann mit einer Hand am Steg ab und richtete sich etwas umständlich wieder auf. Jella gab sich Mühe, ihr Grinsen zu verstecken. Als er wieder neben ihr lief, schaute er erneut nach unten. Und Jella war froh, dass er auch nicht ganz so sicher war in der Situation, wie sie es anfangs empfunden hatte.

»Es läuft wohl gut mit der Altenhilfe, oder? Was macht ihr denn so für die Senioren?«, fragte Lennard, während sie weitergingen und beide wieder nach vorn schauten.

»Ja, es läuft ziemlich gut. Wir kaufen ein, putzen, erledigen Anrufe.« Jella überlegte, ob sie vom Yoga erzählen sollte. Vielleicht fand er das albern. Warum war sie auf einmal so nervös? »Und ich biete Senioren-Yoga an.«

»Das klingt doch super!«, sagte Lennard, ohne sie anzusehen.

Jella betrachtete ihn von der Seite. Lächelte er? Er hatte genau die richtige Größe, dachte sie. Und auch wenn sie aufgeregt war, irgendwie beruhigte seine Anwesenheit sie.

»Jella, du hattest recht«, sagte er dann mit fester Stimme und drehte den Kopf zu ihr, »ich bin meistens ein ziemlicher Schisser. Ich habe viel zu viele Versicherungen. Und in meinem Leben habe ich mich oft so verhalten, als ginge es nur um Bausparverträge. Aber das stimmt nicht. Das habe ich endlich auch kapiert.«

»Und um was geht es dann?« Sie war ehrlich gespannt auf seine Antwort. Und fragte sich, was sie wohl auf so eine Frage sagen würde. Was, wenn er sie ihr gleich stellte?

»Darum, dass man sich verbunden fühlt. Mit anderen. Und mit einem besonders. Und ich glaube, das bist du für mich, Jella. So ein Besonders-Mensch.«

Sie fühlte sich, als würden ihre Beine jeden Moment einknicken. Aber Lennard lief anscheinend ganz entspannt weiter. Sie hatten das Haus fast erreicht. Jella traute sich nicht, ihn anzusehen. Dann entdeckte sie Fee und Herrn Niemeyer, die nebeneinander am Küchenfenster standen. Abstand war wohl zweitrangig. Zuschauer konnte Jella aber gerade überhaupt nicht gebrauchen. Sie hätte sich so gewünscht, dass Lennard sie noch mal küsste. Obwohl sie das Gefühl hatte, sie fiele dann direkt in Ohnmacht. Und vielleicht lief das hier ohnehin auf eine Freundschaft hinaus. Das wäre doch okay! Was war denn auf einmal los mit ihr? Sie fühlte sich zu gar nichts mehr in der Lage.

Lennard blieb plötzlich stehen und zeigte auf einen dunkelroten Volvo voller St. Pauli-Aufkleber. »Das ist mein Auto«, sagte er. »Geliehen natürlich. Von Memo.«

»Zu dir hätte der auch nicht gepasst.« Sie lächelte. Dann fiel Jellas Blick auf den Block, der auf der Ablage hinter der Windschutzscheibe lag. War das etwa die Zeichnung eines Schiffs?

»Hey, was ist das denn?«, rief sie lachend. »Ich dachte, du hast es nicht so mit maritimen Motiven?«

Lennard brauchte einen Moment, bis er schaltete. »Ach so, das ist ein Comic für Fanny.«

Fanny? Wer war das schon wieder? O Mann, vielleicht war Lennard wirklich nur gekommen, um ihr zu sagen, dass er sie richtig doll *mochte*.

»Meine fünfjährige Nachbarin«, fügte er hinzu.

Jella atmete erleichtert aus. »Zeig mal, bitte!«

Lennard holte den Block aus dem Wagen und reichte ihn

Jella. Auf dem obersten Blatt war ein Segelschiff mit einer Totenkopfflagge zu sehen. Auf Deck standen statt der üblichen Piraten kleine Corona-Viren mit schwarzen Hüten und Säbeln.

»Wie gesagt, das ist nur ein Kindercomic«, erklärte Lennard. »Weiter hinten sind noch andere Sachen.«

Jella blätterte vorsichtig weiter. Sie entdeckte Fische und Seepferdchen, wie Abbildungen aus einem Lehrbuch. Dann kam ein Dreimaster, absolut naturalistisch gezeichnet. Man erkannte sogar den Wind in den Segeln.

»Die sind ja megaschön.« Sie sah Lennard an. Wurde er ein bisschen rot?

Jellas Handy piepte. Sie dachte sofort an ihre Mutter. Vielleicht gab es endlich Entwarnung?

»Sorry, das ist wichtig«, sagte sie und holte ihr Smartphone aus der Tasche.

Eine Nachricht von Ida: *Mama ist negativ*. Das würde sie Lennard später erzählen. Jella merkte, wie sich mit einem Mal alle Anspannung löste. Wenn dieser Typ neben ihr tatsächlich nur ihr neuer bester Freund werden würde, wäre das auch schon viel wert.

»Weißt du noch, die Idee für mein nächstes Tattoo? Der Neunmaster auf der Brust?«, sagte sie grinsend. »Auf der Party? Als wir beim Kickern auf dein Lieblingsthema gekommen sind.«

Lennard lachte laut. »Das machst du nicht im Ernst! Es gibt außerdem gar keine Neunmaster.«

Sie schaute das Bild an. »Aber dann vielleicht dein Dreimaster hier? Auf den Unterarm? Oder hättest du etwas dagegen?«

Er zögerte. War er verlegen? Oder fand er das wirklich doof? »Okay, aber dann zeichne ich dir den noch mal neu.«

»Wie du meinst.«

Jella wusste nicht weiter. Sie sah auf Lennards Mund. Und schnell wieder weg. Ihrer war ganz trocken. Sie meinte, die Blicke von Fee und Herrn Niemeyer in ihrem Rücken zu spüren.

»Ich muss wirklich rein.«

O Mann, Lennard checkte bestimmt, dass sie völlig überfordert war.

Sie lief rückwärts Richtung Haus, er blieb in der offenen Autotür stehen. Was hatte er jetzt wohl vor? Warum war er eigentlich in Hamburg? Vielleicht nur ihretwegen? Nein, das konnte nicht sein.

»Bleibst du länger in der Stadt?« Ihre Zunge fühlte sich schwer an. Ihr wurde plötzlich richtig mulmig.

»Mal sehen.« Lennard stand immer noch ganz ruhig da.

Sie winkte kurz und drehte sich zur Tür. Als sie gerade klingeln wollte, wurde ihr klar, dass sie es jetzt wissen musste. Sie drehte sich noch mal um.

»Sag mal, Besonders-Mensch ... Ist das so was wie Freundschaft plus?«

Lennard sah sie an. Er schloss die Autotür und kam auf sie zu. Als er vor ihr stand, nahm er ihre Hand und schaute ihr direkt in die Augen.

»Ich glaube, das ist ein bisschen mehr.«

Dass er auf einmal so forsch war, gefiel Jella. Sie drückte seine Hand fester und bewegte sich noch ein Stückchen auf ihn zu. Der kleine Fleck auf seiner Iris fiel ihr wieder auf. Sein winziger Makel, der so einzigartig war. Und wie sexy Lennard jetzt mit dem Bart aussah.

Sie griff ihm mit der anderen Hand in den Nacken, fühlte den Flaum und zog ihn sanft, aber bestimmt zu sich heran.

Jella schloss die Augen. Als ihre Lippen sich trafen, war es, als hätte jemand die Zeit angehalten. Wow ... ihn zu küssen, war noch viel schöner, als sie es in Erinnerung gehabt hatte. Das darf nie wieder aufhören, dachte sie.

Vorsichtig öffnete sie die Augen. Und sah in seine.

Doch er lehnte sich nach vorn und drückte wieder seine Lippen auf ihre.

»Können wir«, sagte er zwischen den einzelnen Küssen, »bitte nie wieder damit aufhören?«

22 Juni 2020

+++ Drei Monate musste der Tourismus auf den Balearen pausieren, vergangene Woche startete er wieder. Die ersten deutschen Urlauber sind auf der Insel Mallorca angekommen +++ Mauro Gatti, der Gründer von The Happy Broadcast, einem Portal für positive Nachrichten, hat ein Kinderbuch gestaltet, das erklärt, was Covid-19 ist und wie man sich vor dem Virus schützt. Man kann es in vielen Sprachen downloaden +++ Lennard Vogel betritt zum ersten Mal in seinem Leben ein Tattoo-Studio +++

47

Der Mann vor dem Haus in der Davidstraße trug Glatze, seine Ohrlöcher hingen wie zwei Affenschaukeln bis fast auf seine Schultern, und alles, was man von ihm an Haut sehen konnte, war mit grünen Puzzleteilen tätowiert. »Moin.« Er nickte freundlich und blies den Rauch seiner E-Zigarette in die Luft.

Jella deutete eine Ghettofaust an. »Hi, Albert. Da sind wir. Das ist Lennard, und der Hund heißt Otis.«

»Alles klar. Dann macht's euch mal bequem. Ich komm gleich zu euch.«

Lennard zögerte kurz. »Darf der Hund mit rein? Wegen Hygiene und so?«

»Kein Thema, er sollte nur nicht im Arbeitsbereich rumlaufen.«

Lennard ging hinter ihr die kleine Treppe ins Tiefparterre hinunter. Plötzlich hielt Jella mitten im Gehen an. Otis, der neben ihr herlief, reagierte sofort, und setzte sich auf eine der breiten Stufen.

Das war Jellas Tick. Immer, wenn sie gemeinsam spazieren gingen und sie irgendetwas beschäftigte oder sie protestieren wollte, blieb sie plötzlich stehen, um ihren Worten Nachdruck zu verleihen. Sie ergriff ihn beim Gehen auch oft am Arm oder schlug ihm auf die Schulter. Er mochte das sehr. Jellas Impulsivität war ansteckend. Lennard musste sich zusammenreißen, um sie nicht ständig zu küssen.

Sie schaute ihn an. »Mögen deine Eltern eigentlich Tattoos?«, fragte sie.

»Interessiert dich das wirklich? Das habe ich mich noch nie gefragt. Aber ich bin mir ziemlich sicher, dass sie begeistert gewesen wären, wenn ich mit siebzehn mit einem Tribal auf der Stirn nach Hause gekommen wäre. Ich war ihnen immer zu brav.«

Sie lachte und zog eine Augenbraue nach oben. »Da hat Albert sicher ein paar schöne Motive für dich.«

Jella ging weiter, Otis und Lennard folgten ihr.

»Sanne und Bodo werden dich super finden, da bin ich mir sicher. Meine Mutter hat gesagt, dass sie dir unbedingt die Karten legen und eine Reiki-Session mit dir machen will. Aber wenn dich das nervt ...«

Jella drehte sich grinsend zu ihm. »Lennard, sehe ich aus, als würde ich Tarot und Reiki doof finden?«

Seine Eltern hatten heute Morgen bereits dreimal angerufen. Ob es okay sei, heute Abend draußen auf der Terrasse zu essen. Ob Jella lieber Rot- oder Weißwein trinke, ob sie irgendwelche Ausflüge planen sollten und ob Tofuschnitzel ginge – oder ob sie irgendwelche Allergien habe, so wie Lennard. Eigentlich hatte er keine Lust, schon wieder nach Algermissen zu fahren. Es war auch eigentlich viel zu früh, dass Jella seine verrückten Eltern kennenlernte. Aber in drei Tagen wollten sie nun wirklich nach Schweden aufbrechen, für zwei Monate erst mal.

Es herrschte fast wieder Normalzustand, auch wenn Lennard immer noch sehr vorsichtig war und sich nur zum Spazierengehen traf – außer mit Jella natürlich.

Sie zogen die Masken auf und betraten das Studio. Es sah gar nicht muffig und dunkel aus, wie Lennard es sich vorgestellt hatte. Sondern richtig cool. Zwei eckige Neondeckenlampen beleuchteten den Raum. Die weiß-blauen Reliefkacheln an den Wänden schienen antik zu sein, vielleicht war der Laden früher mal eine Metzgerei oder eine Praxis gewesen. In der Mitte befand sich ein dunkler, schwerer Couchtisch mit Bildbänden darauf. Drumherum standen drei schwarze Chesterfield-Sessel. Die Bilder an den Wänden mit den klassischen Motivzeichnungen gefielen Lennard: ein flammendes Herz, zwei Schwalben, ein Dolch, ein Herz, mit einem Schriftzug: »Mom Forever«. Und, natürlich, ein Anker. Lennard musste schmunzeln. Er hatte seine Meinung über Ahoi-Maries geändert. Zumindest über diese eine.

Jella ließ sich in einen der Ledersessel fallen, Otis rollte sich neben ihr auf dem Fußboden zusammen. Alberts Studio sei für sie eine Art Wohnzimmer, hatte sie erzählt. Lennard blieb erst mal stehen.

Sie sah ihn an. »Machst du dir eigentlich Sorgen, dass deine Eltern das mit Schweden wirklich durchziehen?«

Er dachte kurz nach. »Nein. Sie wissen, was sie tun. Und ich glaube, dass sie auf sich aufpassen. Haben sie mir zumindest hoch und heilig versprochen. Wir sollen sie übrigens in Schweden besuchen.«

»Wenn wir dann auch zu diesem Nacktfjord fahren.«

»Ågestanackt.«

»Meine ich ja.«

Jella kramte die Zeichnung aus der Tasche. Lennard hatte den Dreimaster noch einmal für sie gezeichnet und dabei die Linien viel feiner gezogen. Sie hatte das Bild seitdem immer dabei und fieberte dem Termin bei Stammtätowierer Albert bereits seit Wochen entgegen.

»Ich finde es nach wie vor krass, dass du dir ein Tattoo stechen lassen willst.« Dann korrigierte sich Lennard. »Mit einer von meinen Zeichnungen, meine ich. Das ist dann für immer. Wie ein ...«, er suchte nach dem richtigen Wort, »... Liebestattoo.«

»O Gott. Danke für den Helene-Fischer-Ohrwurm.« Jella kräuselte die Nase und schaute ihn gespielt böse an. Dann sah sie noch mal auf die Zeichnung. »Ich finde das Schiff total schön, echt. Ich wollte schon länger eins. Und es wird ja nicht von einer Meerjungfrau oder einem Oktopus umarmt. Findest du schlimm, dass es für immer ist? Andere Künstler würden sich freuen.«

»Ich freu mich total. Aber was, wenn es einen weiteren Lockdown gibt und wir uns zerstreiten?«

»Dann vertragen wir uns eben wieder. Damit haben wir doch schon Erfahrung.«

Sie sahen sich in die Augen, und Lennard spürte, wie ihm ganz warm wurde.

»Und du willst wirklich keins?«, wechselte Jella das Thema. »Nicht mal einen Punkt oder so?«

Lennard schüttelte entschieden den Kopf. »Niemals.«

»So, kann losgehen.« Albert kam die Treppe herunter. Das, was mal seine Ohrläppchen gewesen waren, wippte im Takt seiner Schritte. »Im Kühlschrank sind Bier, Crémant und Cola, wenn ihr mögt. Was hast du mir denn diesmal mitgebracht, Jella?«

Sie gab ihm die Zeichnung.

Albert hielt sie erst nah vor die Augen, dann etwas weiter von seinem Gesicht weg. »Stark. Echt. Wer hat das gezeichnet?«

Jella zeigte auf Lennard.

Der nickte. »Jup. War mir nicht ganz sicher, ob es schon fertig ist. Die Striche sind eventuell etwas zu dick …«

»Das ist perfekt. Hast du mehr in der Art?«

»Nein. Also, vielleicht ein paar …«

»Lennard hat *richtig* viele Zeichnungen«, mischte Jella sich ein. »Die musst du dir mal anschauen, Albert. Sind wirklich verdammt gut.«

Als sie auf der Liege lag und die Tätowiermaschine anfing zu surren, wandte Lennard sich ab und inspizierte den Laden. Bloß kein Blut sehen. Hier in Ohnmacht fallen, das wär's noch.

Er begann, sich durch die Motivkataloge und Bildbände zu blättern. Manche Zeichnungen waren richtige Kunstwerke. Er würde wohl auch seine Vorurteile über Tätowierungen über Bord werfen müssen. Zumindest, was die Ästhetik anging.

Lennard hob den Kopf. »Und, tut das weh?«

»Zwischendurch brennt es ganz schön. Unterarm ist auch echt die schlimmste Stelle … Na ja, no pain, no gain.«

Albert bearbeitete Jellas Arm mit der Nadel und musterte immer wieder hochkonzentriert sein Werk.

Lennard riskierte einen kurzen Blick, blieb aber in sicherer Entfernung. Jella sah in seine Richtung, ihre Blicke trafen sich erneut. Was für ein verrücktes Szenario. Er hatte eine – konnte er sie schon so nennen? – Freundin. Und die stand auf Tattoos und würde später mit einem in Frischhaltefolie gewickelten Unterarm mit zu seinen Eltern fahren, wo jetzt auch Torge und Lizzy wohnten, quasi seine neuen Stiefgeschwister. Und Sanne und Bodo freuten sich wie Bolle, dass ihr Sohn endlich jemanden gefunden hatte, und konnten umso entspannter auswandern. Zumindest ein bisschen. Er hatte Fee kennengelernt, die

die lustigste Person des Planeten war. Also nach Memo. Den würden sie nächste Woche endlich treffen.

Trotz des ganzen Chaos der letzten Monate und seiner immer noch äußerst schrägen Lebensumstände, fühlte Lennard sich gerade zuversichtlich. Wenn er heute erfahren würde, dass das im Februar die letzte Party für immer gewesen wäre – dann wäre das auch okay.

Er blätterte weiter und entdeckte ein sehr buntes Motiv von einem gekrümmten Säbel, um den sich ein Tiger mit gefletschten Zähnen wand. Lennard überlegte. Vielleicht auf die Fußsohle?

ENDE.

From A Distance

Der Soundtrack zum Buch

Holding Back The Years (Simply Red)
Dangerous (Roxette)
Shut Up And Sleep With Me (Sin with Sebastian)
When Love Takes Over (David Guetta feat. Kelly Rowland)
Everyday Good (Patrice)
All Apologies (Picki'n‹ On Series, Iron Horse)
Day Tripper (Nancy Sinatra)
Voyage Voyage (Berk & The Virtual Band)
Mad World (Lily Allen)
Time After Time (Iron & Wine)
I Want to Break Free (Russian Red)
All Apologies (Sinéad O'Connor)
Where Is My Mind? (Trampled by Turtles)
Just the Two of Us (Rhiannon Giddens, Sxip Shirey)
Love From A Distance (Michelle Gurevich)
Halo (Lotte Kestner)

Den Soundtrack und ein paar Bonustracks gibt es auf der Playlist »From A Distance (Mit Abstand verliebt)« auf Spotify!

TAUSEND DANK AN ALLE, OHNE DIE ES DIESES BUCH IN DIESER FORM NICHT GÄBE:

Allen voran Lisa Bitzer für ihre großartigen Ideen, ihre Geduld und die schöne Zusammenarbeit; Carla Grosch, Anja Hruschka und den S. Fischer Verlagen für das große Vertrauen und die wunderbare Unterstützung; für ihr Wissen und den tollen Support: Lisa Caroline Wolf, Sabrina Lachmuth, Barbara Hildebrandt, Melodie Michelberger, Lars Lindauer, Mario Gaetano Brucculeri, Eva Maria Pötting-Günther, Thomas und Sandra Marheineke. Nicht zuletzt geht ein dickes Danke raus an die Fasane, Füchse und Rehe im Anröchter Wald, an unsere Familien, Freundinnen und Freunde von Hamburg bis Wagga-Wagga für die unzähligen Skype/Zoom/FaceTime-Calls, Telefonate und Sprachnachrichten, die die Zeit der Krise und überhaupt alles aushaltbar machen – und an alle, die eine Maske tragen und andere schützen.

♡

Disclaimer

Alle Handlungen, die in unserem Roman beschrieben werden, sind fiktiv. Sie finden an tatsächlich existierenden Schauplätzen und vor dem Hintergrund wahrer Begebenheiten zwischen Februar und Juni 2020 statt. Die Figuren in *Mit Abstand verliebt* sind frei erfunden, Ähnlichkeiten zu real existierenden Personen rein zufällig …

Es liegt uns fern, uns über die widrigen bis schrecklichen Ereignisse, die die Pandemie bestimmen, lustig zu machen. Vielmehr möchten wir daran erinnern, dass man auch in düsteren Zeiten fast immer etwas Positives für sich herausziehen kann.

Die echten Nachrichten im Buch haben wir nach bestem Wissen und Gewissen recherchiert und eingefügt. Die Tickermeldungen beziehen sich immer auf das jeweilige Datum des jeweiligen Kapitels bzw. stammen aus den Tagen direkt zuvor. Die News aus dem Jella-und-Lennard-Kosmos sind teilweise an die echten Begebenheiten angelehnt, ansonsten aber natürlich frei erfunden. Sollte uns ein Fehler unterlaufen sein, bitten wir dies zu entschuldigen.

Julia Becker & Roland Rödermund
(Juli Rothmund)

PS: Nicht vergessen: Liebe ist systemrelevant!

PPS: Bei Fragen und Anmerkungen zum Buch freuen wir uns über Nachrichten an: mit-abstand-verliebt@web.de

Die Quellen der einzelnen Kapitel[1]

Kapitel 1

www.euro.who.int/de/health-topics/health-emergencies/international-health-regulations

www.tagesschau.de/ausland/corona-faq-101.html

Kapitel 4

www.nrwz.de/region-rottweil/neues-coronavirus-fragen-antworten-informationsquellen/255363?print=print

www.ndr.de/nachrichten/info/Coronavirus-Update-Alle-Folgen,podcastcoronavirus134.html

Kapitel 7

www.enorm-magazin.de/lebensstil/psychologie/musiktherapie-sich-ausheulen-und-danach-wieder-besser-fu%cc%88hlen

www.mdr.de/sachsen-anhalt/corona-virus-covid-aktuelle-entwicklungen-donnerstag-100.html

www.deutschlandfunkkultur.de/die-evolution-nach-rutger-bregman-warum-der-mensch-von.1008.de.html?dram:article_id=472117

Kapitel 10

www.mdr.de/nachrichten/panorama/ticker-corona-virus-freitag-dreizehnter-maerz-100.html

www.3d-grenzenlos.de/magazin/3d-objekte/ersatzventil-aus-3d-drucker-rettet-leben-coronavirus-erkrankter-menschen-27574703/

Kapitel 11

www.welt.de/wirtschaft/article206555143/Corona-USA-will-Zugriff-auf-deutsche-Impfstoff-Firma.html

www.gruenderszene.de/business/gruender-von-happypo-wir-haben-unseren-umsatz-versiebenfacht

www.cash.ch/news/berliner-philharmoniker-gratis-im-stream-160000-sehen-carmen-1499696

Kapitel 12

www.sportschau.de/fussball/uefaeuro2020/corona-sport-absage-euro-em-uefa-100.html

www.faz.net/aktuell/gesellschaft/gesundheit/coronavirus/corona-merkel-wendet-sich-in-tv-ansprache-an-die-deutschen-16684530.html

www.spiegel.de/wirtschaft/unternehmen/lvmh-produziert-desinfektionsmittel-statt-champagner-a-289af85b-730a-4557-80cd-be8eefe480cd

1 Die Links wurde zuletzt zwischen dem 27. und 29. 11. 2020 aufgerufen

Kapitel 13

www.bundesregierung.de/breg-de/themen/coronavirus/besprechungder bundeskanzlerin-mit-den-regierungschefinnen-und-regierungschefs-der-laender-1733248

www.bz-berlin.de/berlin/neukoelln/coronavirus-absurd-berlinerbehoerde-gibt-mitarbeitern-tipp-tuerklinken-nicht-ablecken

www.muenchen.de/aktuell/2020-03/coronavirus-eisbach-welle-still gelegt.html

www.watson.de/international/supermarkt/971210070-einkaufen-supermarkt-verhindert-corona-hamsterkaeufe-mit-diesem-trick

Kapitel 14

www.br.de/nachrichten/deutschland-welt/corona-bundesregierungbeschliesst-hilfspaket-fuer-wirtschaft,Ru3XCrH

www.stuttgarter-zeitung.de/inhalt.corona-krise-in-stuttgart-edekafiliale-zeigt-herz-fuer-schwaechere-und-wird-im-netz-gefeiert.7a8eed96-8c7a-44ab-8292-4120d8a901c2.html

www.evangelisch.de/inhalte/167646/24-03-2020/gabenzaeune-fuerobdach lose-ganz-deutschland

Kapitel 15

www.press.babbel.com/de/releases/2020-03-27-Free-students-UK-release.html

www.t-online.de/region/hamburg/news/id_87600272/diakonie-begruesst-verlaengerung-des-winternotprogramms.html

www.ndr.de/nachrichten/info/Coronavirus-Live-Ticker-Die-Lage-im-Norden,coronaliveticker162.html

Kapitel 17

www.theguardian.com/world/2020/mar/29/newborn-endangered-sea-turtles-throng-brazils-deserted-beaches

https://www.watson.ch/international/coronavirus/750741677-coronavirus-102-jaehrige-italienerin-besiegt-die-krankheit

www.n-tv.de/ticker/Britischer-Online-Haendler-fuer-Fetischisten-spendet-OP-Kleidung-an-Krankenhaus-article21679161.html

Kapitel 19

https://www.tagesschau.de/inland/rki-coronavirus-105.html

https://sz-magazin.sueddeutsche.de/die-loesung-fuer-alles/airco-wodka-88584

Kapitel 20

www.sueddeutsche.de/bayern/extra-zahlung-500-euro-bonus-fuer-pflege kraefte-1.4868673

www.glamour.de/beauty/artikel/news-coronavirus-mundschutzmasken-schwerhoerige

www.focus.de/perspektiven/deutschland-hilft-sich/muenchen-muenchner-gastronomen-kochen-fuer-menschen-in-systemrelevanten-berufen_id_11850683.html

Kapitel 21

www.wdrmedien-a.akamaihd.net/medp/podcast/weltweit/fsko/214/2141638/cosmodailygoodnews_2020-04-06_kalifornienwillhotelzimmerfuer obdachlosebereitstellen_cosmo.mp3

www.goodjobs.eu/de/articles/not-macht-erfinderisch-12-genialeinnovationen-in-der-corona-krise?utm_medium=referral&utm_source=goodnewsapp &utm_campaign=goodnews.traffic.20-04-08-brun-not_macht_erfin derisch&utm_term=20-04-08-brun-not_macht_erfinderisch-goodnews_applist.app_static.jobs_des_tages.standard&utm_content=20-04-08-brun-not_macht_erfinderisch-goodnews_applist.app_static.jobs_des_tages.standard

Kapitel 23

www.faz.net/aktuell/wirtschaft/hamstern-in-corona-krise-deutsche-kaufen-groessere-gefriertruhen-16718141.html

www.ndr.de/kultur/musik/Corona-Rettungsschirm-fuer-Hamburger-Musikclubs,musikclubs102.html

www.manager-magazin.de/politik/europa/bruessel-eu-parlament-wird-zur-obdachlosen-unterkunft-volkskueche-a-1306154.html

Kapitel 24

de.statista.com/statistik/daten/studie/1183816/umfrage/umfrage-in-deutschland-zum-thema-einsamkeit-nach-geschlecht/

www.swr.de/swraktuell/baden-wuerttemberg/friedrichshafen/meldung-kontrolle-zeppelin-100.html

www.icelandreview.com/nature-travel/forest-service-recommendshugging-trees-while-you-cant-hug-others/

Kapitel 25

www.watson.de/nachhaltigkeit/coronavirus/213590241-coronavirus-lockdown-verringert-smog-in-indien-und-gibt-fantastischen-blick-frei

https://www.youtube.com/watch?v=bPY7_kxjCmg

www.sueddeutsche.de/politik/nachrichten-iwf-corona-oesterreich-tschernobyl-1.4876934

www.ndr.de/nachrichten/info/Coronavirus-Live-Ticker-Die-Lage-im-Norden,coronaliveticker200.html

www.sueddeutsche.de/wirtschaft/kurzarbeit-mehr-geld-1.4881302

Kapitel 26

www.mdr.de/nachrichten/panorama/wettervorhersagen-ungenau-corona-100.html

www.stuff.co.nz/national/health/coronavirus/120513315/coronavirusnew-zealanders-start-teddy-bear-hunt-for-kids-during-covid19-lockdown

Kapitel 27
www.rp-online.de/kultur/weltstars-spielen-fuer-corona-helfer_aid-50118467
www.mdr.de/nachrichten/politik/corona-chronik-chronologie-coronavirus-100.html#sprung3
www.sz-magazin.sueddeutsche.de/die-loesung-fuer-alles/senioren-corona-hilfe-88687

Kapitel 28
www.tagesschau.de/wirtschaft/netflix-quartalszahlen-coronavirus-103.html
www.welt.de/vermischtes/article207424559/Corona-Impfstoff-Deutsches-Unternehmen-darf-Mittel-an-Freiwilligen-testen.html
www.sueddeutsche.de/muenchen/muenchen-wirtschaft-corona-unter stuetzung-kleine-geschaefte-1.4873536
www.tagesschau.de/ausland/spanien-coronavirus-107.html
www.tagesschau.de/ausland/who-immunitaet-101.html

Kapitel 30
www.rnd.de/panorama/corona-in-rostock-und-mv-warum-die-stadt-keine-faelle-mehr-hat-HXU7ZIJER5COFGK3SPETQLC3WE.html
www.tagesschau.de/inland/coronavirus-app-107.html

Kapitel 31
www.dw.com/de/corona-ticker-vom-27-april-wuhans-kliniken-covid-19frei/a-53254202-0
www.mdr.de/nachrichten/politik/corona-chronik-chronologie-coronavirus-100.html
www.futurezone.at/science/neues-desinfektionsmittel-haelt-oberflaechen-90-tage-corona-frei/400826573

Kapitel 33
www.tagesschau.de/inland/coronavirus-friseure-101.html
www.nrz.de/staedte/duesseldorf/wegen-corona-erstes-paar-heiratet-im-autokino-mit-gaesten-id229050323.html

Kapitel 34
www.tagesschau.de/inland/lockerungen-merkel-103.html
www.tagesschau.de/inland/corona-lockerungen-hintergrund-101.html

Kapitel 35
www.tagesschau.de/investigativ/kontraste/stickoxid-corona-103.html
www.tagesspiegel.de/gesellschaft/panorama/krankenschwester-als-superheldin-banksy-dankt-den-helden-der-corona-krise/25809290.html

Kapitel 37

www.tagesschau.de/newsticker/liveblog-coronaviorus-donnerstag101.html#Ende-des-Liveblogs-fuer-heute

www.tagesschau.de/inland/moscheen-deutschland-101.html

www.business-punk.com/2020/05/dinnieren-mit-abstand-in-amsterdam-werden-gerade-neue-formen-von-restaurant-besuchen-getestet/

www.taz.de/-Corona-News-vom-9-Mai-/!5683725/

www.businessinsider.de/wissenschaft/gesundheit/braunschweigerforscher-finden-750-kuenstlich-hergestellte-antikoerper-die-das-coronavirus-am-eindringen-in-zellen-hindern/

Kapitel 38

www.taz.de/-Corona-News-vom-11-Mai-/!5684505/

www.tagesschau.de/inland/geld-corona-impfstoff-101.html

Kapitel 39

www.focus.de/politik/deutschland/man-wuerde-mit-dem-wissen-heute-spahn-raeumt-fehleinschaetzung-ein-warum-politiker-corona-strategien-aendern-muessen_id_12387140.html

www.ndr.de/nachrichten/schleswig-holstein/coronavirus/Corona-Syltwill-bis-Anfang-Juni-keine-Tagestouristen,sylt1186.html

Kapitel 40

www.ndr.de/nachrichten/info/Coronavirus-Ticker-Die-Lage-im-Norden,coronaliveticker260.html

www.enorm-magazin.de/wirtschaft/mobilitaet-und-verkehr/fahrradlaeden

www.taz.de/-Corona-News-vom-13-Mai-/!5685520/

Kapitel 41

www.taz.de/Sonderausgabe-am-15052020/!170873/

www.tagesschau.de/ausland/kalifornien-coronavirus-straende-101.html

www.taz.de/-Corona-News-vom-15-Mai-/!5685892/

Kapitel 42

www.ndr.de/nachrichten/info/Coronavirus-Ticker-Die-Lage-im-Norden,coronaliveticker266.html

www.taz.de/-Corona-News-am-Samstag-/!5686045/

Kapitel 43

www.lebensmittelpraxis.de/handel-aktuell/27381-statistisches-bundesamt-corona-hamsterkaeufe-sind-vorbei-2020-05-20-11-39-33.html

www.tagesschau.de/schlusslicht/corona-praline-101.html

www.taz.de/-Corona-News-vom-20-Mai-/!5687165/

Kapitel 44

www.zdf.de/nachrichten/panorama/coronavirus-hundewelpen-home office-100.html

www.sueddeutsche.de/gesundheit/gesundheit-duesseldorf-nrw-will-digitale-endgeraete-fuer-alle-schueler-dpa.urn-newsml-dpa-com-20090101-200522-99-149740
https://berufsverband-sexarbeit.de/wp-content/uploads/2020/05/200519_BesD-Hygienekonzept-1.pdf

Kapitel 47

www.tagesschau.de/ausland/mallorca-corona-touristenankunft-101.html
www.goodnews-for-you.de/heilende-helden-zeigen-uns-wie-es-geht/

Lisa Kirsch

Das Glück in vollen Zügen

Roman

Marie liebt ihr Leben in ihrem kleinen Bauwagen am Ammersee und ihren Job als Produktentwicklerin in München. Um beides unter einen Hut zu bekommen, pendelt sie täglich zwei Stunden mit der S-Bahn. Viel Zeit für die Liebe bleibt da nicht.

Johannes ist aufs Land gezogen, um seinen kranken Vater zu pflegen, und hasst die tägliche Pendelei. Sein einziger Lichtblick: Marie. Doch er traut sich nicht, sie anzusprechen. Dann ist Marie von einem Tag auf den anderen nicht mehr im Zug und Johannes merkt: Er muss sie unbedingt wiedersehen. Aber wie?

384 Seiten, broschiert

Weitere Informationen finden Sie auf
www.fischerverlage.de

AZ 596-70029/1

Lisa Keil

Bleib doch, wo ich bin

Roman

Im ländlichen Neuberg hat die lebenslustige Kaya alles, was sie happy macht: eine eigene kleine Buchhandlung mit Café, ihre beste Freundin Amelie und ihr heiß geliebtes Shetlandpony. Immer an ihrer Seite: der Tierarzt der Herzen, ihr Sandkastenfreund Rob. Für einen weiteren Mann ist kein Platz in ihrem Leben. Als Kaya auf der legendären Scheunenparty mit einem gutaussehenden Fremden flirtet, ahnt sie nicht, dass sie ihm schon einmal begegnet ist …

352 Seiten, broschiert

Weitere Informationen finden Sie auf
www.fischerverlage.de

AZ 596-70397/1